电视剧《大掌柜》本传

大國商

李清川 著

文匯出版社

图书在版编目(CIP)数据

大国商 / 李清川著. —上海：文汇出版社，2012.8
ISBN 978 - 7 - 5496 - 0598 - 9

Ⅰ.①大… Ⅱ.①李… Ⅲ.①长篇小说-中国-当代
Ⅳ.①I247.5

中国版本图书馆 CIP 数据核字(2012)第 173515 号

大国商
——电视剧《大掌柜》本传

著　　者 / 李清川

责任编辑 / 甘　棠
特约编辑 / 李雪冰
装帧设计 / 介太书衣　邵　昊

出版发行 / 文汇出版社
　　　　　　上海市威海路 755 号
　　　　　　（邮政编码 200041）
经　　销 / 全国新华书店
排　　版 / 南京展望文化发展有限公司
印刷装订 / 上海新文印刷厂
版　　次 / 2012 年 12 月第 1 版
印　　次 / 2012 年 12 月第 1 次印刷
开　　本 / 787×1092　1/16
字　　数 / 350 千
印　　张 / 23

ISBN 978 - 7 - 5496 - 0598 - 9
定　　价 / 35.00 元

谨以此书献给李志荣先生韩言玲女士

第一集

1. 荒野。　外／日

[一支马队呼啸而过,两个衣着鲜亮的年轻女子被裹挟在马贼中间。

[在一个岔路口,大当家的一只手勒住缰绳,一只手举起马鞭示意马队停下。

[大当家的策马回身,来到两个年轻女子面前。他对穿着翠绿色绸袄、缎面织花裤的陆璎拱了拱手。

大当家: 委屈大小姐了。绺子今天把大小姐请来,只为弟兄们谋个生存。

[陆璎抬眼望着大当家的,不说话。

大当家: 你爷爷从京城被发配来这做副都统的那一年,劫杀了我们绺子。从那时候起,我们就与你们陆家结下了世仇。我们绑了你的小叔叔当肉票,但你爷爷派出官兵,动用火铳、火炮,偷袭了我们山寨。那一仗打到最后,我们绺子只剩下了八个兄弟,我们在山门前吊死了你的小叔叔。五年后,我们又绑了你爷爷宠爱的一位姨太,他不识时务,又调集了附近州厅的兵丁准备强攻,但该着这位姨太寿短,自缢在了秧子房里。

[陆璎望着大当家的,神情漠然。

[大当家的转向陆璎的贴身丫头红玉。

大当家: 我把你放回去,告诉你家老爷,他的心头肉在我这不会受半点委屈。绺子这次把大小姐请来,既不图金银珠宝,也不要洋枪火铳,只要他陆老爷答应撤走官兵,裁减哨卡,从此以后阳关道、独木桥不再相犯,我就送回大小姐。看你这丫头也是一副伶俐乖巧的模样,传个话总不会误事吧?

[红玉把目光转向了陆璎。

红　玉：小姐……

陆　璎：去吧,红玉。回去告诉老爷,我既是陆家人,就不会给陆家丢脸。

红　玉：小姐——

大当家：告诉你家老爷,要是愿意和我做这笔交易,七天之内,把皇上赏赐给你们陆家的那件紫貂皮坎肩送来交换人票。他若还是死心眼,可就别怪我手黑撕票了。

　　　　　〔话音刚落,大当家的抽出马刀,劈向路旁树上一个枝杈,手起刀落,树杈应声断落。

　　　　　〔红玉浑身一抖,闭上了眼睛。

陆　璎：红玉别怕,回去告诉老爷,我没事。

大当家：来人!把这丫头送出去,谁要是漏了水就别活着回来。

　　　　　〔两个马贼高声应答,上前用黑布蒙上红玉的眼睛。

　　　　　〔三匹马返身折去。

　　　　　〔大当家的目送三匹马离去,折回马头,扬鞭催马,带领马队狂奔离去。

2. 山林。　外/晨

　　　　　〔马队驰进一个山沟,晨雾缭绕中不时现出陆璎的身影。

3. 山沟。　外/晨

　　　　　〔陈九背着一捆柴下山,不远处传来马蹄声。

　　　　　〔陈九站在路旁等马队过去,目光落在陆璎身上。

　　　　　〔大当家的看见了陈九,挥手示意马队停了下来。

大当家：九儿,你那酒鬼爹呢?

　　　　　〔陈九呆望着陆璎,没有答话。

大当家：猫见了鱼腥儿,看直眼啦!

　　　　　〔众马贼大笑。大当家的掏出枪,一枪打断了陈九捆柴的绳子,柴火落了一地。

大当家：问你话呢,你爹呢?

　　　　　〔陈九回过神来,用手指着远处几间木制的板房。

大当家：九儿,知道喜欢女人,就算长成汉子啦!

　　　　　〔马队离去,陈九的目光追逐着陆璎的身影。

4. 山沟。　外/晨

　　　　　〔板房前,陈九的父亲殷勤地走上前,向大当家的拱手致礼。

陈　父：大当家的辛苦,又送财神来了。

大当家：这是咱的死对头，陆副都统的大小姐，把她弄到手不容易，你可要给我看好了。

陈　父：大当家的，我当秧子房掌柜也不是一天两天了，就是只狐狸也没掉过一根毛，何况还是个女人呢。

〔陈九的母亲上前解下蒙在陆璎脸上的黑布，带着陆璎走向后山坡的秧子房。

5. 秧子房门前。 外／晨

〔陈母打开秧子房门。

〔陆璎站在门口，回身望了一眼，低头走了进去，陈母随后跟了进去。

6. 秧子房。 内／晨

〔陆璎依次褪下了自己的耳环、戒指、手镯、发钗交给陈母。

〔陈母示意她解下腰带。

〔陆璎犹豫一下，解下绸布腰带递了过去，接过陈母递来的一段草编的短绳。

陈　母：小姐放心，这些女人金贵的东西，在你走时会一样不少地还给你。

〔陆璎依旧不语。

7. 陈家板房门前。 外／晨

陈　父：大当家的，让弟兄们进屋歇歇脚。我刚打了几只狍子，还存了些虎骨酒。

大当家：这次就不留了，在这儿久了，让官府嗅出味道，容易漏水起跳子。

〔陈父走进屋子，出来时手里捧着两只熊掌。

陈　父：大当家的，这是孝敬你的。

大当家：我一直就不稀罕这带土腥味的玩艺儿。秧子房掌柜的，你那儿子也不小啦，得出去打食啦。

陈　父：是啊，大当家的，要不是老娘儿们拦着护着，我早想让他跟着大当家的出去闯天下，吃马上饭了。

大当家：这事儿不能听老娘儿们的。小时候是儿，长大了再不放出去就是狼啦。

陈　父：大当家的说的是。

大当家：开导开导九儿，教他门清，下次来我把他带走。

陈　父：还靠大当家的栽培。

8. 秧子房。 内／日

陈　母：小姐不给家里捎个话吗？让家里人早点赎你回去。

第一集

〔陆璎摇了摇头。

陈　母：小姐是富贵身子，在这儿受委屈了。要用什么言语一声，年纪轻轻的别想不开，留得青山在，不怕没柴烧。

〔陆璎还是不语。

〔陈母叹一口气，收起首饰离开了秧子房，将门反锁上。

9. 秧子房。 内/日

〔室内光线暗淡，陆璎扑到窗前，透过木板缝向外张望。

〔马队正离去。

〔从木板缝里射进来的阳光，照到陆璎脸上，她白皙的脸庞上已有了串串泪水。

10. 陆家厅堂。 内/日

〔香案的上方，挂着皇上赐给陆家的吊着黄缎子的紫貂皮坎肩。

〔陆璎的父母、中年管家正在听丫环红玉说话。

红　玉：老爷、太太，快想想办法救救小姐吧——

陆　母：老爷，你为任一方，为民除害是理所应当，可是璎儿是我们的女儿，我们不能眼睁睁地看着她死在马贼手里啊。

陆　父：夫人，我陆忠既受命于朝庭，就与马贼势不两立，怎能和他们做交易啊！

陆　母：老爷……

管　家：老爷，这伙马贼心毒手狠，怕是什么事都干得出来，老爷要快拿主意。

陆　母：陆家为皇上尽忠，妇人不敢多言，可老爷……

陆　父：我陆家世代蒙受浩荡皇恩，让我用皇上的赏赐去赎爱女，是要毁我陆家的名节呀！

〔陆父走到香案前，抬头注视着紫貂皮坎肩，拱手致礼。

陆　父：我虽身守边关，远离京城，但绝不做有负于朝庭，有负于陆家列祖列宗的事。璎儿，父亲对不住你了。

11. 秧子房。 内/日

〔已是泪流满面的陆璎透过木板缝，发现窗外不远处的树干上挂着一根绳子。

〔陆璎的目光停在绳子上，一动不动。

12. 陈家板房。 内/日

〔陈家正在吃饭，陈父将碗里的酒喝掉。

陈　父：小心伺候着陆家小姐,千万不能有什么闪失。

陈　母：陆家是从不赎人票的,你们到头怕是空欢喜一场。

陈　父：如今陆家伤了元气,怕是顾不了脸面啦。

陈　母：可惜一个如花似玉的小姐,遭了这份凶险。

陈　父：可惜什么? 吃了这碗饭你还想当菩萨。

　　　　〔陈九迅速扒下最后几口饭,放下饭碗,准备离开。

陈　母：九儿,吃得这么少,是不是病了?

陈　九：娘,我吃饱了。

陈　母：人是铁,饭是钢,天大的事儿也不能耽误了吃饭。

陈　父：他壮得像豹子,一顿能吃一头牛,你还嫌他吃得少。

陈　九：我就是吃饱了。

陈　父：出了这个门,狗屎谁给你一口,我养了你十九年,就是狗也该出去觅食啦!

　　　　〔陈父转向陈母。

陈　父：都是你给惯坏了,十九的人啦,早该做马上来马上去的汉子啦。

13. 山坡上。 外/日

　　　　〔陈九坐在地上,专注地盯着秧子房。

14. 秧子房。 内/日

　　　　〔陆璎一直呆坐着,送来的饭菜摆在高台上,没动一口。

15. 秧子房门前。 外/夜

　　　　〔一个黑影窜到了秧子房前,用一根打磨得锃亮的半截子铁钉熟练地打开铜锁,推开柴门,低头钻了进去。

　　　　〔月光照出了陈九因为紧张而紧绷的那张脸。

16. 秧子房。 内/夜

　　　　〔火镰的声音惊醒了陆璎,她猛地坐起来,惊恐地往炕里退缩,没有扣好的绸衫敞开了怀。

陆　璎：谁? 你是谁?!

陈　九：我是秧子房掌柜的儿子,我叫陈九。

陆　璎：你……你要干什么?

陈　九：我不干什么，就是想来看看你。

陆　璎：你出去!

陈　九：你别怕，我有马，还熟悉这里的路，我能帮你逃跑。

陆　璎：你出去，你不出去我喊人啦。

陈　九：你别喊，我是瞒着他们来的。

　　　　［陈九举灯向前，陆璎尖叫起来。

陆　璎：来人哪! 救命——

陈　九：我想帮你……

　　　　［陆璎拿起枕头扑打过去，油灯被打灭了。

陆　璎：快出去! 你听见没有，我喊人啦。

　　　　［陈九无奈地退出了秧子房。

17. 秧子房。 　外/夜

　　　　［陈九将门锁上，仰望着皎洁的月光和满天星斗，靠着门坐了下来。

18. 秧子房。 　内/夜

　　　　［惊恐不安的陆璎摸到门口，听外边的动静，门外悄无声息，她松了一口气，倚着门坐在了地上。

19. 秧子房门前。 　外/晨

　　　　［陈九抱着双肩，把下巴埋在双膝间，依旧坐在那里。

20. 陈家板房门前。 　外/晨

　　　　［陈母出来倒好了尿盆，又将空尿盆放在屋檐下，系起还未扣全的扣子，去抱柴火，无意中瞥见了秧子房门前的陈九。陈母呆住了。

　　　　［陈九听到板房前的声音，坐起来拍拍屁股上的尘土，怏怏地向山坡上走去。

　　　　［望着陈九的背影，陈母若有所思。

21. 秧子房。 　内/日

　　　　［窗台上摆着没有动过的饭菜。

陈　母：小姐，心往宽处想，事往远处看，你年纪还轻，总会有出头的日子。

　　　　［陆璎低头不语。

陈　母：你的父母也是,把这么好的姑娘舍出来,也不心疼。

22. 秧子房门前。 外/日

[陈母带着陆璎在门前晒太阳。

陈　母：这山沟看上去偏远,其实到处都是路,走对了亮亮堂堂,迷了路能把人憋死。人活
　　　　在世上不容易,有多少人身不由己,我这做马贼的和你大小姐本无冤仇,十年修得
　　　　同船渡,我们成了冤家也是缘分,要想活得自在,还得自己拿主意。

[陆璎的目光游动于山峦间,最后又把目光落到了那段绳子上。

陆　璎：太太,我想小解。

陈　母：这儿又没有男人,你随便吧。

陆　璎：请太太回过身去。

陈　母：到底是官家小姐,这么爱面子。

[陈母回身眺望远处,陆璎绕到树后,将绳子摘下系在腰上。

23. 秧子房。 内/夜

[陆璎拿出绳子,望着窗外挂在山头的皎月,又落下了泪。

24. (闪回)陆家厅堂。 内/日

[香案上香火缭绕,陆父带领家人面对紫貂皮坎肩顶礼膜拜,陆璎和弟弟陆雄并排
跪在地下。大厅气氛庄严肃穆,陆璎的表情虔诚专注。

25. 秧子房。 内/夜

[陆璎从恍惚的回忆中走出,她拿起白天藏好的绳子,看着高高的房梁。

26. 陈家板房。 内/夜

[陈父响起了鼾声,陈母却辗转反侧,难以入睡。很快,陈母听到外间的门响动,她
坐起来,从窗棂处向外张望。

[月光下,陈九正悄悄地向秧子房摸去。

[陈母窥视着窗外,深思片刻,叹了一口气又躺了下来。

27. 秧子房。 内/夜

[陆璎正往房梁上搭绳子。

第一集

［画外音响起。

陆　瓔：小叔叔宁死不屈,惨死马贼巢穴;三奶奶不甘受辱,自缢在了马贼的秧子房,我也别
　　　　无选择。父母亲大人,女儿走了,为了父亲的前程和陆家的荣耀,女儿只能视死如
　　　　归,九泉之下也会舒眉含笑,千万不要再惦念我了。

28. 秧子房门前。 　外/夜
［陈九正摸索着开锁。

29. 秧子房。 　内/夜
［陆瓔把头伸进绳套,踢开了身下的凳子,身体悬空起来。
［陈九进到门里,用火镰打火,点燃了油灯,回身发现了悬空的陆瓔。他立刻跃上火
炕,将陆瓔抱下。
［清醒过来的陆瓔挣扎着坐起来,并往后退。
陈　九：你这是干什么? 要寻死? 干嘛要去死?
陆　瓔：你干嘛要救我?
陈　九：我……我想要你。
陆　瓔：你别……
陈　九：我喜欢你,从你来这那一天我就喜欢上你,你别怕……我就想对你好。
［陆瓔站起来抓住绳子。
陆　瓔：你别过来,过来我就死给你看。
［陈九没有丝毫犹豫地站起身来,抓住绳子,两人脸对脸地对视着。
陈　九：你这么年轻,又长得这么好看,像开在山里的花,死了多可惜。
陆　瓔：你别管我,这和你没有关系!
陈　九：我不能让你死,你不能去死!
［陆瓔垂下眼帘,眼泪扑簌簌地掉落。
［陈九顺势抱住陆瓔,将她摁倒在炕上。
［陆瓔拼命挣扎,炕沿上的油灯几次险些被踢下去。
［最后四只脚都停止了踢动,油灯掉了下去,秧子房里一片黑暗。

30. 秧子房门前。 　外/晨
［陈九从秧子房里出来,手里提着那根绳子,他看了一眼,扔向树丛里。
［陈九向山坡上疾跑。

［陈九跪在山头，向太阳升起的方向伸出双臂呐喊。

陈　九：啊——啊——

　　　　［太阳在山间升起，群鸟在山林上空盘旋飞翔。

31. 秧子房。 内/晨

　　　　［陆璎依窗望着奔跑的陈九，回身倚在墙上，仰头闭眼。

32. 陈家板房。 内/夜

　　　　［陈家正在吃饭，陈父端起酒杯，陈母一边吃饭一边用忧郁的目光扫着陈九。

陈　母：山外怎么一点动静都没有？这小姐都关了一个多月了，明知陆家从不赎人票，还非
　　　　要绑人家小姐。

陈　父：急什么！他们挺不了几天，早早晚晚得来赎人。

陈　母：眼看就要入冬了，等下雪封了山，是只鸟也飞不出去了。

陈　父：你一个老娘儿们懂什么，到嘴的肥肉还能让猫叼去。

　　　　［陈母给陈九倒了一碗酒。

陈　母：九儿，你脸色不好，是不是病了？喝碗酒去去寒。

陈　九：我不喝酒。

陈　父：酒是好东西，男人一碗酒，好汉天下走。将来你跟上大当家的，出去闯天下，大块吃
　　　　肉，大碗喝酒，那才是神仙过的日子。当年我在绺子里，腰插两把盒子枪，那日
　　　　子……嘿……

　　　　［陈九没等父亲说完就推开了饭碗，起身走了出去。

陈　父：这小子他妈的是怎么啦？

陈　母：孩子大了……有自己的心事了。

陈　父：都他妈是你惯出来的，让他自己出去刨食吃，早就规矩成人了。祸害，简直是祸害。

33. 陈家板房。 内/夜

　　　　［陈父鼾声如雷，睁着眼睛的陈母听到动静，坐起来从窗户向外张望，看到陈九又向
　　　　秧子房走去。

　　　　［陈母重新躺下，闭上眼睛。

34. 秧子房。 内/夜

　　　　［陆璎见陈九进来，木然地坐起来，陈九坐在她身边。

陈　九：你还怕我吗？你别怕。我和他们不一样，我不是马贼，我要你做我的女人。
　　　　〔陈九抱住陆璎，俩人慢慢地躺了下去。

35. 秧子房。　内/晨

陈　九：你是我的女人啦，我带你逃走吧，逃出这兔子不拉屎的地方。
陆　璎：……你把我的腰带找来。
陈　九：你要腰带干什么？你还想着死，你不能死，不能便宜了那些绺子里的人。
陆　璎：你把我的腰带找来，我不能总这样走来走去。
陈　九：你不懂这儿的规矩，他们把你的东西藏起来，连狗都嗅不到。

36. 陆家厅堂。　内/日

　　　　〔陆父仰望着紫貂皮坎肩陷入了沉思，听到门响，他回过身来，看到红玉进来送茶。
陆　父：太太吃过药了吗？
红　玉：太太茶不思，饭不想，也不喝药。
陆　父：劝太太喝药。
红　玉：老爷……奴婢的话太太听不进去。
　　　　〔中年管家匆匆走了进来。
管　家：老爷，马贼那边又传来口信，限三天答复，否则……小姐的性命难保。
陆　父：这些马贼胆大包天，竟敢威胁本官，这不是要造反吗？
管　家：老爷，有句话不知该说不该说。
陆　父：说吧。
　　　　〔陆父见管家低头不语，吩咐红玉退下。
管　家：老爷，我要是说了请老爷不要加罪。
陆　父：快说。
管　家：老爷，大清国运不昌，各地乱党纷纷起事，朝廷已是自顾不暇。
陆　父：你是说……
　　　　〔管家退到门口，打开房门张望，又将房门关紧，回身跪在了地上。
管　家：我跟随老爷多年，明白老爷的心思，这话要是传出去，我可犯了杀头之罪。
　　　　〔陆父仰天长叹，跌坐在椅子上。
陆　父：可这古往今来，哪有官府向马贼赎人的……天真的要变了？

37. 陆家厅堂。 内/日

〔紫貂皮坎肩高悬,香案上香火缭绕。

〔陆父带领家眷、奴仆跪在地上膜拜,气氛苍凉悲壮。

38. 陈家板房门前。 外/日

〔陈父扛着火铳走出门,陈母也跟了出来,两人同时注意到异样的天色,抬起了头。

〔铅色的云块越积越厚,凛冽的寒风在山沟里游窜。

陈　母：这是要变天了。

陈　父：这他妈的不是好兆头。这大当家的本事哪去了,竟然啃不动陆家那块没有味道的骨头。

陈　母：夜长梦多,出了事你我都担待不起。

陈　父：明天我就出山去找大当家的,就是撕票也要赶早。

陈　母：我和你一起去。

陈　父：一个老娘儿们家,像个尾巴似的跟着男人干啥?

陈　母：我不放心,这人票窝在手里,早晚要出事。

陈　父：这儿是老子的天下,山上有几头野猪我都有花名册,能出什么事!

39. 陈家板房。 内/夜

陈　父：明天多给那个陆家小姐准备点吃的,我们不知道啥时候回来。

陈　母：这不用你说。

陈　父：告诉咱那孽障小子,早晚都提防着点。

陈　母：但愿明天别下雪。

陈　父：山猫野兽都躲起来了,这可是刮风下雪的兆头,要下这雪就小不了。

陈　母：快睡吧,明天还要起早赶路呢。

40. 秧子房。 内/夜。

〔陈九和陆璎躺在炕上。

陈　九：明天他们就要出山了,我带你逃走。

陆　璎：我不走。

陈　九：我送你回家。

陆　璎：我不回家。

陈　九：再不走你就会死在这里,等到那些人来,非杀了你不可。

第一集

陆　璎：我的命是死,不是生,逃也逃不掉。我们陆家的人做了人票,只有死才不辱没陆家
　　　　的声誉。

陈　九：你们陆家的事我不管,我明天就带你走。

41. 陈家板房。　内/晨
　　［陈母一人在房内,她紧张地掏出钥匙,打开木箱子,从里边翻出陆璎的腰带和用布
　　包的首饰。陈母想了想,把腰带和首饰裹在一起,放到箱盖上,又重新把箱子锁好,
　　走出门去。

42. 陈家板房门前。　外/晨
　　［天空飘起了雪花。
　　［陈九在柴门前的粗石阶上擦拭着一杆火枪,身边放着皮袄。
　　［陈父牵着一黑一白两匹胡马走过来。
　　［陈母从板房里走出来。

陈　父：好好看家,不准到秧子房里去,你别给我找麻烦。

陈　母：九儿,你长大了,遇事也该自己拿主意了。

陈　父：别和他啰嗦,这次咱顺便和大当家的说好,把他送到绺子里去,你可别拦着。我十
　　　　九的时候,早就是一条马上来马上去的好汉了。
　　［陈父纵身上马,陈母转过身来。

陈　母：九儿……天要刮风下雪,出门别忘了带全东西。
　　［陈九抬头。陈母避开陈九的目光,跳上马去追丈夫。
　　［整个山林静得出奇,环目四望,山林被阴云半掩半托,水墨般凝重。
　　［陈九唿哨一声,跳下石条台阶,飞快地向后山坡跑去。他连跑带跳,扑向那半掩在
　　地下的秧子房。陈九气喘吁吁地靠在门板上,熟练地打开铜锁,推开柴门,低头钻
　　了进去。

43. 秧子房。　内/日
　　［陆璎安详地望着陈九,没有出逃前的激动,也没有恐慌。

陈　九：快,收拾东西我们走。

陆　璎：上哪儿去?

陈　九：离开这鬼龇牙的地方,我送你回家。

陆　璎：陈九,我已经不是那个陆家小姐了。就是绺子里的人不杀我,我也无法去见父

母了。

陈　九：又是你们陆家的臭规矩。我不明白，放着活命的路不走，偏偏想着去死。

陆　瓔：你不懂，好多事情你都不懂，给你说了你也不懂。

　　　　〔陈九把火铳放下，把皮袄扔给了陆瓔。

陈　九：我也不想懂。没时间了，穿上皮袄，外边冷，我去把马拉出来。

44. 陈家板房门前。　外/日。

　　　　〔陈九拉出马，套好一辆排子车，想了想，又跑进板房内。

45. 陈家板房。　内/日。

　　　　〔陈九想要打开木箱子，突然发现箱子盖上的腰带和首饰包，忙揣进怀里。

　　　　〔再走出板房的时候，空中铅色的云块密集而厚重，山沟被遮盖得暗无天日。

46. 秧子房。　内/日

　　　　〔陈九低头进来后大吃一惊，陆瓔正举着火统对着他。

陈　九：你可别乱来，那里边装着火药呢。

陆　瓔：陈九，我不能和你走。陆家的人票，必须去死，轰轰烈烈地死，你救不了我。

陈　九：你已经是我的女人了，我不会让你去死。

陆　瓔：陈九，这些日子你让我做了女人，这足够了，我就是死也算成人了。可你毕竟是马贼的儿子，我只能做你的女人，却不能做你的夫人，不能为你生儿育女，你知道吗？

陈　九：你怎么会这么想呢？

陆　瓔：这是命中注定的，我们没有缘分。

陈　九：那你就开枪吧，打死我，你才能去死……打吧。

　　　　〔说话间，陆瓔已是满脸泪水。

陈　九：你打呀，这火铳可以打死野猪黑瞎子，一枪一个。打吧，把眼睛闭上，一勾火就完事了。打吧。

　　　　〔陆瓔终于坚持不住，放下了火铳。

　　　　〔陈九连忙上前夺下枪。

　　　　〔一阵强风把门吹开，风雪一同扑了进来。

陈　九：快走，等下了大雪我们就逃不出去了。

　　　　〔不等陆瓔说话，陈九就强行给她套上了皮袄皮裤，扎上绑腿。

〔陈九抱起陆璎,提上火铳,冲了出去。

47. 秧子房门前。 外/日
〔陈九把陆璎抱到排子车上,自己也跳上了车,扬鞭赶马,飞奔而去。

48. 山沟。 外/暮
〔漫天的风雪中,一支马队迎面奔来,陈九父母的马跟着大当家的马跑在前面。
〔陈父像一位凯旋的将军,昂首挺胸,陈母的身躯在马背上颠簸着,脸上积着阴云。
〔一个马贼用长枪高高挑起那件紫貂皮坎肩,在风雪中像是招展的旗子。
〔走进陈家所在山谷时,大当家的和陈九父母勒住了马,注视着马队从他们身边驰过。
大当家:那个陆家老顽固终于认输了,官府不再讨伐我们了,这方圆百里都是我们绺子的天下了。你们看见那紫貂皮坎肩没有? 那是皇上赐给陆家的宝贝,他都献出来了。
陈　父:没有白花花的银子吗?
大当家:干我们这行的,放开手脚还缺银子吗?
〔众马贼大笑。
〔陈母的脸上流露出紧张和忐忑的神情。

49. 山林路上。 外/暮
〔呼啸的西北风裹着黄豆粒大的雪霰,恣意地在老林山沟里打旋,撕扯着冻枯的树枝,席卷着大团的落叶,连碎石也被吹得在沟坎上翻滚。
〔在山里绕了一天的陈九和陆璎,还有车和马,都罩上了厚厚的霜雪。

50. 秧子房门前。 外/暮
〔马贼们望着大敞的房门,马队死一般的寂静。
〔陈父的脸扭曲得十分难看。
〔一个崽子从秧子房里钻了出来。
崽　子:大当家的,人票跑了!
〔陈父嚎叫着滚落下马,跌跌撞撞地跑进秧子房,很快又跑了出来,跪在大当家的马前,拼命扇自己的嘴巴。
陈　父:大当家的,我该死……
〔大当家的铁青着脸,额头的青筋跳动着。

大当家：你是秧子房掌柜，该知道绺子里的规矩。

陈　父：收了赎金不能撕票，撕了票不能收赎金。

大当家：我们和官府打交道，坏了规矩不仅是坏了名声，还要给弟兄们带来麻烦。你说怎么办？

陈　父：大当家的……看在多年兄弟的份上，还望大当家的高抬贵手。

大当家：亏你还说得出口。

51. 陈家板房。　内/夜

　　［香案上插了三炷香，即将挂甲的陈父被绑在柱子上，几个马贼围着他。

　　［门开了，另一拨马贼进来。一个马贼向大当家的报告。

小头目：大当家的，追出二十里，活不见人，死不见尸。

　　［大当家的走到陈父面前，已经镇定下来的陈父又恢复了英雄气概。

大当家：秧子房掌柜的，你跟了我这么多年，不是我不讲交情，我不能坏了绺子里的规矩，让天下人骂我。你应该知道该怎么办？

陈　父：知道。

大当家：服不服？

陈　父：该倒就倒，没啥说的。

大当家：那去吧，一会儿给你备酒送行。

陈　父：我老婆怎么办？

大当家：她也是起誓言入伙的人，照办。

陈　父：我操你祖宗！大当家的，我们两口子为你卖命，你还下这狠茬子。我死了也要扒你的皮，到阎王爷那儿等着你和你算账！

　　［大当家拨出盒子枪，叭叭叭三枪打掉了香案上的三个香头。

大当家：骂吧，趁着有口气，把肚子里的恶气都吐出来，免得到阴间做个恶鬼。

陈　父：大当家的，我死也饶不了你！

52. 陈家板房门前。　外/夜

　　［风雪中，陈父裸着上身被绑在自家门前的核桃树干上。

　　［马贼们列队站在两侧，个个神情严峻。

　　［大当家的端过一碗酒。

大当家：兄弟，家有家法，绺有绺规，弟兄们都瞧着咱呢。别怪罪大哥，挺直腰板，像汉子一样喝完这碗酒，上路吧。

陈　父：来吧,让我喝个痛快。

　　　　[大当家的双手端碗,给陈父喝下了那碗烧酒。

　　　　[众马贼跪下为陈父送行。

53. 陈家板房。　内/夜

　　　　[陈母平静地在灶下烧火,为马贼煮着鹿肉和熊掌。

　　　　[一个崽子站在一旁监视。

54. 陈家板房门前。　外/夜

　　　　[众马贼已经退去,两个行刑的崽子提着水桶走到陈父面前,向他施礼。

崽子甲：秧子房掌柜的,你逃了人票,犯了绺规,是必死的人,黄泉路上可别怨恨我们兄弟。

崽子乙：等我们拜达摩老祖时,一定为你多烧几炷香,保佑你二十年后再托生一条好汉。

陈　父：少说废话,小子们来吧。

　　　　[两个崽子提起装满凉水的水桶,轮流一桶一桶地往陈父的身上浇。

　　　　[夜空里,传出陈父嘶哑的骂声,直到整个身子像冰柱般僵硬。

55. 山梁。　外/夜

　　　　[陈九和陆嫛翻上了一座山梁,排子车陷进了被冰冻实的车辙里,不能动了。

　　　　[陈九跳下车来,瞪着眼睛四下张望。

　　　　[陈九抱起陆嫛,躲进了一个紧靠悬崖的山洞里。

56. 山洞。　内/夜

　　　　[山洞很浅。陈九放下陆嫛,让她靠近洞壁,自己蹲在洞口。

　　　　[陆嫛蜷缩着身体,闭着眼睛靠在洞壁上,抖个不停。她拉着陈九的胳膊,嚅动着没有了血色的嘴唇。

陆　嫛：陈九陈九,你坐过来,靠紧我。

　　　　[陈九紧靠着陆嫛,用他的翻毛皮大氅暖着她。

　　　　[陆嫛把脸依偎在皮大氅的绒毛里,渐渐有了生气,嘴巴也好使了。

陆　嫛：陈九,我告诉你,我是必死无疑的人,你救我出来也没有用。我们陆家是从来不赎
　　　　人票的,我们陆家的人宁肯死在马贼手里,也不会做交易。你懂不懂陈九? 陆家没
　　　　有一个人是从马贼手里活着回去的。

陈　九：你放心吧,我们已经跑出来了,他们有多少人马也追不上了。我一两银子也不要,

　　就能把你送回家去。

陆　瓔：你救了我,但我是不能回家的,活着回去是陆家人的耻辱。

陈　九：你们混蛋陆家!

陆　瓔：陈九你不懂,我说给你听你也不懂……

陈　九：那就不回你们陆家,开荒种地打猎挖参我都能养活你。

陆　瓔：那有悖于天理人情……

陈　九：你们女人……

陆　瓔：陈九我给你说,我这十七年的岁月就要结束了。我本来应该遵从父亲的安排嫁给一个男人的,因为被马贼绑了票我就嫁不了啦,不嫁那个男人我没有什么抱怨的,我不认识那个男人。你让我做了你的女人,你做了我的男人,我这十七年的岁月也就足了。可惜你是马贼的儿子,我不能为你生下一儿半女,我不能堂而皇之地为人妻为人母,这是命中注定没有的缘分。

57. 陈家板房。　内/夜

[马贼们围着桌子喝酒吃肉,狂饮滥食。

[陈母换上了一身干净衣服,对着镜子梳过头,拿起一根绳子,走进了灶间。

[陈母跪倒在大当家的面前。

陈　母：大当家的,陈家犯了绺规,我死而无怨。但我是个女人,只求死得干净些,求大当家的开恩。

[马贼都停下了喧闹,屋里一片寂静。

大当家：好,规矩是规矩,人情是人情。秧子房掌柜和我兄弟一场,我今天就成全你,自己选一条归天的大道去吧。

[陈母磕头起身,一手拿绳子,一手提起一条板凳,走出了房门。

58. 山洞。　内/夜

[陈九蜷缩着坐在陆瓔身边,把头埋在毛皮领里无声无息地睡着了。

[陆瓔蠕动着身躯,努力使自己站起来,她努力活动着四肢,站稳了身体,走出了洞口。

59. 山洞。　内/夜

[浅浅的山洞就在崖边,走出十几步就是崖头。

[陆瓔抬头向夜空望了一眼,黑洞洞的夜空无边无际,发着呼啸,不时伴着强大的撞

击声和断裂声。她闭上眼睛，努力克制着懦弱，咬着牙向前方迈出了大步，但被绊倒在地，脸上和手上都沾上了雪。她爬了起来再迈步，又摔倒了。这时身后传来了声音。

陈　九：你要干啥？

陆　璎：我……不干什么。

陈　九：外边风大雪大，会把你刮跑的。

陆　璎：我要小解。

陈　九：就在屁股底下尿吧，马上就会冻成冰的。

陆　璎：我尿不出来。

陈　九：那就憋着。

　　　　［陆璎忽然觉得有什么东西牵动着自己，低头一摸，原来自己的腰里系着绳子，绳子的另一头系在陈九身上。

　　　　［陆璎绝望地闭上了眼睛。

　　　　［画外音响起。

陆　璎：我认命了。从前那个陆家大小姐已经死了，如今我是陈九的女人了。

60. 陈家板房门前。　外/夜

　　　　［风雪依然猛烈，陈母眯着眼睛走到丈夫被冷水冻死的大树旁，见丈夫被罩在冰坨子里，她在喉咙里痛苦地呜咽了一声，闭上了眼睛。

　　　　［陈母脚下踉跄了一下，险些摔倒，她用手背抹了一下脸上的泪水，嘶嘶地吐了一口气。

　　　　［陈母昂起头来寻找树枝，放下板凳蹬了上去，伸手在树枝上搭上绳子，系了一个绳套，把头钻了进去。

　　　　［陈母抬起头来，望着被风搅得漆黑的天空，凝神片刻，突然嘶声大喊。

陈　母：九儿九儿，放心去吧，爹娘升天了！

　　　　［陈母一脚踢翻板凳，垂下双手吊在了空中。

61. 山林边界。　外/日

　　　　［天色微亮，风雪已停。陈九和陆璎已经弃了车马，互相搀扶着，如雪人般地走出了山沟。当他们注视到一望无际的雪原时，一屁股坐倒在了雪地上。

第二集

1. 正阳街。 外/日

[哈尔滨正阳街上商铺林立,交易兴旺,行人熙攘,弥漫出现代商业城市的浓重气息。

[陈九和陆璎出现在街头,陆璎目光茫然,陈九四顾不暇,满是好奇。

[两人服饰和神情的差异引来了路人的注目。

2. 横巷。 外/日

[在贴有"招租"字样的房门前,陈九和陆璎驻足了一会。

[陈九推门走了进去,陆璎在门外等候,不远处有几个小女孩在踢毽子。

[陆璎看了一会,突然弯下腰想要呕吐,忙用手捂住了嘴。

[陈九走了出来。

陈　九:怎么了? 你病了?

陆　璎:我没事儿,房子怎么样?

陈　九:你快进去看看。

3. 张太太家。 内/日

[房东张太太陪着二人在不大的房间里四处看着。

张太太:房子虽说是小了一点儿,可是朝阳,冬暖夏凉,你们小两口住在这儿不会遭罪。实话对你们说,现在想租下这房子的人多,我想挑个正经人家,人要是不可靠,给多少钱我也不租。

陆　璎：屋子太小了,堂室混在一起,连像样的家具都摆不下。

陈　九：房租不贵。

张太太：一进门我就看出来了,这位太太出身大户人家,受不了委屈。要讲究的房子有啊,后边有楼房,堂室分开,几进几出,随你们挑。

陆　璎：我只是随便说说,就这儿吧。

4. 张太太家门前。　外/日
[张太太将陈九递过来的几张纸钞接下,攥在手里。

张太太：你小子艳福不浅啊,娶了个这么漂亮的媳妇,是把主人家的小姐拐出来了吧? 就不怕人家抓你回去砸断你的腿? 不过来哈尔滨落脚的,天南海北,四面八方,都是来奔活路的,没有人管闲事。只要你按时交房钱,我也睁只眼闭只眼,你就是把皇上的女儿拐出来,我也只当没看到。

陈　九：不是太太说的那样……

张太太：让我说对了吧? 看你蔫头蔫脑的,肚子里花花肠子还不少。

5. 陈九家。　内/日
[室内的陈设很简单,但窗明几净,陆璎在擦拭着桌子。

6. 街巷。　外/日
[风雪刮得人睁不开眼睛。陈九与人合力搬运圆木,步履艰难。

7. 陈九家。　内/日
[陆璎站在窗前,望着窗外的大雪愣神。
[寒暑交替,飞舞的雪花又化作了大雨。
[陈九正要出门,陆璎回过身来。

陆　璎：雨下得这么大,在家歇一天吧。

陈　九：歇着谁给钱啊。在这地方过日子,喝凉水都要铜子儿。眼瞅着你就要生孩子了,我咋能歇着呢!
[陈九抓起衣服披上,冒雨跑出了门。
[望着外边的大雨,陆璎抚摸着隆起的腹部叹了口气。

8. 小商号。 内/日

〔掌柜的坐在柜台后面发呆,陈九跑了进来。

掌柜的: 下雨送财神,您买点什么?

陈　九: 掌柜的,有活干没有?

掌柜的: 我这还闲得难受呢。

9. 雨巷。 外/日

〔一辆重载的排子车正在爬坡,车夫吃力地拉着。路滑坡陡,车夫用上了全力车子也没怎么动,路过这里的陈九忙跑上前帮着推车。

〔坡顶上,车夫掏出铜子儿给陈九,陈九小心地将铜子儿装进兜里。

10. 陈九家。 内/日

〔陆璎坐在镜子前,打开首饰包,将首饰一件件看过,对着镜子又一件件戴上,显得光艳照人。

〔房东张太太出现在了窗口,向里张望。

张太太: 哎哟,我可是开了眼界见着仙女啦,这金的银的玉的是样样不缺。女人是朵花,长在金枝玉叶上要多鲜亮有多鲜亮,住在这样的屋子里真是抱屈啦!

陆　璎: 张太太有话到屋里说吧。

张太太: 没事儿,女人嘛,打扮自己是天分。我也是怜香惜玉,替美人委屈。

11. 陈九家门前。 外/日

〔陈九神情落寞地回家,张太太忙迎上去,将陈九拉到一边。

张太太: 就这么空手回来了? 今天赚到钱没有?

陈　九: 没有,一直揽不到活儿。

张太太: 就是揽着活儿,赚那几个小钱,能养得起你那漂亮媳妇?

陈　九: 张太太这话是啥意思?

张太太: 啥意思? 这种女人我见多了,今儿能跟你跑出来,明儿就能跟别人跑出去。跳槽攀高枝儿,是女人的天性。

陈　九: 胡说! 你知道什么?!

张太太: 我过的桥比你走的路多,吃的盐比你吃的沙子面多。

〔陆璎光艳照人地出现在了门口,陈九呆住了。

〔张太太也紧忙收住了话题。

张太太：陈九，你一天东奔西走的，小心一身汗一身泥的进不了家门。

12. 陈九家。 内／日
〔陆璎坐在镜子前，一件一件往下摘首饰。

陈　九：戴着吧，你戴着挺好看的，城里的女人都戴这个。

陆　璎：戴这首饰的人，已经死在那个山沟里了……我这身子一天比一天重，用钱的时候多
着呢，你把它们送到当铺当了，换钱来过日子吧。

陈　九：你又来了，好东西送到当铺去也当不出多少钱来。

陆　璎：眼看就要生了，我们自己可以受委屈，但不能让孩子也跟着我们受委屈。

陈　九：我不会让你和孩子受委屈的。

13. 陈九家。 内／日
〔陈九将自己的皮袄找出来包好，陆璎走了过来。

陆　璎：你这是要干什么？

陈　九：我去把它卖了。别看它旧，这皮里全是上等狐狸皮，能卖出好价钱。

陆　璎：那天冷了你穿什么？还是卖两件首饰吧。

陈　九：在城里过日子，穿不着这么厚实的皮袄，留着也没用。
〔陈九出了家门。

14. 宏记货栈。 内／日
〔这是一家颇具规模的皮货栈，内有柜台、账桌，还挂了不少贵重毛皮和裘皮成衣。
〔掌柜赵满在查看账本，小伙计沈中和正用鸡毛掸子为裘皮扫尘。

赵　满：下去收皮货的伙计们都走了吗？

沈中和：都走了，老齐和老张是今儿早上走的。

赵　满：现在生意不好做，等到秋风一吹，什么都来不及了……这活儿怎么干的？记住，学
徒当伙计，一要嘴勤腿勤，二要心到手到。

沈中和：是。

赵　满：人要机灵，但不要小聪明，小聪明吃眼前饭，学本事要受用一辈子。

沈中和：掌柜的，我记下了。

15. 宏记货栈门前。 外／日
〔匆匆走过来两个商人打扮的汉子，神色紧张，他们是绺子里的大当家和随从刘二。

两人在宏记货栈门前四下张望了一会,闪身进了门里。

16. 宏记货栈。　内/日

〔赵满见有客人进来,忙笑脸迎上去。

赵　满:二位辛苦,光临小栈必定有生意做。上茶——

大当家:我们是无事不登三宝殿,宏记生意不错,树大遮荫,我们想来避个风雨。

〔说话间,大当家的摘下墨镜,赵满大吃一惊。

赵　满:是你? 当家的。

大当家:怎么的,不欢迎啊?

赵　满:不敢不敢,当家的是大忙人,平日想请都请不到,能来宏记赏光,赵满不胜荣幸。

大当家:我来哈尔滨散散心,客店里人多眼杂不方便,到你这儿落落脚。

赵　满:这……

大当家:你害怕了。

赵　满:不是,我这儿的几间客房太简陋了,怕怠慢了当家的。

大当家:这些年你从我这儿捞了多少皮子? 如今腰粗气壮,倒摇起拨浪鼓来了,这也未免太不仗义了吧。

赵　满:当家的冲天说话,我可没那个意思。你们放心住下,一切由我担着,一定让你吃好、住好、玩好。

〔沈中和端上茶,赵满示意他退下。

赵　满:到门口看着,我和两位老客谈生意,有什么动静通个信儿。

17. 宏记货栈门前。　内/日

〔陈九夹着包袱路过这里,见有"收购毛皮"的招牌,就想进门,却被沈中和拦下了。

沈中和:干什么的?

陈　九:你们这儿收毛皮吧,你看看我这皮袄,能值多少钱?

沈中和:别瞎胡闹,这破皮袄也往里送。宏记是买卖,瞧不上这破烂儿,你这皮袄要卖,明早送到晓市上兴许还能换几个钱花。

陈　九:别看这面儿旧,皮子是好皮子,一色的新红狐狸皮。

沈中和:我不看我不看。

陈　九:小兄弟你不懂,我去见你们掌柜的。

沈中和:不行,掌柜的今天不见客。

陈　九:真是阎王好见,小鬼难缠,哪有买卖家不见客人的。

　　　　〔陈九往里闯,沈中和向外推。

18. 宏记货栈。 　内／日

大当家: 宏记名声在外,果然名不虚传。这里挂的摆的都是上等货色,宏记生意越做越大,
　　　　门槛也越来越高了。

赵　满: 我们是小本生意,还亏了当年当家的照应,要不也没有赵满的今天。

大当家: 现在山里的生意不好做了,也该歇手了。

赵　满: 当家的威风,哪个不敬你老人家。

大当家: 还不是腰里头有家伙,身边有几个弟兄,手一歇就一文不值了。

　　　　〔说话间,陈九已经闯了进来,沈中和胆怯地跟在后边。

沈中和: 掌柜的,他不听话,非要往里闯……

赵　满: 你有什么事?

陈　九: 我想卖我的皮袄,你家小伙计拦着我。

赵　满: 什么皮袄大惊小怪的,你以为宏记是收破烂的,你看看我这儿的皮货,能收你的破
　　　　皮袄吗?

　　　　〔陈九环视了四周皮货,露出了惊讶的表情,但仍不服气,当场抖开了皮袄。

陈　九: 你是掌柜的,不能像小伙计一样不识货。这可是上好的皮毛,别看走了眼。

赵　满: 我这有客人,今天不谈生意,你走吧。

陈　九: 你给出个价,我也是等米下锅。

赵　满: 我说了,今天不谈生意。沈中和,送客!

沈中和: 走吧,缺钱花明早去晓市碰碰运气吧。

陈　九: 这么大的皮货栈竟不识好赖货……

大当家: 慢着,让我看看你的皮袄。

　　　　〔在陈九进门时大当家的就认出了他,为掩饰他重又戴上了墨镜,这时他摘下了墨
　　　　镜走到陈九面前,接过陈九的皮袄抖了抖。

大当家: 果然是好货色。你认识我吗?

陈　九: 不认识,我初来哈尔滨,人生地不熟。

大当家: 真不认识?

陈　九: 真不认识。

大当家: 看样子你对皮货挺在行,认识这些皮货吗?

陈　九: 这是红狐,这是狼狐,这是旱獭、猞猁,还有这是貂皮,都是上等好皮子。

赵　满: 好眼力啊,你懂毛皮?

陈　九：从小和山猫野兽打交道,见的不少……这皮袄你到底要不要?

赵　满：我说了今天不谈生意。

沈中和：快走吧。

19. 宏记货栈。　内/日

大当家：这小子可疑,你得防着点。

赵　满：当家的认识这个小伙子?

大当家：不认识。

赵　满：开着商号,八面来风,什么人都有,当家的千万别多心。

大当家：宏记买卖大了,贴了门神,百鬼不侵了。

赵　满：当家的多心了。

大当家：吃江湖饭的,向来四海为家,不叨扰了。

赵　满：别啊,这是怎么说的,说得好好的怎么就走了呢?

20. 街巷。　内/日

〔大当家的和刘二低头走过,边走边谈。

大当家：真是冤家路窄,本想进哈尔滨散散心,乐呵乐呵,没想到遇到了冤家对头。

刘　二：他真没认出我们来?

大当家：干咱们这一行的,就怕留下后患,早晚是祸害。

刘　二：那就捅了他。

大当家：找个机会,下手利索点,别坏了我们的好事,我们进城可不是来杀人的。

21. 宏记货栈。　内/日

沈中和：掌柜的,今天是我不好,让那个卖皮袄的闯了进来。

赵　满：没有你的事,这两个客商来者不善……上贼船容易下贼船难哪!

沈中和：掌柜的……

赵　满：好了,这儿没你的事了,我想一个人坐会儿……回来,今天那件皮袄确是一件好货
　　　　色,翻新后会成为一件上品,能卖个好价钱。

沈中和：这还不容易,我明天在晓市上准保能找到他。

22. 晓市。　外/日

〔陈九抱着皮袄,在人群中穿行。

第二集

〔刘二怀揣短枪,在晓市上寻找陈九。

〔沈中和挤在人群中四处寻找陈九。

〔陈九站定一处,抱着皮袄叫卖,一位中年顾客停下脚步,走上前。

顾　客：啥价?

陈　九：十张大贴。

顾　客：十张大贴? 买件新的才多少钱?

陈　九：这可是上等狐皮,别看面旧,但穿的是皮毛,单买这毛皮也不止十张大贴。

顾　客：不值,不值。

陈　九：我急等用钱,要是有心买,你出个价。

顾　客：两张大贴。

陈　九：有你这么出价的吗? 不卖。

顾　客：漫天要价,坐地还钱。再加一张小贴,你卖不卖?

陈　九：不卖,少个子儿也不卖。

〔中年顾客恋恋不舍地转身离去。

〔一直在旁边看热闹的孙殿臣走过来。他想帮陈九,也想从中捞点儿外快。

孙殿臣：这位大哥,有你这样做买卖的吗? 一看就是外行。

陈　九：我做什么买卖,我媳妇要生孩子了,我卖了它买米吃。

孙殿臣：这皮袄不错,你说个实价,想卖多少钱。

陈　九：你给八张大贴卖给你。

孙殿臣：我买不起。我看你是秦琼卖马,山穷水尽了,英雄末路卖刀卖马,总不是办法,我帮帮你,八张大贴垫底,卖多了咱俩分。

〔陈九点头同意。

陈　九：谁买皮袄,上等皮袄!

〔刘二寻声发现陈九,贴近过来。

刘　二：这皮袄多少钱?

陈　九：先生,这可是上等狐狸皮……

孙殿臣：二十张大贴。

孙殿臣：少十五张大贴不卖。

刘　二：你们谁是卖主,别乱说话。

陈　九：你给十张大贴。

刘　二：好,一言为定。我身上没带钱,你带皮袄跟我去取钱,不远。

〔陈九高兴地转向孙殿臣。

陈　九：兄弟，你和我一起去。

孙殿臣：行，谁让咱们一伙的。

〔刘二看了孙殿臣一眼。

刘　二：好，不怕麻烦你就一起去。

孙殿臣：先生，你再给加一张大贴。

刘　二：你啰嗦什么啊？找死啊！

〔刘二下意识去摸藏在衣服下的家伙，不小心露出了短枪的枪柄。

〔孙殿臣眼尖，忙拉住了陈九。

孙殿臣：不卖了，不卖了。

〔陈九莫名其妙，刘二更是恼火。

刘　二：你们做的是什么买卖？要人呢！不行，卖也得卖，不卖也得卖。

〔陈九抓住皮袄不放，刘二见诓骗不走陈九，欲掏枪下手，越来越多的人围上来看热闹，沈中和也寻声凑了过来。刘二见势不好，丢下他们转身离去。

陈　九：怎么回事，讲好的价儿你怎么又不卖了呢？

孙殿臣：这人带着家伙，会把我们引到没人的地方白抢你的皮袄，到时你一个子儿也捞不着，这种事我见得多啦！

〔陈九似乎有所醒悟，这时沈中和走了过来。

沈中和：卖皮袄的，我正找你呢。我们掌柜的让你把皮袄送到宏记去。

23. 正阳街。　外 / 日

〔日本商人办的庄本商行举行开业庆典。

〔商行门前装点着各式招牌，一支西洋乐队在门前奏起了欢快的乐曲。

〔几个日籍伙计站在路旁，频频向行人鞠躬行礼，并散发着广告单。

〔陈九抱着皮袄和沈中和、孙殿臣路过这里。

陈　九：正阳街上天天有买卖开张，哪儿来的这么多有钱人。

孙殿臣：这条街上是金砖铺地，银瓦盖房，连外国人都想到这儿来挖金娃娃。

陈　九：看来这街是风水宝地，不知道将来我们能不能也在这条街上占块地方。

孙殿臣：这可不是谁都能落脚的地方，我们两手空空，恐怕只能混饭吃了。

沈中和：你们别做白日梦了。快走吧，别让我们掌柜的等急了。

24. 宏记货栈。　外 / 日

〔赵满翻看着陈九拿来的皮袄。

赵　满：这是你自己用的皮货。

陈　九：是，自家上山打的，自家做的，都是上好的皮子。

赵　满：你这儿有亲戚朋友吗？

陈　九：没有。

赵　满：你能找个铺保吗？能找铺保，我给你找点事儿干。

25. 宏记货栈前。　外／日

［孙殿臣守在外边，见陈九出来，忙迎了上去。

孙殿臣：怎么样？卖了多少钱？

陈　九：掌柜的识货，给了十张大贴。给你一张，你一直陪着我。

孙殿臣：这钱我不要，这是你运气好。

陈　九：兄弟，还不知道怎么称呼你呢？

孙殿臣：我叫孙殿臣，在永发泰当伙计，吃劳金。

陈　九：我刚来哈尔滨，也没有个朋友，你能不能帮我个忙，帮我找个铺保，宏记要用我当伙计。

孙殿臣：你运气真不错，宏记可是大买卖，在那里挣个饭碗不容易。但我一个吃劳金的，没那么大的面子……有了，我出来是给我们老掌柜接人的，火车误点了，我在外边瞎转悠。等会儿你和我一起去接掌柜的表外甥，拜不到菩萨我们拜小鬼，只要能上香，一样灵。

陈　九：全靠你帮忙了。

孙殿臣：在家靠父母，出外靠朋友，今天也该着我们有缘。现在还有点时间，你先陪我去看一个人。

26. 大观园后门。　外／日

［陈九和孙殿臣站在对面街角向里张望。

陈　九：这不是妓院吗，你在这里有熟人？

孙殿臣：这里有个姑娘叫秋红，是我的老乡。她爹做生意破产，后来爹妈都上吊死了，债主把她卖到了这儿。她爹妈临死前交待我，让我照顾她。小小年纪怪可怜的。

陈　九：把她接出来吧。

孙殿臣：说着玩呢，我哪有钱给她赎身啊……她出来了。

　　　　［一个十二三岁的孩子吃力地提着脏水桶出来，倒好后又向四处张望。

孙殿臣：秋红，我在这儿。

秋　红：孙哥哥，你可来了，我要的东西带来了吗？

孙殿臣：什么东西？

秋　红：我说你记不住吧，鸡毛毽啊！

孙殿臣：这么大的事儿我怎么能忘呢。

　　　　［孙殿臣从怀里掏出了一个鸡毛毽，秋红接过来后高兴地踢起来。

秋　红：这位哥哥是谁呀？

孙殿臣：他叫陈九，是我的朋友。

秋　红：是九哥哥，你可真行，还有朋友，我一个朋友也没有。这个九哥哥长得高高大大，可
　　　　真威风，你们给我带吃的了吗？

　　　　［孙殿臣又从怀里掏出了一个苹果，秋红接下来大嚼起来。

孙殿臣：里边没有苹果吗？

秋　红：里边什么都有，就是没有我的份。鸨母心狠着呢，饭都不让我吃饱。

陈　九：你在里边都干什么呀？

秋　红：洗衣服、烧水、擦地，什么都干。闲下来的时候，我还学琴，学唱小曲。我刚学会了
　　　　一段小曲，孙哥哥九哥哥，我唱给你们听——
　　　　春江绿水映桃红，
　　　　十八岁大姐坐闺中，
　　　　擦粉腮，抹口红，
　　　　小红袄，露酥胸，
　　　　惺眼望着窗前柳，
　　　　心里想着……

　　　　［秋红的童声稚气，让陈九和孙殿臣面面相觑。

秋　红：你们不愿意听是吧，那我不唱了。

孙殿臣：这曲儿你长大再唱吧。

秋　红：我长不大，我天天吃不饱饭能长大吗？我饿极了就想家，累极了也想家……你们能
　　　　常来看我吗？

　　　　［孙殿臣和陈九不约而同地用力点了点头。

　　　　［门里面有人喊秋红的名字。

秋　红：哎，我来了。我该回去了，催命的鸨母又喊我啦，一刻也不让我闲着……你们常来
　　　　看我啊。

　　　　［秋红边说边跑进门去。

孙殿臣：可怜哪！小小年纪，就进了妓院，苦日子在后头呢。

陈　九：你不是还要接人吗?

孙殿臣：哟,时候不早啦,快走。

27. 火车站。　外/日

　　[站台上的旅客都走光了,只有赵小品一个人孤零零地站在那里,不知所措。

　　[一个地痞模样的汉子走了过来。

地　痞：刚下火车吧,住店不?

赵小品：不住。

地　痞：住我们的店吧,又便宜又干净。

赵小品：不住,我到家了。

地　痞：你是等人接站吧,你说说地址,我送你去。

赵小品：不用。

地　痞：都这时候了还没人接你,你遇上我算你有福气,这地方坏人多,遇上坏人抢你包袱还要你的命。来,我给你拿包袱。

　　[地痞抬手就去拽赵小品的包袱,赵小品吓得死抱住包袱不放。

　　[地痞使了蛮力抢过包袱,转身拔腿就跑,赵小品连忙追了过去。

赵小品：我的包袱,有人抢我的包袱了。

28. 街巷。　外/日

　　[孙殿臣和陈九匆匆赶路。

孙殿臣：我们去接的这位是我们掌柜家的表少爷,第一次来哈尔滨。我们可别得罪他,把他伺候好了,这铺保的事儿也就差不多了。

陈　九：我听你的。

　　[俩人边说边走,这时从横巷里跑出了地痞和后边的赵小品。

赵小品：截住他,他抢了我的包袱!

陈　九：我们去帮帮他。

　　[孙殿臣急忙拉住陈九。

孙殿臣：别去,你看那汉子多凶,这种人都是不要命的,你斗不过他。

陈　九：有什么怕的啊?

孙殿臣：别耽误了咱们的大事。

陈　九：你去接人,我随后就到。

　　[陈九沿着他们跑过的方向追了上去。

29. 街巷。 外/日

[那地痞在前面飞奔,陈九在后面紧追,赵小品落在最后,他已经累得上气不接下气。

[看到陈九追了上来,地痞露出凶相。

地　痞：你小子追什么?

陈　九：把包袱还给人家。

地　痞：关你的屁事?

陈　九：把包袱还给人家!

地　痞：小子,你知道我是谁吗? 这街面上还没有不认识我的。

陈　九：我让你把包袱还给人家!

地　痞：你……看样子不给你点厉害瞧瞧,你还不知道马王爷有三只眼。

[地痞抱紧包袱,低头向陈九撞去,陈九一闪,地痞栽了个跟斗,包袱也掉在了地上。

[看到地痞的蹩脚功夫,陈九笑了,他将包袱捡起来,递给了赶到的赵小品。

赵小品：谢谢大哥。

[地痞爬了起来,和陈九撕扯在了一起,双方很快就有了胜负。陈九将地痞推了个仰八叉,地痞爬起来转身就跑。

地　痞：小子,你要是有种就等着!

陈　九：看看包袱少了东西没有。

赵小品：没少。大哥,我怎么谢你呢?

陈　九：拿好包袱走吧。

赵小品：你看那人凶的,他要是带人回来怎么办?

陈　九：我不怕,你走吧。

[陈九转身离去,赵小品抱着包袱左顾右盼地跟在陈九后边,寸步不离。

陈　九：你跟着我干吗?

赵小品：我没跟着你。

30. 火车站。 外/日

[孙殿臣举着写有"接赵小品"字样的宣纸,焦急地东张西望。

[陈九和赵小品一前一后走了过来。

陈　九：人呢,接到了没有?

孙殿臣：这趟车的人都走光了,也没见人影,都怨你,耽误大事了。

陈　九：那铺保的事儿没戏了?

孙殿臣：还提铺保呢? 我这饭碗都要保不住了。

［赵小品站在陈九身后,怯生生地指着写有"接赵小品"的宣纸。

赵小品:你们是接他?

孙殿臣:是啊,不接他还接你呀,好事全叫你给耽误了。

赵小品:我就是他,我就是赵小品。

［陈九和孙殿臣露出了惊喜之色。

31. 舅爷家。 内/日

［年近花甲的舅爷端坐在太师椅上,赵小品规规矩矩地站在他面前。

舅 爷:多大了?

赵小品:十六。

舅 爷:成家了吗?

赵小品:成了,要不我爹我娘也不会放我出来。

舅 爷:媳妇多大了?

赵小品:比我大四岁。

舅 父:怎么没带出来呀?

赵小品:在家里伺候爹娘呢。

舅 爷:你爹捎信来让你来学生意。学什么呢? 从哈尔滨开埠我就在这条街上跌打滚爬,学到什么啦? 你软就有人欺负你,你硬就有人怕你。你赚了钱,满街都是朋友,你跌了跟斗,谁都想踩上一脚。

赵小品:舅爷……

舅 爷:我现在有了商场、火磨,又开着鞋帽厂,算是有了一份产业,在哈尔滨也算是一个人物了。小品哪,你是我亲外甥的儿,我不想留你在我身边,把你娇惯成一个软皮蛋。

赵小品:舅爷……

舅 爷:你先住下来,有你吃,有你穿,天天到正阳街上转转,看看人家是怎么做买卖的,怎么赚钱,怎么跌跟斗,怎么再爬起来,自己闯天下去。

赵小品:舅爷,我初来乍到,两眼摸黑。

舅 爷:万事开头难。做不了大买卖,还能摆个地摊,卖个针头线脑什么的。买卖不论大小,道理都是一样的。舅爷当初就是这么一步一个脚印走过来的……好了,你先下去歇着吧,我已经让人给你安排好了住处。

赵小品:舅爷……

舅 爷:还有什么事啊?

赵小品:我有一个朋友,想求你帮个忙。

舅　爷：刚下火车就交上了朋友啦！

赵小品：我让人抢了包袱，是他帮我追了回来，他想求你给他做个铺保。

舅　爷：好大的面子，求我做铺保……好，这个忙我帮。在外边闯荡不能没有朋友，不过小品你要记住，朋友可以帮你，也可以伤你。朋友要是伤你，你防不胜防。

32. 街巷。　外/黄昏

〔陈九提着买的槽子糕、糖果，兴冲冲地往家走。

33. 陈九家院。　外/黄昏

〔房东张太太迎着陈九走上来。

张太太：你可回来了，真把人急死了。

陈　九：张太太，请你吃糖。

张太太：什么糖？你还有心思吃糖。

陈　九：我找了一份差事，去宏记货栈当伙计，吃劳金。

张太太：看你这点出息，当个出大汗的伙计就把你美成这个样子。告诉你吧，喜事在后头呢。你媳妇要生了。

〔陈九想要进屋，被房东太太拦住了。

张太太：急什么！接生婆我都替你请来了，该用的东西也替你准备好了，你就等着抱儿子吧。

陈　九：不行，我得进去看看。

张太太：这种事儿用不着男人，有接生婆就够了，你帮不上忙。

陈　九：我不放心。

张太太：还是贫贱夫妻恩爱深，算你媳妇有福气。

〔陈九趴在窗户上向里张望。

张太太：你小子有艳福，这女人生了孩子，就算是把心拴住了，想飞也飞不了啦。女人啊……命苦啊！

陈　九：张太太，吃糖。

张太太：这糖只能甜在嘴里，甜不到心里，人心苦啊！

〔房间里传出了婴儿的哭声，接生婆端着水盆出来倒水。

接生婆：道喜了，生了。

陈　九：男孩还是女孩？

接生婆：是挺俊的一个千金小姐呢。

第三集

1. 陈九家。　内/日

　　[陈九穿上外套准备出门，陆璎用鸡毛掸子为他扫尘。

陆　璎：回来记得给凤仪买点水果。

陈　九：知道了。

陆　璎：天要冷了，你连件皮袄都没有，反正那些首饰也用不上，卖掉一件算了。

陈　九：不能卖，你要是不戴将来给凤仪戴。

　　[在床上玩耍的女儿凤仪站起来，有两三岁的模样。

凤　仪：爸爸，你要我戴什么？

陈　九：要你戴金镯子、金戒指、金耳环，把你扮成一个阔小姐。

凤　仪：我不要戴，我要吃苹果。

陈　九：好，爸爸给你买苹果。爸爸要挣很多很多钱，要让我的凤仪天天都能吃苹果。

2. 宏记货栈后院。　外/日

　　[陈九和伙计们扛着羊皮入库。仓库已满，沈中和站在门口记账。

沈中和：好了，好了，仓库里已经装不下了，都先放下，在院子里打露天梁。

　　[陈九等人放下羊皮包。

3. 宏记货栈。　内/日

　　[赵满和庄本在谈判。

庄　本：如今市面上羌贴疲软,如果赵掌柜肯收日本金圆券,宏记的羊皮我全部吃下。

赵　满：庄本先生,你给的价格太低了,市面上流通的羌帖还没有软到那个地步,我不能做亏本的生意。

庄　本：赵掌柜,欧洲战事吃紧,俄国人内外交困,这羌帖的势头是一天不如一天了。金圆券迟早会成为哈尔滨流通的硬货币。我这也是为了宏记着想。

赵　满：你我都是生意人,就不必说外道话了。中国人对日本政府早有戒心,庄本先生怕是一厢情愿了。

庄　本：那好,我们不谈政治,就谈生意。宏记屯了如此多的羊皮,是会涨破肚子的。

赵　满：看来庄本先生是有备而来啊。

庄　本：做生意的,有谁会放过机会呢。

赵　满：机会是双方的事儿。目前宏记这批羊皮还不急于出手,等等看吧。

　　　　〔赵满因激动咳嗽起来。

庄　本：赵掌柜身体不适,我就不打扰了。赵掌柜要是有意做这笔生意,我听你回话。

赵　满：送客——

4. 宏记货栈。　　内/日

〔赵满召集陈九、沈中和等议事。

赵　满：我们和欧洲几家主顾的生意现在停了,囤积了大量羊皮在手里,庄本在看我们的热闹,想趁机吃下宏记货栈。宏记现在吃紧,你们几个都给我出去,就是把腿跑断了也要把这批羊皮出手。

　　　　〔赵满又咳嗽起来。

陈　九：掌柜的,你病了?

赵　满：没事儿,你们都去吧。

5. 正阳街。　　外/日

〔陈九夹着装有羊皮样品的包袱与沈中和走在路上。

陈　九：掌柜的病了,这几天脾气越来越大。

沈中和：货压在手里,他着急上火。

陈　九：有钱人也有烦心事。这么大的商号,还能被压垮?

沈中和：这繁华热闹的正阳街上,早上暴富晚上垮台的事儿多着呢。当年赵掌柜是背着几张羊皮进的哈尔滨,发达起来也就是这几年的事。

陈　九：看来做生意发财也不难啊。

沈中和：看人家容易,我们当伙计的就是跑腿学舌的命。

陈　九：我们就得当一辈子伙计?

沈中和：你以为谁都可以当掌柜的?咱八字里没有,安心伺候人吧。

〔他们走到一家商号前,抬头看了一看,推门走了进去。

6. 正阳街。　外/日

〔赵小品摆了一个地摊,摊上放着鞋、裤、帽子等商品,过往行人无人问津,赵小品无精打采地守在那里。孙殿臣走了过去。

孙殿臣：表少爷发财,舅爷让我看看你,生意做得怎么样?

赵小品：能怎么样?卖这针头线脑的,能赚几个钱?我舅爷开着大买卖,拔根汗毛也比我的腰粗,却让我在这儿摆地摊,到底不是亲爷爷。

孙殿臣：你可别不知足,这买卖虽说不大,但你毕竟是掌柜的。我来哈尔滨多年了,还不是吃劳金,给人家当伙计跑腿学舌。

赵小品：早知如此,还不如在家种地,守着爹娘不受气。

孙殿臣：舅爷是怕你成不了气候,让你学本事。

赵小品：这有什么学问?长个脑子都能干。

孙殿臣：那可不一样。摆地摊本小利小,客大欺店,咱摆不起谱,心眼儿就得活泛。哈尔滨市面流通羌帖,买卖家只认羌帖,但这地方外来人多,钱使得也杂,别人不收你收,给人方便,收了吉钱、黑钱、大洋,再自己去兑换,无非就是多跑跑腿。客人方便了,你才能发达。

赵小品：现在的羌帖毛得很,一天一个价,弄不好把赚的这点钱全都赔进去。

孙殿臣：这就更有学问了。这兑钱又是一层买卖,用钱赚钱,弄好了,这一来二去就赚到了双份。

赵小品：说着玩呢,我哪能斗得过那些开钱桌子的。

〔俩人说话间,街口传来了吆喝声。

〔秋红从大观园跑了出来,气喘吁吁,惊惶失措,像是被追赶的小兔子。

孙殿臣：秋红快过来,你跑什么?

秋　红：孙哥哥,我从大观园跑出来了,快救我!

孙殿臣：别急,有话慢慢说。

秋　红：他们追来啦!

〔几个打手应声赶到。

打手甲：跑啊,看把你张狂的,你有天大的本事,还能逃出如来佛的手心。

第三集

打手乙： 回去把她的大筋挑了，看她还跑不跑。

打手甲： 走，跟我们回去，回去再收拾你。

秋　红： 我不回去，你们打死我吧，我死也不回大观园！

打手甲： 厉害啊，小丫头片子嘴还挺硬，反了你啦！

　　　　　　[打手甲给了秋红一个耳光，秋红被打得嘴角渗出了血。

孙殿臣： 这位大哥手下留情，光天化日的，凭什么打人那！

打手甲： 哟呵！这是谁的裤腰带没系好，露出了这么个东西来。

孙殿臣： 你，你……你怎么骂人呢！

打手甲： 骂人是轻的，我还想打人呢。告诉你小子，少管闲事。

孙殿臣： 我不是管闲事，我认识这孩子。

秋　红： 孙哥哥快来救我，我快被他们打死了。

打手甲： 孙哥哥？怪不得小小年纪心就这么野，原来是还没出道就有了相好的。

孙殿臣： 你可别瞎说，这孩子是我的老乡。

打手甲： 老乡见老乡，两眼泪汪汪。你不懂大观园的规矩，就别充好汉。

孙殿臣： 你们出手太狠，这么打会出人命的。

打手甲： 你这一身肥膘是不是痒得难受，欠揍啊！

孙殿臣： 哎！有理论理，别动手啊！

赵小品： 别打人！

　　　　　　[打手甲上前抓孙殿臣的衣领，赵小品连忙劝阻，被回手推倒在地摊上。地摊上一
　　　　　　片狼藉。打手甲抓住孙殿臣，举拳要打，却被一只手牢牢地抓住，却是路过这里的
　　　　　　陈九上前帮忙。打手甲被迫松开了手。

陈　九： 把人扶起来！

　　　　　　[陈九指着倒在地上的赵小品。

打手甲： 哟呵，今天真热闹啊，又冒出来一个硬家伙。想打架是吧？来，弟兄们，上！

　　　　　　[几个打手一拥而上，被陈九一一打倒。

　　　　　　[秋红扑到陈九身边。

秋　红： 九哥哥你真是一个英雄。带我走吧，我跟你们走，再也不回大观园了。

　　　　　　[几个打手怯场了，和陈九等人对峙着，不敢再出手。

　　　　　　[大观园的鸨母坐着人力车赶到。

鸨　母： 这是怎么啦！一群饭桶，弄得翻江倒海的，连个丫头也弄不回去……这死丫头越来
　　　　　　越长脾气了，腰长翅膀硬，学会飞了。告诉你，腿是长在你身上，但往哪走得听
　　　　　　我的。

秋　红：我就不听你的,我要跟他们走。

打手甲：这个胖子说是她的老乡,带着人在这儿撒野。

秋　红：他是我孙哥哥,这是我九哥哥,这些人都是我的朋友,他们帮我,看你们谁还敢欺
　　　　负我。

鸨　母：你就是她常挂在嘴边的那个孙哥哥呀,还有这个什么九哥哥,怪不得这丫头片子心
　　　　这么野,收也收不回来了。我明白了,你们几个是怜香惜玉,联着手在这儿唱英雄
　　　　救美人的"莲花落子"。行啊,我成全你们,这正阳街上什么都讲个行情,明码实价,
　　　　童叟无欺。这丫头是我花钱买下来的,这几年我供她吃,供她穿,供她营生,她还没
　　　　开过苞,老娘还没见到回头钱呢。你们要是喜欢,出钱把她赎回去,我不拦着,这街
　　　　面上三条腿的蛤蟆没有,两条腿的人可不缺。

秋　红：几位大哥,你们谁要我都行,我给你们做媳妇。别嫌我小,我会绣花,能做女红,可
　　　　以少吃饭,多干活,伺候男人。只要你们把我赎出去,干什么都行。

鸨　母：秋红,说你胖你就喘啊,看把你美的,鼻涕泡都出来了。你好好看看他们,一个个土
　　　　头土脑的,有钱买女人吗! 你,你,你,还有你! 摸摸你们的兜,能掏出打一瓶醋的
　　　　钱不? 你们跑到哈尔滨找食吃,连自己的肚子都填不饱,还充什么好汉? 这地方没
　　　　钱就得装孙子,别去可怜谁,同情谁,别把自己太当回事,要可怜就先可怜你自己
　　　　吧,也不撒泡尿照照你们这德性,也算是个在街面上混的男人!

　　　　〔陈九等人被骂得目瞪口呆,鸨母趁机将秋红拉上人力车。

　　　　〔陈九欲上前,被几个打手拦住。

鸨　母：小丫头片子,你吃着我的穿着我的,你这一生一世都欠我的,老娘能让你跑了吗!

秋　红：你看不住我还跑。

鸨　母：你还敢嘴硬。

秋　红：几位大哥,你们今天救不了我,我恨天恨地也恨你们,我会恨你们一辈子的!

　　　　〔打手们护着人力车迅速离去。

7. 正阳街。　外/日

　　　　〔陈九、孙殿臣等人失落地望着离去的人群。

陈　九：钱! 钱! 钱! 没钱就他妈的不是人啦!

孙殿臣：没钱充什么汉子,要想充汉子,去当掌柜的,让人伺候,横着膀子在正阳街上走。

陈　九：都说哈尔滨是金砖铺地,银瓦盖房,没想到没有钱寸步难行。

　　　　〔赵小品默默地收拾着自己的烂摊子。

孙殿臣：别急表少爷,我们帮你收拾。

8. 陈九家门前。 外/暮

[房东张太太失神地站在门前。她被丈夫抛弃了,又吸上了鸦片,满脸憔悴,今非昔比。

[陈九提着几个苹果回来。

张太太：陈九回来了。

陈　九：张太太。

张太太：什么张太太、李太太,人有钱是老爷太太,没钱猪狗都不如了。

陈　九：张太太你吃苹果。

张太太：我什么都不想吃,该吃的这些年都吃过了,现在是万念俱灰,什么都不想了。

陈　九：你到屋里坐。

张太太：我这人不人鬼不鬼的样子,还能见人吗? 和你媳妇坐在一起,让她笑话。还是贫贱夫妻好啊。

[陈九想进屋,又被张太太喊住。

张太太：陈九,我实在不好意思张嘴,你还能给我早交两个月房钱吗?

[陈九掏兜,但没有钱。

陈　九：今年的房钱不是都交了吗?

张太太：我知道你不会给我,你们都瞧不起我。丈夫把我甩了,就给了我这几间破房子,这养不活我,明天我就把它拆了、烧了、卖了,反正我也活不长了……

[陈九摇摇头,走进屋子。

9. 陈九家。 内/暮

[陆璎在屋里已经听到了外面的对话,她拿出几个角子钱交给陈九,示意陈九给房东太太送过去。

10. 陈九家门前。 外/暮

[陈九将手中的角币交给张太太,张太太接过来却将钱撒了一地。

张太太：我不要钱,我要的是人心,你这穷汉还算有人心,还没有被钱迷了心窍。钱是什么,钱是害人精……哈哈……钱把我害苦了。

[张太太的鸦片瘾发作了,忙蹲下去一角一角地捡角币,一边捡一边亲吻着硬币。

张太太：我不行了,我不行了,只有钱还能救我……

11. 日本在哈商会。 内/日

〔日本商人正在商讨用日本金圆券占领哈尔滨金融市场的话题。

会　长：市面上流通的俄国羌帖已见颓势,这正是日本金圆券占领哈尔滨金融市场的
　　　　好机会。要想在经济上控制满洲,就必须抓住满洲的金融命脉,各位有什么
　　　　高见?

日商甲：根据英美列强的经验,只有铁炮利舰,才有自由经商,我们在满洲打败了俄国人,却
　　　　没有取代俄国人在满洲的利益。这是我们的耻辱!

日商乙：政府不要总是隔海放空炮,征服满洲的最好办法是武力,东京那些无能的官员只会
　　　　对着地图空想。

庄　本：现在为时已晚,中国人经营的商业已经站稳了脚跟,羽翼丰满,即便羌帖暴跌,变成
　　　　一堆废纸,日本金圆券也很难立足。另外,让我们投机金融市场,风险太大,需要的
　　　　本金之巨也不是我们所能承担的。

会　长：我提醒各位,眼下羌帖脆弱得像断了线的风筝,不必依靠本金,任何一条消息,都会
　　　　引发大地震。

庄　本：政府能投入多大力量来保证我们的利益?

会　长：政府可以通过银行投放一定的本金,但操纵市场的筹码在我们手里,这是我们击败
　　　　各自对手的机会,希望各位不要坐失良机。

12. 正阳街。 外/日

〔冬天到了,街上行人脚步匆匆,报童举着报纸叫卖。

报　童：看报看报! 日本政府欲收购中东铁路,哈尔滨市面羌帖大跌。

13. 交通银行门前。 外/日

〔门前挤满了兑出羌帖的人群,秩序极度混乱。

〔陈九和沈中和路过,陈九拉住一个刚刚从银行里挤出来的中年人。

陈　九：现在兑出羌帖什么价?

中年人：别提了,别提了,多少年的心血白费了。

陈　九：到底是多少?

中年人：大洋是一兑二十,这么兑,手里的羌帖不是成废纸了吗?

陈　九：昨天还是一兑十,怎么一天就跌了这么多?

中年人：这得坑多少人!

14. 正阳街。 外/日

[市民围着几张钱桌子兑换大洋，人们相互挤来挤去。

[桌主面对伸过来的羌帖招架不住，眼看着钱桌子就要被挤倒了。

桌　主：一兑二十五不换了，一兑三十换不换？一兑三十了！

[人们一下子愣住了，继而有人开始叫骂。

市民甲：这也太黑了，我们上银行换去。

市民乙：我们小家小户，银行那里根本就贴不上边。

[只有一瞬间的停滞，人们又把手中的羌帖伸进了钱桌子。

15. 商号。 内/日

[人们挤在柜台前抢购货物。几个伙计一反往日的笑脸，都板起了面孔。

伙计甲：不卖了，不卖了。

顾客甲：我们给钱，凭什么不卖，做买卖还怕钱扎手吗？

顾客乙：我们可是多年的老主顾，翻脸不认人哪！

[伙计乙从身后拿出一块牌子，举在头顶，上边写着：照常卖货，不收羌帖。

16. 正阳街上。 外/日

[赵小品的地摊边也围满了人，人们都在抢购，也不还价。

[赵小品一边收钱，一边付货，一会儿地摊上的货就全部卖光了。

[赵小品看着一团零乱的羌帖发起呆来。

赵小品：今天是怎么了？我突然发财了。

17. 宏记货栈。 内/日

[赵满在看当天的报纸，自言自语。

赵　满：我把所有的库存都换成了羌帖，羌帖要是继续跌下去我就破产了。一定是日本人在捣鬼……

[陈九和沈中和走了进来。

陈　九：掌柜的，羌帖又跌下来了，银洋兑换是一兑二十。

沈中和：宏记在银行里存的羌帖再不出手，再跌下去就危险了。

赵　满：一兑二十？兑！不能等着羌帖变成废纸。

[陈九和沈中和转身欲走。

赵　满：回来！哈尔滨的金融业操控在别人手里，我实在不甘心往火坑里跳啊！

沈中和：掌柜的你拿主意,街上乱得很,人心惶惶,到处都是兑换钱币的人。

赵　满：等一等,日本政府收购中东铁路,只是一厢情愿的事情,恐怕没那么容易。他们放出风就是要搅乱市场,我们不能轻易上当。

沈中和：现在羌帖就像开闸的水一样跌落,怕是谁也挡不住了。

赵　满：商会已经联名商家向政府请愿,只要政府出面辟谣,羌帖还会回升。我们现在是赌博,手里没有王牌,横竖只能靠运气,押这一把吧。

陈　九：掌柜的,你可要拿定主意。

赵　满：我在满洲里出手的一批羊皮,收的也是羌帖,钱存在永顺堂商号,那边银行不办兑汇业务,必须去人把钱取回来。陈九,你去跑一趟。

陈　九：我……能行吗?

赵　满：我看你是个诸事认真的人,时间不等人,一周之内,务必把钱带回来。这羌帖的起落,也就是几天的事……生意场上的输赢,一步走错,一生的心血都会付诸东流。

陈　九：我一个人去?

赵　满：这种事人多反而显眼。沈中和在家盯住银行,随时向我通报行情。

18. 火车站。　外/日

〔赵满亲自为陈九送行。

赵　满：这笔钱不是小数目,事关重大,路上机灵点。那边有人送你上车,这边派人来接你,宏记正在风雨飘摇中,别辜负了我对你的信任。

陈　九：掌柜的你放心,我会把钱一分不少地带回来。

赵　满：路上不要耽误,时间就是金子啊!

陈　九：不会耽误的,你等好吧。

19. 满洲里火车站。　外/日

〔风雪天里,两名永顺堂商号的伙计护送着陈九,气氛有些紧张。

〔三个人站在车厢门前。

陈　九：谢谢二位,请回吧。

汉子甲：一路小心,掌柜的本还想留你两天,到俄国那边看看。

陈　九：宏记急等着钱,耽误不起。

汉子甲：也好,我们吃劳金的,还是勤稳些好。那就快上车吧。

〔陈九拱手致谢,返身上了火车。

20. 原野。 外/日

〔火车在雪原上奔驰。

21. 火车车厢。 内/日

〔陈九搂着包袱在座位上打盹,猛地惊醒,随即抱紧了包袱。

〔火车在一个小站停了下来,陈九向外张望,见无人下车。

〔车厢内一片喧哗,陈九问身边的乘客。

陈　九:这是什么地方?

乘　客:我也不知道。

〔乘客纷纷相互打探,一个俄国乘务员走了过来。

乘务员:各位,现在是临时停车。前边受到土匪骚扰,护路队正在清理道路,请大家耐心

　　　　等待。

陈　九:得等多长时间?

〔乘务员摇头,表示不知道。

乘　客:遇上这种事,认倒霉吧。也许一个小时,也许一天两天。

陈　九:这不行,我没有时间等着。

〔火车停在小站不动,弥漫的风雪越来越大。

陈　九:这儿离哈尔滨还有多远?

乘　客:二三百里地吧。

陈　九:要是走得用多少天?

乘　客:好天也得走个三四天,这风雪天,疯子才会赶路呢。

〔闻听此言,陈九无可奈何地靠到椅背上。

〔一个老汉从椅背上探过头来。

老　汉:老弟有急事吧?从这儿插过去五十里,有条河,坐冰爬犁一天就可以到哈尔滨。

陈　九:这天能走吗?

老　汉:这天又是风又是雪的够呛啊!

〔车厢内乘客又冷又急,躁动不安。

〔俄国乘务员又一次走了过来。

乘务员:各位,前方车轨被破坏,需要修复。大家可以到车站上休息,开车时会通知各位。

〔车厢里又一次躁动起来。

〔沉默了很久的陈九站起身来,将包袱系在身上,第一个走下了车。

22. 火车站。 外/日

〔人群涌向车站候车室取暖,陈九一人离人群而去。

23. 旷野。 外/日

〔空旷的路上,陈九一个人迎着风雪向前走。

〔陈九被风吹得睁不开眼睛,回过身来环视,到处是弥漫的风雪。

〔风雪路上,陈九的身影越来越跟跄,跌倒了再爬起来,他已经成了雪人。

〔黄昏时分,陈九已精疲力竭了,前方朦朦胧胧有一盏红灯,陈九吃力地向红灯
走去。

24. 客栈。 内/夜

〔小客栈门前,有一盏用冰做成的灯。

〔陈九的身影扑在了大门上,用力地敲门。

〔门开了,里边透着光亮,陈九扑进了店主的怀里。

店　主：老客,这风雪天还出门,真是人为财死,鸟为食亡。快上炕。

〔店主为陈九扑打着身上的雪,然后扶他上炕。

陈　九：店家,给我端盆雪来。

〔油灯下,陈九脱掉棉衣,将包袱盖好。

〔店家端进一盆雪,陈九用雪依次搓手、搓脸、搓耳朵,然后用雪搓脚。

〔店主端上了热饭热菜。

店　主：看来老客是走惯了路的,累不垮冻不死,是大富大贵的金命。我烫了一壶酒,给老
客暖暖身子。

陈　九：酒不喝了,明早还要赶路。

店　主：明早还要走? 我在这儿开店多年,见得多了,是铁打的汉子也不行啊。

〔陈九也不答话,只是埋下头,狼吞虎咽地吃饭。

25. 客栈。 外/晨

〔陈九推门出来,抬眼望见的是白茫茫的雪。

〔店主跟了出来,将包好的干粮交给陈九,陈九将干粮放进怀里。

店　主：老客不是我留你,这一带不太平,还是等有路过客人搭伙上路为好。

陈　九：没事,二十里路半天就到了。

店　主：大雪把道眼儿都盖了,容易迷路啊。

陈　九：顾不了那么多了，我耽误不起。

26. 雪地。　外/日
〔太阳高照，遍地积雪。
〔陈九大步走着，雪地上留下一串脚印。

27. 雪地。　外/日
〔陈九艰难地走着，迎面，一支马队由远而近，挡住了陈九的去路。
〔陈九向左绕，被马队挡住。
〔陈九向右绕，又被马队拦住。
〔马队围着陈九转圈，雪地上马蹄踏出深深的蹄印，陈九被围在了中央。
〔陈九嘴角抽搐着，默默地把肩头的包袱扔到了雪地上。
〔陈九仰望天空，天空湛蓝，陈九痛苦地闭上眼睛。
〔雪地上的包袱被风吹开一角，露出了厚厚的羌帖。

28. 马贼地堡。　内/日
〔大当家的坐在高高的椅子上。
〔陈九被蒙上双眼，被捆绑着推到了大当家的面前。

马贼甲：大当家的，别梁子碰巧发了局，这小子带的全是飞虎子。
大当家：是谁吃了豹子胆，敢走这风口路。把蒙眼摘下来。又是你——你怎么送上门来了，这回该认识我了吧。
陈　九：你是当家的。
大当家：你还算明白。
陈　九：我爹我娘呢？
大当家：他们犯了绺规，如今在地下享福呢。
陈　九：你……你不是个东西。
大当家：国有国法，家有家规，我也没有办法。再说了，这还不是你惹的祸?! 上次去哈尔滨没杀了你，算你命大。怎么，有钱了，当上掌柜啦！
陈　九：那是宏记的钱。
大当家：你落到我手里，你伤不着我，我也不想伤你。把钱留下，放你条活路。
陈　九：你放我走就不怕日后我为爹娘报仇?
大当家：你真能为你爹娘报了仇算你有造化，小子你还没那个本事。

陈　九：你要放我走我就得把钱带走,受人之托,忠人之事。

大当家：一色的羌帖,小子你在买卖家混,不知道这羌帖快成废纸啦?

陈　九：我不管,你不让我带钱就杀了我。

　　　　[大当家的沉默了片刻,抽出一把刀扔给了陈九。

大当家：好,我就喜欢这种讲义气有血气的汉子,是你爹的种。我成全你,你剁下你的手,我
　　　　连人带钱都放走,你想留下你的手,就把钱留下。

陈　九：我先剁了你!

　　　　[众马贼上前按住陈九。

大当家：你们让开。在生意场上混,不知道钱的利害就发不了财,你离出道还远着呢。

　　　　[陈九沉默良久,举起刀来就要剁自己的手,千钧一刻被大当家的拦住。

大当家：小子,你叔跟你闹着玩呢。这堆废纸你拿回去,犯不上为这卖命。你的手也留下,
　　　　自己打天下去,日后你我刀刃上相见,谁高谁低看本事了。送客——

　　　　[有崽子上来给陈九蒙上眼睛。

大当家：慢着,还有这件紫貂皮坎肩你也带回去吧,你要了陆家小姐做老婆了,拿回去告诉
　　　　她,绺子和陆家的事两清了。咱俩的账以后慢慢算。

29. 山谷。　外/日

　　　　[陈九背着包袱举步维艰,愤怒和疲惫一同折磨着他。

　　　　[陈九的步伐越来越小,最后一头栽倒在雪堆里。

30. 猎人木刻楞。　内/夜

　　　　[陈九躺在兽皮床上,高烧呓语。

　　　　[老猎人在一旁给他灌药。

31. 猎人木刻楞门前。　外/日

　　　　[陈九拄着棍,拖着极度虚弱的身躯走出小屋,望着开始退去的冬景。

32. 猎人木刻楞门前。　外/日

　　　　[积雪融化,春天来临。

　　　　[陈九告别老猎人,准备下山,他指着装满羌帖的袋子。

陈　九：这些钱留给你用来养老吧。

老猎人：在这山里有我吃的,有我穿的,有我用的,我要钱干什么? 山里不用钱,孩子,留着

　　　　钱到山外用吧。

陈　九：你救了我的命,我怎么报答你呢?

老猎人：报答什么,相聚是缘分,你遇上我算你小子运气好。到了山外,你可要好自为之了。
　　　　山里的野兽好驯,山外的人不好惹呀!

陈　九：老人家,你救命的恩德我这辈子都不会忘。

老猎人：说远了孩子,山里山外的气候不一样,把这个也带上。

　　　　〔老猎人拿出那件紫貂皮坎肩,交给陈九。

陈　九：这是留给你老人家用的。·

老猎人：我打了大半辈子猎,也难得遇上这么好的紫貂……带上吧,这可是城里人用的东
　　　　西,带给你女人,她会高兴的。

　　　　〔陈九给老猎人磕头作别。

老猎人：走吧走吧,别回头,这不是你呆的地方。

33. 山谷。　外/日
　　　　〔陈九一步步向山外走去。

第四集

1. 宏记货栈。 外／日

[第二年春。

[宏记货栈挂上了新的招牌：庄本商行。

[陈九背着包袱站在门前，有些不知所措，这时，沈中和从门里走了出来。

沈中和：陈九！你还活着？

陈　九：宏记呢？

沈中和：宏记货栈黄了，被庄本商行吞了。大家都以为你死了……陈九，这到底是怎么回事？你把赵满掌柜的钱拐跑了吧？你现在回来干什么啊？羌帖已经变得一文不值了。

陈　九：赵掌柜呢？宏记的钱我带回来了，一张也不少。

沈中和：赵掌柜破产了，他和羌帖一样不值钱了。你也真是，要跑就跑远点，干嘛还回来，好马不吃回头草！

陈　九：沈中和，你再胡说我掐死你……赵掌柜呢？我要见赵掌柜！

沈中和：陈九你放手，我不说了。陈九你真是死心眼，一条道跑到黑，你现在见赵掌柜还有什么用？他都是要死的人了。

2. 赵满家。 内／日

[赵满躺在病床上，他的面前摆着陈九带回来的羌帖。

陈　九：赵掌柜我回来晚了，你的钱一张也不少，我都带回来了。

赵　满：好,你回来就好。

陈　九：火车误在了路上,我怕误了掌柜的大事,想抄近路走回来,结果病倒在路上,差点送了命。我对不起赵掌柜……

赵　满：你回来就好,你回来我就去了一块心病,难得这世上还有你这份真心。

陈　九：宏记怎么了? 怎么让庄本占了上风?

赵　满：庄本野心很大,想独霸哈尔滨的毛皮市场,他利用羌帖暴跌的时机,又做了手脚,我半生的心血都毁了……我原以为你也被钱迷了心窍。你回来就好,我总算没有看错人。

陈　九：掌柜的,有这些钱你可以重新再来!

赵　满：这些钱都成了废纸,没用了……钱是好东西,有钱可以做人上人,受人尊敬,钱可以买友谊、买女人、买尊严,买你所需要的一切,可钱要是翻脸无情,也能把你打入十八层地狱。我无儿无女,无牵无挂,没有钱不可怕,我不甘心就这样输给了庄本,我咽不下这口气呀!

陈　九：赵掌柜,凭你的本事,还可以东山再起。

赵　满：我不行了,我的身体自己知道,我有这个心也没这个力了。陈九你还年轻,哈尔滨的毛皮业不能后继无人。

陈　九：我?

赵　满：可惜我现在身无分文,不能帮你了,海拉尔那边我还有几个生意上的朋友,你提我的名字他们会帮你的。

陈　九：赵掌柜……

赵　满：还有……

　　　　［赵满从被子底下拿出一个绿皮的本子,交给陈九。

赵　满：我现在虽然身无分文,可这十几年的心血全记在这上头了,做生意要有生意经,这些年来的往的得的失的,我都记在这上边了。陈九你是聪明人,不用我多点拨,你会用得上的。

陈　九：我也能做生意吗?

赵　满：这世上没有三天的力巴,只要用心,肯花力气,没有办不成的事……不过,生意场上到处是陷阱。害人之心不可有,防人之心不可无啊!

陈　九：赵掌柜你好好养病,等你好了我帮你重振宏记。

赵　满：别说傻话了,你还没入道,入道以后,许多道理你就明白了。你能为我争回一口气就行了……我累了,你先回去吧。

3. 陈九家。 内 / 日

〔陆璎抚摸着那件紫貂皮坎肩,热泪盈眶。

陆　璎：可怜天下父母心,这是他们一生的心血,也是陆家几代人的荣耀……

4. (闪回)陆家厅堂。 内 / 日

〔香案上香火缭绕,父亲陆忠带领全家面向紫貂皮坎肩顶礼膜拜,陆璎和弟弟陆雄
等人跪在父亲身后。大厅里气氛庄严肃穆,陆璎虔诚专注。

5. 陈九家。 内 / 日

陆　璎：可惜我做了对不起他们的事,没有脸面去见他们了。

陈　九：等我们有钱了就去看他们。

陆　璎：你走之后,他们到处说你拐了柜上的钱跑了。我不相信,受人之托,忠人之事是做
　　　　人的本分,你总算没有让我失望。

陈　九：钱钱钱!这世上的许多闲言碎语,是是非非,生生死死都是钱引起来的,到处都离
　　　　不开钱。

凤　仪：爸爸,宏记货栈黄了,你不能当伙计了,是吧?

陈　九：爸爸不当伙计了,爸爸要当掌柜的,赚很多很多的钱来给你花。

陆　璎：人回来就好,别想入非非了。

陈　九：我回来后总觉得有点什么不对劲……房东太太呢?怎么没见到她?

陆　璎：她死了。没钱抽鸦片,她就想卖掉属于她的房子,被人做了手脚,连气带病犯了鸦
　　　　片瘾,死了。

6. 正阳街。 外 / 日

〔天空中飘撒着大额羌帖。

〔赵满支撑着病体,站在楼顶上。他拿着那些崭新的羌帖,像仙女散花一样扬撒着。

〔马路上的人们驻足观望,没有人去理睬那不值分文的羌帖。人们议论着,感叹着。

路人甲：那不是宏记的赵掌柜吗?正阳街上响当当的人物,怎么说垮就垮了呢?

路人乙：因为羌帖暴跌关张的买卖何止宏记一家,听说是日本人插了手,要不然也不会垮得
　　　　这么快,他们想混水摸鱼,用金圆券代替羌帖。

路人甲：日本人胃口大着呢,什么都想插一手。

〔庄本站在围观的人群中,面无表情地看着楼顶上的赵满。

7. 正阳街。 外/日

[赵满抛完了手中的羌帖,开始向人群大喊。

赵　满: 各位,我来到这条街上时两手空空,今天我要离开这条街了,依然是两手空空。我不欠谁的钱,也不欠谁的情,我走得堂堂正正,我唯一牵挂的就是这条繁华的商街呀!

8. 正阳街。 外/日

[陈九和沈中和从远处奔来,他们挤过人群,很快站到了最前边。

陈　九: 掌柜的! 赵掌柜!

[赵满听到了陈九的喊声,他咬紧牙关,闭上双眼,一头栽了下去。

陈　九: 赵掌柜……

[陈九的喊声在空中回荡,凄厉悲怆。

[一滩血顺着道牙子流进了盖着铁箅子的阴沟里……

9. 极乐寺墓地。 外/暮

[赵满的墓地前,陈九和沈中和正在烧纸。

陈　九: 中和,别跟着庄本当伙计了,我们自己干。

沈中和: 我们分文没有,拿什么自己干?

陈　九: 钱的事再想办法,听赵掌柜的,做我们自己的毛皮生意。

沈中和: 不是我不想当掌柜。赵掌柜怎么样? 也是一世的强人,最后落得这样下场。

陈　九: 庄本吞吃了宏记,你在庄本商行做伙计心里就踏实?

沈中和: 我们做伙计的还不就是为了碗饭。庄本商行给的工钱不低,每一个宏记的伙计都带了一个日本徒弟,做他们的师傅。那些日本伙计很听话。

陈　九: 还不是猫做师傅,一旦虎学成了,还有你猫的饭碗? 他们吞下了宏记还不算完,他们想摸清宏记的生财之道。

沈中和: 陈九你太小心眼儿了。庄本说了,凡宏记的伙计想干的他都留用。

陈　九: 我陈九绝不在庄本手下做事。

10. 正阳街。 外/日

[报童在沿街卖报。

报　童: 看报看报,为抵制日本金票,东三省银行发行大洋票,国币流通,商民雀跃,哈埠繁荣可待! 看报看报……

〔市民纷纷上前买报翻看。

11. 松花江边。 外/暮

〔陈九左顾右盼，孙殿臣远远跑来。

孙殿臣：陈九你没死啊！都说你拐了宏记的钱，投绺子去了。

陈　九：你信吗？

孙殿臣：我不信，鬼才信呢！

陈　九：有你这句话，咱就是兄弟。

孙殿臣：宏记黄了，你想干点什么，总得找碗饭吃不是。

陈　九：我能干什么？

孙殿臣：找个地方吃劳金。

陈　九：趁着市面稳定下来，我想做点买卖。

孙殿臣：做买卖，你有本钱吗？

陈　九：我找你来就是想商量这件事。

孙殿臣：陈九咱丑话说在前头，我也是等着用钱的人，没有闲钱给你。

陈　九：你想做买卖当掌柜？

孙殿臣：谁不想当掌柜？谁不想在正阳街上横着膀子走！我还顾不了那么长远，我想积攒
　　　　点钱，将来把秋红姑娘赎出来。

陈　九：你喜欢她？

孙殿臣：没有的事儿，我只是想帮她。

陈　九：到了秋天，我想去贩羊皮，你帮我拿个主意。

孙殿臣：这可是一本万利的生意。不过你身单力薄，庄本商行要想挤兑你就像碾死臭虫那
　　　　样容易。

陈　九：我自有办法，他们挤兑不着我。

孙殿臣：这可是大事，主意得自己拿……为了你大难不死，我今天请你看戏。

陈　九：你看我有看戏的心思吗？

孙殿臣：不瞒你说，今晚秋红姑娘去看《小老妈开嚓》，你得陪我。

12. 戏园子。 内/夜

〔大观园鸨母坐在戏台前排的方桌旁看戏，秋红站在一旁为她捏肩捶背。

〔陈九和孙殿臣坐在后边的长凳上，孙殿臣不时向秋红打着手势，可秋红一直没
　看见。

[舞台上,一个丑角和一个旦角在演出正戏前加演的小段子——

丑　角：老妈哟,你听说没有?

旦　角：当家的,听说什么啊?

丑　角：市面上羌帖不值钱了,又出了日本金票。

旦　角：人家说了,这是黄鼠狼给鸡拜年,没安好心。

[观众鼓掌,叫好。

旦　角：人家还说了,这日本人是老母猪上车,硬充大肚子老客。

[观众再次鼓掌,叫好。

旦　角：当家的,你听说没有?

丑　角：老妈哟,听说什么啊?

旦　角：听说咱中国银行、交通银行、东三省银行联手发行了哈大洋。

丑　角：听说了,这粮油布麻,工商百家,买的卖的,都拍手叫好呢!

[观众席里叫好声此起彼伏,气氛十分热烈。

[丑角和旦角开始用"老妈开嚎调"唱——

旦　角：小老妈心里有高兴事儿,梳妆打扮换衣裳,打扮好了上街去。

丑　角：慢着——老妈哟,你这是干啥去?

旦　角：上街玩去。

丑　角：回来! 你走了台底下这些老少爷们儿怎么办?

旦　角：那你说呢?

丑　角：咱得先开台唱出戏《小老妈开嚎》。

[鼓乐起,观众叫好。

[台下,鸨母听得高兴,想要抽烟,发现手边没有。

鸨　母：秋红,我的烟呢?

秋　红：你没说带烟啊?

鸨　母：我没说带烟你就不带了,你是干啥的,你这死丫头真是越活越回陷了。去买盒烟,
　　　　快去快回。

[秋红接过钱向外走。

[坐在后边的孙殿臣连忙起身跟了出去。

13. 戏园子门前。　外/夜

[在卖烟处,孙殿臣追上了秋红。

孙殿臣：秋红!

秋　红：是孙哥哥,九哥哥呢,九哥哥来了吗?

孙殿臣：九哥哥? ……他才不愿意到这地方来呢。我是知道你能来看戏,特意来看你的。

秋　红：唉,可惜呀,九哥哥没来。

孙殿臣：你喜欢陈九?

秋　红：喜欢。

孙殿臣：我和陈九比,你更喜欢谁?

秋　红：你们俩都是我的朋友,我都喜欢。

孙殿臣：说一个最喜欢的?

秋　红：孙哥哥,你这个人心眼好,人也厚道,就是……九哥哥人爽快,像戏文里唱的,是路见不平拔刀相助的英雄好汉。

孙殿臣：你还是最喜欢九哥哥?

秋　红：说这些有什么用。日子得自己过,罪得自己受,谁也帮不了我。

孙殿臣：别泄气。我想好了,我拼命攒钱,有了钱我就赎你出来。

秋　红：你是个穷光蛋,猴年马月能攒够我的赎身钱。

孙殿臣：别急呀,一年不行五年,五年不行十年,十年不行……

秋　红：算了,等你攒够了钱,我也老了,你赎一个姑奶奶回去养老啊!

孙殿臣：你这话说得多难听。

秋　红：孙哥哥我想明白了,人是啥命,天生注定……你看到九哥哥代我问个好。

孙殿臣：好,这话我给你捎到,不过你那个九哥哥现在正忙着做买卖当掌柜的,顾不上你了。

秋　红：我该回去了,时间长了那个老妖婆又得唠叨个没完,烦死了。

14. 小戏园子。　内/夜

[舞台上,旦角在唱——

小老妈儿在上房打扫尘土,

扫完了东屋扫西屋,

过年盼着回家去,

回家夫妻好团圆,

东家缠绵不放我走,

我想我那在家的夫。

……

[台下,鸨母听得津津有味,秋红给她点烟,捶背。

鸨　母：买盒烟花了这么大功夫,你又上哪儿浪去啦……这,这,轻点儿,让你打夯呢?

［秋红捶着背，眼睛盯着舞台，眼里噙满了泪水。

15. 小戏园门口。　外/夜
［孙殿臣还站在卖烟处发呆。
［陈九从戏园子里走出来。

陈　九：殿臣你怎么了？快回去看戏啊。

孙殿臣：看什么戏啊，我哪还有心思看戏。

陈　九：到底怎么了？你不是看到秋红了吗？日盼夜盼的还不高兴。

孙殿臣：高兴不起来了。

陈　九：秋红惹着你了？

孙殿臣：秋红心里根本没有我，我是剃头挑子一头热。

陈　九：这本来就是井底捞月的事儿，何必那么认真呢。

孙殿臣：陈九你有老婆孩子，你当然不认真，可我呢……我现在才知道我喜欢上秋红姑娘，放不下了。

16. 酒馆。　内/夜
［陈九和孙殿臣对饮，桌上摆满了空啤酒杯，俩人都喝得有些醉熏熏了。

孙殿臣：陈九说句心里话，我挺喜欢秋红姑娘。女大十八变，这几年越来越好看了，我真想娶她做老婆。

陈　九：一个进了娼门的女子，早晚要做婊子的，你娶她做什么？

孙殿臣：陈九你不对，你说的不对。秋红姑娘不是婊子，她是让鸨母使唤的丫头。

陈　九：现在是丫头，可早晚不都得做婊子吗？

孙殿臣：早晚我要把她接出来，明媒正娶做老婆。

陈　九：你有钱吗？你这副样子，早晚也拿不出钱来。

孙殿臣：陈九你瞧不起我，早晚我会做出个样子给你看看，早晚……

陈　九：咱不说这个了，喝酒——

孙殿臣：喝酒……不说这个说什么，说你做买卖，想当掌柜！

陈　九：我是想当掌柜。正阳街上的买卖一家挨着一家，连那个日本人庄本都跑来称王称霸，我为什么不能当掌柜的？这些年我小心翼翼地伺候人，就是想着有朝一日能当上掌柜的……你说说，为什么我不能……

孙殿臣：你跟我急什么……我们是兄弟，对不对？我们是朋友，对不对？我希望你明天早上就当上正阳街上的头号掌柜，我希望明天早上就娶上秋红当老婆……可我不知道，今天的这顿酒钱我能不能付得起。

〔说着,孙殿臣在自己身上胡乱地翻起来。

陈　九：殿臣别翻了……我有,我来。

孙殿臣：我们是兄弟……

17. 陈九家。　内/晨

〔陈九躺在床上,头上敷着湿毛巾。

陆　璎：昨天你醉得厉害,连人都不认识了。

陈　九：我心里难受。

陆　璎：心里不痛快也别喝这么多酒,会伤身体的。再说,穷日子也不是我们一家过,有什么大不了的。

陈　九：陆璎,我想去做羊皮生意。

陆　璎：你要看好了就去做,不过生意场上从来都是尔虞我诈,重利轻义,你能干得了吗?

陈　九：这世上还有什么干不了的事儿吗? 只是我手头上没有本钱。

〔陆璎从柜里拿出首饰包,铺在炕上,里面是全套的金银首饰。

陆　璎：我们娘俩儿最难的时候,也没舍得动,你拿去做本钱吧。但陈九你要记住我一句话,经商重利,但不能忘了做人的根本——不骗人,不欺弱,不发不义之财。

18. 客栈。　内/日

〔陈九夹着布包走进客栈,上了二楼敲开了一间客房的门,开门的中年汉子是齐姓掌柜。

齐掌柜：你找谁?

陈　九：我找齐掌柜,我叫陈九。

齐掌柜：哦,进来。

19. 客栈。　内/日

〔房间内有一对沙发,两人坐在上面说话。

齐掌柜：你就是宏记的陈九,赵掌柜举荐过你。

陈　九：是,赵掌柜他……

齐掌柜：我知道……小老弟想做羊皮生意?

陈　九：是,钱我都带来了。

齐掌柜：不急,我有件事想让小老弟帮忙。

陈　九：只要我能做到的,齐掌柜尽管吩咐。

齐掌柜：我想请你帮我做笔生意。庄本商行依仗着有些实力,把羊皮价压得很低,可今年草原上大旱,羊皮收价本来就高,我不想把钱赔在日本人手里。

陈　九：需要我做什么?

齐掌柜：替我抬个行情。

20. 客栈。　*内/日*

［套房的客厅里,齐掌柜坐在长桌一端,庄本带着一个随从坐在一侧。一身客商打扮的陈九戴着墨镜,坐在另一侧,身后也站了一个随从。

齐掌柜：二位都是生意场上的大户,兄弟唯恐照顾不周,但好在我们都是吃生意饭的,有话不妨直来直去。今年草原上羊皮歉收,难免会在价格上打算盘。我报个实价,每张羊皮两块哈大洋,这样我们彼此都有个面子……

庄　本：齐掌柜,我们买的羊皮,还没有超过一块六的,你的这个价格我不能接受。

齐掌柜：一分钱一分货,二位都是做出口生意的,不是什么羊皮都能过关。

庄　本：一块八,这是天价,封顶了。

陈　九：一块九,只要保证上冻前到货,你有多少我要多少。

齐掌柜：陈先生,有钱大家赚。

庄　本：齐掌柜,尽管我们是初次打交道,但宏记货栈是贵号的老主顾了。我盘下宏记,也就算是齐掌柜的老朋友了,做生意还是老主顾好。

陈　九：生意就是生意,齐掌柜还怕钱多利大扎手不成?

齐掌柜：庄本商行炙手可热,是位洋财神,我自然要敬香;陈先生实力雄厚,也是我的衣食所在,偏爱了谁都会伤对方的面子。我就做一次小人,两块钱的价不变,各位要有怨气都冲我来,二位之间千万别伤了和气。

陈　九：齐掌柜,这……

庄　本：陈先生,中国商场有句俗话,叫买的不如卖的精。你我在这里相争,让齐掌柜渔翁得利了。不过陈先生是关内来的客商,不在本地卖羊皮,不受其害,而我的这个损失只能在卖价上找了。齐掌柜,要是引起了市场上的波动,可不能怪我恃强霸市。

齐掌柜：千万别往我脸上贴金,我可受用不起。本埠的毛皮市场,还不是攥在你庄本先生的手里。

陈　九：两块钱太高了吧。

齐掌柜：二位做的都是大宗生意,总是有利可图的。

21. 客栈。 内/夜

　　〔客房里,陈九和齐掌柜在说话。

陈　九:齐掌柜,我们是对付庄本的,你把价格定得这么高,那些小生意人怎么办?

齐掌柜:我管不了那么多。你的生意我自然会照顾的,我会让你发一笔财的。

陈　九:可是……

齐掌柜:我是看在赵掌柜的面子,但做生意有做生意的规矩,你帮了我一次,我成全你一次。
　　　　但我们丑话说在前头,一手钱一手货,买卖、交情得分个一清二楚。

陈　九:那是。

22. 庄本商行门前。 外/日

　　〔一群小业户围在这里抗议。

业户甲:他庄本商行靠出口赚钱本大利大,把羊皮价格提得这么高,让我们小家小户的靠什
　　　　么吃饭啊?

业户乙:他们随意抬价降价,大鱼吃小鱼,抢我们的饭碗,真是太可恶了。

　　　　〔陈九路过这里,听到小业户的议论,如梦方醒。

　　　　〔小业户甲拉住他。

业户甲:兄弟,你来评评理,他们大买卖家仗着财大气粗,挪个屁股就能碾死几窝蚂蚁,我真
　　　　想一把火把它烧了。

　　　　〔陈九呆呆地望着紧关大门的庄本商行,无言以对。

业户乙:烧了它,烧了它……

陈　九:千万别放火,你们可以一起和它斗,你们联合压价……

业户甲:没有用,我们这点本钱,跳楼自杀都没用。今年冬天我就得停业了……

23. 陈九家。 内/暮

　　〔放下饭碗后,陈九还闷闷不乐,陆璎收拾桌上的碗筷。

陈　九:家里还有什么值钱的东西吗?

陆　璎:没有了,能变成钱的都给你了,只有一件紫貂皮坎肩了,你不是想着那坎肩吧?

陈　九:要不先卖了吧。我去趟草原,想尽可能多地带些羊皮回来。

陆　璎:我和你说过,这是我的命根子。我不会让它离开我的。

陈　九:你怎么想不开呢?将来有了钱,可以给你买十件百件紫貂皮,随你挑什么样的
　　　　都行。

陆　璎:陈九你怎么就是不明白,这世上有些东西是花钱买不来的。

陈　九：你总是说这种糊涂话。这些年我见多了，这世上还没有什么东西是用钱买不来的，只有穷人才说这种糊涂话。

陆　璎：陈九你让我对你说什么好呢，是你不懂……

陈　九：是你不懂……这对我是一次机会。我想在正阳街上堂堂正正地做人，不被人欺负，不被人利用，不被人瞧不起，我必须要成功，当大掌柜，做有钱人！

陆　璎：我知道你在外边不容易，看人家脸色，端人家饭碗，做得千辛万苦。我从来没有难为过你，再苦再穷的日子我从来没有抱怨过，可你……我说什么好呢，你别难为我！

陈　九：好吧，我不难为你。

陆　璎：陈九，我们是穷人，但人穷不能没志气，做生意和钱打交道，千万别把钱看得太重。

陈　九：生意场上的事我看透了。那些有钱人不把别人当成人，也不把自己当成人，他们满眼都是钱，他们看人看事都是拿钱做尺寸的，有钱他们就把你当大爷，没钱就把你当孙子。只有你还把一件紫貂皮坎肩当神供着。

陆　璎：我不和你抬杠。你去闯荡吧，我不拦着你，总有一天你会明白我的话。

陈　九：我不管将来怎么样，我必须抓住眼下这次机会，我不能让它跑了。

　　　　〔陈九站起身来欲走。

陆　璎：你去哪儿？

陈　九：明天我就走了，我再出去想想办法。

24. 正阳街　　外/日

　　　　〔陈九走过一家家商号，神色严肃，忽然背后有人喊他，孙殿臣正从后面赶来。

孙殿臣：陈九你现在就做起了当掌柜的梦，连朋友都不认了？

陈　九：别说笑话，我心里有事，正想着多筹点钱带上，去一次海拉尔不容易。

孙殿臣：你可别太贪了，小心赔了。

陈　九：反正是拼一次，我不想放过这次机会。

孙殿臣：上哪儿找钱去啊？上商家借钱，你穷光蛋一个，谁肯借你？撬银行去，你有那个胆吗？算了吧，一口也吃不成胖子，一锹也挖不出口井，慢慢来，慢慢来，就你性子急。

陈　九：这种事宜早不宜迟，明天我就动身。

　　　　〔不知不觉中，他们走到了巨源赌馆的门前，那里站着几个伙计在招徕赌客。

伙　计：试试手气财气运气啦！套白狼、黑白点、押宝、一变十、十变百，财运来了发大财啦！二位脸上带财气，别错过机会，请进吧！

　　　　〔陈九被伙计们的介绍吸引，动了赌一把的念头，孙殿臣在身旁拉着他。

孙殿臣：陈九你干什么？想钱想疯了！

伙　计：进去试试,不试怎么能知道运气好坏,别错过机会,门里捡钱啦!

　　　　〔陈九经不住诱惑,走了进去,孙殿臣无奈地跟在后边。

25. 巨源赌场。 内/日

　　　　〔押宝的赌盘前,陈九抓着一张大钞,盯着赌盘,脸上已经挂了汗珠。

　　　　〔开盘后,有人惊喜,有人叹息。

　　　　〔一个伙计盯住陈九搭话。

伙　计：这位先生还等什么,押一赢十,到手的钱不捡,财气过了不回头。

　　　　〔陈九抖动着手将钞票递过去,被孙殿臣拦下。

孙殿臣：陈九你醒醒,这可是你的血本,千万别犯糊涂啊。

　　　　〔陈九把手收回来,又伸出去,犹豫之间开盘了,钱大多被庄家赢去。

　　　　〔陈九的脸上淌下汗水。

　　　　〔孙殿臣用手拍着陈九的脸。

孙殿臣：陈九! 陈掌柜! 你可别这么犯傻!

　　　　〔陈九举着钱的手抖动着,喘着粗气,终于放下来。

　　　　〔孙殿臣拉起他就往外跑。

26. 正阳街。 外/暮

　　　　〔陈九与孙殿臣并排走着。

孙殿臣：陈九你病了,脸色这么难看。

陈　九：我没病,我缺钱。我现在才知道钱是什么,钱有多大分量,只有有钱才能赚到钱。

孙殿臣：这不是急的事,我真怕你为钱发疯。

陈　九：我疯不了,我心里明白着呢。

　　　　〔一个扛着箱子的人迎面走过来,险些撞在孙殿臣身上,孙殿臣正要发火,一看竟是赵小品。

孙殿臣：表少爷,你这是干什么去,我来帮你扛。

赵小品：不用,我自己来。

孙殿臣：你不守着买卖,出来扛箱子干什么?

赵小品：我给人家送货,小本小利,自己干呗。这不是九哥吗? 听说你要去贩羊皮?

陈　九：我想试一试运气。我们帮你吧。

赵小品：不用,我得走了,人家等着要货呢。等着你发财!

〔赵小品离去。

孙殿臣：这位舅爷也是，就是不肯出面拉扯表少爷一把。

陈　九：生意场上大概都是这个样子，虎有虎步，猫有猫招。

孙殿臣：我要是有一个有钱的舅爷，我才不干呢。

陈　九：你只能当少爷，可惜你又没有做少爷的命。

27. 陈九家。　内/晨

〔陈九悄悄从床上爬起来，将准备好的包袱打开，里边是钱。陈九抽出两张，放在桌子上，转身向门口走去。

〔陈九在门口站住，回过身来，目光落到那件紫貂皮坎肩上。

〔陈九神情犹豫，耳边响起了陆璎的话。

〔画外音响起。

陆　璎：这是陆家留给我的传世之宝，这世上许多东西是用钱买不来的。

〔陈九闭上眼睛，转身欲走，耳边又响起了齐掌柜的话。

〔画外音响起。

齐掌柜：你帮了我，我会帮助你的。把本钱带足，我会让你发笔财的。

〔陈九睁开眼睛，盯着那件紫貂皮坎肩，最后走过去，迅速摘下坎肩包进包袱里，头也不回地离开了家。

28. 火车站。　外/日

〔前来送行的孙殿臣拿出了自己的一点积蓄，交给了陈九。

孙殿臣：我也没有多少钱，这点钱你先拿去吧，发了财可别忘了朋友。

〔陈九接过钱什么也没说，一把抱住了孙殿臣。

〔陈九抬起头来的时候愣住了，孙殿臣也随着陈九的目光转过身来。

〔目光处，沈中和正从远处向这里走来。

陈　九：中和你怎么来了？

沈中和：我被庄本辞退了。宏记原来的买卖关系都传给了日本伙计后，所有的中国伙计都被他们辞了。我们这些猫师傅都没饭吃了。

孙殿臣：庄本这家伙真有心计，他吃下宏记，最终是想占下宏记的市场。他办成了。

沈中和：陈九我没听你的话，早知道是这样，何必当初为他卖命。

陈　九：中和，等我回来，我们一起干。

沈中和：我等你。

孙殿臣：你快走吧，路上小心些。

陈　九：你们放心，我会成功的。殿臣，想想办法，别总为别人吃劳金。

孙殿臣：我行吗？

陈　九：这天底下没有不行的事，你不是还想为秋红姑娘赎身吗！

孙殿臣：贩毛皮我是外行，我还是干点儿别的吧。

陈　九：我们兄弟就在这起个誓，非要在正阳街上混出个人样儿来。

　　　　〔孙殿臣迟疑地伸出手，去握陈九的手。

孙殿臣：发什么誓啊，干就是了。

沈中和：陈九，我等你回来。

29. 火车站。　　外/夜

　　〔检票口，陈九背着包袱，毅然走过去。他回过身来，向孙殿臣和沈中和用力地挥了挥手。

　　〔火车站。蓝天。火车汽笛长鸣。

第五集

1. 正阳街。 外/日

[十年后。

[由中国人经营的正阳街已成为一条繁荣的商业大街,商铺店堂鳞次栉比,南北货品和舶来的洋货一应俱全,银行和钱庄星罗棋布。

[本埠规模最大的毛皮商行宏发祥举办开业庆典。红绸落下,现出了"宏发祥"的牌匾。

[堂内挂满了名贵的裘皮大衣、鹿皮夹克、狐领、水獭领和各式皮帽,还有整张的狐、貂、豹等兽皮。前厅中央有一个木台子,台子上立着一只斑斓大虎。大虎毛色鲜亮,表情凶悍,四肢挺立,做仰天长啸状。

[陈九站在门前笑盈盈地迎接着前来道贺的客人。站在陈九身后的,是已升任账房的沈中和、跑外柜的伙计老张。客人们纷纷拱手道喜。

陈　九: 同喜同喜。

[已经做了双丰和杂货店掌柜的孙殿臣笑容可掬地走了过来。

孙殿臣: 陈掌柜,恭喜恭喜。你现在是家大业大,正阳街上的风光让你占尽了。

陈　九: 大家发财,大家发财。

孙殿臣: 谁能和你陈掌柜比。你有作坊,这偌大的毛皮行垄断着哈尔滨一半的毛皮生意,听说陈掌柜在下江佳木斯还要开分号。陈掌柜身上拔一根汗毛,都比我孙殿臣的大腿粗。

[舅爷赶来贺喜。

陈　九：舅爷,你老人家也亲自赶来,真是不敢当啊!

舅　爷：你陈九现在是正阳街上的一只下山虎,正是八面威风的时候,我也来讨个利市。我老了,就像一个上了年纪的猫,除了打瞌睡,就只能站在这儿倚老卖老了。

　　　　[中医黄浩之赶来道贺。

黄先生：恭喜恭喜,宏发祥开业,陈掌柜如虎添翼啊!

陈　九：黄先生抬举我,你是济世救人的菩萨,向来视金钱如铜臭,让你见笑了。

黄先生：陈掌柜这几年在生意场步步高走,大发利市,我们攀棵大树也好乘凉。不知道陈太太近来怎么样?

陈　九：她总是头痛,这几天正念叨你,还烦黄先生费心。

黄先生：陈太太的病不在末在本,不在头在心啊。

陈　九：女人就是一脑袋糊涂思想。我的生意越做越大,她的身子骨越来越糟,真是没有办法。

　　　　[陈九和客人被前来唱喜歌的一老一少两个乞丐吸引了。

2. 宏发祥门前。　外/日

[两个乞丐手持竹板和哈拉巴。小乞丐先唱——

买毛皮上宏发祥,

开门进店亮堂堂。

老虎皮,豹子皮,

狐狸皮,貉子皮,

水貂皮,紫貂皮,

麝鼠皮,黄鼠皮,

猞猁皮,旱獭皮,

鹿皮兔皮狗子皮,

山羊皮,绵羊皮,

寒羊皮,羔羊皮,

牛皮马皮猪狗皮。

粗毛皮,细毛皮,

件件都赛火龙衣。

……

[宏发祥的伙计和路人围着叫好。

[老乞丐戴上财神的面具,不失时机地凑到陈九面前,张开了嘴——

陈掌柜,你发财,

爷儿们给你道喜来。

宏发祥,新开张,

金银财宝用车装。

正阳街,金铺地,

开张利市是福地。

宏发祥是聚宝盆,

小的赶来送财神。

......

[小乞丐也戴上了送财童子的面具,手持财神画像,呈到陈九跟前。

[伙计老张忙接了过去。陈九大度地摆摆手,并示意老张赏钱。

陈　　九：好了好,真难为你们这两张撕不烂的嘴了,下去吧。

[老张拿出两块银元赏给了两个乞丐。

老　　张：拿去吧,二位辛苦了,打壶酒喝吧。

老乞丐：谢了。

　　3. 正阳街。　　外/日

[老乞丐、小乞丐手舞足蹈地走过来。

老乞丐：哈,有酒有肉,能过几天神仙日子啦!

小乞丐：干爹,咱下馆子去。买两只鸡、两条鱼、两个猪爪……

[说话间,迎面走来了乞丐帮会花子房的老大挂灯和随从,老乞丐和小乞丐停下站住了。

挂　　灯：事儿办完了该交差了吧?

[老乞丐不情愿地掏出了一块银元。

挂　　灯：还有呢? 怎么一点儿规矩都不懂?

[老乞丐无奈又交出一块银元。

[挂灯收下两块银元,掏出两个角子扔给了老乞丐。

挂　　灯：记住了,家有家法,帮有帮规。谁要是吃黑,别想在这条街上混。

[看着挂灯带着随从扬长而去,老乞丐吐了一口唾沫。

老乞丐：呸,你的心、你的肉、你的血都是烂的!

[小乞丐笑嘻嘻地从鞋底里摸出一块银元,交给了老乞丐。

小乞丐：干爹别生气,今儿的酒钱干儿子给你留着呢!

4. 宏发祥门前。 外/日

〔陈九还在应酬前来庆祝开业的客人。

〔庄本赶来,沈中和迎上去,把他迎到陈九面前。

庄　本：陈掌柜,恭喜发财。宏发祥开市大吉,这正阳街上的毛皮生意,我是无力插足了。

陈　九：庄本先生太客气了,当年宏记货栈都败在了庄本商行手下,我可是过来人哪!

庄　本：此一时,彼一时。去年陈掌柜的羊皮生意,几乎占了一半的市场,弄得哈尔滨毛皮商人个个叫苦连天。该轮到我庄本拿着红贴,前来俯首称臣了。

陈　九：笑话了,谁不知道庄本商行财大气粗,统领着东北三省的毛皮生意。我们这叫不是冤家不聚首啊!

〔说完二人笑了起来。

庄　本：在正阳街上,陈掌柜是一只下山虎,八面威风。与陈掌柜这样一只虎为伴,让人坐卧不宁寝食难安哪!

陈　九：商场如战场,打虎是英雄。在生意场上,我倒希望有一个强大的对手,一个让人连瞌睡都不敢打的对手。

庄　本：英雄怕寂寞,陈掌柜不是甘居下风之人。好! 好!

5. 宏发祥门前。 外/日

〔张达山带着女儿张秀玉逃荒来到哈尔滨,刚下火车,路过这里。

〔二人驻足在宏发祥门前,观望着热闹。

张达山：这就是大都市,每天都有店铺开业。有钱人穿的是绫罗绸缎,吃的是山珍海味,个个花钱像流水似的,阔气得很。

张秀玉：姑夫家也是做买卖的吗?

张达山：他也是买卖人。到了你姑夫家,好好伺候他。女孩子要会来事儿,腿勤点,嘴甜点。把他伺候好了,你吃好的,穿好的,我也跟着享福。

张秀玉：那你干什么?

张达山：我能干什么? 肩不能担,手不能提,我这辈子干过什么!

〔沈中和走过来。

沈中和：没事离远点儿,别在这碍眼,这不打发要饭的。

张达山：您别生气。我们走,我们就走。

6. 宏发祥门前。 外/日

〔庄本踱步过来,拍着沈中和的肩膀。

庄　本：沈先生发达了,如今成了宏发祥的账房,水涨船高,前途无量哪。

沈中和：庄本先生笑话我,我不过还是个吃劳金的。

庄　本：这个世界很大,每个人都有成功的机会。论才能,沈先生不是久居人下之人,以后有难处尽管来找我。

沈中和：庄本先生抬举我了,我怎么敢去麻烦庄本先生。

庄　本：人无百日好,花无百日红。端人家饭碗不容易,你毕竟做过庄本商行的伙计,这也是缘分。

沈中和：庄本先生记得我,我已经感激不尽了。

　　　　〔宏发祥门前陆续有客人进出。

沈中和：庄本先生,陈掌柜准备了薄酒素菜,请庄本先生赏光。

庄　本：陈掌柜真是要把风光占尽啊!

7. 正阳街上。　外/日

　　　　〔张达山领着张秀玉,离开了宏发祥,张秀玉恋恋不舍地回头张望。

张达山：城里人不用下地种田,风吹不着,日晒不着,个个长得粉白,这世上的富贵都让他们享了。

　　　　〔张秀玉无言地跟着张达山,目光落在了跳猴皮筋的小女孩身上。

　　　　〔几个小女孩伴着童谣的节奏,欢快地跳着,画外音响起——

　　　　一一得一,一二得二,

　　　　金砖玉瓦把楼盖。

　　　　一五得五,二五一十,

　　　　山珍海味烹美食。

　　　　一九得九,二九十八,

　　　　亲妈去了来后妈。

　　　　……

8. 正阳街上。　外/日

　　　　〔张达山和张秀玉来到一家杂货铺前,张达山抬头望见"福隆泰"字号的牌匾,门前站着的伙计忙走上前去。

伙　计：先生您要买点儿什么?里边请。

张达山：这儿就是福隆泰?

伙　计：是。

第五集

张达山： 我找你们掌柜赵小品，我是你们掌柜的亲戚，让你们掌柜出来接我们。

伙　计： 我们赵掌柜这会儿没在柜上，还在家里。我这就送你们去。

9. 赵小品家。　内／日

[经过几年的奋斗，赵小品已成为一家杂货店的掌柜，穿着起居也都有了掌柜风范。

[张达山局促地坐在一把椅子上，张秀玉怯生生地站在父亲的身旁。

张达山： 家里闹灾荒，春天孩子她妈和她妹妹都得浮肿病死了，她姑姑看着孩子还乖，让我带她来投奔你。

赵小品： 叫什么名字？我出来的时候，好像还是个小孩子，转眼长成大姑娘了。

张达山： 叫秀玉。秀玉，过来见过姑夫。

[张秀玉站起来，给赵小品鞠了个躬。

张达山： 乡下长大的孩子，没见过世面，你就当个丫头使唤吧。教她些规矩，该说就说，该骂就骂，你这当姑夫的多操心，多管教。

赵小品： 大哥，我们是亲戚，还说这些干什么？你们就住下吧，有我吃的，就饿不着孩子。

张达山： 哈尔滨果然繁华。这些年我南下过徐州，北去过济南、青岛，就是没遇上好机会。虽然没有发财，可也算捡了一条命，要是在家里守着那二亩地，也没有今天了。

10. 陆璎房间。　内／日

[陆璎躺在床上。她的床靠墙，两侧和上脸是桃木雕花的隔扇，隔扇后边衬着粉色幔帐。一只黄白相间的花猫伏在花被单上，闭着眼睛，打着轻微的鼾声。陆璎的脸白得像玉脂，没有血色，嘴唇发紫，眼圈泛黑。她拿下了额头上的绸布，前额上有拔罐子的圆印和手掐得密集的菱形紫痕。

[穿着团花贡缎长袍和黑缎马褂的黄先生在给陆璎把脉。

[陈九坐在一把太师椅上。

[韩妈端上茶水。

黄先生： 陈太太你心火太重，思虑太多。忧思是百病之源，平日里要清心勿躁才好。

陈　九： 她这个人就是爱操闲心，满脑袋古怪的想法，谁也没有办法。

陆　璎： 我只是头疼，疼起来像是要裂开似的。

黄先生： 我给你开了药，你先服着。三分病七分养，心病得用心来治。陈太太你要豁达些，身体自然会好起来。

陆　璎： 全靠黄先生费心，要不我早就躺下了。人生不易，我这是命里注定的劫数，真是愧对黄先生了。

陈　九：你还抱怨什么呢？不缺你吃，不缺你穿，不缺你用，这个城市里女人有的你都有了，你还抱怨命。

陆　瓔：好了，我不说了，说了你也不懂。

　　　　〔黄先生将开好的药方递给陈九，并递给他一包自己带来的草药。

黄先生：陈掌柜，让韩妈去"世一堂"将药抓齐，再配上这些药煎了。陈太太的病虽无大碍，但也需静养才好。

陈　九：没有人找她的麻烦，是她自己跟自己过不去。

黄先生：陈太太要按时吃药，过几天我过来看看，你的身体会好起来的。

　　　　〔韩妈拿着封好的银元走进来，从陈九手里接过药单，揣在了怀里。

陈　九：韩妈你到街口叫辆车送黄先生。

陆　瓔：韩妈，你代我送好黄先生。

11. 宏发祥账房。　内 / 日

　　　　〔陈九、沈中和、伙计老张在一起，老张将一个兔皮手筒交给陈九。

老　张：陈掌柜，这是庄本商行投放市面的兔皮手筒，都卖发了。这本来是有钱人家太太小姐的饰品，现在连家庭主妇、学校学生、公司职员也都在争着买。到街上转转，几乎每个女人都有这样一个手筒。这不起眼的生意做大了。

陈　九：庄本从哪儿贩来这么多手筒？

沈中和：庄本家族在日本有工厂，可以成批生产廉价货，我们作坊比不了。

陈　九：兴他们办工厂，就不兴我们办工厂？

沈中和：办工厂投资大，技术上的关口也不好过。外国人的机器贵，技师我们也请不起。

陈　九：这种事情难归难，可一旦搞成了，地产地销的货总比那些跨海过来的便宜。

沈中和：道理是对，可我们现在能流通的资金并不多，办起来就没那么简单了。

陈　九：这件事先放下。老张你盯着市面，沈先生你和庄本比较熟，打听一下筹建工厂的情况，但不要露声色。做生意我们要两个眼盯着别人，别人也不会闭一只眼，明白吗？

　　　　〔沈中和与老张点了点头。

12. 赵小品家。　内 / 日

　　　　〔张秀玉一身城市女孩的打扮。她站在窗前，透过玻璃窗上的冰凌花向外张望，忽然眉头一挑，离开窗口转身去开门。

　　　　〔张秀玉打开门，赵小品提着皮包进来。

张秀玉：姑夫回来了。

第五集

〔张秀玉上前接过皮包,帮赵小品脱掉大衣,又端来洗脸水,递上毛巾。

张秀玉:姑父,我爸呢?

赵小品:他大概是去看戏了。

张秀玉:我爸真是的,天天不回家,连个人影也见不着。

赵小品:到时候他就回来了。我饿了,今天吃什么饭?

〔张秀玉把赵小品让到桌前坐下。

张秀玉:我马上端过来。

〔张秀玉从厨房里端来几样菜和烫好的酒,给赵小品斟上酒。

赵小品:秀玉,自从你来了,这个家才像个样子,我得谢谢你呀。对了,有件东西送给你。

〔赵小品从皮包里拿出兔毛手筒,送给张秀玉。张秀玉爱不释手。

张秀玉:这可真好。姑父,这很值钱吧?

赵小品:不值几个钱,穿衣戴帽就那么回事儿,今年冬天很流行,流行的东西就是好的。

〔张秀玉从自己房里拿出一条狐狸围脖,系在脖子上,又揣上手筒,天真地在赵小品面前转来转去。

赵小品:秀玉,什么东西在你身上就格外好看,也格外金贵了。

〔张秀玉不好意思地摘下了狐狸皮围脖和手筒,坐下来吃饭。

〔张秀玉的目光落到了为父亲张达山准备的碗筷上,一下子变得忧虑起来。

13. 巨源赌馆。 内/夜

〔在一张轮盘赌桌上,张达山正在下注。庄家转动轮盘。张达山表情紧张。

〔转动的轮盘慢慢停了下来。张达山又输了。张达山再一次下注。

14. 赵小品家。 内/夜

〔张秀玉不安地来回踱步,一会儿又跑到窗前张望,外面一片漆黑。

〔桌上摆着留给张达山的饭菜。

〔张秀玉穿上棉衣,围上狐狸围脖,欲走。

〔赵小品从自己房里出来。

赵小品:秀玉,这么晚了还出去?

张秀玉:我到门外等等爸爸。

赵小品:天太晚了,女孩子出去不方便。你爸爸没事的,他不过在外边多玩一会儿,去睡吧。

15. 巨源赌馆。 内/夜

〔张达山汗流满面,眼睛死死盯着轮盘。

〔转动的轮盘停了下来,张达山又输了,输光了的张达山无可奈何地退了下来。

16. 福隆泰账房。 内/日

〔张达山坐在账桌前打瞌睡。

〔从窗口可以望见前边柜台上两个伙计在忙着卖货。

〔伙计甲走进来,将卖得的钱记上账,然后装进一个抽屉里,走了出去。

〔张达山睁开眼睛,目光盯在装钱的抽屉上。

〔伙计甲又返了回来。

伙计甲:张先生我去给客人送货,你到柜台上照应一会儿,前边一个人忙不来。

张达山:我是二掌柜,我卖什么货?

伙计甲:赵掌柜在的时候,柜台忙起来也要出去照应的。

张达山:别拿赵掌柜吓我,赵掌柜在这儿也要敬我三分。

〔伙计甲转身离去,张达山懒洋洋地起身,走出账房。

17. 福隆泰。 内/日

〔柜台上,张达山给顾客付货,收钱。

18. 福隆泰账房。 内/日

〔张达山拿着钱进来,拿起账本欲写,瞥了一眼正在柜台上卖货的伙计乙。他想了想,扔下账本,把钱装进自己兜里,又想了下,打开抽屉,抽出两张大票装进了自己兜里。

19. 巨源赌馆。 内/夜

〔张达山又坐到轮盘赌桌前下注。轮盘转动,张达山输了。

〔张达山下注,轮盘转动,张达山又输了。张达山注意到,赢家是一个黑脸胖子。

〔输光了的张达山转到胖子身后观察。轮盘转动,胖子将手放在桌沿上。轮盘转动慢慢停在胖子跟前。

〔张达山暗自得意。

20. 福隆泰账房。 内/日

〔张达山又在打瞌睡。

〔张达山睁开眼睛,透过玻璃窗看见两个伙计聊天。

〔张达山起身打开抽屉,取出几张钞票装进衣兜里。

21. 巨源赌馆。 内/夜

〔张达山大大方方地坐在轮盘赌桌旁。

〔张达山下大注。轮盘开始转,慢慢停到张达山的面前。张达山成了大赢家。

〔张达山继续下大注。轮盘又停到张达山面前。

〔庄家和胖子对视,面露困惑。

〔在轮盘赌桌前,张达山面前堆满了赌资,他成了大赢家。

22. 巨源赌馆门前。 外/夜

〔张达山抱着大提包走出来。一辆带篷的马车停了过来。

车　夫：先生坐车吗?

〔张达山哼着小曲上了马车。

〔车厢里,张达山哼着小曲,从手腕上解下了一块吸铁石,得意地自言自语。

张达山：跟我来这一套? 我走南闯北的,什么场面没见过。

〔马车走到僻静处停了下来。

〔张达山掀开帘子露出了困惑神情。

张达山：这是什么地方? 车夫你走错了。

车　夫：没错,你下去吧。

〔路边的黑影里窜出几个汉子,将张达山拽下马车。有人上前抢了他装钱的皮包。

张达山：干什么? 你们这是要干什么?

〔几个大汉上去一番拳打脚踢。

〔一个大汉从张达山身上搜出那块磁铁,在他眼前摇晃着。

大　汉：你小子可够黑的,弄了这么大一块吸铁石,你是吃了老虎肉啦? 你知道巨源是什么地方吗? 敢在巨源里玩这个。这次饶你一条小命,再来巨源弄鬼,要了你的脑袋!

〔几个大汉扬长而去。

〔张达山失魂落魄地爬起来,突然对着夜空大喊。

张达山：这他妈的是什么世道? 兴你们玩鬼,不兴我玩鬼。一群红胡子!

23. 福隆泰账房。 内/日

〔赵小品皱着眉头打算盘,核对账目。张达山局促不安地坐在一旁,眼睛望着窗外。

赵小品：大哥，这几天有外人来吗？

张达山：咱开的是杂货店，招揽四方客，人来人往的，什么人没有？

赵小品：我是说账房里有外人来过吗？

张达山：出什么事儿啦？

赵小品：这些日子账目总是对不上。

张达山：你们这两个伙计出来进去的都是外姓人，不大把握。常言说，上阵亲兄弟，打虎父子兵。

　　　　〔赵小品皱着眉头望了望张达山一眼，不再讲话。

张达山：你看我干什么？你这是什么意思，还信不着我吗？咱们可是实在亲戚，你可别乱猜疑。

24. 巨源赌馆账房。　内/夜

　　　　〔赌馆掌柜的四爷坐在桌子后边，身边有两个大汉。张达山小心翼翼地站在那里。

四　爷：赌场的规矩你懂不懂？不知道水深水浅就别扎猛子。在这里没有发财的，赢家永远是我。

张达山：四爷，我是没头的苍蝇瞎眼泡儿，人穷了没志气，就是想弄几个钱花。你可千万别跟我认真，你是大人不计小人过，行不行？

四　爷：不过你这人在赌场上也算精明，别和我捣乱，要想混饭吃，我这里也不差一双筷子。我给你安排一个差事儿，也想看看你的真本事。

张达山：四爷果然是见过世面的人，真有眼力，您算是找对人了。别的不行，干这行不是我张达山吹牛……

四　爷：不过你要记住，吃巨源的饭可要为巨源卖命，你要是吃里爬外，就别想在哈尔滨混下去，四爷我可是生冷不忌！

张达山：看你说的四爷，哪能呢！

25. 赵小品房间。　内/夜

　　　　〔赵小品躺在床上听收音机放送的歌曲，张秀玉端着洗脸水走了进来。

张秀玉：姑父，天晚了，早点洗脚睡觉吧。

　　　　〔赵小品起身准备洗脚，喊住了正向外走的张秀玉。

赵小品：秀玉，你说你爸爸这人怎么样？

张秀玉：还能怎么样？你不是都看到了吗！我妈在的时候，也对他没有办法，出什么事了？

赵小品：没事，我就是问问……

26. 张秀玉房间。 内/夜

[张秀玉洗罢脸,回身挂上了门上的布帘,脱去上衣,穿着兜胸的红兜布擦洗身子。

27. 赵小品房间。 内/夜

[已经躺下的赵小品起身,穿上拖鞋走了出去。

28. 赵小品家饭厅。 内/日

[赵小品来到张秀玉房间门口,欲敲门,又犹豫了。他见布帘处有一缝隙,想看看张秀玉是否睡觉了。在布帘缝隙中,他看到了正在擦洗上身的张秀玉。

[赵小品看了一眼立即回过身来,这时,张达山醉熏熏地推门走了进来。

[赵小品慌乱地转身准备离开。

张达山: 这么晚还不睡,你在干什么呢?

赵小品: 没事,我正要睡觉。

张达山: 我知道,我每天回来的晚,搅得你们睡不好觉,你们都讨厌我。我告诉你妹夫,从今天晚上开始,我就不再回来了。我找到了一份好差事,要到巨源混事儿去了。

[张达山进到自己的小屋,一会抱着自己的铺盖卷出来了。

张达山: 我现在就走,不端你的饭碗了。以后你那破账本出了什么事,也别问我。我不缺你那几个钱花。

[张秀玉披着湿湿的头发走了出来。

张秀玉: 爸爸你这是怎么啦!

张达山: 还有你这丫头,以后睡觉把布帘挂严实些。一个大姑娘别在家里洗澡,洗澡到澡堂子去,没钱爸给你。

[张达山把手伸进自己的兜里,但很快又把空着的手拿了出来。

赵小品: 大哥你胡乱说什么呢? 到底是怎么回事?

张达山: 巨源掌柜四爷请我去主持牌局,我可以干一番大事了,也让你们看看我的本事。这些日子在福隆泰把我憋屈得够呛,英雄无用武之地。妹夫,我把话说到这里,将来我发了财,秀玉就是张家的大小姐,你不能给她气受。还有,你别打她的主意! 好了,我走了。

[张达山踌躇满志、得意洋洋地走出门去。

[张秀玉走到了门口,看着张达山的背影。

张秀玉: 爸,你……疯了。

[饭厅里只剩下赵小品和张秀玉,俩人十分尴尬,一时不知说什么好。

赵小品：让他走吧，这个家养不下他。天不早了，去睡吧。

〔俩人无声地离开饭厅，各自回房。

29. 张秀玉房间。 内/夜

〔张秀玉独自垂泪。

第六集

1. 宏发祥账房。　内/日

[陆璎到楼下的账房去找陈九,却见沈中和一人坐在帐桌前垂泪。见陆璎进来,沈中和慌得乱了手脚,忙桌上桌下收拾了一番。

陆　璎：沈先生这是怎么啦?

沈中和：没事儿……陈掌柜刚才发了脾气。

陆　璎：究竟发生了什么事,沈先生你告诉我?

沈中和：……家母前晚过世了,她老人家临终前希望死后能回到老家和父亲并骨。可按照宏发祥的规矩,冬天是经营毛皮的旺季,雇员一律不得请假离岗,陈掌柜不让我送母亲遗体回老家。

[说到伤心处,沈中和掏出手帕抹着眼泪,又擤着鼻涕。

沈中和：我恳求陈掌柜成全我克尽孝道,他便大发雷霆,给我撂下了话,说不能因为我死了娘宏发祥就停掉生意。后来我想预支二百大洋为母亲办后事,也被陈掌柜一口回绝了。我对陈掌柜忠心耿耿,他却这样无情无义,我真是心寒。

[陆璎的柔情涌了上来,他对沈中和的境遇充满了同情。

陆　璎：沈先生,钱的事我帮你想办法,先把你母亲的灵柩送回老家,陈掌柜的脾气你也知道,你这次就别跟灵柩回去了,以后有机会再尽孝道吧。

[沈中和望着陆璎的脸,半天才醒悟过来,扑通一声跪了下来。

沈中和：谢谢太太,我沈中和今世报答不了,来世做牛做马也要报答太太的恩德。

[沈中和由于激动而涨红了脸。

[陆璎伸出手想去搀扶沈中和,却鬼使神差地将手放在了他的头上,她抚摸着这个男人的头发,感到了他僵直的双肩开始抖动。

[陆璎将沈中和扶了起来。

陆　璎: 这件事不要告诉陈掌柜,你母亲的丧事尽管去办吧。

2. 陈家大院。　外/日

[韩妈在二楼外走廊上晾晒衣物,雕花木栏的柱子上拴着绳子,挂满捂了一冬的衣物。陆璎坐在一把藤椅上晒着太阳。她在额头两侧的太阳穴上贴着新鲜的薄荷叶子。

[韩妈又抱出了几件准备放进衣箱的棉服皮衣,一件一件搭到了绳子上。

韩　妈: 老天爷也成全人,太阳好又没有风,再有两天就能晒完了。

[在陆璎微闭着眼睛时,楼梯口传来了咚咚的响声,沈中和脚步匆匆地上楼。

[陆璎睁开眼睛,看着沈中和心不在焉地和韩妈说话。

沈中和: 我有事要找陈掌柜。

韩　妈: 沈先生啊,陈掌柜没在家。

[沈中和走到陆璎面前停住。

沈中和: 太太好久没下楼了,身体可好?

陆　璎: 总还是老样子,空叫大家惦记着。

[陆璎的表情突然凝固了,沈中和背着韩妈迅速将一张纸条塞到了她怀里。沈中和下楼后,陆璎才打开纸条,上面写着:明天中午去道里马迭尔饭店,有重要的事情和太太商量。

3. 马迭尔饭店。　内/日

[陆璎被侍者带到一间客房里。她进去的时候,沈中和已经等在那里。

[陆璎走路有些喘急,她坐下来就问。

陆　璎: 沈先生有什么事?

沈中说: 我一直想找机会谢谢太太,今天冒昧地请太太来就是感谢你成全了我的孝心,成全了我做人的脸面。

[这时侍者将酒菜送到了房间,摆好后退了出去,沈中和拿起了酒杯倒酒。

[陆璎站了起来。

陆　璎: 沈先生我不能在儿吃饭,我还有急事,不能陪你了。

[当沈中和举着酒杯和酒瓶不知所措时,陆璎已经起身向门口走去。

[走到门口时陆璎迟疑了一下,就在她迟疑的当口,沈中和赶过来,一只手轻轻揽在她的腰上。陆璎的身体激灵一下就僵住了。沈中和又把另一只手伸过来揽住了陆璎的肩,她的整个身体就被拥在了沈中和的怀里。

[沈中和开始亲吻陆璎的头发和前额。陆璎的心跳加快,意乱神迷,几乎是不由自主地搂紧了沈中和。当沈中和低下头时,陆璎瞥到了沈中和那张因冲动而变了颜色的脸。这一瞥刺痛了她,陆璎推开了沈中和。

陆　璎:不,沈先生你不能这样,你叫我来是为了这个吗?

沈中和:从那天你帮了我,我就发誓对你好。陈九不是人,他处处让你受委屈。

陆　璎:陈九是你的东家,你不能这样说他。我和陈九的事是家事,我知道该怎么做。

[沈中和茫然地望着陆璎,手臂松缓下来,陆璎借机抽开了身子。

陆　璎:沈先生,把今天的事忘了,今后不要单独找我,我也不会单独见你。

[陆璎理了理头发,又整理了身上的旗袍,回头扭开了房门,走了出去。

4. 陈家饭厅。　内/日

[陈家在吃早饭,陆璎吃得很少,她掩饰不住内心的慌乱。

凤　仪:妈你这是怎么了?

陆　璎:还不是那些老毛病,妈不要紧。

凤　仪:你总是说不要紧不要紧,从不把自己的病当回事。

陈　九:让滨生去请黄先生,让黄先生给开几副药,有病可别挺着。

陆　璎:我每天用药泡着,还不是这个样子?凤仪,你这就吃好了?

凤　仪:我该上学去了。

[凤仪上前搂住陆璎。

凤　仪:妈,听我爸的话,请黄先生来看看,我不陪你了。

陆　璎:去吧,路上小心些。

[陈九吃好站了起来。

陆　璎:陈九你坐下。

陈　九:我去叫人请黄先生。

陆　璎:我的病也不是一天半天了,急什么……你坐下,我有话对你说。

陈　九:有话快说吧,我今天的事多。

陆　璎:我的病我知道,不是吃药能治好的。

陈　九:你又来了。

陆　璎:我们今天不怄气,我们怄了这么多年的气,已经没有什么可怄的了。陈九,凤仪大了,又是个女孩,我也不能再生育了,你应该再娶房太太,为你生儿育女,好为陈家续上香火。

陈　九：你怎么想起这个了?

陆　璎：寻一个好人家的女子,将来把这个家撑起来,我也算是尽了心了。

陈　九：好了,你好好养你的病,别操那么多的心了。

陆　璎：我说的是心里话。这么多年过来了,我和你很难共心思,这已经是没有办法的事了,你身边应该有个女人。

陈　九：再说吧。

5. 胜江楼澡堂。　*内/日·*

[陈九和孙殿臣泡在热气腾腾的池子里。

孙殿臣：陈九你一天到晚都板着脸,究竟在想什么? 好像所有人都欠你的。

陈　九：我在想我的工厂,我都要想疯了。我想做的事一天做不成,我就一天不能安宁。

孙殿臣：你陈掌柜财大气粗,恨不得吞下整条正阳街⋯⋯其实你应该有个女人,嘿嘿,我最近物色到一个绝代佳人。

陈　九：这次是荟芳里的,还是大观园的?

孙殿臣：我在和你说正事,赵小品你还记得不?

陈　九：哪个赵小品?

孙殿臣：真是贵人多忘事,舅爷的表少爷,当年那个摆地摊的伙计,现在是福隆泰的掌柜。

陈　九：哦⋯⋯记起来了。

孙殿臣：他家里来了一个天上难寻地上难觅的姑娘,是他的妻侄女,简直就是一朵花。

6. 赵小品家。　*内/日*

[赵小品和张秀玉同桌吃饭,张秀玉一身红袄裤,出落得清秀、妩媚。

张秀玉：姑父,这还是用你给我买的衣料,我自己剪自己做的呢,你看怎么样?

赵小品：秀玉这身材,穿什么都好看。

张秀玉：姑夫是夸我,我哪有那么好看。

赵小品：女孩子家多做几件好衣裳,穿出去让他们看看。你住在姑夫家,免得让人笑话姑父小气。

[张秀玉羞赧地点了点头,又高兴地给赵小品盛饭。

赵小品：同记商场新到了一批苏杭丝绸,花色不错,有空去看看,有喜欢的就买一块回来。秀玉,你在这里帮我料理家务,洗衣做饭,我不能让你白辛苦。

张秀玉：姑夫，我和爸爸在你这里，其实是给你添麻烦。我做事是学着来，笨手笨脚的，总是做不好。姑夫不挑剔，秀玉就满足了。

7. 胜江楼澡堂。 内/日

〔搓澡间里，陈九和孙殿臣分别倒在躺椅上。

孙殿臣：那姑娘的父亲叫张达山，是个又抽又赌又嫖的人物，整日在外边瞎混，把一个花儿一样的女儿丢在赵小品家里不管。可怜那美人儿连个亲人疼爱都没有，鸡窝里窝着一只金凤凰，就看谁儿有这份艳福啦！

8. 赵小品家。 内/日

〔想到父亲张达山，张秀玉的脸色忽地沉了下来。

赵小品：怎么啦？一会晴一会阴的。

张秀玉：爸爸已经有些日子没回家了。没人管他吃，没人管他穿，也不知道日子过得怎么样，真是让人不放心。

赵小品：想爸爸了？你放心吧，他日子过得比你好。他在巨源做事，吃穿不愁，就是那个脾气禀性，时间久了怕会做出点荒唐事来。

张秀玉：爸爸这个人整日东逛西游的，从来就不知道有个家。

赵小品：别担心，你要是惦记他就去看看，他要是听得进去就劝劝他，让他收收心。

张秀玉：爸爸这个人谁的话也听不进去，我妈在的时候，没少为他操心，为他流眼泪。

9. 胜江楼澡堂。 内/日

〔澡堂雅间里，陈九和孙殿臣在穿衣服。

陈　九：舒服！烫烫澡，周身痛快，心里头乱七八糟的事都没了，现在眼前就是有座山，我也能晃动它几下。

孙殿臣：陈九你心气太高，怕早晚要摔跟头。

陈　九：心气高有什么不好，我这一份家业，心气低了能赚得来吗？

〔穿戴好后，陈九和孙殿臣下楼，走到楼梯口又停了下来。

孙殿臣：我刚才说的那位张小姐，你往心里去没有？

陈　九：我心里的事满满的，装不下别的东西了。

孙殿臣：你这是病。认准的理儿，一条道跑到黑。其实有个好女人，能治男人很多毛病。

〔陈九和孙殿臣说话时，楼梯口账桌后边传出了伙计的喊声：陈掌柜小柜十块！

〔里边的伙计依次响应，由外至里，由强至弱：

——谢啦!

——谢!

10. 赵小品家。 内/日

〔秀玉把一个竹篮子摆到桌上,把一只烧鸡放了进去,又把几盒香烟放了进去。想了一下,她又打开了一只箱子,拿出一块香肠子和毛巾卷在一起,放进竹篮里。对着镜子整理了一下衣服和头发后,秀玉提起篮子走出门去。

11. 正阳街。 外/日

〔陈九和孙殿臣并肩走过。

〔街口有一百货摊床,有一种船型皮帽引起了陈九的注意,陈九停下来,拿起了帽子。

陈 九:多少钱一顶?

摊 主:便宜,二十元一顶。先生买一顶吧,眼下这帽子时兴着呢?

陈 九:买的主顾多吗?

摊 主:不瞒您说,一天能卖个十顶八顶的,这几天我这小摊儿全仗着它赚钱呢。

〔一旁的孙殿臣有些不耐烦了。

孙殿臣:陈九你挺大的一个掌柜的,也算计这点儿小生意,快走吧。

陈 九:急什么,我再看看。

孙殿臣:你快着点儿,我到前边等你。

〔孙殿臣快步离去。

〔陈九被帽子的样式、毛皮和做工吸引,仔细看着。

摊 主:买一顶吧先生,等到冬天又要涨钱啦!

〔正在看帽子的陈九感觉到有一双眼睛在注视着他,陈九抬起头来,与站在路旁的秋姐的目光对上了。

〔两人对视了良久。

秋 姐:陈掌柜这么空,在街上闲逛,不怕误了生意吗?

陈 九:秋姐不也在闲逛吗?

秋 姐:我哪能和陈掌柜比?我是吃闲饭的人,吃一碗,盛一碗。做的酸做的甜,我都得咽,我得填饱肚子。

陈 九:我是踩着刀刃过河,不能大意,失了脚是要呛水的。

秋 姐:男人的心劲全都是你吃了我,我吃了你的,全都是铁打的。

陈　九：男人的钱可是全都装到了女人的口袋里了。

秋　姐：陈掌柜……

12. 正阳街。 外/日

[孙殿臣在马路的另一边等着陈九,他回头张望,与迎面走过来的张秀玉撞了个满怀,张秀玉竹篮子上盖的花布掉落在了地下。

孙殿臣：对不起小姐,让我来帮你捡。

张秀玉：不用,我自己来。

孙殿臣：哟,这不是张小姐吗?

张秀玉：这位先生,我不认识……

孙殿臣：你不认识我,我可认识你。你是赵小品赵掌柜家的张小姐,这条街上的人有几个不认识张小姐。

张秀玉：先生你可别笑话我。

[孙殿臣回头想喊陈九来看看张秀玉,远远望去,陈九仍然站在那里和人说话。

张秀玉：谢谢先生。我还有事,我走了。

13. 正阳街。 外/日

陈　九：秋姐,谈生意也行,论交情也行,你得帮我忙,我不会亏待你。

秋　姐：陈掌柜,你要是不能谈别的,我该走了,我急着赶回去。

陈　九：你……

[秋姐挥手招车,一辆人力车过来,秋姐上了车。

[孙殿臣一路小跑,匆匆赶来。

孙殿臣：陈九你把好事儿都误了,你在和谁说话呢?

[孙殿臣顺着陈九的目光,看见了乘车离去的秋姐的背影。

孙殿臣：是秋姐? 怎么,她对你说了?

陈　九：她什么也没说,只讲了一些让人听不懂的话,等于没说一样。没有什么大不了的,我今后小心防着点儿就是了。

孙殿臣：陈九你误了一件好事,刚才我遇见了张小姐,本想拉你过去认识一下,机会错过了,赖不得我。

14. 正阳街。 外/日

[张秀玉挎着竹篮子,急匆匆地走着,引起了行人关注。

15. 巨源赌馆。 内／日

〔门房老头正闲坐着喝茶,他穿着长袍子,挽着白袖口,和善的样子。

〔张秀玉怯生生地走了进来。

张秀玉：我找我爸爸张达山。

门　房：闺女你爹没回家吗?

张秀玉：没有,他好久没回家了。

门　房：姑娘你还不知道呀,他早离开巨源了。

张秀玉：是吗? 先生你知道他去哪儿了吗?

门　房：这可说不准。你爸爸那人的禀性在哪儿也干不长……姑娘你命苦啊,按理说我不该告诉你,你上北市场去找找吧,有人看见他常在那一带走动。不过,现在也难说了,他身上怕是没有钱了。

张秀玉：谢谢你先生。

16. 正阳街。 外／日

〔张秀玉挎着竹篮走着,脸上挂着委屈。

〔画外音响起。

张秀玉：爸爸你也真是的,离开巨源也不说一声,让女儿白跑腿。妈和姐都不在了,秀玉就只有你这么一个亲人了。寄人篱下我不怕,但无论如何不能再失去你了,否则无依无靠的秀玉将来可怎么办啊?

17. 大观园门前。 外／日

〔张达山缩着身子蹲在墙根,猥琐而憔悴。

〔秋姐坐着人力车回来,张达山忙讨好地迎了上去。

张达山：秋姐人缘好,生意红火,又出局陪客人啦?

秋　姐：张达山你是越活越回陷,怎么混成了这副模样了?

张达山：自从吸上了这口烟,干不了活了。巨源的四爷不是东西,卸完了磨杀驴吃,把我赶出来了。

秋　姐：是你自己糊涂,巨源嫌你手黑赢他们的钱,划了一个圈把你套进去,你遭人家算计还蒙在鼓里呢!

张达山：他们算计我又怎么样? 我怕谁? 人总有三上三下三富三穷的时候,我张达山还有发达的那一天……不过眼下手紧点儿,秋姐赏个脸儿,借我俩儿钱花花。

秋　姐：你这样的人我见多啦! 你也不撒泡尿照照,瞧瞧你这德行,烟鬼赌鬼无底洞。借钱给你不如打水漂呢！

张达山：话不能这么说，我张达山也曾是条好汉，现在虽说是落难的秀才，但总有金榜题名的时候……再说啦，当初我也没少照顾秋姐的生意。我张达山张一回嘴，总得给点面子吧。

秋　姐：面子？张达山你也算是在这世面上混过的人，在这地方找面子，简直是天大的笑话。在你端直烟枪那会，面子早就丢光啦！

〔秋姐将几枚硬币丢在地上，张达山满地去捡，又一枚一枚地数着。

张达山：秋姐你这是打发要饭的呢？这点钱能干什么？帮人帮到底，送佛送到西……

秋　姐：给你几个角子是可怜你，让你进屋你还想上炕不成?!

〔张达山还想说什么，抬头发现张秀玉远远走过来，慌忙躲开。

秋　姐：人混到这份上，还有什么脸活着。

〔张秀玉站在秋姐身后。

张秀玉：大姐！

秋　姐：谁？是你喊我大姐呀。小姑娘你来这儿干什么？你知道这是什么地方吗，一个人也敢往这儿闯？

张秀玉：大姐，我想找一个人。

秋　姐：找谁？

张秀玉：找我爸爸。

秋　姐：你爸爸是谁？谁是你爸爸？

张秀玉：我爸爸叫张达山。

秋　姐：快走吧，这没有你爸爸。这儿的人都没有爸爸，这儿的人都是野种。听清楚没有，这儿没有你爸爸，快走吧，再不走我就骂人啦。我这个人最爱骂人，要多难听有多难听。

〔秋姐转身要走，却发现张秀玉委屈地掉下了眼泪，又转过身来。

秋　姐：小妹妹我和你说着玩呢，你爸爸张达山是个大烟鬼对不对？

张秀玉：我爸爸不吃大烟！

秋　姐：小妹妹快回家去吧，别再找你那个没有出息的爸爸了。

张秀玉：大姐你告诉我吧，我给他带来了吃的，还有香烟。

秋　姐：你真是他闺女？

张秀玉：是。

秋　姐：这算怎么回事啊！小妹妹，可怜你有这么一个爸爸。告诉你吧，我告诉你上哪儿去找你那个狗屁爸爸。

18. 烟馆门前。 外／日

[张达山正在和看门人纠缠。

张达山： 放我进去，让我先扎一针。

看门人： 这的规矩你不是不知道，一手钱一手货，绝不赊账。

[张达山掏出硬币。

张达山： 今儿我有钱，你看我不赊账不行吗？

[看门人接过硬币。

看门人： 就这几个角子，还不够你赊的账呢？

[看门人将角子钱扔进门里。

看门人： 给张先生记上，这是他还的赊账钱。

张达山： 我又犯烟瘾了，你就行行好，帮帮忙。

看门人： 掌柜的说了，你不还上欠账，就不放你进这个门。

张达山： 你们不能这么不开面儿……

看门人： 这儿是烟馆，不是救济署，没钱就快滚！

19. 烟馆门前。 外／日

[被烟瘾折磨的张达山坐在墙根，这时张秀玉找了过来。

张秀玉： 爸你这是怎么啦？你病啦！

张达山： 你来干什么？谁让你来的？……秀玉，你身上带钱没有？

张秀玉： 带了。

[张秀玉将身上的钱全都给了张达山。

张达山： 这才是爸的好闺女，还有没有？你再翻翻兜。

张秀玉： 爸你跟我回家吧！

张达山： 回什么家？回哪个家？我不去见赵小品，我不愿意瞧他的酸脸子。

张秀玉： 你这不是成心让女儿惦记吗！

张达山： 惦记我？笑话，我是谁？用得着让你们来惦记我。

[张秀玉去搀扶张达山，张达山看到了张秀玉手腕上的银镯子。

张达山： 秀玉你带上银镯子啦，是赵小品给你买的？快摘下来给爸，爸正用得着。

张秀玉： 爸——

张达山： 好闺女！你现在把这个给爸，爸将来给你买副金的，不要这破玩艺儿。

[张达山不由分说将张秀玉的镯子摘了下来。

张达山： 秀玉快扶爸起来，我要去烟馆。

张秀玉：爸你跟我回家——

张达山：别来烦我好不好。你快走吧，没事别来和我搅和。

张秀玉：爸——

张达山：快走！你要是我亲闺女，你就快走，听见没有，快走啊！

　　〔张达山挣脱开张秀玉，踉跄着跑进烟馆。张秀玉站在那里，痛苦万状。

20. 福隆泰门前。　外/日

　　〔赵小品走出来，看见失神落魄的张秀玉远远走来。

赵小品：秀玉，看到你爸爸了吗？

　　〔张秀玉看到赵小品，眼泪一下子涌了出来。

赵小品：怎么了秀玉？一脸的不高兴，没找到你爸爸？

　　〔张秀玉摇头。

赵小品：你爸爸惹你生气啦！

　　〔张秀玉摇头。

赵小品：那是怎么回事，谁让秀玉受这么大的委屈，好端端地成了闷葫芦，我找他去。

　　〔张秀玉哇地一声哭出声来。

21. 赵小品家。　内/日

　　〔赵小品和张秀玉相对而坐。

张秀玉：姑夫快想想办法吧，我爸爸那副样子，看了让人揪心，他早晚要倒霉的。

赵小品：没想到他竟然染上这嗜好，这毛病染上容易戒掉难。他又是个不争气的人……

张秀玉：总得有个办法吧。

赵小品：办法是有，你是闺女，要狠下心来，把他接回家里看着他戒烟。

张秀玉：这我办不到，我狠不下心来，他也不肯回家里来。

赵小品：那就把他送到戒烟所，也许那是一条活路。

22. 戒烟所。　内/日

　　〔房间里，张达山和一个少爷模样的年轻人在这里戒烟。那位少爷备受煎熬，而张达山却是一副精神饱满的样子。

少　爷：放我出去，我不住这狗窝，凭什么把我关在这里？我受不了啦！

张达山：我说这位少爷，别喊了行不行？这地方不错，一天三饱一倒，养老爷子一样，简直是神仙过的日子。

少　爷：好个屁！他们凭什么把我送到这破地方？我不戒烟,我老子有的是钱,他的钱我一
辈子也抽不完。

张达山：你老子不认你这个儿子,你就认倒霉吧。你老子的钱你是花不着啦!

少　爷：不行。我要出去,放我出去!

　　　　　〔那位少爷的桌上摆满了好吃的,张达山拿过一个苹果咬了一口,放到了自己的
桌上。

张达山：这地方喊也没用,别以为你是少爷,到这地方是光腚做人,都一样!

　　　　　〔一个戒烟所的男护士走了进来。

男护士：少爷,你该吃药了。

少　爷：我不吃!

男护士：少爷要是不吃,我们就得强制少爷吃了。老爷有吩咐,这可怪不得我们。

少　爷：我不吃!

　　　　　〔少爷还是接过了药包。

男护士：这位张先生一心戒烟,也不挑三挑四。都说戒烟难,看张先生的样子,恢复得差不
多,也该出去了。

张达山：我都不急你们急什么,进来了就多住些日子,等好了再说吧。

　　　　　〔男护士疑惑地望着张达山,这时那位少爷又闹起来。

少　爷：水! 水呢? 你们拿了钱就这么对待我。水,快倒水!

　　　　　〔男护士转身去给少爷倒水,张达山趁机将药倒掉,端碗喝水,佯装喝药。

23. 戒烟所。　内／日

　　　　　〔走廊里,有一老头儿送饭进来。男护士打开屉盒,上下看了看,才放老头儿进去。

男护士：就这些?

老头儿：就这些,都是点着要的饭菜,错不了。

24. 戒烟所。　内／日

　　　　　〔老头儿将那位少爷的丰盛饭菜一一放到桌上。那位少爷躺着不动,看也不看
一眼。

老头儿：少爷,这是你家里安排的饭菜,趁热吃吧。

　　　　　〔少爷不耐烦地转过身去。

张达山：我的呢?

老头儿：你的饭在这儿,老仁义馆的蒸饺。

张达山：(小声地)谁说这蒸饺了，那个……那口饭。

　　〔老头儿从怀里拿出一纸包，偷偷地塞给张达山。

　　〔张达山从鞋里拿出一张钞票，塞给老头儿。

张达山：记住了，明天中午还是老仁义馆的蒸饺。

　　〔老头儿退出去，张达山也跟了出去。

25. 戒烟所。　内/日

　　〔走廊里，老头儿和张达山边走边聊。

老头儿：张先生你这是何苦呢？你这么着啥时候能戒了这口烟？

张达山：啥时戒掉啥时算吧，过一天算一天，想那么多干什么。

老头儿：你这戒烟所不是白住了吗？

张达山：谁说白住？在这儿住着闺女怕我委屈，按时给我零花钱，我有钱才能维持着这口烟不断。我要是出去了上哪儿弄钱去？

老头儿：你这不是辜负了孩子的一片孝心了吗？

张达山：老爷子你也不是不知道，吸上这口烟戒掉容易吗？

　　〔老头叹着气摇着头离去。

　　〔张达山四下看看没人，匆忙推开了挂着"厕所"字样的房门。

26. 戒烟所厕所。　内/日

　　〔张达山惬意地吸着老头儿带进来的白面。

27. 街头。　外/日

　　〔老头儿提着犀盒走着，遇上了迎面过来的张秀玉。

老头儿：闺女，又去给你爸爸送零花钱哪！

张秀玉：爸爸在戒烟所里，不知要受多少委屈。我给他送点零花钱，让他买点好吃的，也可以补补身子。

老头儿：闺女你还是个孩子，也难为你这片孝心，你要是真的心疼你爸爸，就别再给他送钱了。你给他的钱，都让他买白面抽了。

张秀玉：你……骗我……

老头儿：我是你爷爷辈的人，我骗你不坏了良心吗？

　　〔张秀玉沮丧地站在那儿，不知所措。

28. 戒烟所。 内／日

〔张达山吸完白面,心满意足地走出厕所,被男护士拦住。

〔男护士闻出他身上散发的气味,又从他身上搜出了剩下的白面。

男护士: 好啊张先生,你是来这戒烟的,用不着和我们捉迷藏。打今儿起,吃什么由我来安排,你休想再见到一个外来人。

张达山: 那我还在这儿住什么?

男护士: 你进来干什么不知道吗?

29. 戒烟所门前。 内／日

〔男护士拦住张秀玉。

男护士: 张小姐你今后不要再给你爸爸送钱送东西了,戒烟所有戒烟所的规矩,你要真心让你爸爸戒烟,就按戒烟所的规矩办。

张秀玉: 没想到我爸会拿钱去……

男护士: 你没想到的事多啦。天底下最没志气的人就是吸上大烟扎上白面的人了,要让他们戒烟,心软不得。

张秀玉: 他在这能戒了大烟吗?

男护士: 那就看他的造化了。在这要戒不了,就没地方能戒了。

30. 赵小品家。 内／日

〔张秀玉惦记着父亲,心神不安地走来走去。

〔张秀玉突然抓起了一件外衣,跑了出去。

31. 极乐寺。 内／日

〔佛堂里,张秀玉跪在佛像前,合掌默默祈祷,十分虔诚。

〔画外音响起。

张秀玉: 秀玉没有什么奢求,只望大慈大悲的菩萨保佑父亲把烟戒掉,康复如初,秀玉生活上有个依靠,也就知足了。

32. 街头。 外／日

〔卦摊前,张秀玉匆匆走过,被算卦的摊主喊住。

算卦人: 小姐请留步。小姐面色焦虑,脚步匆匆,带过一团怨气,似有劫难。不妨卜上一卦,也好求个破解。

张秀玉：先生怎么能看出我有劫难？

算卦人：因即果，果即因。小姐一脸愁容，想必是有解不开的难题。

张秀玉：不是我，是我爸爸。

算卦人：在下早就看出是令尊大人有灾，只是不敢唐突，怕伤了小姐的心。令尊大人想必是
　　　　遇到了麻烦？

张秀玉：他是病人，请先生算一卦，能好还是不能好，有什么可破解的？

算卦人：病是命伤，病可以愈，而命不可强求……

33. 赵小品家。　　内/日

赵小品：别信那算卦的，他在戒烟所里无非就是吃些苦头，只要挺得住，就能过这一关。过
　　　　了这一关，就柳暗花明了。

张秀玉：我不是怕他吃苦受罪，这是他自找的。我是担心他自己不争气，过不了这一关。他
　　　　那个人办正经事不行，可歪心眼儿多着呢。

赵小品：戒烟所很严，住进去就由不得他了。放心吧秀玉，过几天去看看他。

　　　　[福隆泰伙计匆匆进来。

伙　计：赵掌柜张小姐你们都在，有人捎话过来，说是看见张先生躺在马路上，人快不行了。

张秀玉：怎么回事？他现在人在哪儿？

伙　计：就是西门脸的东正教堂前。

赵小品：他不是在戒烟所吗？怎么会跑到那儿去了。

伙　计：听说他从戒烟所跑出来好几天了。

张秀玉：天哪！怕什么来什么。姑夫，这可怎么办呀？

赵小品：快，去找几个人把他接回来。

伙　计：接到哪儿？

赵小品：接到家里来。秀玉，看来就剩下这最后一招了，把他关起来。

34. 赵小品家。　　内/暮

　　　　[鬼一样的张达山蜷缩着身体，奄奄一息地躺在地上，时不时地抽搐着身体。

张达山：秀玉……

张秀玉：爸——

张达山：你是不是我亲闺女？

张秀玉：爸——

张达山：你要是我亲闺女，就想法子帮我弄点白面，抽的也行，扎的也行。让爸爸这样遭罪，

不如让爸爸去死。

张秀玉：爸你忍一忍，忍一忍就好了。

张达山：我忍不了啦！秀玉，你妈死了，你姐也死了，这世上只有你是我的亲人啦，你总不能看着我受罪不管吧。·

张秀玉：你骂吧……只要你戒了烟，打我、骂我、杀了我都行。

张达山：混蛋！你和赵小品怎么是一个心眼，都想折磨我，都没安好心！

〔张达山犯了烟瘾，在床上翻滚抽搐，滚落到地上。张秀玉去搀扶他，他抓住张秀玉的胳膊狠狠咬了一口。张秀玉尖叫着将他推开，痛苦地抱着自己流血的胳膊。

张秀玉：爸你忍一忍吧，挺过去就好了，秀玉求你了。

35. 赵小品家。 内／日

〔为了帮助张达山戒烟，赵小品用木栅栏间隔出半间屋子，里边只摆了一张床。

〔张达山犯起烟瘾来，声嘶力竭地嚎叫着，用手扭动得木栏杆吱嘎作响，揪得头发一缕一缕的，衣服撕扯得零零碎碎，手指头都红肿溃烂了。

张达山：我要吃饭，你们为什么不让我吃饭？你们想饿死我呀！

〔张秀玉端着饭菜进来，从栅栏底下将饭菜推进去。

张秀玉：爸你别喊了，这饭我都给你热了三次了。

张达山：三次怎么啦，不愿意伺候你爸了，嫌我了是不是？

张秀玉：好了，是我错了行不行，你快趁热吃饭吧。

张达山：我不吃，我不吃饭，我看见饭就想吐。

张秀玉：那你喊什么呀？

张达山：秀玉，你是我的亲闺女，我知道你最疼我。

张秀玉：爸你又来了。

张达山：到外边给我买点儿白面，吗啡也行，你总不能眼睁睁地看着爸犯瘾遭罪吧？

张秀玉：爸你别冤枉人，在这世上你是我唯一的亲人，是我的靠山，没有你我靠谁呢？你这个样子我还靠得住吗？

36. 赵小品家。 内／日

〔赵小品在饭厅里来回踱步，不时掏出怀表看看，又不时在窗口向外张望。

〔隔壁房里传出张达山的叫喊声。

张达山：我要吃饭，为什么不给我饭吃？想饿死呀！

〔等不来张秀玉，赵小品便自己走进厨房，端着饭菜走进用木栅栏隔开的房间。

[两人隔着栅栏平静地对视了一会儿,赵小品将饭菜从下边推了进去。

[赵小品起身想走,被张达山喊住。

张达山:你别走,我有话和你说。我们兄弟一场,你给我一口烟,眼看我要死了。

[赵小品摇头。

张达山:给我扎一针,让我过过瘾。

[赵小品摇头。

[张达山狡猾地挤着黑洞洞的眼睛,咧开嘴笑了,露出残缺不全的黑牙。

张达山:给我一口烟,我把秀玉送给你做小老婆。

[赵小品脸涨得红红的,额头暴起了青筋。

赵小品:你……疯了。

张达山:你就别装了,我们都是男人,什么我看不出来。你那双眼睛整天在秀玉身上转,隔着衣服把孩子的身上都刮遍了,恨不得把她吞进肚里去,瞒得别人你瞒得了我吗?

[赵小品牙齿咬得咯咯响,把着木栏杆的手握出了汗。

赵小品:你知道你在说什么吗?! 你简直不是人! 是畜生!

张达山:秀玉是我唯一的闺女,虽不是金枝玉叶,从小也是包金裹银戴玉长大的。你小子有艳福可不能错待了她,我这个丈人就不值钱了,也就是一口烟二两土的价。救命要紧,我实在是受不了这折磨了。

[赵小品拿起地上的饭碗,用力摔在地上,嘶声大喊。

赵小品:混蛋! 张达山,你就是个混蛋!

[赵小品气气咻咻地冲出了房间。

37. 赵小品家。 内/暮

[刚冲出来的赵小品发现张秀玉正倚在门旁,哭得泪流满面。

赵小品:秀玉……

[张秀玉转身跑回了自己的房间。

38. 赵小品家。 内/夜

[张秀玉躺在自己的床上辗转反侧,不能入睡。

[赵小品躺在床上吸着烟,毫无睡意。

[张达山拍着木栅栏叫喊着。

张达山:放我出去! 你们听没听见,放我出去!

39. 赵小品家。 内/晨

[赵小品坐在饭桌前,张秀玉将饭菜端上来,俩人无言,表情都有些尴尬。

[张秀玉又端着一份饭菜走进了张达山住的房间,很快就从里边传出了张秀玉的喊叫和碗掉在地上的破碎声响。

[赵小品连忙站起身,向张达山的房间跑去。

[赵小品推门进去,只见栅栏里空空荡荡,后窗已被打开,被撕成布条的床单接在一起,一端系在床头上,一端伸出窗外。

40. 街巷。 外/日

[张秀玉脚步匆匆,目光四下逡巡,寻找着父亲的身影。

[马路旁,几个乞丐在晒太阳,张秀玉忙跑过去辨认。

乞丐甲:嘿!小姑娘看什么呢?

乞丐乙:找女婿吧,我怎么样?我年轻。

[张秀玉失望地走开。

[马路旁的房檐下,老乞丐正躺在地上睡觉,脸上盖了一张破纸,小乞丐坐在一旁摆弄着他的竹板。

[张秀玉走过去,掀开乞丐脸上的破纸片,转身要走,小乞丐打起了竹板——

哎!小姐小姐你别走。

动了龙头要烂手,

你给扔下仨铜子儿,

保你一天不出事儿。

[张秀玉无心理睬乞丐,转身就走。小乞丐继续——

小姐小姐你别急,

婆家还没备好席,

先杀猪,再杀羊,

花轿花鞋花衣裳。

[张秀玉生气地掏出一枚铜钱,扔到小乞丐面前,转身离去。

41. 正阳街。 外/暮

[张秀玉神色紧张地四处张望,福隆泰的两个伙计迎面走来。

伙计甲:张小姐,我们找到你爸爸了,快跟我们走。

42. 马路边。 外/暮

〔张达山蜷缩着身子躺在地上,已经死了。赵小品守在那里。

〔匆匆赶来的张秀玉扑到在张达山身上大哭,撕心裂肺地喊叫。

张秀玉：爸爸——

43. 义地。 外/日

〔福隆泰的两个伙计用铁锹堆坟,两个喇叭匠仰起头来冲天吹着下葬曲。

〔张秀玉一身重孝跪在坟前,边流泪边烧纸。

〔赵小品腰系白布条,守在张秀玉身边。

〔一阵风吹来,燃烧的纸灰和哀调在上空盘旋着。

44. 赵小品家。 内/夜

〔张秀玉站在张达山住过的房间中央,木栅栏已经拆除,一张空床还留在那里。张秀玉欲哭无泪。

〔赵小品推门走进,站在张秀玉身后,搂住张秀玉的肩头。无依无靠的张秀玉回过身来,伏在了赵小品怀里。

〔赵小品轻轻地将张秀玉抱起。

45. 赵小品房间。 内/夜

〔赵小品将张秀玉抱到床上,俯下身去亲吻张秀玉,被张秀玉的手挡住。

〔泪流满面的张秀玉凝视着赵小品,最后闭上了眼睛,伸出双手抱住了赵小品。

第七集

1. 陈家饭厅。　内/日

[陈家在吃早饭。韩妈拿报纸走进来。凤仪放下筷子，草草看了看，又递给了陆璎。

凤　仪：妈我可没时间了，再不走就迟到了。

陆　璎：你总是这么急，不能早点坐下来吃饭。

凤　仪：起不来嘛，妈爸我走了。

[凤仪起身往外走，韩妈跟在后边。

凤　仪：韩妈你别跟着我。我会自己换衣服，自己理书包，自己出大门，自己过马路，你再跟
　　　　着我，我爸会生气的。

韩　妈：小姐……

陈　九：韩妈你别管她了，我十七的时候，已经自己上山打野猪，打狍子了。

[凤仪出去，韩妈回到桌前收拾碗筷。

[陆璎拿起报纸。上面有一个醒目的标题：披罗五洲珍奇，博览古今名品。

陆　璎：俄国人要举办毛皮博览会？韩妈，吃过饭你陪我到那个博览会上看看。

陈　九：柜上什么样的毛皮没有？

陆　璎：这几天我总是做那一个梦，反反复复地梦见那件紫貂皮坎肩，在梦里那坎肩就挂在
　　　　堂上，父亲和祖父焚香膜拜，全家人都在场，还有我的母亲。我闻到了焚香的气味，
　　　　母亲拉着我的手让我跪下，她说这坎肩是陆家的传家宝，陆家丢了金山银山也不能
　　　　丢了这件紫貂皮坎肩。

[陆璎喘了一口气。

第七集

陆　璎：母亲说这话的时候,她的手又暖又软,现在想起来我的手还暖乎乎的。
陈　九：你们女人的事我不管,远来的和尚好念经,你就去烧香敬佛吧。

2. 赵小品家客厅。　内/日
　　〔赵小品和张秀玉在吃早饭,吃着吃着,张秀玉放下了筷子。
张秀玉：你今天和我一起去博览会。
　　〔赵小品嘴里正嚼着馒头。
赵小品：别瞎说,自己去吧,不是说好了自己去?
张秀玉：我改变主意了,我要你和我一起去。
　　〔赵小品咽下馒头,喝下最后一口米粥,伸出手来拍拍张秀玉的脸蛋。
赵小品：别任性,多带点钱,喜欢什么自己买。
张秀玉：我要和你一起去,我说了好几遍了,你没听见吗?
赵小品：你怎么了?
张秀玉：没怎么!
　　〔赵小品穿上长衫,准备出门时,张秀玉挡住了门口,她依着门,咬着嘴唇,眼睛湿润
　　起来,声音里也发出了呜咽。
张秀玉：我说过了,我要你和我一起去。
赵小品：你今天是怎么啦,又不是小孩子,难道不知道那种地方熟人多,人多嘴杂。
张秀玉：谁不怕烂舌头让他说去。
赵小品：他们不怕烂舌头,我们怕,我怕传出去你将来怎么办!
张秀玉：什么将来? 我还有将来吗? 你说说我将来怎么办?
　　〔赵小品伸出手臂抱住张秀玉的双肩,用额头抵着她的额头。
赵小品：你将来也是我的,谁也拿不走抢不去,是不是?
　　〔他们就这么倚着门,脸对脸地站了很久。

3. 货币交易大厅门前。　外/日
　　〔毛皮博览会在货币交易大厅开幕。
　　〔人群蜂拥进博览会大门。
　　〔一辆带篷的马车停在门前,陆璎和韩妈下来,走进了博览会大门。

4. 货币交易大厅。　内/日
　　〔陆璎和韩妈边走边观望,走到有彩带拦起的一处展品前,陆璎突然站定。

〔这是一件紫貂皮坎肩。貂皮毛色油亮,毛长绒厚,泛着白点,是一件俗称墨里藏针的精品。坎肩做工细致,里边衬着鹅黄缎里子,是典型的皇宫贡品。

〔当陆璎的目光落到紫貂皮坎肩上,她的心跳几乎一下子静止了,眼神也迷离起来。

〔一个伙计走过来,鞠躬致礼。

伙　计:太太你有什么吩咐?

陆　璎:你知道这坎肩是谁家送来拍卖的吗?

伙　计:这是旧官府家的贡品,已经辗转了好几手。太太喜欢吗? 这可是很难得的毛皮珍品。

〔陆璎感觉有大量的血涌进心房,心跳的频率加快了,半天说不出话来。

伙　计:太太,你怎么啦?

陆　璎:是一件难得的珍品,偏偏让我遇上了。

韩　妈:这是太太的福分,看来太太时来运转了。

陆　璎:什么福啊祸啊的,谁也说不清,这个世界上许多事情是福祸难分的。

韩　妈:不瞒太太说,我是个粗人,我就是看不透,宏发祥什么样的贵重毛皮没有,太太偏对这件紫貂皮坎肩牵肠挂肚的。

〔陆璎瞥了韩妈一眼,叹了口气。

陆　璎:你知道什么? 宏发祥所有的毛皮加在一起,也比不上这件紫貂皮坎肩。

韩　妈:我这眼神不行,又没有见识,难道是金针银线的宝物?

〔陆璎板起面孔,不理睬韩妈。韩妈知道太太生气,就岔开了话题。

韩　妈:太太身子骨还没好,别累坏了,我们该回去了。

〔那个伙计又殷勤地凑了上来。

伙　计:太太要是喜欢这件紫貂皮坎肩,拍卖时早点来,这几天有不少人看中了它,晚了怕是买不去了。

5. 货币交易大厅。 　内/日

〔陆璎和韩妈走出门口时,与迎面进来的赵小品和张秀玉擦肩而过。

〔张秀玉穿了一件花绸布旗袍,烫着卷发,婀娜多姿。

韩　妈:这是谁家的小姐,长得像朵花儿似的。

陆　璎:现在的女孩,是一个赛一个水灵。

6. 货币交易大厅。 　内/日

〔张秀玉的目光也落在了那件紫貂皮坎肩上。

赵小品：相中什么了？这么入迷。

张秀玉：哦，你看。

赵小品：这么多好东西，你偏偏看上一件坎肩。

张秀玉：这你就不懂了。一件紫貂皮坎肩穿在身上，像火龙一样暖和，又好看又舒服。

赵小品：你这么喜欢，等拍卖时买下来就是。

张秀玉：真的？

赵小品：不就是一件紫貂皮坎肩吗？

〔张秀玉高兴地拍着手。

张秀玉：我想穿上试试，看看合不合身。

赵小品：这是展品，又不卖，不会让你试的。

张秀玉：我想试就能试，不信你看着。

〔张秀玉说着冲一个伙计摆手，喊了一声，喂！那伙计就快步走过来。

伙　计：小姐你有什么事？

〔张秀玉指着紫貂皮坎肩。

张秀玉：我能穿上试试吗？

〔伙计的脸红了，他扫了一眼坎肩为难起来。

伙　计：对不起小姐，展品不能试穿。

张秀玉：哪有这样做买卖的，不穿怎么知道合不合身。

〔伙计的额头渗出了细碎的汗珠，赔着笑脸。

伙　计：小姐别生气，你三天后来吧，拍卖的时候再看看。

张秀玉：不让试还来什么呀，不就是一件坎肩吗，犯得着三趟两趟地跑吗？又不是非买不可，谁愿意来谁来。我还不稀罕呢！

〔就在这时，主办这次博览会的俄国人波波夫走了过来。他留着胡子，穿着一身咖啡色洋服，系着领带，腆着大肚子。他眯着眼，问伙计发生了什么事。

伙　计：先生，这位小姐想试穿那件紫貂皮坎肩。

波波夫：好吧，小姐，你要是喜欢就进来试一试。

〔伙计回身用竹竿挑下那件紫貂皮坎肩，双手提着，帮着张秀玉将坎肩套在旗袍外边。穿上坎肩的张秀玉低下头，左看看右看看，理一理对襟，抻一抻下摆。

〔围观过来的人们不由得发出赞叹。

〔波波夫也看得出神，他走到张秀玉面前。

波波夫：小姐，你愿意试穿那几件名贵的大衣吗？

〔张秀玉抬头看着那几件裘皮大衣，一脸的茫然。

波波夫：美人配衣衫,小姐这样的面容和身材,会抬高那些大衣的身价。

〔张秀玉高兴地点了下头,却见赵小品向她招手。

赵小品：他要干什么? 我们该走了。

张秀玉：他要我穿那些名贵的大衣,我喜欢。

赵小品：不行,哎……

〔张秀玉娇嗔地离开赵小品,去试穿那几件名贵大衣。

〔两个伙计殷勤地给张秀玉逐件换穿着大衣。

〔一件件大衣穿在张秀玉身上。张秀玉挺着圆滚结实的胸脯,扭动着腰肢来回走动着。每一件衣服穿在她身上,都会显示出不同的风采,吸引了大量围观的人。

〔两个油头粉面的毛头小伙子变得心猿意马,神态和眼神都失去了规范。

毛头甲：真是天生的美人坯子衣服架子……

毛头乙：她就是正阳街上的一枝花,这回咱哥儿们可是大饱眼福了。

7. 货币交易大厅。　内 / 日

波波夫：小姐,你喜欢那件紫貂皮坎肩?

〔张秀玉点了点头。

波波夫：如果小姐肯在博览会期间,穿上这里你喜欢的任何服装,展示你的出众风采的话,我会感到非常荣幸。我会衷心感谢你,并把这件紫貂皮坎肩作为报酬送给你。你同意吗?

〔张秀玉微微地张着红唇,目光迷茫地望着波波夫。

张秀玉：你说的当真?

波波夫：我是非常认真的。

〔张秀玉一时拿不定主意,便回过头去寻找赵小品。

8. 货币交易大厅。　内 / 日

赵小品：那个老毛子在和你说什么?

〔张秀玉想了想,扑哧一声笑了。

张秀玉：他真有意思,他让我穿上他的那些衣服在大厅里走来走去,还答应把那件紫貂皮坎肩送给我。你说这主意多怪。不过倒是一件捡便宜的事。

赵小品：你让他去北市场雇野鸡做这种事吧,我们不干。

张秀玉：那有啥呀,不就是穿几件衣服吗,像玩儿似的,还给一件紫貂皮坎肩。

赵小品：你喜欢紫貂皮坎肩,明天把它买下来。告诉那个老毛子,我们有钱。

[波波夫走了过来,笑着和赵小品打招呼。

波波夫： 先生请不要误会,做模特不是做妓女,做这种商业广告小姐是个天才,我希望小姐帮忙,我会付给她很高的报酬的。这在欧洲是非常体面的职业。

赵小品： 这儿不是欧洲,这儿的人不当模特,这儿的野鸡才干这个呢!

[张秀玉拉起赵小品的衣襟。

张秀玉： 看你说得多难听,人们看衣服又不是看人,不干就算啦,这多没意思。

[赵小品不理睬张秀玉,转身离去,张秀玉只好一步三回头地跟在后边。

[波波夫扬扬手想说什么,见张秀玉已经消失在涌动的人群里,只好耸耸肩作罢。

9. 陈九家。　内/日

陆　瓔： 那是我们陆家的那件,陈九我想你把它买回来。

陈　九： 那种紫貂皮我能一下子拿出十件二十件。

陆　瓔： 它对我来说不是一件皮货,你懂不懂?

陈　九： 我成全你,我一定给你买回来。

10. 货币交易大厅门前。　外/日

[当陈九迈上台阶时,碰上了庄本,两人相互拱了拱手。

庄　本： 幸会幸会,陈掌柜。

陈　九： 果然同行是冤家,冤家路窄呀。

[庄本无声地笑了。

庄　本： 陈掌柜很会开玩笑。我们东方人都很善于把复杂的人生哲理很贴切地比喻出来,很精辟,很透彻。我承认我们是对手,生意场上竞争而已。中国的俗话怎么说啦——不打不相识吧。

陈　九： 去年庄本商行倾销的手筒和男帽,就快弄得我们吃不上饭啦。

庄　本： 哪里的话,陈掌柜太客气了。在这个地界上,谁不知道陈掌柜是只虎,我不过是只猫,猫怎么敢去碰老虎呢。

陈　九： 那庄本先生还是我的猫师哪。

庄　本： 打虎是英雄,打猫就不算英雄啦。庄本商行在中国做生意,还望陈掌柜手下留情,多多关照啦。

11. 货币交易大厅。　内/日

[交易大厅里人头攒动。

[一边已经新搭了一个台子。台上摆着桌子，穿着红坎肩的经纪人坐在桌子后边，身后摆着准备拍卖的商品。波波夫悠闲地坐在经纪人身边，目光在大厅里巡视着。

[赵小品和张秀玉坐在前排，张秀玉左顾右盼，手里摆弄着花手帕。坐在张秀玉身边的赵小品，掏出怀表皱起眉头看着。

12. 货币交易大厅。 内/日

[大厅里所有人的目光都注视着前台，竞价声此起彼伏。

[在一张银狐皮以两百大洋的价格成交后，紫貂皮坎肩终于被推到台前。

[张秀玉两眼放光，激动得站了起来，被赵小品拉坐下。

赵小品： 别急，沉住气，这种时候急不得。

红坎肩： 紫貂皮坎肩，皇室御用品，起价两百大洋。

竞价者： 二百一！

竞价者： 二百二！

竞价者： 二百四！

竞价者： 二百六！

[坐在圆柱旁边的庄本不耐烦地挥了挥手

庄　本： 四百！

[大厅里掀起一小股喧哗。叫价的红坎肩举起木槌。

红坎肩： 四百，四百啦！

[陈九不由得挺起了腰板，平静地喊了一声。

陈　九： 四百五！

庄　本： 五百！

陈　九： 五百五！

[大厅里沉静下来，本来对紫貂皮坎肩跃跃欲试的人，也知趣地打了退堂鼓。

庄　本： 六百！

[陈九依然在红坎肩重复两遍竞价后，要一槌定音时平静地报价。

陈　九： 七百！

庄　本： 八百！

陈　九： 九百！

[两位毛皮商人的竞争，已经超出对那件紫貂皮坎肩的需求。

[在陈九与庄本的竞价中，赵小品的脸色由绯红变得惨白，由惨白转而死灰。

[张秀玉垂着眼帘，噘着嘴坐在那里，小声嘀咕着。

第七集

张秀玉：没意思没意思，看他们在这儿斗富真没意思。当初要不是听你的，这紫貂皮坎肩就到手了，何必在这儿受人家挤兑。

　　〔张秀玉低着头，把下巴埋在前胸，一副闷闷不乐的样子。

庄　本：一千！

　　〔望着赵小品紧绷着的脸，张秀玉霍地站起来。

张秀玉：不买了不买了，不就是一件坎肩吗，我又没有要，何必为难成这个样子。我们走吧。

　　〔赵小品一把抓住她的手，拽着她坐回到椅子上。他自己站起来，涨红了脸，指着台子上的紫貂皮坎肩。

赵小品：我出一千二，一千二把它买下来。

　　〔大厅里的人都感到愕然，陈九和庄本也愣住了。

　　〔波波夫伸出脚踩了一下报价的红坎肩，红坎肩侧过头来看看波波夫，波波夫目光停在混乱的大厅里，轻轻地点了点头。红坎肩会意了，他迅速重复了两遍竞价，手起槌落，锣声一响。

红坎肩：一千二，紫貂皮坎肩一千二成交。

　　〔大厅里一阵喧哗，人们对这快速成交的方式大惑不解。

13. 货币交易大厅。　内/日

波波夫：我只能收七成的钱，这是我对张小姐的关照。我仍然希望她能出来做模特儿，如果她同意我会送她去欧洲见习和发展。

　　〔赵小品把一千二百大洋的银票摔到波波夫面前。

赵小品：张小姐哪儿不去，张小姐不用俄国人操心她的前程。

14. 张秀玉房间。　内/夜

　　〔张秀玉穿上紫貂皮坎肩，对着镜子左顾右盼。她拿起梳妆台上的粉，在脸上扑着，又淡淡地涂了口红，对着镜子妩媚一笑，这才满意地走开了。

　　〔走出房门前，张秀玉又折回来将自己床上的被摊开，铺好。

15. 赵小品房间。　内/夜

　　〔赵小品躺在床上，看见张秀玉进来，眼睛一亮，忙掀开了被子。

赵小品：你今儿晚上可真漂亮，快上来。

张秀玉：今天我不上你的床。

赵小品：你现在人大心也大了，夜里也不肯上我的床了。

［张秀玉听着脸色就变了，眼圈也红起来。

张秀玉：我什么都给你了，你还说这样的话，你还要我怎么样？

赵小品：男人不能没有女人，我离不开你，没有你我一天也不能过。

张秀玉：我年轻，你喜欢我，疼我，娇我，拿我像花儿似的捧着，像宝贝儿似的供着。等我老
了呢？成了黄脸老太婆了，谁还拿我当人。

赵小品：你怎么会老呢？你是天上下凡的仙女，你这头发，你这眼睛，你这脸蛋儿，都是着了
神水仙气的。你要是成了黄脸婆，别的女人不是得活埋吗！

［张秀玉揾起耳朵。

张秀玉：你哄着我玩儿呢，谁相信。

赵小品：不管别人信不信，我信就行。秀玉是我的，我是捧在手上怕打了，含在嘴里怕化
了……给金山银山也不换。

［张秀玉破涕为笑，生出几分媚态，展示起穿在身上的紫貂皮坎肩。

赵小品：秀玉你穿上这坎肩真漂亮，这一千二百大洋花得值。

张秀玉：你不心疼？

赵小品：穿在秀玉身上怎么会心疼呢？

张秀玉：是真心话？

赵小品：老天作证。

［张秀玉亲吻了赵小品，赵小品顺势抱住她，一翻身把她拽上了床。

［张秀玉咯咯笑着，挣扎着坐起来，开始脱衣服。

16. 陆璎房间。 内/夜

［陆璎躺在床上不断地咳嗽，用手帕揾着嘴。她的眼圈是黑的，额头上布满了紫红
色菱形印痕。

［黄先生给陆璎把脉，陈九在屋里踱步。

陆　璎：我总是做同一个梦，就是梦见那件紫貂皮坎肩。

陈　九：黄先生你听听，我说她的病在她的脑袋里，就在她的脑袋里。皇上都没有了，民国
又这么多年了，那件紫貂皮坎肩值什么钱，还值得朝思暮想的。

陆　璎：陈九你是个精明人，怎么连一件紫貂皮坎肩都买不回来？

陈　九：不值，一件紫貂皮坎肩一千二百大洋不值。我陈九从不花大头钱。

陆　璎：什么叫不值？货卖识家，你需要它就是无价之宝，不需要它就一文不值。

陈　九：又是糊涂话。生意场上的事你不懂。

陆　璎：这不是生意场上的事，这怎么是生意场上的事？陈九我伤心透了。许多道理和你

说不清。

黄先生：太太思物生情，也是人之常理。心病心治，了其心事，去其心疾。如果天公作美，让太太碰上那件紫貂皮坎肩，倒是胜过吃仙丹妙药的。

陈　九：你别伤心，我加价把它买来。那个赵小品也许早就后悔不迭，叫苦连天了。

17. 正阳街。　外/日

〔天上下着蒙蒙细雨，路上的行人也很稀少。

〔张秀玉手里握着一条花手帕，手帕里包着五香瓜子。她一边走路一边嗑着，瓜子皮儿在她身边飞撒。为了御寒，她在绿缎旗袍外边套了一件毛线坎肩。

〔两个穿着细布长衫、留着油头的毛头小子凑过来，正是庄本毛皮博览会上的那两个人。

毛头甲：小姐，下雨天让人烦闷无聊没有意思，我们也一样，我们同命相怜。

毛头乙：去跳舞还是看电影听戏随小姐的便，要不下馆子吃花酒我们也挺在行的。

〔张秀玉不慌不忙地抖着花手帕，抖干净了就盖在头顶上。

张秀玉：对不起先生，我有约会，我在等人。我从不陪不认识的人，你们最好走开。

毛头甲：我们认识你，不就是一枝花嘛。别那么见外，街坊邻居住着，低头不见抬头见，别伤了和气。

毛头乙：这么漂亮的脸蛋不出来玩玩，关在家里捂着白瞎了。

〔两个毛头小子嬉笑着，一个伸手挽她的胳膊，一个伸手来摸她的脸蛋。

〔张秀玉慌了，心突突跳了起来。

〔陈九一脸严峻地从不远处走过。张秀玉灵机一动，对两个动手动脚的毛头小子开了口。

张秀玉：还不快走开，我等的先生来了。

〔张秀玉甩开他们的手，奔到陈九跟前，小鸟依人样地依在他高大的身躯上，

张秀玉：先生帮帮忙，这两个小混蛋欺负人，他们在使坏。

〔两个毛头小子一愣，被张秀玉的突然举动吓住了，缩头缩脑地呆在那里。

〔陈九看了看张秀玉，又看了看两个毛头小子，冷漠地推开张秀玉，径自走了。

张秀玉：喂，先生先生，别走哇先生！

〔两个毛头小子转惊为喜，拍着手尖着嗓子——

毛头甲：别喊啦小姐，那位先生喜欢男人的屁股，不喜欢女人的脸蛋。你就脱裤子也没用，还是跟我们走吧。

〔陈九突然站住，回过头来，脸上露出凶光，

陈　九：你们说谁？你们说什么？你们再说一遍！

毛头甲：这儿没你的事，我们和小姐玩玩，走你的路得了。

陈　九：我让你们把刚才的话再重说一遍，听不懂怎的？让我来教你们吗！

　　　　〔毛头小子们嚅动着嘴，眼睛盯着一步步逼近的男人，咧着嘴往后退着，撒腿就跑。

张秀玉：谢谢你先生！

陈　九：你是荟芳里的，还是大观园的？

张秀玉：先生你猜错了，我不是妓女，我是走路的，被那两个小坏蛋劫了道，他们欺负我。

陈　九：不是妓女就好，不是妓女的女人，这种天气就应该待在家里烧水做饭洗衣服。

张秀玉：要不是那两个小混蛋惹了你，先生你不会回来教训他们吧？

陈　九：我又不认识你，谁知道怎么回事？

　　　　〔陈九望了望空旷的大街和飘着细雨的天空。

陈　九：要不要我送你回家？

张秀玉：谢啦，我自己会走。

　　　　〔陈九挥了一下手转身走了，走到街角回头望了一眼，只见她仍然孤零零站在街雨中。

18. 陈九家。　内/日

孙殿臣：陈掌柜你这紫貂皮坎肩怕是买不到手了。

陈　九：怎么他不肯卖？你没说由他出价吗？

孙殿臣：我要是赵小品我也不卖。

陈　九：为什么？你倒是说句痛快话，这点事还卖什么关子。

孙殿臣：你知道赵小品为谁买下那件紫貂皮坎肩吗？他是为他的妻侄女张秀玉买下的。张小姐是个绝代佳人，正阳街上一枝花，凡是男人见了都要动心的小美人儿。

陈　九：你就是这个毛病，见了老母猪也得上去亲个嘴。再买根红头绳扎上，硬说赛貂蝉。

　　　　〔孙殿臣嘿嘿地笑着，摆着手。

孙殿臣：不说这个，不说这个。我在正阳街上见过几次张秀玉，当时就想这是谁家的小姐，这辈子要是娶上这么个老婆要饭吃都行。后来才对上号，知道她住在富春堂大院，是赵小品的妻侄女。

陈　九：我不听这些，我要知道赵小品为什么不肯卖？

孙殿臣：听说赵小品艳福不浅，独占花魁，金屋藏娇。要真是这样，是赵小品要惯她宠她，所以我一提紫貂皮坎肩的事儿，他一口回绝了，一点儿商量的余地都没给。

陈　九：孙掌柜什么事儿让你一办，非出花案不可。明天我自己去。货卖识家，话说到，钱出到,赵小品不会不动心。

［孙殿臣拉下脸。

孙殿臣： 不信你就去,咱可丑话说到前边,碰一鼻子灰别怨我。

19. 富春堂大院。　外／日

［陈九走进大门洞,抬起头。

［大院四面是二层楼房围着,每面都有楼梯,楼上有回廊,旋得很漂亮的护栏,廊檐下边是细条密织的飞罩,看上去敞亮气派,富丽堂皇。

20. 赵小品家。　内／日

［张秀玉正在房间里照着镜子试衣服,穿了一件宽袖碧绿小袄,一条粉绸裤子,一双白缎绣着红花绿叶的鞋。刚刚洗过的头发绾在脑后,用一个珍珠卡卡住,脸上淡淡地化了妆。

［张秀玉听到有人敲门,穿过饭厅去开门。打开门后,俩人都愣住了。

陈　九： 我是宏发祥的陈九。

张秀玉： 你就是宏发祥掌柜陈九陈先生?

陈　九： 原来你就叫张秀玉。赵掌柜赵小品在家吗?

张秀玉： 他出去了,一会儿就回来,你到屋里坐吧。

［张秀玉把陈九让到赵小品房里。直到张秀玉端上茶来,他的目光一直都跟着张秀玉走。

张秀玉： 那天在街上多亏了陈先生,当时我不知道陈先生是宏发祥的掌柜,要是知道是该到柜上去谢谢陈先生的。

［张秀玉觉察到陈九的失态,扑哧笑了。

陈　九： 陈先生你怎么啦,好像有什么心事? 你有什么事吗?

陈　九： 已经没有事了,赵掌柜不回来我该走了,我下次再来。我会再来的。

［张秀玉咯咯地笑起来,眼睛弯成了月牙。

张秀玉： 我知道陈掌柜干什么来了,你别走,再坐坐。

［张秀玉站起身来,走进里屋房间,一会儿拿出那件紫貂皮坎肩

张秀玉： 陈先生是想要这件紫貂皮坎肩对吧? 我不明白陈先生开着偌大的一家毛皮商行,什么贵重毛皮没有,干吗非要这件紫貂皮坎肩呢?

［张秀玉说着把坎肩穿在身上,前转后转自己欣赏着,也让陈九观看。

张秀玉： 你就别难为我姑父了,这是他送给我的,你让他为难,不是也得让我割爱吗?

［说话间，赵小品推门进来。

张秀玉：姑父，这是宏发祥的陈掌柜。

赵小品：正阳街上有谁不认得大名鼎鼎的陈九啊。陈掌柜光临寒舍，蓬荜生辉呀！

陈　九：哪里，今天来这里是有事相求。

赵小品：孙殿臣先生来过了，捎来了陈掌柜的口信。这次陈掌柜又亲临寒舍，按理说我应该割爱，成人之美。但我想陈九掌柜统领着哈尔滨毛皮行业，占尽天下毛皮精品，不在乎这一区区小玩艺儿吧。

［张秀玉给赵小品端来茶。

张秀玉：陈掌柜你们谈吧。

［陈九望着走回自己房间的张秀玉。

陈　九：我改变主意了。我知道赵掌柜把那件紫貂皮坎肩送人了，送人的东西不能往回要，这个道理我懂。这不是买卖上的事了。

赵小品：陈掌柜到底是正阳街上的买卖人，有心胸，有气派，有成人之美德。

［陈九喝了一口茶，一根茶梗进到嘴里，掏出手帕擦嘴，把茶梗抹进了手帕。

陈　九：我有一个新主意，不知道应该怎么说……赵掌柜知道我太太身子骨一直不好，整天病快快的，生了女儿后再也没有坐胎。我一直想再娶一房太太，但生意上忙，又没有遇上合适的。我今天是第二次遇见张小姐，你这位亲戚又年轻，又漂亮，我可是真的动心了。

［赵小品半天才反应过来，涨红了脸，竟然不知道如何回答。

陈　九：我明媒正娶，这样我连人带紫貂皮坎肩都要，免得赵掌柜为难。

赵小品：秀玉年纪还小，她没有说过要嫁人……

陈　九：十九岁的小姐年纪已经不小了，这么漂亮的女孩子不嫁人，要耽误青春，耽误前程的。好花不常开，成了老小姐再嫁人也晚了。

21. 张秀玉房间。　内/日

［张秀玉正倚门听外边的谈话，神色也紧张起来。

22. 赵小品家。　内/日

［赵小品从突然的打击中渐渐清醒过来。

赵小品：陈掌柜，这么大的事情可不是你我说了算数的。这得由张小姐做主，得听听她的意见。

陈　九：那当然。请你告诉张小姐，我是不会亏待她的。我早就认识张小姐，我想她不会拒绝的。

赵小品：你……

陈　九：事情急了点,但这没关系。好事不一定多磨,这就看张小姐的态度了。

赵小品：陈掌柜就这么自信?

陈　九：男婚女嫁的事说简单就简单,要成就早点办,过两天我就来下聘礼。我这个人是急性子,不愿意拖拖拉拉的。

23. 赵小品家。　内/暮

[晚饭的时候,张秀玉炒了两个菜,又给赵小品烫了一壶酒。酒喝得很沉闷,晚饭也吃得很沉闷。赵小品干了一盅酒,望着空空的白瓷酒盅。

赵小品：这几天柜上生意不错。

[张秀玉给他斟上酒。

张秀玉：我也听伙计们说了。我在同记商场看见苏绸的对襟男褂,要换季了,你应该买一件。我明天去给你买。

赵小品：嗯? 噢,不急不急。

[赵小品干了一杯酒,张秀玉又给他斟上。

[张秀玉站起来,到厨房里又拿来一个酒盅,给自己斟满了酒,端起来要和赵小品碰杯。

赵小品：你今天怎么啦!

张秀玉：没怎么,就是想陪你喝酒。

赵小品：平常你不喝酒?

张秀玉：今天不平常,喝吧。

[张秀玉端起酒盅一口干了,呛得眼睛淌出了眼泪,忙掏出手帕擦眼睛。

24. 张秀玉房间。　内/夜

[张秀玉对着镜子擦去了泪痕,淡淡地化了妆,在离开房门前,习惯地铺开了自己的被子,想了想,又把被子叠好,走出了房间。

25. 赵小品房间。　内/夜

[张秀玉和赵小品面对面躺下来,赵小品抚摩着她的脸颊。

赵小品：白天陈九提的事你都听到了?

[张秀玉点头。

赵小品：你想怎么办？

张秀玉：你说我该怎么办？

　　［赵小品重重地叹一口气，翻身仰面躺着。

赵小品：陈九是什么东西？他有钱，可是为人霸道。他当年和土匪一起做黑道生意，身上一名不文，空手套白狼，几年光景就发了大财。四家子那一片房产就带着血腥味。如今他在毛皮业算得上首富，可他有钱又能怎么样？一脸横肉，一身匪气，一副刁蛮的样子……

　　［赵小品感觉到了张秀玉的沉默，他抚摩着她的秀发问。

赵小品：想什么呢？怎么不说话？

张秀玉：我在想，有钱的人容易被说成是霸道、恶棍。

赵小品：你这话什么意思？

张秀玉：我在想，我是不是应该嫁给陈九。

赵小品：你——真的这么想？

　　［张秀玉点头。

赵小品：干吗要嫁给陈九，天底下好男儿有的是，嫁鸡嫁狗也不能嫁给陈九！

张秀玉：我嫁给谁呢？这么多年你想过我嫁人的事吗？

　　［赵小品霍地坐起来，两只胳膊支着床。

赵小品：你怎么这样想？你还有什么不满足的？我养活你，供你吃供你穿，我把我赚的钱都花在你身上。你打开衣柜看看，你有多少衣服，多少双鞋。我把你当成公主，当成皇后，供着你哄着你，你还委屈？还不满足？还想嫁人？

张秀玉：那又怎么样？我能做赵太太吗？我能堂堂正正地出入这个家，为你养活一大堆孩子吗？有一天我姑来了，你把我往哪放？我连个做小的名分都没有，你要我怎么样？

　　［张秀玉说着流下了眼泪，抽抽嗒嗒哭出了声。

赵小品：秀玉，我离不开你。我可以不要那个家，也可以不要什么福隆泰的买卖，这个世上我什么都舍得下，就是舍不下你。

　　［张秀玉止住哭声，睁着噙着泪花的眼。

张秀玉：我把这个家当娘家，我会常回来看你，我会和你……好。

赵小品：别说傻话，一个男人喜欢上一个女人，能捧在手上，含在嘴里，吞进肚里；也能杀了她，剐了她，但不能让别人动一根毫毛。男人都这样，我和陈九也不例外。

26. 富春堂大院。　外/日

　　［宏发祥的伙计滨生和刘云提着一个小柳条包和几样红布包的聘礼走进大院，东张

西望地走上楼梯，站在赵小品家门前敲门。

27. 赵小品家。　内／日

〔听到敲门声，张秀玉走过来开门。

滨　生：您是张小姐吧？我们是宏发祥的伙计，陈掌柜让我们来下聘礼。

张秀玉：请进来吧。

〔滨生和刘云走进房间，往八仙桌上摆放聘礼：一匹苏州织锦缎，白玉手镯、金钗、金耳环、金戒指等全套首饰，还有一柳条包银元。两个小伙计把银元捡出来，一摞一摞地摆在八仙桌上。

〔张秀玉冷冷地注视着他们的一举一动。

〔摆完聘礼，对过礼单，滨生拿出一张红帖子，双手交给张秀玉。

滨　生：这是我们陈掌柜交给张小姐的。我们陈掌柜捎信给张小姐，今天是阴历四月十八，娶亲的日子定在阴历五月十八，这是请黄先生择的黄道吉日。张小姐有什么吩咐，我们马上去办。

〔张秀玉接过帖子，愣了一会儿神，

张秀玉：回去告诉陈掌柜，就按他说的办吧，不过我要和他见一面，三天后的晚上五点，让他在南勋街的宴春楼等我，我有话要说。

〔两个少年像啄米鸡似的点着头，涨红着脸走了。

28. 正阳街。　外／日

〔滨生和刘云并肩走着。

刘　云：人还是有钱好，有钱就能娶这么漂亮的媳妇，想干什么就干什么。

滨　生：刘云你眼馋了吧？我看你眼睛不老实，老往人家脸蛋上瞧。

刘　云：你老实？你瞧得眼珠子都要掉下来砸到脚面子啦！

滨　生：你手也不老实，你做的事也瞒不了我。

〔刘云瞪大眼睛，脸色不自在起来。

刘　云：我手怎么不老实了？我又没摸女人的屁股。

〔滨生拍拍刘云的口袋，发出银元撞击的声音。

滨　生：你往桌上放银元的时候，顺手牵羊藏起了几块，对不对？

〔刘云脸腾地红了。

刘　云：不拿白不拿。陈掌柜有那么多钱，拿他几块银元算什么，他又不知道。

滨　生：你什么钱都敢花？

[刘云从兜里掏出银元,捡出两块吹了吹,放在耳朵上听了听,伸手递给滨生。

刘　云:给你两块,你可别告诉陈掌柜,咱们俩可是好兄弟,你别卖了我。

滨　生:我不要,我也不告,谁稀罕这钱。

[刘云笑着把银元装回兜里,

刘　云:我可是让过你了,不能怪我独吞。

29. 赵小品家。　内/日

[张秀玉站在赵小品房间门前轻轻地叩门,没有反应,

张秀玉:姑父,陈家送来的聘礼我收下了,你不出来看看?

30. 赵小品房间。　内/日

[房间里烟雾缭绕,赵小品躺在床上一支接一支地抽着烟卷,眼睛望着天花板,不动
也不答应。

31. 赵小品家。　内/日

[张秀玉仍站在赵小品门前。

张秀玉:日子定在五月十八,还有一个月的时间,你看行吗?

[屋里没有任何反应,张秀玉无奈地走回了自己的房间。

32. 张秀玉房间。　内/日

[张秀玉坐在梳妆台前化妆,仔细地描着眉,涂唇施粉。

[张秀玉在欣赏镜子里的自己。

[张秀玉的眼睛里淌出了泪水,先是呜咽,后伏在梳妆台上号啕大哭起来。

33. 宴春楼雅间。　内/暮

[桌上摆着丰盛的菜肴,陈九给自己斟上酒,又给张秀玉斟上酒。

张秀玉:陈掌柜,我不喝酒。

陈　九:酒是助兴的,不可多喝,不可不喝……有什么话你就说吧,既然我要娶你,我会让你
高兴的。

[张秀玉一边在手指头上绞着绣花手帕。

张秀玉:陈掌柜,我没了父母,娘家一个姑父也算不上多么亲的亲人。我嫁给了你,你就是
我一辈子的依靠,你得疼我。

　　〔陈九哈哈笑起来。

陈　九：娶了这么一个小美人,我能把你扔进茅屋草垛里吗?

张秀玉：我进陈家虽然是二太太,但婚礼要办得热闹些。女人一辈子就这么一次,不能让正阳街上的人小瞧我,说我是你从马路边上拾回家的小老婆。

陈　九：女人都是这个样子,都是满脑袋怪念头,都是些糊涂想法。不过张小姐放心,我陈九娶太太是不会含糊的,我会让正阳街上的人知道,我陈九采了一朵天上难找地上难寻的漂亮花儿。

张秀玉：我喜欢文明婚礼,陈掌柜要成全我。

陈　九：我就是不喜欢那种洋玩艺儿,学老毛子那一套,这种事情得听我的,是我娶太太不是太太娶我。

　　〔张秀玉咯咯笑了起来。

张秀玉：看你说的陈掌柜,当然是你娶太太。现在都时兴文明婚礼,你要是按旧礼样子办,正阳街上的人会笑话你没长见识,是守旧,是土鳖。他们专门讲究人,都是嚼舌头的好手。

　　〔张秀玉端起了酒杯。

张秀玉：我可是为陈掌柜着想,我喝了这杯酒,你就知道我的心了。

　　〔张秀玉一口喝干了杯子里的酒,嘴辣得合拢不上,眼泪都出来了。

陈　九：好啦好啦,都依你都依你,文明仪式就文明仪式,你这个小妖精……

　　〔陈九伸出手去摸张秀玉修长的大腿。

张秀玉：陈掌柜你急什么?张秀玉早晚是你桌上的肉。

34. 宴春楼雅间。　内/暮

　　〔门帘外伙计喊,"来啦! 陈掌柜雅座有人送礼品。"随着喊声,跑堂的伙计掀帘进来,手里捧着一瓶酒放到桌子上。

伙　计：有客人送陈掌柜一瓶陈年老酒,说是陈掌柜要再结良缘,给陈掌柜道喜啦!

陈　九：什么人送的?

伙　计：是客人托街上的孩子送进来的,他说你们知道。

　　〔陈九拿出一张钞票做小柜给伙计,伙计连声道谢退了出去。

　　〔陈九疑惑地拿起酒瓶端详,打开瓶盖用鼻子闻了闻。

陈　九：酒瓶里装的是醋,这人没他妈的安好心,谁让我吃醋,我吃谁的醋?

　　〔张秀玉脸色突变。

陈　九：你怎么啦,脸色这么难看。

〔张秀玉拢着头发。

张秀玉：我这几天太累了，话都说完了，我想早点回去休息。

陈　九：你还没有吃饭，这一桌的菜还没吃呢，怎么就走？

张秀玉：我吃不下。来日方长，我陪陈掌柜吃饭的机会多的是，我真的该走了。

陈　九：那好，走吧，女人都是这个样子。你最终还得做我的太太，你逃不出我的手心。

〔张秀玉站起来，红着脸在陈九额头上亲一下，回身掀起布帘，匆匆地走了。

35. 赵小品家。　内/暮

〔赵小品酒喝得已经不少，脸涨得红红的。

赵小品：回来啦？

张秀玉：回……回来了。

赵小品：聘礼都收了？

张秀玉：收了。

赵小品：结婚的日子定了？

张秀玉：定了。

赵小品：定亲酒都喝了？

张秀玉：没喝，我回来了。

赵小品：你现在长大了，可以飞了。一下子就跳到高枝上。

张秀玉：姑父……

赵小品：别叫我姑父，两年前我就不是你姑父了。再叫我姑父我就犯了乱伦罪。

张秀玉：我不怪你……

赵小品：说得多轻松，你不怪我？谁怪我？天底下的人都在嘲弄我。还有陈九，那个欺男霸女夺人所爱的陈九。秀玉你过来陪我喝酒，我让他没娶太太就先抱醋坛子。

张秀玉：是你给陈九送去用酒瓶子装的醋？

赵小品：是我又怎样？我恨死他了。

张秀玉：你应该放过我……

赵小品：我放过你，陈九也不放过你……秀玉你过来陪我上床睡觉。

张秀玉：不，今天不行。

赵小品：为什么不行？你说……为什么？

张秀玉：我心里难过，非常难过。

赵小品：难过什么？今天我非要你陪我，我要让陈九知道，你是我的……是我的女人。

〔赵小品醉熏熏地站起来抓张秀玉的手，张秀玉躲开，进了自己的房间。

36. 张秀玉房间。 内/夜

〔张秀玉从里面插上了门,靠在门上,流下了眼泪。

37. 赵小品家。 内/夜

〔赵小品用力敲打着张秀玉的门。

赵小品:开门,快点让我进去。

〔张秀玉靠着门对赵小品喊着。

张秀玉:不行,今天真的不行,姑父你喝醉了。

〔赵小品敲着门,脚下不稳跌倒在地上,他在地板上胡乱爬着。

赵小品:秀玉,秀玉……

〔张秀玉依靠着门,用手抓着头发。

38. 张秀玉房间。 内/夜

〔张秀玉顺着门扇滑下来,坐在地板上。

张秀玉:天哪,这是怎么啦! 这是怎么啦!

〔门外没有了动静,张秀玉耳朵贴在门上倾听。突然,门外又传来了赵小品的喊叫声。

赵小品:陈九,陈九,我和你拼了!

〔哐当一声响,接着就是赵小品的惨叫。

〔张秀玉惊得跳了起来,打开门冲了出去。

39. 赵小品家。 内/夜

〔赵小品咧着嘴,痛苦不堪地站立着,左手正在滴着血。

〔一把片刀扔在地板上,鲜血溅得到处都是。

〔八仙桌上,一截小拇指落在上边。刀口处鲜红,手指肚惨白。

〔张秀玉惨叫了一声,想扑上去扶赵小品,但自己眼前一黑就什么都不知道了。

第 八 集

1. 陈家大院。 外/日

〔农历五月十八,陈九迎娶张秀玉的正日子。

〔陈家大院装扮一新,院门贴上了喜字,院内搭起的喜棚下,设摆了茶座。

2. 宏发祥门前。 外/日

〔穿戴一新的伙计们在门前燃起了鞭炮,引来路人的驻足和议论。

路人甲：这不会是宏发祥的陈掌柜要娶亲吧?

路人乙：还真让你说着了。陈掌柜生意场上财源滚滚,情场上也是春风得意,正张罗着娶二房呢。

路人甲：这要过门的是哪家的小姐啊?

路人乙：听说是福隆泰掌柜家的侄女。

路人甲：就是那个正阳街上的"一枝花"?

行人乙：谁说不是呢……

3. 正阳街。 外/日

〔一辆扎了花红彩子和纸花的黑色轿车从正阳街上驰过。

〔轿车内挂了红绸子,穿着白色婚纱的张秀玉在向外张望。

4. 宴春楼门前。 外/日

〔宴春楼的牌匾上加挂了红绸。门前两侧,站着大个子、黄头发、白皮肤、蓝眼睛的老毛子乐队,他们个个穿着礼服、戴着白手套。

〔双丰和掌柜孙殿臣穿着一身洋服,系着花领带,胸前别着"大司宾"的红签,腆着滚圆的肚子里里外外张罗着,脸上不断淌着汗水,一块大手帕擦得像水洗的一样。

〔一辆辆小轿车、四轮马车、人力车相继停在门前。本埠商界的头面人物,同记商场经理武百祥、商会会长李明远、房地产巨头陶云斋、大名鼎鼎的姚锡九等悉数到场,陈家的老朋友中医大夫黄浩之、商会董事何联明鱼贯下车。

〔孙殿臣代表陈家迎接着客人,还不时跑到女客堆里,低声说上几句笑话,招来一阵笑骂扑打后,再笑嘻嘻地突围出来,继续招待客人。

5. 宴春楼。 内/日

〔礼案上摆着打开的礼簿,台子左侧整齐码堆着银元包,和装着现钞、银票的红纸封。

〔穿着藏蓝毛料洋服的沈中和接下礼单、礼金,记在簿上,一个伙计站在他身边唱礼:

正源兴礼金二百大洋——

洪盛永礼金二百大洋——

大罗新礼金四百大洋——

……

6. 宴春楼门前。 外/日

〔扎了花红彩子和纸花的黑色轿车停在了宴春楼门前,孙殿臣上去拉开了车门。

〔先从上面走下来的是陈九,他一身定制的西式礼服,系着蝴蝶式领结,气度非凡。张秀玉身子探出车门就露出了一张迷人的笑脸,配上翘着嘴角的红唇,分外动人,打破了新娘那种千篇一律的呆板和羞涩。

〔宏发祥的伙计们向他们身上扬起"五色纸"。

〔张秀玉挽着陈九的胳膊向迎在门口的客人致意。

〔一对准备托婚纱的小女孩被夹在人缝里不知所措。

7. 宴春楼门前。 外/日

〔习惯了摆布别人的陈九,被孙殿臣像木偶似地调动着,脸上露出了些许不自在。

张秀玉却自如地鞠躬、微笑,与宾客寒暄,完美得有些出神入化。

8. 宴春楼大厅。 内/日

[大厅正面加高的木台上铺了红毡,背景是装饰着绣片的红缎子,两侧摆设了红色双喜字的霓虹灯。台上有一条长形礼案,铺上了红绸子,上面依次放着两份带方形纸套的结婚证书、手花和一对花篮,还有供仪式上证婚人用印的三个印盒。

[进场落座的宾客们正在聊着各自关注的话题。

[男宾席上的商人们寒暄过后,很快把话题说到了今年的商情和正阳街的开拓前景。

商人甲: 齐掌柜,春上你们搞的有奖销售可真是轰动啊,整条街的风头都被你们抢了。

商人乙: 吴掌柜有所不知啊,我现在也是在硬挺着。上个月日本人为了倾销他们的洋布,把价格压得很低,一下子拉走了我很多的老主顾。眼前我们还敢跟着压压价,找口饭吃,但要是继续竞价下去,我们的利也就都被挤没了。即便这样,柜上的买卖也是越来越清淡了。照这样下去,再没有回天之力,我们离黄铺子就不远了。

商人甲: 齐掌柜言重了。不过话说回来,看现在日本人这架势,往后这生意恐怕是越来越难做了。

商人乙: 是啊,日本人虎视着东三省,迟早有一天要操持哈尔滨的市面。

商人甲: 正阳街是咱中国商人扎堆的地方,咱们也是靠着正阳街的市面繁荣养家糊口,如果真到了那一天,正阳街萧条了,我们也就要自寻它路了……

9. 宴春楼大厅。 内/日

[婚礼完全按照文明方式进行。

[由孙殿臣引请,陈九和张秀玉在乐队奏响的《美酒高歌》旋律中踏上了红地毡,两个穿着白色纱裙的小女孩小心翼翼地拉着张秀玉的头纱。

[在宾客的掌声中,陈九和张秀玉站定在了木台的红毡上。向下看去,几十张桌子前已经黑压压地坐满了人。

10. 富春堂大院。 内/日

[赵小品正在家中客厅的饭桌上独饮,此时已经喝得目光迷离,舌头发直了。

赵小品: 秀玉……秀玉,你就这么抛下我走了……

[赵小品挥着手臂划向空中,断了半截手指的那只手上缠着厚厚的纱布。

赵小品: 女人都不是好东西……女人可真不是个东西……秀玉……秀玉……

11. 宴春楼大厅。 内/日

[婚礼的仪式进行顺利,孙殿臣正卖力地指挥着陈九和张秀玉。

孙殿臣： 陈掌柜是咱正阳街上响当当的大掌柜,给谁这么没完没了地低过头啊。各位没看过瘾?好啊,那就让他们俩给咱们继续鞠躬怎么样?这虽说是文明婚礼,但也得有咱们中国人的礼儿。陈掌柜,这鞠躬可不是作揖,你甭想这么糊弄着过关……

12. 宴春楼大厅。 内/日

[凤仪和韩妈坐在女眷席上。韩妈乐呵呵地向台上望,凤仪却是一脸的不满,还嘀咕着。

凤　仪： 看她那个样……

韩　妈： 小姐,今天是老爷大喜的日子,你得高兴点儿。

凤　仪： 我就是不高兴,我不想装高兴。都什么时代了,还搞封建那一套。

韩　妈： 太太特地叮嘱过,你爸是大掌柜,这场面上的事儿,你可不能任性。

[说到陆璎,凤仪暂时止住了嘴,但脸上依旧挂着冷淡的神情。

[女眷席上有人在聊着家长里短,和对于这场婚礼的道听途说。

女　甲： 这有福没福都是命里注定的事,张小姐给陈掌柜做了小,也算是一步登天了。

女　乙： 这女人啊,长个漂亮脸蛋儿就是本钱。

女　甲： 别说大掌柜,就是皇上宰相,哪个能逃得过美人关。

女　乙： 是啊,只要是老爷们儿,甭管他是多硬的汉子,只要进了温柔乡他也得酥骨。

[凤仪坐不住了,向韩妈抱怨起来。

凤　仪： 这是哪里来的长舌妇,嘀嘀咕咕的……

13. 宴春楼大厅。 内/日

[老中医黄浩之黄先生充当主婚人,他春风满面地致了一段贺词。

黄先生： 几千年来,中国的传统迎娶一直实行着六礼之仪,自"西仪东渐"来,参酌了中西礼法的文明婚礼有了很大不同,今天这中西合璧的文明仪式,就既有西式婚仪的隆重和简便,又融合了中国式迎娶的精髓。但陈掌柜的文明婚礼,给这"中西合璧"来了一个新解。何谓"中"?正阳街是我们中国商人聚拢的地方,陈掌柜在这条街上从商、发达,成为商界翘楚,借的是这儿的地气和正阳街的人气。那么又何谓"西"呢?如今宏发祥不仅把生意做到了下江,还把毛皮卖到了朝鲜、日本和俄国,今后还会把生意做到更远的欧洲和美国。陈掌柜这份"中西合璧"的喜气,不仅给他带给了迎娶红粉佳人的喜事,也一定能给今天在座的各位带来连绵不绝的喜运,给正阳街上的中国商人带来长久的发达……

[黄先生的话透着文气,也含着人情,宾客中响起了一阵热烈的掌声。

14. 宴春楼大厅。 内/日

[赵小品的舅爷、商会董事何联明被挽扶到证婚人席上。患有严重哮喘病的舅爷咳嗽得气喘吁吁,憋得涨红了脸,摆着手一句话也说不上来。他压制不住咳嗽声,狼狈不堪。

15. 宴春楼大厅。 内/日

[在婚礼仪式即将结束时,陆璎笑盈盈地出现了。她新烫了卷发,描了眉,涂了唇,敷了浅浅的脂粉,额头上也消失了紫色的圆印和菱形的印痕。今天陆璎穿着一件绿地银花缎面旗袍,胸前别了一枚红色玛瑙胸针,脚下是一双时下流行的高跟皮鞋,周身焕发着一个成熟女人的魅力。

[陆璎径直向张秀玉走去。

[张秀玉艳若桃花的脸色突然黯淡下来。

16. (闪回)宴春楼雅间。 内/日

张秀玉：我想在婚礼前先见下大太太,尽下礼数。

陈　九：她是个病人,做了二太太再见她也不晚。

张秀玉：那大太太会不会参加婚礼? 我这个人胆小,陈九你知道,女人和女人的事最麻烦,她要是和我过不去,我就完了。

陈　九：她整天病恹恹的,连自己都顾不了,哪有闲心管你的事。

17. 宴春楼大厅。 内/日

[张秀玉还在恍惚中,陆璎已经走到了面前。

[陆璎端详着张秀玉的脸,亲昵地开了口。

陆　璎：论名分我是姐姐,也想来讨一杯喜酒喝,希望妹妹不要嫌我来得唐突。

[张秀玉脸一下子红了,不由地低下了头。

张秀玉：姐姐说的哪里话,姐姐身体不好,该我去看望才是,姐姐来我都担待不起了。

陆　璎：真是百闻不如一见,早听说妹妹长着天仙般模样,今天一见,果然又聪明,又漂亮。

张秀玉：姐姐才是漂亮呢,我不过是个粗笨的丫头。

[陆璎伸出手帮着张秀玉理了理婚纱,又把一朵被挤得歪斜的绢花摘下,重新给她

插好。

陆　瓔：陈掌柜真有眼力，娶了这么漂亮的太太，这是陈家的福分。

　　　　〔陆瓔说着拿出一个锦盒，打开后露出一枚绿宝石的戒指。

　　　　〔陆瓔拉过张秀玉的手，给她戴上了那枚宝石戒指，然后扶着她的肩，露出灿然笑容，招呼照相师给她们拍了照，才退了下来。

　　　　〔看着转身入席的陆瓔，张秀玉舒了一口气，觉得背上的婚纱都湿透了。

18. 赵小品家。　内/日

　　　　〔赵小品趴在地板上酣睡过去，手里还紧紧攥着一个空酒瓶。

19. 宴春楼大厅。　内/日

　　　　〔宴席开始了，推杯换盏间很是热烈。

　　　　〔舅爷坐到酒席桌前，喝下一杯白酒，竟把激烈的咳嗽镇住了。

　　　　〔舅爷对着坐在身边的黄先生大发感慨。

舅　爷：黄先生，让我看这酒、色、财、气就像女人和魔鬼，总是纠缠在一起，伴着人一辈子。除非死了，谁也解脱不了这四样怪物带来的冲动和苦恼。你虽然医道高明，回天有术，可你治得了病却治不了命，天底下照样死人。

　　　　〔说到得意处，舅爷嘿嘿笑了起来，露出了那残缺透风的牙。

20. 宴春楼大厅。　内/日

　　　　〔张秀玉脱下了下摆宽大的婚纱，换上一件桃红色绣花绸面旗袍，在客人中间周旋着。这紧身旗袍把她的胸、腰、腹的线条勾勒得清清楚楚。

21. 宴春楼大厅。　内/日

　　　　〔陆瓔走到商号掌柜太太们扎堆的桌前，坐了下来，致了谢意后，寒暄起女人间的闲话。

陆　瓔：各位太太都看到了我那个让人疼爱的妹妹了吧，简直是喝瑶池的露水长大的美人！把我都比成老太婆了。

张太太：陈太太可别这么说，三十几岁的女人是盛开的花，你要是说老，我们就没脸人了。

李太太：二太太是一朵还没开的花，没经风雨呢，等她怀了胎，一连生下两个龙种凤蛋，再出来亮亮，能赶上陈太太那才是真本事呢！

〔李太太也自觉失口,突然停住,身旁的张太太忙岔开了话题。

张太太:这么多太太中像陈太太这样识文断字的有几个?正阳街上的掌柜的多了,只有你陈太太是才貌双全的大家闺秀。

陆　璎:张太太真会说话,变着法地夸我。我这身子在药罐子里泡久了,身上的肉都快成唐僧肉了。将来哪位太太想长生不老,把我煮了吃了,一定能成老寿星。

李太太:陈太太这样的身子,我们要是吃了,不折寿才怪呢。

〔太太们都被这风趣的对答逗笑了,陆璎这才端起一杯葡萄酒,站了起来。

陆　璎:今天是陈家的喜事,我又多了一个天仙一样的妹妹,我心里头高兴,精神就好,陪大家喝一杯喜酒。我得提早回去休息,这杯酒算是赔罪了。

〔陆璎干了一杯酒,又到有女眷的桌上应酬了几句,提前退席了。

22. 宴春楼大厅。　内/日

〔看到陆璎提前退席,张秀玉忙停下与宾客寒暄,一个人跟了过来。

张秀玉:姐姐今天能来,我真高兴,让我来送送姐姐。

陆　璎:不用了,今天来了这么多宾客,你要陪着陈掌柜好好照应着。待会宴席结束后也别着急回去,和陈掌柜坐车去兜兜风,多拍些相片。

张秀玉:还是姐姐想得周到。

23. 宴春楼。　内/日

〔陆璎走到楼梯口,要下楼时,韩妈也赶了过来。

韩　妈:太太,我陪你一起回去。

陆　璎:韩妈你不用陪我,留在这里照看凤仪。今天是我们陈家大喜的日子,她性子急,你要不在身边,我担心她会做出让陈掌柜难堪的事情来。

〔韩妈点头应允,陆璎这才下楼。

24. 宴春楼门口。　外/日

〔站在门口的滨生,见陆璎下楼来,飞快跑到街上喊来一辆马车,扶着太太上了车。

陆　璎:今天是你们陈掌柜大喜的日子,大家手脚都勤快点儿,不要出什么差错。

滨　生:放心吧,太太。

〔望着马车离去,滨生才回到门口等候。

25. 陈家大院。 外/日

〔陆瓔进了院,上了楼,先走到张秀玉的新房。

26. 新房。 内/日

〔两个压床的小孩正笑嘻嘻地在吃点心,两个花枝招展的姑娘坐在屋里聊天,她们
见陆瓔进来忙站起来问安。

姑　娘：大太太回来了。

陆　瓔：我有点累了,先回来歇着,劳烦你们了。

姑　娘：都是应该的事情,大太太不要客气。

27. 陆瓔房间。 内/日

〔陆瓔已经脱掉了旗袍,换上了纱裙,正拿起一把团扇,在窗前椅子上闲坐。

〔陆瓔的目光落到了床头上挂着的那件紫貂皮坎肩,那是几天前张秀玉特意让人给
她送过来的,这让她对这个年轻、漂亮、风情的二太太她生出了几分好感。

〔一阵皮鞋踏楼梯板的声音传来,接着这脚步声向自己的房门响过来。

〔门被推开,沈中和闪了进来。陆瓔的脸腾地红了,心跳突突地加快,慌得站了
起来。

陆　瓔：沈先生,你到这儿来干什么? 宴春楼那边正忙着,人家会到处找你的。

沈中和：我想太太这个时候一定很难过,就过来了。

陆　瓔：沈先生你在说什么? 我为什么难过,我为谁难过? 你快离开这儿吧,让陈九看见你
在这里,他会多心的。

沈中和：他现在哪顾得上这么多? 他被那个小狐狸精拖得团团转,都晕了头啦!

〔沈中和朝门口望了望,向前迈了一步,压低了声音。

沈中和：太太我想问你,陈九娶了小老婆,你想怎么办?

陆　瓔：什么怎么办?

沈中和：太太,你得为自己想一想,陈九不喜欢你,那个小狐狸精很快就会生出一连串的小
陈九来,将来会有你的好日子过吗?

〔陆瓔的脸已经变得像纸一样白,心也抖个不停,恼得眼里噙上了泪花。

陆　瓔：沈中和,你怎么这样说?!

沈中和：我喜欢太太,太太也喜欢我。你不敢承认,你怕失掉太太的身份,怕别人嘲笑你。

陆　瓔：你胡说……

28. (闪回)宏发祥账房。　内/日

陆　瓔：沈先生,钱的事我帮你想办法,先把你母亲的灵柩送回老家,陈掌柜的脾气你也知道,你这次就别跟灵柩回去了,以后有机会再尽孝道吧。

　　　〔沈中和望着陆瓔的脸,半天才醒悟过来,扑通一声跪了下来。

沈中和：谢谢太太,我沈中和今世报答不了,来世做牛做马也要报答太太的恩德。

　　　〔沈中和由于激动而涨红了脸。

　　　〔陆瓔伸出手想去搀扶沈中和,却鬼使神差地将手放在了他的头上,她抚摸着这个男人的头发,感到了他僵直的双肩开始抖动。

　　　〔陆瓔将沈中和扶了起来。

陆　瓔：这件事不要告诉陈掌柜,你母亲的丧事尽管去办吧。

29. (闪回)马迭尔饭店。　内/日

　　　〔走到门口时陆瓔迟疑了一下,就在她迟疑的当口,沈中和赶过来,一只手轻轻揽在她的腰上。陆瓔的身体激灵一下就僵住了。沈中和又把另一只手伸过来揽住了陆瓔的肩,她的整个身体就被拥在了沈中和的怀里。

　　　〔沈中和开始亲吻陆瓔的头发和前额。陆瓔的心跳加快,意乱神迷,几乎是不由自主地搂紧了沈中和。

30. 陆瓔房间。　内/日

　　　〔房间的气氛有些尴尬,但已经没了剑拔弩张。

沈中和：我知道你恨陈九和那个小狐狸精,我想帮助你,成全你,报答你。

陆　瓔：不是的……你说得不对,我谁都不恨,你不能勉强我。

沈中和：你恨,只是你不敢承认,只有我知道你的心思。

　　　〔沈中和脸扭曲得很难看,他抢先一步扑通跪在地上。

沈中和：我不怕你恨我,恼我,把我看成是混蛋,但你干嘛那么苦自己,任别人宰割。

　　　〔沈中和的突然举动令陆瓔惊慌失措,她站起来去扶沈中和。

陆　瓔：快起来沈先生,你不要这样……

　　　〔沈中和顺势抱住了陆瓔的腰,透过滑润的丝绸,他感觉出那富有弹性的肌肤发热发烫,闻到女人身体散发的肉香,这气味使他更冲动。他疯狂地搂住陆瓔,在她脸上、唇上狂吻。

　　　〔沈中和不顾陆瓔的反抗,把她抱起来扔到床上,毫不犹豫地扯撕着她的衣裙,使陆瓔的身体裸露无遗。继而,他粗暴地占有了陆瓔。

[陆璎挣扎着,力气远不及沈中和,最终被推向了旋转着的深渊。陆璎放弃了反抗,在游离中她呻吟着低语。

陆　璎:沈中和,沈中和,你害死我了……

31. 宴春楼门口。　外/日

[酒足饭饱的宾客迈着软绵绵的步子离开了宴春楼,从他们毫无顾忌的高谈阔论和哈哈笑声中,看得出他们对陈九积累巨额财产的手段和网罗出色女人的手段同样认同。

[凤仪和韩妈这边却起了一点小争执。

韩　妈:小姐,你不和我回家这是要去哪?

凤　仪:我想一个人去转转。

韩　妈:回去晚了,太太要惦记的。

凤　仪:我不想回家,不想看到家里多了一个不走的人。

韩　妈:今天是陈掌柜大喜的日子,晚上这顿团圆饭一定要一起吃。

凤　仪:什么家庭团圆饭啊,那是封建家庭饭,我不想吃。

韩　妈:小姐……你这孩子,你要是赶不上这顿团圆饭,太太可就难做人了。

凤　仪:……韩妈,那我和你回家。

32. 陆璎房间。　内/日

[沈中和穿好衣服,对着镜子梳理好头发,站在床前看着沐浴在阳光中的陆璎。

沈中和:我会帮助你对付陈九和那个小狐狸精的。等着瞧吧,陈九的好戏在后头呢。

[陆璎望着沈中和古怪的表情,鼻息像游丝一样轻飘。

[沈中和又俯下身来亲吻陆璎的前额。

沈中和:我要带你去闯天下,离开陈九,去奉天,去天津,去北京随你挑。

[在开门离开时,沈中和又回过头来。

沈中和:我们已经坐到一条船上,你得和我合作,我需要你和我合作。

33. 宴春楼门前。　内/日

[送走了所有的客人,陈九和张秀玉上了汽车。陈九摇下车窗吩咐滨生。

陈　九:滨生,你告诉沈先生,让他把婚礼账单给我送到家里,我回去要看。

滨　生:好嘞。

34. 汽车上。 外/日

[张秀玉让司机开着车在大街上兜风。

[汽车从桃花巷穿过,出了西门脸,过了铁路桥,奔向中央大街。

[坐在汽车里的张秀玉眼睛看着窗外,脑子中却闪出了她几年城市生活的画面。

[(闪回)小女孩张秀玉牵着父亲张达山的手走进这座城市,第一次踏上正阳街。

[(闪回)张秀玉在赵小品家里焦急地等着父亲回来。

[(闪回)父亲死去时,张秀玉悲痛欲绝地哭泣。

[(闪回)张秀玉像公主一样在街头漫步,展示美貌和风采。

35. 汽车上。 外/日

[汽车拐弯时,有一个小纸包从座位背脊上滚落下来,里面装着花生粘。她打开纸包捡出一粒放进嘴里。

张秀玉:你吃吗?我可是饿了,忙了一天我竟没吃一口东西。

[陈九摇着头,闭上眼睛养神。

[张秀玉一粒一粒吃起来,心里涌满了温情,她把头靠在陈九肩头,眼睛里盈满了泪水。

张秀玉:陈九,我会对你好的。

36. 新房。 内/日

[一进门,陈九就脱掉洋服,换上了一身白绸对襟裤褂,坐在藤椅上,摇起了大蒲扇。

[韩妈走了进来。

韩　妈:太太回来后一直躺着,不能过来看望,问陈掌柜还有什么事,也请二太太别见怪。

张秀玉:哪有让姐姐过来的道理,我过去看她才是。

[陈九摇着蒲扇。

陈　九:她的病人夫都看不好,你看有什么用,歇着你的吧。

[张秀玉不敢怠慢,换了一身细纱套裙,穿了一双软底绣鞋,跟着韩妈来到陆璎房间。

37. 陆璎房间。 内/日

[陆璎躺在床上,脸色灰白,有气无力的样子和婚礼上的谈笑风生判若两人。

[以为陆璎在婚礼上受了辛苦,张秀玉十分感动,鼻子一酸,眼窝就湿了,她俯下身子。

第八集

张秀玉： 姐姐真是难为你了，把你累成这个样子，我要是知道一定不让你去的。

　　　　　〔陆璎轻轻拍着床沿。

陆　璎： 你坐下，这和你没关系，我就是这种不能经事儿的身体，千万别放在心上。

　　　　　〔陆璎看了眼一旁低头不语的凤仪。

陆　璎： 凤仪，过来见过你二妈，叫二妈。

　　　　　〔凤仪没有张嘴，只是浅浅鞠了一个躬，便又垂下了眼帘。

　　　　　〔张秀玉见凤仪向她行礼，脸上放出异彩。

　　　　　〔她打开一个轻巧的锦缎盒子，里面的红丝绒衬着一枚钻石戒指。

　　　　　〔张秀玉把盒子递给凤仪。

张秀玉： 这是二妈的见面礼，你先戴着，往后你喜欢什么二妈再给你买。

　　　　　〔凤仪接过锦缎盒子看也不看，顺手放在桌子上。

凤　仪： 我不喜欢这么贵重的东西，我这个人贱，戴不起。

　　　　　〔张秀玉脸腾地红了，涂着口红的嘴半张着，咝咝地吐着气。

张秀玉： 大小姐这是挑理了。我是小户人家的孩子，又没读过多少书。大小姐要是嫌我犯贱，这礼物我收回来就是了。

　　　　　〔凤仪也涨红了脸，冷冷地回话。

凤　仪： 我又没说你，你恼什么？你要是想收回去就收回去呗，反正我也没动。

陆　璎： 凤仪你怎么这么不懂规矩，二妈是你爸爸娶回来的太太，你不能对二妈放肆。

　　　　　〔凤仪眼里噙上了泪水。

凤　仪： 爸爸是封建余孽，民国这么多年还想娶三妻四妾的。妈你还向着他们说话！

　　　　　〔陆璎气得脸色苍白。

陆　璎： 凤仪你越说越不像话了，你别在跟前气我，你给我出去！

　　　　　〔凤仪用手抹着泪水，转身跑出去。屋子里的人一时都愣住了。

　　　　　〔陆璎缓了半天吐出一口气。

陆　璎： 今天是妹妹大喜的日子，千万别生气。我身子骨不好，也无力管教孩子。这凤仪从小娇宠坏了，脾气性格又像她爸爸，这几年在外边学了一些新思想，越发放肆起来。

　　　　　〔韩妈一边给陆璎捶着背，一边和张秀玉讨好地答话。

韩　妈： 大小姐年龄小，二太太就该担待点，别跟她计较。

　　　　　〔张秀玉一肚子委屈，但看着陆璎疲惫不支的样子，火气也消了一半，但她不想饶过多嘴的韩妈。

张秀玉： 大小姐年岁小，谁又年岁大呢？她读书识礼还这么不容人，我一个做小的将来只有受大小姐的气啦!

[韩妈忙陪着笑脸。

韩　妈：哪会呢,二太太是有福气的人,好日子在后头呢。

[张秀玉离开了房间,韩妈和陆璎继续说话。

韩妈说：二太太到底是小户人家的孩子,还想和小姐比高低呢。

陆　璎：韩妈你别说闲话,免得惹陈掌柜生气。二太太年岁是小,将来慢慢来吧。

韩妈说：太太就你心肠好,所以陈家受委屈的事都落到你身上,但你也得顾顾自己。

38. 新房。　内/夜

[直到韩妈点燃了大厅里那一对守夜的大红蜡烛,滨生才掂着账单气喘吁吁地赶来。

[陈九有些不满,却不便发作。

陈　九：沈先生怎么不来?

滨　生：沈先生清理完了账目,让朋友请走了,晚上为大家准备的酒饭他也没吃。

[陈九又想发作,但张秀玉站在一边疑惑地望着他们,便放走了滨生。

39. 新房。　内/夜

[整个晚上,陈九都在琢磨那些进进出出的数字。

[无聊的张秀玉对着镜子端详着自己,左看看右看看,又拿出几件衣服来换着穿戴,最后找出了一件丝织睡袍换上。她摘下发卡、耳环、手镯,把电烫的头发又梳理了一遍,就靠在大花软缎鸳鸯被上嗑起了瓜子儿。

[张秀玉一边嗑着瓜子儿,一边注视着陈九。

[陈九留着寸头,穿着崭新的绸布褂,在灯光的照射下,显得潇潇洒洒,利落精明,带着新郎的味儿。张秀玉放下手里的瓜子儿,擦擦手,起身走到陈九的身后,越过他的肩头望着礼品单,看看看着扑哧一声笑了。她拍着陈九的肩头。

张秀玉：正阳街上那几户大买卖家,出手真大方,到底是有钱人家不小气。

[陈九用手指点着那几户大商号名下的礼金数,长吁了一口气,冷笑着。

陈　九：你以为他们甘心出血呀,别看他们表面上笑嘻嘻的,他们巴不得宏发祥明天早上就垮台。这条街上每一个人的心都是黑的,他们送来大把的钱是怕我,他们让我欠他们的人情。

张秀玉：我看人家一个个都是慈眉善目的,不像你说的那样青面獠牙。

陈　九：你们女人懂什么,女人不懂生意场上无父子,女人只会打扮自己。

［张秀玉嗔怪起来，不再说话，回到床上又开始嗑瓜子。她躺了下来，举起白嫩的胳膊，高高地往嘴里扔瓜子儿。她扔得很准，扔一粒嗑一粒。小嘴一噘，就把瓜子皮儿吐到了地板上，嗑一粒吐一口，一会儿就吐得满地开花，遍地都是瓜子皮儿了。

［陈九看着账单，突然发起火来。

陈　九： 这个沈中和在搞什么名堂，这几个月我就觉得他眼神儿不对，我得提防着他，他也是个小人，谁也别想瞒过我。

张秀玉： 你心疼钱了，钱花多了后悔了，坐在那里乱咬人。

陈　九： 我娶得起太太就不怕花钱，但我得心中有数，我花每一笔钱都心中有数。我不花冤枉钱。

张秀玉： 今天是什么日子！你要是把那些账目当新娘，我就离开陈家。别忘了我是你明媒正娶的二太太。

［陈九这才抬起头来，张秀玉红着脸嗔怪的模样十分娇媚。

［陈九笑着放下账目站起身，走到床前。

陈　九： 你把衣服脱下来。

［张秀玉乖乖地脱掉睡袍，抓过软缎鸳鸯被盖在身上。

陈　九： 全脱下来，一件也不留。

［张秀玉脱光了身子，有点无地自容，抓过软缎鸳鸯被盖在身上。

［陈九掀掉了被子。

陈　九： 我说过什么也不要。

［张秀玉事先准备好的话都用不上了，慌张中竟脱口而出。

张秀玉： 陈九你别以为我是黄花姑娘。

［陈九一边脱衣服一边冷笑。

陈　九： 我不管你以前和谁睡过觉，但你做了陈九太太你就不能再去碰野男人，要是你去碰野男人我就会杀了你。

［陈九钻进了被子。

陈　九： 你还要知道，我不能放过那个睡过你的男人。他要再捡我的便宜，我叫他遭报应。

40. 松花江边。 外/夜

［夜已经深了，赵小品一个人坐在松花江边举起酒瓶灌酒，一个流莺走了过来。

流　莺： 先生为什么一个人在这喝闷酒，天这么凉，跟我回去吧，妹子给你暖被窝。

［赵小品看了看她，女孩年纪不大，但浓妆艳抹的。

赵小品： 你认错人了吧，那边人多，去那边吧。

流　莺：先生一定有什么烦心事,这世界能让你乐呵的事儿多了,何必自寻烦恼呢? 去我那
　　　　儿吧,先生心里要是有块冰,妹妹我也能给它捂化了。
　　　　[赵小品心中生出了厌恶。
赵小品：要钱是吧?! 你们女人怎么就那么爱钱呢? 我给你钱,拿着快滚蛋!
　　　　[赵小品拿出钱,扔到了流莺身上,女孩拾起钱,转身走了。
　　　　[赵小品喝掉了瓶子里的最后一口酒,起身把瓶子砸到了地上。瓶子碎了。
赵小品：女人就是画皮,画皮就是魔鬼……

第九集

1. 舅爷家。　内/日

[舅爷坐在太师椅上,吸着水烟袋,喉咙里发出呼噜呼噜的声响。

[赵小品铁青着脸,坐在舅爷的对面。

舅　爷: 听说这阵子你一直在外边胡闹,不就是为一个女人吗? 何必这么认真。

赵小品: 我不是为了女人,我是咽不下这口气。陈九没安好心,仗着有钱为所欲为,还有水性杨花的张秀玉……

舅　爷: 还是为了女人不是。酒色财气要缠住男人一辈子,谁也逃不掉,想开点就是了。

赵小品: 我就是想不开,这天下没有公理我就杀人。

舅　爷: 杀谁? 杀陈九吗? 亏你也是在生意场上混了十几年了。陈九是谁? 正阳街上的买卖人看不惯他也只能在肚子里打算盘。生意场上就是这么回事,胜者王败者贼,你不服不行。

赵小品: 都是七尺高的男儿谁服谁,服他什么? 服他欺男霸女? 服他巧取豪夺? 这世道就是杀气腾腾的世道,我为什么就任人宰割?

舅　爷: 当初我让你摆地摊闯天下,就是要磨磨你的性子。小品你还是太嫩。舅爷也是一把年纪的人了,人世间什么没有看透。说句难听话,你占了自己的妻侄女已经是捡了便宜。出门在外,十里洋场,大家不认真,你自己也该有个分寸。

赵小品: 舅爷,我十六岁闯关东投奔你,十几年撑起小小的福隆泰,算是有了一块生存之地。十几年,我一直过着跑腿子的日子,有了张秀玉,才有了那份亲情,有了人生的滋味。

〔赵小品说到张秀玉还是动了容。舅爷端起他的小茶壶,喝了口茶。

舅　爷：你对张秀玉不能明媒正娶,不会有好结果。张秀玉是个女人精,女人太精了不是好事,女人太精了是祸水。我这话先搁到这,你将来看,陈九有栽到女人手里那一天。

赵小品：舅爷你年纪大了没了锐气,你这话是自欺欺人,陈九听了会笑掉大牙的。

〔舅爷喉咙里呼噜了一阵。

舅　爷：小品,还轮不到你来教训我,你小子是鬼迷心窍了。你有了福隆泰就算有了一份家业,你还是好好经营你的买卖,把福隆泰发达起来。

赵小品：舅爷——

舅　爷：你孝顺爹娘不肯把老婆孩子接出来,舅爷就做主再给你办一个女人。你年纪轻,还有前程,不像我老了,土埋到颈了,都闻到泥土的潮气了。

〔房外的杨树叶子哗哗响起来,屋子里格外安静,舅爷半闭着眼,为自己的话伤感起来。

〔赵小品从座位上站起来,望着舅爷,突然提高了声音。

赵小品：我要杀人!

〔舅爷眼也不睁,对赵小品摆了摆手。

舅　爷：你没有缚鸡之力就想杀人,这世道不是谁都能杀人。我知道你小品,你八字里就没有杀人的凶气。

赵小品：只要能出这口气,我豁出去了。

舅　爷：你不行就别逞能。

赵小品：我行!

舅　爷：你不行!

赵小品：我行!

舅　爷：我说你不行你就不行。

赵小品：我说行就行!

〔舅爷一着急,呼噜呼噜更厉害了,半天才缓过来。

舅　爷：小品你记住我的话,把福隆泰发达起来,不要再为一个女人挣命。舅爷在这个世道上混了这么多年,也快成人精了。舅爷这一辈子不信命,不服命。但舅爷心里明镜似的,人最怕自己,人要是毁也毁在自己手里。三个好汉打不倒你,你心眼一歪就自己先倒下了。舅爷这话先说到这里,信不信由你。

赵小品：舅爷你是老人参,我是树杈子,掐尖打杈我也要疯长。

2. 张秀玉房间。 内/日

〔张秀玉懒洋洋地坐在卧室的梳妆台前妆扮自己。她戴上一个新耳环,对着镜子欣赏着,又戴上那只宝石戒指。望着戴戒指的手指,张秀玉脸色突变,痛苦地闭上了眼睛。

3. (闪回)赵小品家。 内/夜

〔赵小品咧着嘴,痛苦不堪地站立着,左手正在滴着血。

4. 张秀玉房间。 内/日

〔张秀玉睁开眼睛,望着镜子里的自己发呆。

〔张秀玉匆忙化妆,换衣服,这时陈九走了进来。

陈　九:打扮得这么漂亮要去逛街吗? 买东西让韩妈陪你去。做了太太啦,别再像疯丫头一样自己瞎闯。

〔张秀玉迟疑了一会儿。

张秀玉:我想回娘家看看。

陈　九:回什么娘家,你那个娘家还有什么牵挂?

张秀玉:我毕竟是从那儿嫁出来,总得回去看一眼。

陈　九:你非要回去我不拦着你,不过你要心里有数,我说过你再碰别的男人我会杀了你。

张秀玉:你……你怎么这样说话……

陈　九:你嫁给我,就是我的太太,我会怎么说话?

5. 赵小品家。 内/日

〔赵小品正在独酌独饮,张秀玉推门进来,赵小品迷离着双眼望着她。

赵小品:你怎么来了?

张秀玉:我怎么就不能来? 我来看看你。

赵小品:看什么? 有什么好看的,看了这么多年早就看厌了吧。

〔张秀玉垂下眼帘,眼泪滚落下来。她一只手抓着手帕捂嘴,一只手去夺酒杯。

张秀玉:你别喝了,你都醉了。

赵小品:你已经是陈家二太太了,还来干什么? 陈九怎么能放你回来?

张秀玉:这是我的娘家,我怎么就不能回来? 我做他的太太又没卖给他做丫头,就是做丫头也得让人有家呀!

赵小品:果然做了太太见多识广,道理也懂得多了,人也开通了。

第九集

　　[张秀玉脸色变了眼圈又红了,慢慢低下了头。她绞着手帕半天才抬起眼睛。

张秀玉：你的手好了没有,快让我看看。我一直惦记着你的手,心都要疼死了。

　　[赵小品把那只伤过的手放到了背后,张秀玉站起来,绕到赵小品的背后去抓他的手。握着半截手指,张秀玉的眼泪又掉了下来。

张秀玉：你何苦呢,何苦呢?

　　[赵小品抽回了手。

赵小品：你是陈家的人了,就不要再这个样子啦。事过境迁,你是你,我是我,情分一了百了,谁也不欠谁的了。

　　[张秀玉瞪着泪眼,又去抓赵小品的手,她顺势跪在地上,把头伏在他的腿上。

张秀玉：我知道我对不起你,你要是嫌弃我就搡我走好了。

　　[赵小品叹了一口气。

赵小品：你从我身边离开嫁给陈九,我真咽不下这口气。

张秀玉：你要我怎么样? 我又能怎么样? 你娶不了我,我总得嫁人,总得有个归宿。

赵小品：你从我身边走了我受不了,一想到你睡在他的床上,就想杀了他。

张秀玉：要杀你就杀我……

　　[赵小品冲动起来。

赵小品：我不杀你,我要你回到我身边,和我在一起。

　　[赵小品抱住张秀玉,张秀玉努力挣扎着。

赵小品：我只要人,要你留在我身边。

　　[这时门口传来了敲门声,俩人喘着气,对视了一下。

　　[张秀玉整理了头发和旗袍去开门。

　　[进来的是宏发祥小伙计滨生,他怯生生地站在那里,两眼望着脚尖。

滨　生：二太太,陈掌柜让我来接你回家。

张秀玉：有事吗?

滨　生：没事,陈掌柜说你该回去了,他说你不能在这儿待久了。

张秀玉：什么叫不能待久了? 我回娘家还没有坐一坐,就催命似的往回叫。我还有话要跟我姑父说,你先走吧。

　　[滨生不说话,只管低着头站着。

张秀玉：我是你家二太太,连我的话你都不听,还等什么!

滨　生：二太太千万别生气,你得体谅我们下人的难处。我在宏发祥吃劳金,不敢不听陈掌柜的吩咐。陈掌柜的脾气你也知道,你千万别拿我们出气。

　　[张秀玉气得眼里又噙上了泪水。

张秀玉：畜生，陈家上下都是畜生。我不回去又能怎么样？你一个小小的伙计，也知道拿陈掌柜压着我。你滚，你快滚！

6. 酒馆。　内/日

　　[陈九与花子房挂灯坐在同一张桌上。挂灯穿了一身西装，戴着墨镜。一个忸怩做女人状的随从在他一侧不时夹菜伺候。

随　从：你吃这个，这对男人可是好东西。

挂　灯：陈掌柜，我手下百十号弟兄。他们是要文有文，要武有武，没有办不了的事儿，就看陈掌柜给的价码了。

　　[陈九不吃也不喝，端坐着，他拿出一叠钱，放到了桌面上。

挂　灯：陈掌柜，我就不明白你们有钱人为什么都这个样子，干了缺德事还怕露脸，图个什么呢？

　　[陈九把手压到那一沓钱上。

陈　九：你干不干？

挂　灯：我干我干。说白了乞丐帮会的名声不好，你们这些人都怕沾上腥味，可有事还离不开我们，就这么回事儿。

　　[陈九抬起手，挂灯的随从把钱抓过去，被挂灯一巴掌打开。

随　从：你的手真狠，都把我打疼了，你知道不？

　　[挂灯把钱揣进了怀里。

7. 福隆泰门前。　外/日

　　[伙计下了门板开门营业时，就发现一老一小俩乞丐正在道边献艺，四下围着一些人。

8. 福隆泰门前。　外/日

　　[老乞丐拿了两片哈拉巴，嘭嘭地敲着，小乞丐一套大小竹板，在手上上下翻动，竹板打得娴熟，左右开弓，有板有眼。小乞丐嘴里念念有词——

哈尔滨，大商埠，

都市繁华好去处，

哈尔滨，有几多，

叫我从头给你说，

市面流通大洋多，

道里南岗毛子多，

挂洋旗的领事多，

带花园的洋房多，

烧香拜佛教堂多，

豫鲁来的难民多，

五花八门报纸多，

饭店酒馆啤酒多，

正阳街上买卖多，

中外开办银行多，

街上走的美人多，

进入店铺笑脸多，

有钱人家老婆多，

穷人身上虱子多，

先生你给赏钱多，

多子多孙富贵多。

……

[小乞丐伶牙俐齿，油嘴滑舌。有人叫好，有人扔钱，也有人抬脚就走。

[老乞丐打着哈拉巴，眼睛寻着福隆泰门前的动静。

9. 福隆泰门前。 外／日
[赵小品萎靡地走进了福隆泰，没有注意到老小乞丐和人群。

10. 福隆泰门前。 外／日
[老乞丐嘭嘭地敲起哈拉巴，挤眉弄眼地吆喝小乞丐。

老乞丐：干儿子，财神爷来了，该咱们上香了。

[小乞丐正低头捡钱，一抬头也看到赵小品的背影。

老乞丐：干儿子有胆不？

小乞丐：有。

老乞丐：骨头硬不？

小乞丐：硬。

老乞丐：舌头利索不？

小乞丐：像粉条儿似的。

老乞丐：缺钱花不？

小乞丐：不缺钱跟您老干啥来啦！

老乞丐：你小子有种，那就上！

小乞丐：上！

　　〔一老一小前脚后脚来到福隆泰门前，看热闹的人群也呼啦啦地围了过来。

老乞丐：干儿子，今天是赵掌柜发财的日子，我们来福隆泰烧香拜佛得听我的。

小乞丐：听你的。

　　〔老乞丐敲打着哈拉巴，嘡！嘡！嘡！

老乞丐：一不能藏奸！

小乞丐：不藏奸。

老乞丐：二不能耍滑！

小乞丐：不耍滑。

老乞丐：三要卖点真力气！

小乞丐：咱就不缺真力气。

老乞丐：小子就看你的啦！

小乞丐：没说的，干爹你点折子。

老乞丐：咱今天不点折子。

小乞丐：不点折子怎么唱？

老乞丐：咱爷儿俩今天露点真本事，胡诌顺口溜。

小乞丐：好，顺口溜就顺口溜。

　　〔老乞丐向围观的人抱拳。

老乞丐：各位！这顺口溜要是溜得好，就赏我们个脸儿叫声好。这顺口溜要是溜砸了，各位就别客气，把我们爷儿俩脸皮撕下去喂你们家的狗。

小乞丐：悠着点干爹，你那老脸不要我这小脸嫩脸还要呢！

老乞丐：你要是还知道要你的小脸嫩脸，就卖点真力气给各位好好溜着。

小乞丐：瞧好吧干爹。

　　〔小乞丐扬手打起了竹板，张嘴就数落起来——

　　裤裆街，桃花巷，

　　哈尔滨的娘儿们有多浪，

　　荟芳里夜夜压塌炕。

　　你捧夜来香，

　　他捧香来夜，

夜夜香来夜夜来，

气得太太砸了梳妆台。

……

［围观的人一片叫好声。

11. 福隆泰账房。 内/日

［赵小品听到了门外的叫好声，心烦意乱地走出账房，对着伙计发脾气。

赵小品：看什么热闹，打发他们快走。

［伙计们一见赵小品脸色不好看，便从钱匣里抓出一把角子。

12. 福隆泰门前。 外/日

［伙计把角子扔到老乞丐的破兜子里，扬扬手让他们走人。

［老乞丐收了钱，不谢礼，也不走人。

老乞丐：干儿子你这顺口溜溜得不错。

小乞丐：各位先生捧场，我这脸是保住了。

老乞丐：可是赵掌柜脸色不好，他不大高兴。

小乞丐：这得看你的啦，干爹。

老乞丐：看我的？

小乞丐：看你的。

老乞丐：好，看我的就看我的。

［老乞丐嘭嘭地敲起哈拉巴，哑着嗓子又数落起来——

赵掌柜的你发财，

爷儿们今天上门来，

银元官帖大洋票，

你给多少我都要。

赵掌柜你别恼，

天下公平无处找，

有钱人家狗肉臭，

穷人街头当死倒。

……

［赵小品品出味道不对，皱起眉头走到围观的人群前，拱手抱拳。

赵小品：小号店面小，做着小本生意，望各位见谅，给开条路，都散开吧。

[赵小品又走到俩乞丐面前。

赵小品：二位有什么过节就挑明了说,缺吃缺穿一句话,为什么跟福隆泰过不去?

老乞丐：赵掌柜你别破费,你是马失前蹄,虎落平川,该着倒霉了。实话实说,我们爷儿俩是奉了帮会的差,专门伺候赵掌柜,给福隆泰挑眼来了。你是明白人,这可怪不得我们。

赵小品：小号什么时候得罪了花子房?

老乞丐：我们是小鬼,罚香的是佛爷。

赵小品：谁是买家?

老乞丐：无事不登三宝殿,你赵掌柜没病也不怕鬼叫门,撞了哪路邪神,赵掌柜心里没数吗?

[赵小品摇头。

[老乞丐退后一步,抖动着膀子,伸长了脖子,扯着哑嗓唱起大口落子——

叫声公子听我言,

花花世界有险滩,

走逆水儿千帆过,

走顺水儿过千帆,

人家花枝不要占,

人家的美女不要贪。

……

盼只盼,

奴家盼你金榜挂名好团圆。

……

[赵小品脸色骤变,脖子上的青筋暴起,牙齿咬得咯咯响,他用手指点着老乞丐的鼻尖。

赵小品：既然是花钱买卖,我也出个价,给你们钱去闹陈九,去闹宏发祥。

老乞丐：对不起赵掌柜,花子房有花子房的规矩。我们爷儿俩是小花子,听使唤的,做不了这个主。

赵小品：你们就不怕我的伙计把你们揍扁了。

老乞丐：两国交兵,各为其主,死伤无怨。

[赵小品向两个伙计摆手。

赵小品：把这两个臭要饭的赶出去。

[两个伙计过来向外推两个乞丐。

[两个乞丐笑嘻嘻地往后退。

老乞丐：别推别搡,要饭花子是皇上。推搡真龙天子要烂手的,你们就不怕烂手爪子吗?

13. 福隆泰门前。　外/日
〔老乞丐坐在道牙子上,小乞丐铺着破衣服,露着上身躺着晒太阳。
〔福隆泰伙计站在门前揽生意。

伙　计：南北杂货,物美价廉,进屋瞧瞧,相中了会给您打折啦! 请,两位太太请。
〔伙计将两个穿布拉吉的俄国女人让进了福隆泰门里。
〔眼见顾客进门,躺着的小乞丐坐了起来,拿着竹板跟了进去。

14. 福隆泰。　内/日
〔两个女客正在挑选兔毛披肩巾。

伙　计：这是上等兔毛,又厚又柔软,您要是诚心买给你打八折。
〔小乞丐一扬手,打着竹板就进了店门。俄国女人呆呆地望着,不知所措。

伙　计：喂——出去,快出去,臭要饭花子。
〔小乞丐围着毛子娘儿们转了一圈,大声数落——
奶子大,屁股圆,
玛达姆怀里揣洋钱。
嘴唇红,眼睛蓝,
养活孩子像猴猿。
……
〔伙计气急败坏地往外推小乞丐。

伙　计：滚,快给我滚出去!
〔老乞丐也跟了进来,嘴里数落着——
南京到北京,
买的没有卖的精,
两位太太慢掏钱,
吃亏上当在眼前。
……

小乞丐：福隆泰这几天走背点儿,破房偏赶上连阴雨,二位太太请便吧。
伙　计：你……
〔俄国女人不知道他要干什么,吓得尖叫起来,扔下兔毛围巾往后躲。

15. 福隆泰账房。　内/日

〔赵小品闷闷喝茶,伙计进来。

伙　计:赵掌柜快想想办法吧,乞丐帮会的人这样闹下去,我们非关门不可。

赵小品:我不信正阳街上就没有王法了!

16. 福隆泰门前。　外/日

〔老乞丐和小乞丐坐在道牙子上打盹。

〔两个穿制服的警察提着警棍过来,用警棍点着老乞丐的头。

警察甲:起来起来,又没地方吃饭了,想蹲笆篱子不是?

老乞丐:光棍一条,在哪都是仨饱一倒,一个人吃饱了全家不饿。

小乞丐:哎,你们别动我干爹。

警察甲:妈拉巴子的混蛋!

〔警察甲一脚踢倒小乞丐,回头用警棍打老乞丐。警察乙也上去用脚踢小乞丐。

小乞丐:不行了干爹,受不了啦,快跑吧!

老乞丐:好汉不吃眼前亏,走!

〔小乞丐拉着老乞丐落荒而逃。

17. 福隆泰门前。　外/日

〔伙计给两个警察敬烟点火。

〔赵小品走出来,将一红包塞到警察甲兜里。

赵小品:二位辛苦了,这点小意思打壶酒喝。

警察甲:赵掌柜别客气,举手之劳的事。有我们兄弟在,不能让叫花子乱跑,反了他们呢!

18. 福隆泰。　内/日

〔伙计打开门板时,一下子拥进来十几个要饭花子,有老有小,都是蓬头垢面、衣服褴褛。两个伙计顾了这头顾不了那头,赶走了这个又进了那个,急得团团转。

〔一个猴子脸的乞丐分开众人,走到柜台前,掏出大把的钱拍打着柜台。

猴子脸:怎么着,怕大爷不给钱怎的? 我拿钱买你的货,天经地义,好好伺候! 要啥没啥……开得起店就开,开不起店就卷铺盖卷滚蛋,哈尔滨这商埠不是谁都待得住的。

众乞丐:老子们有钱!

〔伙计咧着嘴过来对付猴子脸,猴子脸用手指着货架上的礼帽。他接连试了三顶礼帽,换到第三顶时,伙计不敢再拿了,猴子脸拿出一张钞票扔给伙计,伙计这才放心地将礼帽交给猴子脸。猴子脸刚戴上这顶,又反悔了,要换第一顶。

伙　计:你……

猴子脸:我什么? 钱都给你了,换一顶帽子怎么啦?

　　　　〔众乞丐起哄。

众乞丐:你们做的是什么买卖,想坑人哪!

　　　　〔伙计咬着牙给猴子脸换了帽子,猴子脸将帽子戴到脏兮兮的头上,又坐到柜台上,摇着手里的钱向众乞丐下令。

猴子脸:你们别嚷嚷,也都别闲着,动手挑自己喜欢的东西,我付钱。

　　　　〔众乞丐叫着跳着,四下散开了。

　　　　〔一个乞丐趁着伙计们不备,拿起一个铜盆就往外跑,伙计连忙追了出去。

19. 福隆泰门前。　外/日

　　　　〔乞丐抱着铜盆跑到了马路对面,追出来的伙计想追过去,听到里边乱吵,又返了回去。

20. 福隆泰。　内/日

　　　　〔一个乞丐拿着那条披肩巾,披到自己肩上,掀起一角来擦鼻涕。

　　　　〔一个乞丐对着几件瓷器,解开裤子撒尿。

　　　　〔几个乞丐挤在一起抢礼帽。

21. 福隆泰门前。　外/日

　　　　〔拿走了铜盆的乞丐正在胡乱敲着。

乞丐甲:福隆泰大甩卖啦,五折大酬宾,快来买快来瞧啊! 来晚了捞不着啊!

22. 福隆泰。　内/日

　　　　〔一个伙计走到猴子脸跟前,退回了他的那张钞票,又从兜里掏出两张钞票塞给了他。

伙　计:大爷,你是大爷行不行? 服你了行不行? 高抬贵手,行个方便行不行?

猴子脸:这还差不多。告诉你们赵掌柜,花子房的人不是好惹的,个个都是大爷。

　　　　〔猴子脸转向乱抢乱夺的众乞丐。

猴子脸:弟兄们撤,到门外安营扎寨。

23. 福隆泰门前。 外/日

[众乞丐就地扎营,有坐的,有躺的,有抓虱子的,有玩五子棋的。

[小乞丐盘腿大坐,脸上还带着被警察打的伤,打着竹板自说自听——

福隆泰太坑人,

赵小品黑了心,

……

24. 福隆泰门前。 外/日

[沈中和路过这里,看到这里的景象,脸上露出了得意的笑容。

25. 福隆泰门前。 外/日

[两个伙计垂头丧气地上门板。

26. 正阳街。 外/日

[福隆泰的伙计急匆匆地走着。

27. 富春堂大院。 外/日

[福隆泰的伙计急匆匆地上楼。

28. 赵小品家。 内/日

[赵小品在独斟独饮。伙计推门进来。

伙　计:赵掌柜,福隆泰开不了门,这买卖没法做了……

赵小品:我操你祖宗陈九,你要赶尽杀绝呀!

伙　计:赵掌柜你快想办法,福隆泰就要被他们毁了。

赵小品:我还要福隆泰干什么,我什么都没有了,我还怕毁了福隆泰吗?! 我要和陈九对命,我不信他陈九能活两次!

伙　计:赵掌柜你在气头上说气话,我们总得想法子把叫花子赶走,要不我们就没有脸在五道街待了。

赵小品:我有什么好办法,你去买几把刀把他们都杀了,杀了那帮无赖我去抵命。

伙　计:赵掌柜你去找找舅爷,舅爷总会有办法的。

赵小品:我谁都不找,他们不毁了福隆泰我还想毁了它呢。让他们毁去,省得我去动手了。

第九集

[赵小品跌坐在椅子上,拿起桌子上的酒杯,一口干了,又抓起酒瓶斟满了杯。

29. 舅爷家。 内/日

[舅爷一边吸着水烟袋,一边咳嗽。福隆泰的伙计站在一旁小心翼翼地讲话。

伙　计:赵掌柜这几天心烦,也顾不上柜上的事,舅爷,非得您老人家出面了。

舅　爷:小品没有出息,我说过小品让他放开手,他就是不听。不过陈九做的也太过分了,都是年轻人火爆性子,我又能怎么办呢?

伙　计:由着花子房这么闹下去,正阳街上非出大事不可。

舅　爷:好吧,我就晒一次老脸,花子房这几年闹得太凶了,也该给他们点颜色看看。

30. 福隆泰门前。 外/日

[福隆泰关着店门,门前十几个乞丐或躺或坐,七扭八歪。

[路过这里的行人纷纷掩鼻而过。

[远处几个闲人对福隆泰门前的事指手画脚。

某　男:不知道福隆泰得罪谁啦,让花子房里的人盯住还有个好。

某　女:还不是因为女人的事,常在正阳街上闲逛的那个大美人"一枝花",好几个男人为她争风吃醋,据说人命都闹出好几条啦!都怪那个小骚货。

某　男:女人天生是祸水,男人都被女人引诱坏了,女人不是好东西。

某　女:你胡说什么呢?老娘不也是女人么,我年轻的时候是贞节烈女。

某　男:算了吧,你这样的扔到马路上也没人捡,除非碰到我。

某　女:该死的,挨刀的,你想占老娘的便宜,没门儿!

[说话间,十几个山东大汉迎面跑了过来,险些撞到了路边站着说闲话的那对男女。

某　男:哎!这是干什么,不要命啦!

某　女:踩了老娘的脚啦!

[大汉不理睬他们,一声唿哨就向乞丐们冲去。

31. 福隆泰门前。 外/日

[猴子脸见一个大汉扑向他,慌得从腰里拔出刀子,大汉忙摆出防守架式,谁知猴子脸却用刀子扎自己的大腿,见流了血,就扔下刀子躺倒在地嚎叫起来。大汉骂了一句娘的,扑上去像抓小鸡似的拎起他,一顿拳脚把他打得嚎叫不出来了才放手。

[小乞丐被人踢了一个趔趄,就势一个滚翻爬起来又跑。

[一个大汉一棍子打在老乞丐的肩上,老乞丐倒下来后,那大汉又上去踢了他几脚。

听到背后老乞丐的一声嚎叫,小乞丐忙返回去,用头去顶那大汉。那大汉一扬手,把手中的棒子划过来,杵到小乞丐的左眼上。小乞丐一声惨叫,忙用手去捂眼睛,血从他的手指缝里流出来,小乞丐一抬手,眼球掉了出来。

壮　汉： 今天算便宜了你们,留你们一条小命。下次你再敢捣乱,让你们脑袋搬家。记住没有？快滚吧。

32. 福隆泰门前。　　外/日

〔马路上到处是丢弃的破鞋、帽子、哈拉巴,还有几摊发着腥气的血迹。

33. 庄本商行。　　内/日

沈中和： 陈九出事了！

庄　本： 出什么事了？沈先生这么高兴。

沈中和： 陈九知道二太太和福隆泰掌柜赵小品有染,他醋性大发,买通了花子房,去砸了福隆泰,还闹出了人命！

庄　本： 闹出了人命？是陈九了死了还是赵小品死了？

沈中和： 赵小品请了山东脚行的人,对花子房的乞丐大打出手,听说打死了一个要饭花子。

庄　本： 陈九没有死,赵小品没有死,在哈尔滨死一个要饭花子,谁能当回事呢？

沈中和： ……你这是什么意思？

庄　本： 这得问你自己。你占有了陈九的大太太,还图谋占有陈九的家产,你恨不得一天早晨醒来,陈九已经一命归天了。

沈中和： 这是他自己找倒霉,让他等着吃官司吧。

庄　本： 沈先生,现在看来你还不是陈九的对手。陈九是个庞然大物,你我都奈何不了他。别说是死了一个要饭花子,就是死十个百个要饭花子,也动不了陈九的一根汗毛。

沈中和： 庄本先生,我走到这一步已经是过了河的卒子,退不得了。不搞垮陈九,我在宏发祥就待不下去了。

庄　本： 福隆泰门前的这场殴斗,不过是陈九发邪火斗着玩,如果陈九和赵小品有一个人丧了命,这戏可就有唱头了。

沈中和： 这种事情谁能说了算。

庄　本： 历来奸情易出人命,你动不了陈九,还动不了赵小品吗？赵小品在正阳街上虽然是无名之辈,但他有一个商会董事的舅爷,还有正阳街上的人心所向。如果对外陈九吃了官司,对内又同时失去两个太太的欢心,我想这足够让他倒霉了。

沈中和： 庄本先生,我该怎么办？

第九集

庄　本：我和陈九是生意上的竞争,你和陈九是利益上的争斗,怎么办是你自己的事。

沈中和：你答应会和我合作的……

庄　本：那也是在陈九垮台之后。

沈中和：你……你不能翻脸不认人。

庄　本：我可以帮你出主意,但事情还得你自己去做。

第十集

1. 陈九房间。 内/夜

[睡梦中的陈九突然惊醒，神情满是疲惫。他正被反复出现的梦境所困扰。

[陈九起身，站在了床前，拉开窗帘，默默地看着夜色中寂静的街巷。

2. 南勋街大院。 外/日

[陈九走进南勋街的一个大院，黄先生家就住在这里的三楼。

[楼梯弯曲回转，陈九上了三楼。

[在黄先生家门前的走廊上，摆了不少花盆。陈九停下来，被这赤橙黄绿青蓝紫吸引住了，花瓣和枝叶上充盈着水气，充满了勃勃生机。

3. 黄先生家书房。 内/日

[老佣人将陈九迎进了书房。

[陈九绕过了几个黑漆木书架，扫着架上的藏书，除了本草、汤头和中医典籍外，还有几部线装经、史、子、集。

4. 黄先生家书房。 内/日

[陈九坐在黄先生对面的椅子上，盯着黄先生的脸，突然说了一句话。

陈　九：我总是梦见一只狼。

[黄先生一愣，他让陈九伸出腕子给他把脉，把过脉又看他的眼、唇、舌。

黄先生：陈掌柜，你得和我说详细点。

陈　九：我总是梦见在空旷的马路尽头，有一轮又圆又大的月亮。那月亮是黄色的，不比山沟里的月亮明，而是像一团雾。那只狼就好像是从月亮里走出来的，在马路上溜达。马路边的阴沟里长满了野草，里面闪着无数冒着蓝光的狼眼睛。

黄先生：你能看清狼的模样吗？

陈　九：我能看到它黝黑的鼻尖，龇着的牙，还有嘴角流下的涎水。我还能闻到它身上散发的腥臊。它总是从我身上踏过，让我窒息。

〔陈九开始有了羞赧。

陈　九：我现在害怕睡觉，一进入梦境，那种恐惧就让我难以挣脱。

黄先生：你知道自己是在梦里吗？

陈　九：我知道是在做梦，可这有什么用呢？我告诫自己不必恐惧，然后我去冲击那只狼，想和它较量。但是不行，我还是恐惧得不行，喘不过气来。我总想着同狼较量时粉身碎骨以尽快摆脱噩梦……

〔黄先生在手掌上翻滚着两个发亮的铜球。

黄先生：不碍不碍，这是气血不畅、心律不齐所致。

〔黄先生拿起毛笔，在一张纸上刷刷地开了方子。

黄先生：陈掌柜，这药力只能是补，要紧的是调养自己。心平则气顺，气顺则百通，这是养生的道理啊。

〔黄先生这才想起没有给陈九上茶，就喊佣人给陈九上茶。

陈　九：我不喝茶，只要没大病就好，没大病我就走了，我还有事。

〔陈九说走的时候人已经走到门口。在门口他又回过头来。

陈　九：大太太这几天身体不大好，她请你去给她瞧瞧。女人真是太麻烦，三天两头得麻烦黄先生。

〔黄先生忙着站起来送客，他发现陈九走路竟然有些驼背，双肩也不像往日那样端着。

5. 胜江楼澡堂。　内/日

〔陈九在池子里泡着，头上是"身有贵恙休来浴，酒醉年高莫入池"的瓷制对联。

〔陈九倒在躺椅上搓澡。

〔陈九在澡塘过道碰见了孙殿臣。孙殿臣刚从热气腾腾的浴池里出来，身上散着热气，水珠在他那白里透红的皮肤上滚动着。他一边走一边用毛巾擦脸上的水。

〔陈九拍着孙殿臣的滚圆的肚皮。

陈　九：孙掌柜一副富贵相,你的福气财气运气都装到了这肚子里。

　　　　〔孙殿臣哈哈大笑,亮起了嗓门。

孙殿臣：哪里哪里,我是草包肚子囊囊膪,不比你陈掌柜,处处显得精明。

6. 胜江楼澡堂。　内/日

　　　　〔陈九和孙殿臣在雅间喝茶。单间用板壁隔断,上半截是透空格眼,门口挂着半截
　　　　白布帘,两张窄床中间有一个茶几。

孙殿臣：陈掌柜有兴致,怎么来烫澡?

　　　　〔陈九蹙着眉头。

陈　九：日子过得心烦,肚子里憋的尽是邪火,多烫几次,省得憋出病来。

孙殿臣：宏发祥生意兴隆,陈九你财大气粗,还这样心烦意乱,我们这些小字号哪还有活
　　　　路呢!

　　　　〔陈九躺在床上,身上搭着一条被单。

陈　九：人这东西,没了想有,有了想多,多了就腻,腻了就烦。我也不知道怎么总不顺心!

孙殿臣：我懂。这个世界让人发疯,就像人在赌场上,赢了发疯,输了也发疯。

　　　　〔孙殿臣望着陈九,使劲眨着眼睛。

孙殿臣：陈九我知道你为什么心烦,你应该找个女人,让女人给你泄泄邪火。

陈　九：宏发祥的人不抽不赌不嫖,这是谁都知道的规矩。

孙殿臣：陈掌柜心大志高,经商有方,恨不得一统这里的天下。规矩由你来定,那些规矩是
　　　　对下人的,你是掌柜……

　　　　〔陈九笑着指着孙殿臣。

陈　九：孙掌柜你心劲还是不小,心有余力不足了吧。

　　　　〔孙殿臣哈哈大笑,他站起来,掀开陈九身上盖着的被单儿。

　　　　〔陈九虽然步入中年,肌肉仍然发达强壮,只是肚子开始发胖,微微地凸了起来。

孙殿臣：我这个人没有别的嗜好,就是喜欢女人。

陈　九：孙掌柜和秋姐还是那么不清不楚的?

孙殿臣：你情我愿,你买我卖的事,有什么不清不楚的……

　　　　〔孙殿臣愣了一会,突然提高了声音。

孙殿臣：你家里放着如花似玉的小美人,怎么也惦记起窑姐来了? 陈九你不能这么霸道。

陈　九：孙掌柜,劝我找女人的是你,说我霸道的也是你。不过,咱俩说的不是一个事,我们
　　　　都欠秋姐的。

7.（闪回）大观园。　外/日

鸨　母：小丫头片子，你吃着我的穿着我的，你这一生一世都欠我的，老娘能让你跑了吗！

秋　红：你看不住我还跑。

鸨　母：你还敢嘴硬。

秋　红：几位大哥，你们今天救不了我，我恨天恨地也恨你们，我会恨你们一辈子的。

8. 胜江楼澡堂。　内/日

孙殿臣：听说最近沈中和包了秋姐。

陈　九：谁？你是说沈中和？

孙殿臣：这事你还真就别多想，男人和女人之间的事说不清。这眼瞅着就要入冬了，宏发祥会忙得你没心思琢磨别的事。不过，我看出你还有心事，陈九我看得出。

　　　　〔陈九把头转向孙殿臣。

陈　九：孙掌柜你知道，宏发祥和庄本商行一直在较劲。庄本商行有生产基地，它的工厂虽然远在日本，但现代化的机器生产和便利的运输条件，让宏发祥处于被动。

孙殿臣：你别太把小鬼子当回事。宏发祥的作坊有绝活，工艺精湛，有声誉。

陈　九：宏发祥熟的皮子毛色好、新鲜，做成的衣服柔软耐穿，不蛀不腐，这不假，可我只能应付上门定货的主顾，远远比不过横跨大洋的舶来品。

孙殿臣：你想怎么办？你一定想好了，陈掌柜你总是这样，自己想好了事再来套我的话。

　　　　〔陈九转过头，把眼睛闭上了。

陈　九：我要买机器，我要盖厂房，我要用地产地销的优势，与庄本商行抗衡。

　　　　〔孙殿臣看了陈九一会儿。

孙殿臣：陈掌柜，你买下靠铁道线的那块地皮不会是早有准备吧？

陈　九：那块地很便宜，我准备用来做厂基。市政当局要开发圈河和太平桥，但财力不足。

孙殿臣：陈九，你想做的事情谁也改变不了，阻止不了。

陈　九：我在发愁钱的事，建厂的资金不是一个小数目。

　　　　〔孙殿臣提高了声音。

孙殿臣：我可没有钱，陈掌柜你知道我做杂货生意，没什么大钱。

　　　　〔孙殿臣的话一下子把陈九逗笑了。

陈　九：孙掌柜我不管你借钱，你就是想借，这笔钱你也拿不出。

9. 头道街。　外/日

　　　　〔陈九从胜江楼出来，一个人走到了头道街口，站了一会向南往裤裆街走去。

10. 裤裆街。 内/日

〔小街弯曲,中间分开两条岔巷,像劈开的两条腿。巷子口有一个水楼子,深处挂满了饭馆幌子,看上去红得耀眼。

〔陈九走进了一家饭馆。

11. 饭馆。 内/日

〔跑堂的伙计迎了上来。

伙　计：先生几位? 楼上有雅座。

〔陈九摇摇头,拣了一个靠窗的座位坐下来。

〔伙计送上茶水、热手巾,然后递上菜单,候在一旁等陈九点菜。

〔陈九也不看菜单,随意地点了几样东西。

陈　九：红烧蹄筋,凉拌海蜇,二两烧酒。

〔伙计唱着菜名离去。

〔陈九呷着茶,听到了楼梯响,抬头望见了从楼上下来的两个人。

〔走在前边的穿了一身白绸布对襟裤褂,白皮鞋,一副绅士派头。正是他不久前见过的乞丐帮会老大挂灯。后边跟着的那位随从瘦小白嫩,一身白绸布裤褂,迈着小步,姿势像舞台上的花旦。

12. 饭馆。 内/日

〔挂灯也发现了陈九,拱着手笑嘻嘻地走过来。

挂　灯：陈掌柜好清闲,近来好戏连台,春风得意呀。

陈　九：我是吃刨食的人操劳命,哪有你老大的福气,有几百人孝敬你。

挂　灯：你笑话我。

〔挂灯已经喝得有了几分醉意,斜着眼睛对陈九说。

挂　灯：陈掌柜你笑话我,我替你摆平了福隆泰你还笑话我。

陈　九：我给了你钱,这事儿两清了我笑话你什么?

挂　灯：我手下的弟兄和码头脚行的人打起来了,一场恶斗,死了人你知道不? 我正要找你,死了人开销大,你那几个钱就顶打水漂儿了。

〔挂灯索性坐了下来。跟在屁股后的随从就站在挂灯身后,手搭在挂灯的肩上,坦然地望着陈九。

陈　九：你拿了我的钱,理应替我消祸免灾。死了人是你们乞丐帮会的事,你养了一群废物还要我来替你喂食。

第十集

挂　灯：话不能这么说。我手下的弟兄们很卖力气,谁知道中间杀出来码头脚行的人,还有他们身后的山东会馆。死一个人要一千大洋的。

陈　九：冤有头,债有主。你去找脚行的人要钱去。

挂　灯：脚行的人都是吃杠子头长大的,我们帮会的弟兄不是他们的对手,弟兄们咽不下这口气。

陈　九：这我不管,我不管给别人出气。我们这笔买卖两清了,就别再来烦我。

　　　　〔挂灯站了起来,斜着红眼睛。

挂　灯：陈掌柜你别过了河就拆桥,乞丐帮会的人也不是白吃干饭的。咱们交情归交情,买卖归买卖,弟兄们丢了命,你总得出副棺材板钱。

陈　九：多少?

挂　灯：两千。这对陈掌柜来说不算啥,小事一桩。

陈　九：我的钱也不是风刮来的,不能用来打水漂儿。

挂　灯：你给多少?

陈　九：两百。死个叫花子一领破席就卷走了,这个数就不少了。

挂　灯：脚行那头儿怎么办,人就让他们白打了?

陈　九：有这两百块钱你再买十张席子也够了,有十条命垫底,你怕啥?

挂　灯：陈掌柜你果然名不虚传,我老大挂灯不是你的对手,不过行帮弟兄的这口气我是一定要出的。

　　　　〔说完挂灯起身就走,陈九板着脸也不瞧挂灯。这时跑堂的伙计笑呵呵地把菜端上来了。

13. 赵小品家。　内/日

　　　　〔码头脚行的工人拿了礼物看望赵小品。

赵小品：本来我应该好好酬劳各位弟兄,只是身体不争气,还劳各位来看我,真是过意不去。

工人甲：我们山东人在这打天下也不易,老乡要是不帮老乡,黄金都变糠了。

工人乙：花子房的人也太可恶了,都成了地方一害,脚行的弟兄早就憋了一股气。

赵小品：两位兄弟,待我能下了地,一定去码头上谢脚行朋友。

工人甲：赵掌柜客气了。

14. 宏发祥账房。　内/日

　　　　〔陈九坐在桌子前,沈中和站在他面前。

陈　九：今天话赶话,我和挂灯说了点狠。花子房死了人,恐怕不会善罢甘休。我和赵掌柜的事已经了了,你去和挂灯说,劝他也不要再斗狠了。

沈中和:赵小品的事就这么算了?

陈　九:我现在琢磨的不是这个。还有,买机器的事情问得怎么样了?

沈中和:上午我就在跑这个事,日本三菱公司和德国海姆公司的机器在价格、性能上差不多。

陈　九:我看还是选德国的机器吧,运输上也算便利。

沈中和:是,陈掌柜。

15. 赵小品家。 内／日

［赵小品里里外外地走着,触景生情,心情又暗淡起来。

16. (闪回)舅爷家。 内／日

赵小品:我十六岁闯关东投奔舅爷你进了哈尔滨,十几年风风雨雨撑起了小小的福隆泰,算是有了一块生存之地。十几年来,我过着跑腿子的日子,有了张秀玉,才算有了那份亲情,有了人生的许多滋味。

舅　爷:你能明媒正娶张秀玉吗?你是她的姑父,你们不会有什么结果。

17. 西餐厅包间。 内／日

［沈中和和挂灯的面前摆着俄式大餐。

挂　灯:怎么着沈先生,又有买卖照顾我们花子房?

沈中和:陈掌柜想问,脚行那边的事你准备怎么办?

挂　灯:你说我准备怎么办?我花子房死了兄弟总不能连个屁都不放吧?

沈中和:男人硬拳头不能硬嘴巴,拿鸡蛋碰石头是让鸡断子绝孙。

挂　灯:那你说我该怎么办?你们陈掌柜给的那点钱就够买副棺材板的。

沈中和:陈掌柜让我转告你一句话,搬不动大山还蹚不过小河吗?

［沈中和说着拿出了一叠银票放在了桌上。

沈中和:照顾好赵掌柜的,我们陈掌柜不会亏待你。

［挂灯愣怔怔地望了沈中和一会,忽然脸上露出了坏笑。

［挂灯伏下身子,盯着沈中和脸上的表情。

挂　灯:沈中和,我得提防着点你们,你们的心比花子心还毒。

18. 赵小品家。 内/夜

〔夜深了,赵小品仍在灯下独酌。

〔窗外有一个卖烧鸡的老人的吆喝声在街头回荡。

19. 富春堂大院门前。 外/夜

〔一老一小两个乞丐坐在道牙子上说话。

〔小乞丐的一只眼睛失去了眼球,被一块脏兮兮的破布包着,像是贴着一块膏药。

小乞丐:干爹,今天这差事可是会出人命的。

老乞丐:小鬼糊弄阎王爷,咱就不下这生死牌。干儿子,绊脚绳咱得照下,绊不倒人那就不能怪咱了,是那姓赵的命大。

小乞丐:干爹,我明白了,这叫"救人一命,胜造七级浮屠"。干爹,你真是做神仙的命。

老乞丐:屁神仙?神仙有深更半夜还遭这个罪的吗?去吧——

20. 富春堂大院门前。 外/夜

〔躲在暗处的沈中和注视着他们的举动。

〔他掏出了一支烟卷,身边的刘云连忙给他点上了火。

21. 富春堂大院。 外/夜

〔小乞丐摸进了富春堂大院。

〔小乞丐悄悄地爬上了楼梯,在楼梯靠近中间的地方停了下来,蹲下身子,掏出了两段绳子。小乞丐的拴法很奇怪,两根绳子各有一头绑牢在了楼梯两侧,另一头松松垮垮地搭在了一起,不仅没有打上死结,连活扣都没有做。完成了这一切,小乞丐下了楼梯,捡起了半块砖头,瞄着赵小品房间的窗户就要出手,却突然听到了院门口传来了动静,一个人走了进来。小乞丐忙把砖头扔到了地上,低着头若无其事地走出了门洞。

24. 富春堂大院。 外/夜

〔冲撞了小乞丐行事的人进了院子后四处望了望,也上了楼梯,他把松松垮垮的绊脚绳绑牢后又用力拽了拽。灯光下现出了刘云的脸。

〔刘云走下楼梯,拾起了砖头,对着赵小品房间的玻璃狠狠地砸了过去。

25. 赵小品家。 内/夜

[赵小品呷着酒,晕晕乎乎中,就听到玻璃窗哗啦啦一阵响。

[半截砖头飞了进来,碎玻璃撒落了一地。

[赵小品伸手抓起桌上那把锋利的砍刀,踉跄着身子冲出了房门。

26. 富春堂大院。 外/夜

[赵小品看到有黑乎乎的人影向大门洞跑去。

[赵小品几步就奔到楼梯口,想一步几个台阶地冲下去。

[当赵小品向楼梯迈下第一步时,他闪电般惊醒了,腿被什么东西绊了一下! 他的身体腾空飞了起来,一头栽下了下去,眼前一黑,顿时失去了知觉。

27. 富春堂大院门前。 外/夜

[听到院子里的声音,老乞丐和小乞丐一时都愣住了。

[两人连忙跑向院子去看究竟。

28. 富春堂大院。 外/夜

[赵小品满脸是血地躺在了地上,一动也不动。

[两人互相看了一眼。

小乞丐：干爹,那绳子……砖头也还没来得及扔呢?

老乞丐：这是背后有人下黑手啊? 咱爷俩这是被人陷害了……

小乞丐：那怎么办啊? 快叫人吧!

老乞丐：叫什么人啊,叫来了人咱爷俩能脱得了干系吗?

小乞丐：可人要是死了,你不就成不了神仙了?

老乞丐：什么神仙啊,干儿子,跟着干爹先去请神仙救命吧。

29. 富春堂大院。 外/夜

[沉寂的夜里,小乞丐那清脆的竹板声响起,还有老乞丐敲击哈拉巴发出的嘡嘡声,坐在道牙子上的老乞丐扯着沙哑的嗓子吼着——

十五的月儿照中天,

追妹子追出了山海关,

前夜里几声货郎的鼓,

后夜里妹子房里留空床。

......

〔老乞丐的哀怨声音搅得富春堂大院的人难以入眠,不一会就引来了骂声一片。

住户甲：滚蛋! 都什么时候了,还在这鬼哭狼嚎的。

住户甲：是不是找打啊! 深更半夜的还让人睡觉不?

〔住户中有忍耐不住的人爬起床,跑到楼下去逐散乞丐。

〔在楼梯脚下,人们发现了满脸血污昏迷不醒的赵小品。

〔邻居们七嘴八舌地叫着嚷着,几个男人抬起赵小品簇拥着走出了富春堂大院。

30. 富春堂大院门前。 外/夜

〔纷杂的脚步声在空旷的马路上响过,影影绰绰的人群消失在街头。

〔坐在道牙子上的小乞丐抬起头来,用一只眼睛凝视着电线杆子上昏黄的路灯。

〔小乞丐站了起来,弯下腰去搀扶老乞丐,他们互相搀扶着,向人群消失相反方向走去。空荡的街头沉寂了片刻,忽然又响起了老乞丐那嘶哑的吼声——

都说醉酒赛神仙,

谁见神仙来人间。

都说都市像天堂,

要饭花子饿断肠。

都说人活一口气,

吹灯拔蜡卷了狗皮。

......

31. 善牧医院。 内/日

〔赵小品躺在病床上,头肿胀得厉害,眼睛被挤成一条缝,还在昏迷中。

〔张秀玉匆匆进来,一见赵小品的惨相,鼻子一酸眼圈又红了。

〔张秀玉掏出手帕捂住嘴,压抑着呜咽,拉住了护士的手。

张秀玉：他能不能死啊,小姐你告诉我他能不能死啊?

〔护士小姐挣脱开被拉住的手,在胸前划起十字,表情惊恐。

护 士：罪过,不要诅咒生者,不要去怨恨死者……上帝保佑。

〔张秀玉急得踩起了脚。

张秀玉：不是这个意思,我不是这个意思……

护 士：太太,我们已经为他洗净了伤口,敷了药,打过了针……

32. 善牧医院。 内/日

〔张秀玉找到了医生,一个刻板的俄罗斯老头子,他操着生硬的汉语。

医　　生：他伤得太重了,我需要观察,我现在无法告诉你结果,不过我会尽力的。

〔他从眼镜片上看了一眼张秀玉。

张秀玉：您是他的太太吗? 我们需要你在这上边签字,我们才会全力治疗。

〔张秀玉眼睛里噙着泪光,在一张单子上签了字。

33. 善牧医院。 内/日

〔在走廊里,张秀玉遇上了福隆泰的一个伙计。

张秀玉：这是怎么回事? 是谁干的? 你告诉我。

伙　　计：是花子房的人夜里在富春堂大院的楼梯上拴了绊脚绳,暗算了赵掌柜。幸亏富春
堂大院里的人听到了动静,连夜将他送来医院,要不赵掌柜早就没命了。

张秀玉：无论如何都要救活赵掌柜,花钱先从柜上支。

伙　　计：福隆泰已经几天没开张了,柜上没有多少现钱了。

张秀玉：那就变卖东西,救人要紧,我再去想办法。

34. 善牧医院门前。 外/日

〔张秀玉出了善牧医院,雇了一辆车,奔了舅爷家。

35. 舅爷家。 内/日

〔舅爷边咕嘟咕嘟吸着水烟袋,边听着张秀玉的哭诉。

张秀玉：……是花子房的人在楼梯上拴了绊脚绳,又砸了姑父家的玻璃窗。

〔张秀玉讲完了,舅爷的脸就变了色。

舅　　爷：乞丐帮会的这帮王八羔子一点王法也没有了,都在街面上混,怎么做这种斩尽杀绝
的事,还有挂灯那个狗杂种……

〔舅爷一生气就咳嗽起来,脸憋得通红,嘴里淌着黏黏涎涎的东西。

〔舅爷咳嗽完了,屋子就静下来。

〔舅爷半天才把气喘匀了,拿手巾擦掉了眼睛里呛出来的泪水和嘴上的黏涎子。

舅　　爷：还有你们那位陈九,这么大的掌柜的,还整天斗狠争凶。人太狠了不行,太狠了会
害人害己。

〔张秀玉听着就扑通一声跪了下来。

张秀玉：是我害了姑夫,舅爷你无论如何都要救他,要不我也没法活了。

舅　爷：我这把年纪的人了,把什么都看透了。我不管你们年轻人的事,你们的梦你们自己圆。只是你做了陈家太太,不应该再管这种事了。小品的事我会派人照料的。

　　　　[张秀玉站起来,摘掉了耳环和手镯,捧着送到了舅爷面前。

张秀玉：福隆泰已经好多天没开张了,柜上也没什么钱,这些就留给姑父换钱救急吧。

　　　　[舅爷连连摆手,脸色也和缓下来。

舅　爷：不用,小品不会用陈家的东西,难为你有这一份心思了。我是他舅爷,自然不会见死不救的。

36. 马路。　外/日

　　　　[坐在洋车上的张秀玉仍然楚楚动人,吸引着行人的目光。

　　　　[张秀玉的心里涌满了孤寂,接连不断的人生变幻使她应接不暇,这使她深感人生的复杂和凶险,心绪黯淡中不由又落下了泪水。

　　　　[洋车夫是个腿脚矫健的年轻汉子,把洋车拉得飞快。

　　　　[张秀玉敲着车帮喊道。

张秀玉：喂! 我又不去救火,急什么!

　　　　[洋车夫笑嘻嘻地放慢了脚步,边走边回头说话。

车　夫：太阳当头我怕晒坏了太太,要不我给你支起车篷来。

张秀玉：我不怕晒,我不要车篷,我什么都不要。

　　　　[车夫见张秀玉嗔怪的样子小声嘀咕着。

车　夫：你坐在车上我拉着你走你还不高兴。

37. 马路。　外/日

　　　　[初秋的阳光带着几分柔情,照在张秀玉银光缎面的旗袍上,折射出耀眼的光亮。

　　　　[人力车到了正阳街。

　　　　[车子路过了宏发祥。

　　　　[车子到了同记商场门前才停下。

　　　　[张秀玉逛了同记商场、大罗新、天丰涌,又闲逛了几家绸布店、鞋帽店。

38. 宏发祥账房。　外/日

陈　九：花子房怎么对赵小品下了狠手,我给挂灯的话你带了吗?

沈中和：我就是按照掌柜的意思和他说的,但他一直就是愤愤不平的样子。

陈　九：这个挂灯究竟想干什么?

沈中和：他就是个无赖泼皮,咱们要不躲得远远的,迟早也得牵连上。

39. 陈家客厅。 内/日
〔陈九在向韩妈问张秀玉的去向。

陈　九：二太太去哪了?
韩　妈：倒是没说去哪,接了个电话就走了,样子挺急。
陈　九：什么时候走的?
韩　妈：二太太吃过早饭就出门了。

40. 马路。 外/日
〔张秀玉在桃花巷上了一辆马车,出西门脸奔了道里。

41. 马路。 外/日
〔张秀玉在马迭尔饭店喝了咖啡,吃了俄式甜点心。

42. 马路。 外/日
〔张秀玉在中央大街方石铺成的马路上走着。

43. 陈九房间。 内/日
〔当张秀玉走进房间时,陈九正怒气冲冲等着她。

陈　九：你又去看赵小品啦? 我说过不许你去看他。
张秀玉：他伤得太重,都要不行了,一个要死的人都不放过,你的心太狠了。
陈　九：他死不死和我没有关系,我又没有让他去死,关我什么事!
张秀玉：是你害死了他。你害死了他还装正经。
陈　九：怎么是我害死了他,我没动他一根毫毛。
　　　　〔张秀玉站在陈九面前,望着他的脸。
张秀玉：陈九你说实话,是不是你花钱雇了花子房的人收拾的赵小品? 你到底长了一颗人心还是狼心?
陈　九：我说过我不让别人动我的太太一根毫毛,我要报复的。
张秀玉：我真后悔嫁给你,你把我杀了吧,杀了我你就净心了。
　　　　〔陈九摇着头。
陈　九：我不杀你,你是我太太,我的东西我从来不会糟蹋。

第十集

张秀玉： 你们男人怎么都是这个样子！我真受不了啦。你不杀死我，我就杀死自己。

　　〔张秀玉拉开抽屉乱翻，找出那把锋利的新剪刀，对准了自己的脖子。

　　〔陈九的一只大手从容不迫地抓住她的手腕子，轻轻一抖，剪子咣当一声掉在地板上。那只大手攥得张秀玉的眼睛里全是泪花。

第十一集

1. 陆璎房间。 内/日

[陆璎梳洗完毕,就一直站在窗前凝视着正阳街上过往的行人。

2. 宏发祥门前。 外/日

[沈中和走过正阳街,在进入宏发祥大门前,抬头看了一眼陆璎的窗子。

[沈中和看到原本站在窗前的陆璎突然缩回了身子,笑了。

3. 陆璎房间。 内/日

[陆璎回到桌前。

[韩妈在一旁研墨,陆璎拿起了笔。

韩　妈：人逢喜事精神爽,太太心里一定有什么喜事了。

陆　璎：我能有什么喜事,韩妈你不是不知道我。

韩　妈：太太好久没有动笔写字了,太太一写字我就知道太太心里高兴。

陆　璎：韩妈你别乱猜,我这几天精神好,想做点事罢了。

韩　妈：我不猜。我是做下人的,只是为太太高兴。

[陆璎有一些警觉。

陆　璎：我高兴什么?

韩　妈：我不知道太太高兴什么,只要是太太高兴,我也高兴,我做什么都有劲头。

[陆璎摇摇头,叹了一口气。

陆　璎：韩妈你心眼好，可惜你也太愚，看不透这世间的许多事情。

〔陆璎铺开纸，蘸饱了墨汁，想了想用楷书写下了陆放翁的佳句：花如解语还多事，石不能言最可人。字写得很清秀。

韩　妈：太太的字写得真好，太太有学问，能识文断字，这是陈掌柜的福气。

〔韩妈自管说话，没有注意到陆璎的脸色突然变了。

韩　妈：太太是好人，太太是上得到《贤女列传》的女人，能在太太身边做事也是我的福分。

〔陆璎放下笔，掐着额头。

陆　璎：韩妈，我写字时喜欢一个人，你下去做你的事去吧。

〔韩妈悻悻地退了下去。

4. 宏发祥。 　内/日

〔宏发祥的客人进进出出，络绎不绝。

〔宏发祥前堂挂满了裘皮大皮、皮夹克、狐狸围脖，货架上摆着各式皮帽、皮靴。最醒目的是墙上挂着的兽皮，狐狸、紫貂、水獭，还有金钱豹和东北虎，毛皮都完整地撑开，毛色鲜亮，看上去油汪汪的。

〔宏发祥的伙计们，都换上小羊皮的坎肩，笑容可掬地里外张罗着，迎客送客。

〔店堂里都换上了大灯泡，电灯一开，亮堂堂的。

5. 宏发祥账房。 　内/日

陈　九：柜上生意怎么样？

沈中和：买成衣和来定做的都比去年多了两三成。

滨　生：我们这的人流就像过年一样热闹。

陈　九：不要沉醉在喜气洋洋中。这种热闹就是我造出来的，只是一种声势。

老　张：海拉尔那边的吴掌柜在问，今冬的羊皮我们宏发祥要多少。

〔陈九坐了下来。

陈　九：和吴掌柜那边打个招呼，今冬的大宗羊皮生意我准备放弃了。另外，账面上也不要多留余钱，先都存到犹太银行去。银行的事请沈先生去办一下。

〔几个人面面相觑。

滨　生：陈掌柜，放弃了这笔生意就相当于放弃了一份可观的利润。

老　张：这是笔稳赚的买卖。

陈　九：这钱我有用处。我要建厂房，买机器，我要建一个新的毛皮工厂。

沈中和：现在市面上大洋票忽涨忽落，钱闲置了有风险。

陈　九：我知道把钱给银行生息发财不划算,但是工厂开工建设后,就花钱如流水,断了哪一顿都会影响开工生产。这件事我没给自己留退路。

沈中和：陈掌柜,办工厂可不是小事。投资大,周转慢,办成了是金,失败了是一片废墟,一堆废铁。

滨　生：掌柜的你再考虑考虑,这可是过河焚舟,背水一战啊。

陈　九：我就是要下个大赌注。

　　　　[陈九站了起来。

陈　九：老张,四家子那块地的手续办得怎么样了?

老　张：地亩局那边我刚去过,办好手续就是这几天的事。

陈　九：沈先生,你去给德国海姆公司发电报,我要和他们签合同,明年十月份交货。

6. 陆璎房间。　内/日

　　　　[陆璎坐在梳妆台前,望着镜子里自己的脸,黯然叹了一口气。

　　　　[陆璎照着镜子往脸上薄薄地敷了粉,描了眉,涂了唇膏,粉黛下的陆璎容光焕发起来。

7. (闪回)陈九家客厅。　内/日

陆　璎：陈九,你真的需要那么多钱吗?你要那么多钱想做什么?

陈　九：你怎么还是小姐脾气,没有钱就像光着屁股在大街上走,连丑都遮不住。

陆　璎：可你的钱有血腥味,你安心吗?

陈　九：你到正阳街上闻一闻,他们赚的哪一张钱不带血腥味?

陆　璎：好,你要干你就去干,我不花那脏钱。

陈　九：我赚给你吃,赚给你穿,赚给你用,这个城市女人有的我都给你了,你又嫌钱脏了。

陆　璎：我不想让你遭到报应。

陈　九：你咒我?

陆　璎：说到底你是马贼的儿子。

陈　九：我是马贼的儿子又怎么样?

陆　璎：我不和你说,我没法和你说,有些事永远和你说不清。

　　　　[陆璎眼睛里噙着泪。

8. 庄本商行。　内/日

沈中和：陈九今冬的毛皮不收了,他的钱都存在了银行,用来建设厂房,购买德国机器。尽

管庄本先生也一直想在哈尔滨建厂,但这次陈九又快了一步。

庄　本: 陈掌柜是个下山的猛虎,总是张着血盆大口,时时刻刻寻找着机会。

　　　　〔庄本突然停住了,像是突然想到了什么,过了好一会才再次开口。

庄　本: 沈先生,你知道生意场上有一个规则,只有出大钱,才能赚大钱。沈先生眼下就有
　　　　这样一个难得的大机会。

　　　　〔沈中和面露不解。

庄　本: 大宗羊皮是一笔稳赚不赔的买卖。陈掌柜不做,我们可以联手做。

沈中和: 我哪有钱啊?

庄　本: 沈先生可以把陈掌柜存在犹太银行的钱取出来,与我合股,到了明年开春,我们就
　　　　可以赚上一大笔钱。那时,既可以把陈九的钱还上,沈先生也神不知鬼不觉地发了
　　　　大财。

沈中和: 要是被陈九发现,他会杀了我的。

庄　本: 沈先生不必担心,这笔钱陈掌柜用来建工厂的,现在正是冬天,根本就不是开工
　　　　的季节,自然也就不是付钱的时候。你借钱生钱的事,不会有任何人知道。

9. 夹巷。　内/日
　　　　〔绺子里大当家的和两个心腹一身行商装扮,出现在裤裆街上一条窄窄的夹巷内。
　　　　〔巷子口站着一个脏兮兮的女人,她死盯着大当家的脸。

女　人: 先生你找谁?

　　　　〔没等大当家的回话,女人便冲着巷子里大声喊。

女　人: 接客!

　　　　〔大当家的没有理睬她,径直往里走去。

　　　　〔巷子里静悄悄的,几个孩子在巷子里跳格子玩,用童声唱着——

　　　　天下太平,

　　　　正大光明,

　　　　红白黑蓝,

　　　　你输我赢

　　　　……

　　　　〔突然钻出了一个老头子,他仰着脸问大当家。

老头子: 你找谁……是找女人吧?

　　　　〔老头子咧开了豁牙的嘴。

老头子: 都走了,那些窑子娘儿们都走了,街公所的警察把她们都赶走了。这儿的窑子都迁

到十六道街圈里去了,要是找老相好就到那边去。

[大当家的站定在巷子中央,老头子左右看看又压低了声音。

老头子:你别犯愁,要是着急这儿也有女人,也方便着呢。

[他推开一扇门,里边黑洞洞的,隐约晃着几个身影。

老头子:进去吧先生,里边什么样的女人都有,还有没开苞的雏儿。这是私窝子,便宜。

[大当家的和心腹退出了小巷,站在巷口的那个脏兮兮的女人迎着他,盯着他的脸。

女　人:先生你走啊,送客!

10. 松花江。　外/夜

[松花江上有人凿冰打鱼。

[三个反穿着大皮袄,戴着狗皮帽子的黑影,抬着一个扭动着的麻袋,咯吱咯吱地踏着冰上的积雪,向江心走来。

[在人影晃动中,他们把那扭动着的麻袋顺进一个大冰窟里,结着薄冰的冰窟吞下那扭动着的麻袋后,泛起了涟漪。那三个戴着狗皮帽子的汉子,呆呆地望着泛着冰碴的水面平复下来,渐渐地凝滞了,才又咯吱咯吱地踏着冰上的积雪从容离去。

11. 升平街。　外/日

[大当家的三人走出客栈,走在升平街上。

心腹甲:大当家的,绺子的仇咱们也报了,什么时候回?

大当家:现在谁也闻不到咱们的味,都把心放宽了,三天后回山里。

心腹乙:大当家的要带我们去哪见识见识?

大当家:都提着点精神,有你们玩的。

12. 巨源赌馆。　内/日

[大当家的大把赌钱,在烟雾和喧嚣声中,输赢眼睛都不眨一眨。

13. 酒馆。　内/日

[大当家的和心腹坐在小酒馆靠窗的一桌,眼前的酒壶已经空了。

[大当家的望着窗外满街飞舞着的雪花,把手捂在挂着霜雪的玻璃窗上,留下了一个清晰的手印。

大当家:闯荡江湖这么些年,如今进了这灯红酒绿的花花世界,竟然得像夹着尾巴的狗一样东躲西藏……

〔大当家的蹾着空酒杯叫来伙计。

大当家：添酒——

〔三个人酒喝了一杯又一杯，越喝越痛快。

〔大当家的脸色像猪肝一样紫涨着，眼色迷蒙起来，喷着酒气。

大当家：我这辈子，脑袋别在裤腰带上出生入死，从来没有含糊过，死也死过几次了。细想想图个啥，上边一个，下边一个，从来没有委屈过。靠的是啥，靠的就是腰里别的硬家伙。

〔大当家的说着一仰脖喝下一口酒，从腰里掏出那把德国匣子，啪地一声拍在桌子上，震得杯盘乱响，酒杯里的酒都溢出来，在桌面上流淌着。

〔大当家的喘着粗气，划着了洋火，点着了洋溢到桌面上的酒。流淌的酒飘着蓝色的火苗，吱吱地响着，烧得几张红红的脸膛泛起光泽。

大当家：人生在世，就像这火苗子，着了热了亮了，就他妈的算行了。火苗一灭，什么他妈的都没了，空了。喝！

〔站在一旁的跑堂的伙计吓得脸也变了，腿也抖了，跌跌撞撞地跑进灶间，一会儿饭馆的掌柜涨红着脸走出来。掌柜的是一个瘦瘦的中年汉子，连连作揖。

掌柜的：不知道三位大爷是哪路英雄，小馆店面小，饭菜粗俗，有得罪大爷的地方多包涵，多包涵。

〔大当家的正喝得高兴，见掌柜的出来啰嗦，便不耐烦地挥手。

大当家：这儿没有你的事，去吧。

〔掌柜的没动，又作揖。

掌柜的：三位大爷尽兴喝，今天的酒菜我请客。请三位大爷高抬贵手，千万别砸了我的生意。

〔大当家的酒杯送到嘴边，又停住了，他盯着饭馆掌柜的那张瘦脸瞅了半天。

大当家：你他妈的太小看人了，三位大爷能缺你这点酒钱？你是吃饱了饭撑的找不自在。

〔大当家的抄起桌上的匣子枪点着掌柜的。

大当家：你那个伙计呢？快叫他出来。

〔掌柜的嘴唇都哆嗦了，糊里糊涂地喊了一句，跑堂的伙计蹭着脚步，哆嗦着走出来。

大当家：你出去把幌子给我摘下来。

〔跑堂的伙计瞅着掌柜的脸色。

掌柜的：瞅我干什么，还不快去摘幌子，别惹大爷生气。

〔伙计拿着竹竿，到外边把幌子挑下来，拿进屋里。一个保镖低声问。

心腹甲： 怎么？把他们叉了？

大当家： 我们是出来找乐的，不叉人。

　　　　［心腹进灶间找来几根油腻腻的绳子，又把那个一身油腻的大师傅也揪了出来，把三个人像捆猪一样手脚捆在一起，扔到地上。大当家的用匣子枪点着掌柜的脑门。

大当家： 你他妈的敢把这事儿报告警察署，回头就把你的破饭馆子砸了。

　　　　［掌柜的躺在地上，头摇得像拨浪鼓似的。

掌柜的： 不敢不敢，大爷你放心，打死也不敢告警察署。

　　　　［三个人又坐下来，喝了一会酒，这才大摇大摆地离去。走到门口，大当家的掏出两块银元扔在地上。银元在地上滚着，落到掌柜的眼前。

大当家： 你他妈的狗眼看人低，碰巧今天老子高兴，要不你脑袋早开花了。

14. **大舞台**。　　内／日

　　　　［三个人坐在刚刚落成的四家子大舞台下，整个大舞台座无虚席。

　　　　［台上正在演《武家坡》——

我父在朝为官宦，

府上金银堆如山，

本利算来有多少？

命人送到那西凉川。

　　　　［演员的唱功做功俱佳，歌喉婉转，流韵传神。锣鼓笙弦把个大舞台火爆得满堂出彩，台下叫好一声高过一声。

　　　　［······

腰中取出银一锭，

用手放在地平川，

这锭银，三两三，

拿回去，把家安，

买绫罗，和绸缎，

做一对少年的夫妻咱们过几年。

这锭银子我不要，

与你娘做一个安家的钱，

买白布，缝白衫，

买白纸，糊白幡，

做一个孝子的名儿在那天下传。

……

﹝大当家的看得很是痴迷,听得津津有味。

﹝两个心腹保镖酒劲发作,垂着头流着涎水睡了一觉又一觉。

﹝一个黑脸汉子从过道挤到大当家的座位不远处盯了一会,快步走出了门口。

15. 大舞台门前。 内/日

﹝午夜散场,两个心腹懵懵懂懂地拥着大当家的走出剧场。

﹝雪还在下。门前卖糖炒栗子、烤地瓜、冻梨和冰糖葫芦的摊贩叫卖声不绝于耳。

﹝就在两个心腹一边一个,夹起大当家赶路的时候,突然听到有人喊大当家的名字,一个穿棉袍、戴着狗皮帽子的身影挡在了眼前。一边的心腹叫了声"不好",一下子把大当家的推到了墙边,回手再去摸枪。就在这时,面前那人手中的枪响了,推开大当家的那个心腹像一截木桩子一样栽倒在雪地上,身上脸上沾上了血污,一条腿抽搐了几下,不动了。

﹝如梦方醒的大当家忙掏出家伙,但开枪的人已经身手矫捷地钻进了被枪声惊炸营的人群中。血把大当家身下的雪浸透了,变成了一摊黑色。

﹝警笛响起,一队警察从远处奔了过来,两人收起了枪向着反方向退去。

16. 正阳街。 外/夜

﹝天黑路灯稀疏,街上寂静无声,也几乎没有什么行人。

﹝横下里跑出两个人,面孔隐在阴影里,向着宏发祥方向跑来

17. 宏发祥。 外/夜

﹝陈九隐约听到了枪声,走到窗前,从窗帘的缝中悄悄窥视外面的情况。

﹝这时,外面传来一阵急促的砸门声。

﹝雪夜天,里黑外亮,陈九发现了一个人的身形有些熟悉。

18. (闪回)马贼地堡。 内/日

陈　九: 我不管,你不让我带钱就杀了我。

﹝大当家的抽出一把刀扔给了陈九。

大当家: 好,我就喜欢这种讲义气、有血气的汉子,是你爹多的种,我成全你,你剁下你的手,我连人带钱都放走。你想留下你的手,就把钱留下。

陈　九: 我先剁了你!

　　[众马贼上前按住陈九。

大当家： 你们让开。在生意场上混，不知道钱的利害，发不了财。你离出道还远着呢。

　　[陈九举起刀来就要剁自己的手，千钧一刻被大当家的拦住。

大当家： 小子，你叔跟你闹着玩呢。这堆废纸你拿回去，犯不上为这卖命，你的手留下，自己打天下去，日后你我刀刃上相见，谁高谁低看本事了——送客。

19. 宏发祥。　　内/夜

　　[陈九犹豫了一下，打开了门。

　　[两个身影闪进了门，一支枪同时顶在了陈九的脑袋上。

　　[在大当家的拉灭电灯前，陈九已经证实了自己刚才的判断。

　　[三人退到了里间，窗户的厚绒布窗帘没有拉开。

　　[大当家的拨开了随从顶在陈九头上的枪，把陈九按在座位上。

大当家： 还认识你叔我吧？

　　[陈九的脸上没有表情，眼睛却一直盯着大当家的脸。

大当家： 九侄，叔刚才差点丢了性命，警察现在正在四处找我们，叔得借你的地界避避。

陈　九： 你怎么找到宏发祥的？

大当家： 你叔我是谁？这条街上谁有钱谁没钱我能没数吗？九侄你小子有尿性，拐了陆家大小姐，又当上了大掌柜。你说谁会想到，你会是我们绺子的后人？叔一直都想问问你，发家有啥诀窍？等叔老了，拿不动枪了，也想跟着你做点买卖。

陈　九： 这个世界就没有诀窍，捡钱靠运气，赚钱靠本事，没有运气没有本事的人才嗅着鼻子到处找诀窍。不过你没有机会了，你的血腥味太重，金盆银盆也洗不干净。

　　[大当家随便地抄起了桌上的一个茶壶，灌了一口茶底子。

大当家： 这民国已经十几年了，可世道还是乌烟瘴气，你叔我一直是明着抢，明着夺，可是那些当官的呢？他们是暗地里贪，暗地里占。

陈　九： 你的劫数到了。

大当家： 到没到寿，老天说了算。别看你叔我老了，但腿脚还算利索，要不还能跑到你这来。

陈　九： 你杀了我爹我娘，就不怕我把你们交给警察？

大当家： 交给警察？你也得出得了这个门哪！

陈　九： 这是我的地界。

大当家： 不是你的地界我还不来呢！

陈　九： 警察一会儿就会搜到宏发祥来。

大当家： 放心吧九侄，警察就是掘地三尺，也不会动你一砖一瓦。

20. 正阳街。 内/夜

〔沈中和遇到了正在搜捕大当家的警察。

警　察：这不是沈先生吗？怎么这么晚了还到柜上去？

沈中和：你们这是在干嘛……

警　察：一个土匪头子被我们堵在了这条街上。市面上不安全，沈先生早点回家吧。

沈中和：兄弟们辛苦。

21. 宏发祥账房。 内/夜

大当家：九侄，叔我不需要你送我出城，但得借你的地儿避避。

陈　九：我帮不了你。

大当家：你叔我救过你的命，山不转水转，今儿叔就全靠你了。

〔大当家的说着把手里的盒子枪拍到了账桌上。

大当家：我是真想去后院看看你媳妇，看看当年的陆大小姐到底咋样了？叔都这么大年纪了，至今也没有一儿半女的，活着也是他娘的没意思。

〔门口传来了钥匙开门的声音。三个人神色一震。

22. 宏发祥。 内/夜

〔沈中和推开门走了进来，拧开电灯，又推开了账房间的门，看到陈九端坐在椅子上。

〔沈中和的表情很惊诧。

沈中和：……陈掌柜，你怎么还在……警察正在外面围捕土匪头子。

陈　九：这么晚了，你怎么来了？

沈中和：我想把今天的账再过过……

陈　九：不差这一时半会，明天下板后再说吧。

沈中和：那我取件衣服就回去。

〔沈中和看到了桌子上的那把德国盒子枪。

23. 宏发祥账房间。 内/夜

〔沈中和离开后，大当家的和心腹从放毛皮的柜子中钻了出来。

〔陈九穿戴好了帽子、围巾，背着大当家的走到了门口。

陈　九：今天我没看到过你们，我现在出门回家，你们走时记得给我把门关上。

大当家：九侄，叔谢你了。

陈　九：我和你的账不需要警察掺合。

　　　　〔陈九打开门走了出去。

24. 庄本家客厅。　内/日

　　　　〔庄本和沈中和坐在一起,面前摆着一壶清酒、几样小菜。

沈中和：庄本先生,我可是把陈九在犹太银行的钱都拿出来了,你可不能坑我。

庄　本：沈先生不要紧张,只需要短短几个月,我们的这笔生意就做成了。你就安心地等着数钱吧。

沈中和：安心?陈九土匪出身,现在还和绺子有联系,我怎么安心?

　　　　〔庄本一下子警觉起来。

庄　本：陈掌柜怎么会和土匪有联系?

沈中和：前一段市面上传得沸沸扬扬的土匪头子寻仇那个案子,因为警署没抓到人最后不了了之了,但我知道这和陈九有关,是他在警察搜查时窝藏了土匪头子。

庄　本：陈掌柜通匪……沈先生,你有证据吗?

沈中和：谁也拿不出证据。但我知道,一定是他干的。

　　　　〔庄本喝干了杯子里的酒。

庄　本：沈先生还记得,十年前一批马贼在中东铁路劫了俄国开来的一节车皮,当护路队赶来的时候,车上的几百件贵重毛皮已经不翼而飞了,这些消失得无影无踪的毛皮后来都去了哪呢?这是保安司令部挂号的重案,一直没有侦破。如果这时有人检举陈掌柜放走了寻仇的土匪头子,中国人丰富的想象力会把这个故事引向新的方向——陈掌柜靠着十年前这批贵重的毛皮发家,十年来又一直都和马贼有生意上的往来……沈先生你猜,到那时会有什么结果?司法震怒,商民共愤,整个哈尔滨都会关注。你说,陈掌柜还会好吗?

沈中和：庄本先生,可我拿不出证据啊。

庄　本：这只是一个模范市民的合理怀疑,根本不需要证据。陈掌柜要么认罪,要么证明自己的清白,认罪他一定不会,要证明自己和这些事情没有关系,恐怕也没那么容易,需要花上很长的时间。等到陈九把自己撇得干干净净回到宏发祥时,沈先生不仅已经赚到了一大笔钱,恐怕也已经掌握了整个宏发祥。

沈中和：庄本先生,你知道其中的利害,你为什么不检举陈九?

庄　本：沈先生,我和陈掌柜的竞争是生意场上的较量,即使我巴不得明早醒来宏发祥就关门,我也只能按照生意场上的规则。我之所以愿意如此详尽地给出假设,是因为沈先生现在是我的合作伙伴,我理应帮你分析形势,并助你一臂之力。

〔庄本看着沈中和,站起身,走到窗前。

庄　本：你想要的不仅是陈九的钱、陈九的女人、陈九的商行,你更想要了陈九的命。

沈中和：……中国的警察也不是吃干饭的。

庄　本：沈先生,中国警察办案效率的低下是不争的事实,为什么会这样?因为他们的心思从来就不在破案上。如果抓到陈掌柜这样的大商家,没事儿也要弄出事儿来,因为只有那样警署才能榨出钱财来。因此,陈掌柜要是被人检举通匪,是一定不会有人放过他的。

〔沈中和低下了头。

沈中和：陈家不会坐以待毙的。

〔庄本转过身,又走到了沈中和的面前。

庄　本：陈家?陈家只有两个不经事儿的女人。二太太刚娶过门,又因为赵小品的事恨死了陈掌柜,而那个大太太,现在已经是沈先生的人了。

〔庄本神情严肃起来。

庄　本：沈先生,你知道我和你合作的诚意。我需要提醒你的是,你已经没有退路了。

〔庄本说着拍了拍手掌,从隔壁拉门里进来两个穿着艳丽和服、浓妆艳抹的年轻艺妓,她们都抱着乐器,深深鞠躬后站在那里恭恭敬敬地等候吩咐。

〔庄本端起酒杯,对着心事重重的沈中和。

庄　本：在我们日本,人们都喜欢樱花,崇尚武士,认为樱花虽然开得短暂,但灿烂辉煌,武士虽然会战死沙场,但他们的事业轰轰烈烈。沈先生,人生在世机会并不多,抓住它就会辉煌,失去它就像落地的樱花,只有化做泥土了。

〔他举起杯对等在一边的艺妓说。

庄　本：喂,你们两个,就先来那个《樱花与武士》吧!

25. 正阳街。　外/日

〔大街上行人匆匆,簇拥着向头道街方向奔去。

〔年轻人互相招呼着,嘴里打着唿哨,神色紧张地跑着。

〔陈九站下来,伸长脖子向人们奔去的方向望着,只见那边人头攒动。忽然从人们奔去的方向传来几声枪响,行人迟疑了片刻,又骚动起来,喧嚣声更大了,奔跑的步伐更加零乱。开始有人逆着人潮往回跑,大多是女人和孩子,他们脸上流露着激动和惶恐,嘴里盲目地喊着:不好了!不好了!

〔陈九拦住一个中年男人。那中年男人礼帽跑歪了,围脖也散落在肩上,眼看就掉下来,他也没有发觉。

陈　九：怎么啦？出了什么事啦？

路　人：出什么事啦？你说出什么事啦？学生上街游行，和警察厮打起来了，怕是要死人啦！

陈　九：为什么？学生为什么上街游行？

　　　　[中年男人的围脖终于掉在地上，在陈九的示意下，他才发现并捡起来。

　　　　[中年男人把围脖抓在手里。

路　人：为什么上街游行？为了反对日本人修筑五路！真是的，连这个都不知道。

　　　　[中年男子说完一手抓着围脖，一手撩起棉袍，又跑了起来。

26. 正阳街。　外/日

　　　　[陈九站在那没动，自言自语了一句话。

陈　九：修铁路是修命脉，火车一响黄金万两，谁修不一样？

　　　　[陈九迈开步想着赶路，却发现景阳街方向乱了起来，人群潮水般涌过来。

　　　　[冲破了警察防线的学生们，涌进了正阳街。学生们打着旗喊着口号，前头几个穿着棉袍和大衣的男学生打着"誓死力争"四个大字的横幅，后边的学生排着队，手执小旗。每个学生队伍前边都有大旗，写着"反对日本劫夺五路路权"、"打倒日本帝国主义"等标语，学生们个个义愤填膺，斗志昂扬。

　　　　[陈九眼前突然映入了一个熟悉的身影，不禁呆住了——女儿凤仪穿着棉袍，脖子上围着一条白色长围巾，和同学们挽着臂，昂着头，一副冷峻凛然的样子。

　　　　[街上人流拥挤，看热闹的在路边驻足，有商家燃起鞭炮为学生们助威。

　　　　[游行队伍很快就过去了，陈九望着凤仪的背影。

第十二集

1. 陈家饭厅。 内/日

〔陈家在吃早饭。

陈　九：凤仪,这些天你不去上学,天天在街上疯跑。我拿钱是让你读书的,别去跟他们凑那个热闹。

凤　仪：爸爸你只知道赚钱。日本要亡我东北,亡我中国,你也不关心……

陈　九：我是商人,我要做生意,我知道在生意场上怎么对付对手,这不用你们年轻后生来教我。

〔韩妈端着燕窝粥走进来。

韩　妈：太太趁着热喝吧。

凤　仪：工农学商应该团结一致,商会也被我们动员起来了,但听说你对商会很不以为然。

陈　九：你懂什么? 商会的人坐在一起,就知筹集款子、办个秧歌会什么的,散了会还不是你吃了我,我吃了你的。

凤　仪：爸你太自私了。

陈　九：不许和爸爸这样说话。

陆　瓒：食不言,宿不语。你们父女俩别争了,凤仪还要赶着去上学。

张秀玉：是啊,饭都凉了。

〔张秀玉表现出很强的食欲,她面前的一条鱼已经被她吃掉了一半。

陆　瓒：妹妹,你是不是……

张秀玉：我就喜欢吃韩妈做的鱼。

   〔滨生走了进来。

滨　生：德国人的代理公司又来电话催交预订金。

陈　九：这事儿你找沈先生,我和他说过了。

滨　生：沈先生说……

陈　九：他说什么?

滨　生：沈先生说这事儿不急,过几天再汇也不晚。

陈　九：这个沈中和想干什么,交足预订金可以省下两成买机器的钱,他竟然说不急?

滨　生：这……

陈　九：好了,滨生你去吧。

   〔滨生走后,陈九还在愤愤不平。

陈　九：这些天我就看着沈中和不对劲,总是鬼鬼祟祟的,他不知天高地厚了。

   〔刚刚端起粥碗的陆璎脸色灰白,又把碗放了下来。

陆　璎：宏发祥发生什么事情了?

陈　九：没什么,在宏发祥我说了算,谁也别想在宏发祥闹事。你怎么也关心起宏发祥来了?

陆　璎：我只是随便问问。

   〔陆璎起身离开了饭厅。

凤　仪：妈,你没吃饭呢?

陆　璎：我不饿,吃不下。

张秀玉：让韩妈把燕窝粥给你送到房里去吃吧。

陈　九：她总是这个样子,随她去吧。

2. 善牧医院门前。　外/日

   〔痊愈的赵小品从医院里走出来,他的神情愤懑而低落。

   〔沈中和迎了上去。

沈中和：赵掌柜出院了,我正想去看你。赵掌柜大难不死,这是吉人天相,老天的造化。

赵小品：我现在这个样子,人不人鬼不鬼的,还说什么造化?

沈中和：不是我人后讲究东家,陈掌柜的事做得太绝了,把赵掌柜害成这样……

赵小品：没想到陈九这么狠毒,想置我于死地,这世道真是天昏地暗。

沈中和：我们都是男儿身,都有宁折不弯的血性,落到这种地步,赵掌柜甘心吗?

赵小品：不甘心又能怎么样? 我现在心乱得很,一时也理不出头绪来。

沈中和：陈九财大气粗,人又刁蛮,搞垮他也不容易。

赵小品：沈先生……你说什么？

沈中和：按理说我是局外人，陈九又是我的东家，本不该多嘴，但我这个人就是见不得不平事，只是想帮也帮不上什么忙。

赵小品：既然沈先生把我当兄弟，我想求你一件事。

沈中和：什么事？赵掌柜一句话。

赵小品：我想见见秀玉。

沈中和：真是撼天易，撼儿女情难哪！人一生也难遇上一个真动情的女人，老弟我成全你。

赵小品：我心里放不下秀玉，让她明天下午去马迭尔饭店西餐厅，我在那儿等她。

沈中和：这事儿包在我身上。男人天下什么事都可以让，惟有这事儿得当仁不让。

3. 宏发祥账房。　内/日

　　［陈九在斥责沈中和。

陈　九：德国海姆公司的预订金为什么还不去办？！

沈中和：这几天太忙，我还没有倒出空来，一两天我就过去。

陈　九：做生意要分秒必争，你现在马上去办。

沈中和：陈掌柜，厂房还没有影子，机器到了，放久了要受损的。

陈　九：我同他们签约明年十月交货，到那时候厂房应该有个眉目了，提前签约订货可以省下两成定金，你别坏了我的事。

沈中和：那我就去办。

陈　九：另外告诉他们，要工厂派一名技师来，我要雇佣他一年，当我的工厂技师。

沈中和：洋人身价高，薪水也高。

陈　九：再好的机器，不出活也是废铁。有他们的技师，机器有毛病由工厂包揽一切。

沈中和：是，陈掌柜。

陈　九：你跟我多年，什么时候学会自己拿主意了？

沈中和：陈掌柜你多心了，我怎么会做傻事呢。

　　［滨生推门走了进来。

滨　生：陈掌柜，陶家五太太来取订做的貂皮大氅来了。

陈　九：陶家五太太？

滨　生：就是陶云斋陶先生新娶的那个戏子出身的太太。

陈　九：我想起来了，这位五太太喜欢毛皮，冬天的帽子、围脖、大氅、皮靴都是毛朝外的贵重毛皮。这是个大财东，我得高迎远送。

　　［陈九走到门口又转过头来和沈中和说。

陈　九：你去请一声二太太,让她下来陪陪这位财东。

　　　　〔沈中和犹豫了片刻,向后门走去。

4. 张秀玉房间。　内/日

　　　　〔沈中和走进张秀玉的房间。

沈中和：二太太,陶家五太太来取她定做的大衣,陈掌柜请你下去陪陪。

张秀玉：是吗? 我就去,我正想她呢。

　　　　〔张秀玉坐下,对着梳妆台描眉。

沈中和：二太太,我还有件事……

张秀玉：你说吧。

沈中和：赵掌柜伤养好了,今儿出院了。

　　　　〔张秀玉停下梳妆,沉下脸来。

张秀玉：你听谁说的?

沈中和：是我接赵掌柜出院的,人挺可怜的,遇到这种事儿朋友们都疏远了。我是替二太太
　　　　着想,你不见怪吧?

张秀玉：难得沈先生这份好心。

沈中和：赵掌柜让我捎信给你,明天下午,他想在马迭儿饭店西餐厅和你见个面。

张秀玉：我知道了。沈先生,这事还有谁知道?

沈中和：二太太,我沈中和再糊涂也会额外小心这种事的。

张秀玉：我没有别的意思,我姑父现在这种处境,我不想再给他添烦了。

沈中和：二太太,我明白。

5. 陈家大院。　外/日

　　　　〔陆璎站在走廊上眺望。

　　　　〔沈中和从张秀玉的房间里出来,陆璎见状忙返身欲进房间。

沈中和：太太别走,我有话和你说。

陆　璎：沈先生躲我都躲不及,还有什么话能对我说。

　　　　〔沈中和左右看看,放低了声音。

沈中和：我怎么会躲你呢? 我是躲周围的耳目。你知道很多人眼睛都毒,耳朵都奸,这种事
　　　　情大意不得。

陆　璎：沈先生,当初你把事情做下时,怎么不怕呢?

沈中和：太太,我有我的苦衷,有些话一时也说不清。这也不是说话的地方。明天中午,我

在马迭尔饭店的西餐厅订了酒菜,我在那儿等你。

陆　　瓔：沈先生,我没有吃西餐的嗜好,恕不能奉陪了。

沈中和：太太,我知道你生我的气,我现在把心肝都掏出来也说不清道不明。明天去了,你就什么都明白了。

陆　　瓔：我不想明白什么事,我也没有兴趣。沈先生,这天底下最难明白的莫过人心!

沈中和：太太,请你务必给我一个机会。

　　　　[陆瓔叹了口气,迟疑了一会,还是点了头。

　　　　[张秀玉从房间里走出来,发现陆瓔和沈中和在一起,不禁暗惊。

张秀玉：姐姐也在这儿,正好陪我下楼去看看陶家五太太。她人长得很漂亮,见识多,又伶牙俐齿,让她陪姐姐说说话解解闷。

陆　　瓔：我不下去了。我站在这儿透透气,站久了会感冒的。

张秀玉：要不请她上来看看姐姐?

陆　　瓔：你们小姐妹难得在一起,多说说体己话。我累了,没精没神的容易扫你们的兴。

　　　　[陆瓔说完就走回了自己的房间。

　　　　[张秀玉望着陆瓔的背影,又看了眼一言不发的沈中和后,狐疑地向楼下走去。

6. 宏发祥。　内/日

　　　　[伙计拿出定做的貂皮大氅让陶家五太太试穿,又从后边作坊里喊来了裁缝老赵,大家像是伺候皇太后似的围着她转。

老　　赵：这个衣服样式是法国的,在巴黎也是很时兴的。五太太穿上在正阳街走一圈,能把洋毛子都气昏了。

五太太：是宏发祥师傅的手艺好。

　　　　[这时陈九才走出账房和陶家五太太打招呼。

陈　　九：五太太,不是我们宏发祥的手艺好,是五太太的身段好。五太太穿大氅出去,是给宏发祥添彩了。

五太太：陈掌柜可别这么夸我们,和陈家二太太比,我们算什么? 二太太是一枝花,我们是豆腐渣。

陈　　九：谁不知道陶先生去长春,奔奉天,访遍京津,才选中五太太,算是红遍半个中国,哪位斗胆的女人敢和五太太比呢!

五太太：陈掌柜要讲点公道,别把二太太关在家里,金屋藏娇,一个人享用。好女人不仅男人喜欢,女人也喜欢。哪天把二太太放出来,到我家坐坐,我们姐妹还有好多话唠呢!

陈　九：好。哪天让她去拜访五太太,不过她只配给五太太端茶递水,陪着说些俚语粗话。

　　　　〔陶家五太太笑得捂上了嘴。

五太太：算了,陈掌柜我不和你说了。生意人的嘴,洋车夫的腿,谁也抵不过的。

　　　　〔这时张秀玉从后边账房走了出来。

张秀玉：这是谁欺负五太太了,这么多人闲站着,也不给五太太看个座,端杯热茶来。冷落了五太太,宏发祥的生意不得塌下半边天哪!

五太太：刚说陈掌柜嘴巴厉害,又来了个不饶人的!

　　　　〔陶家五太太转过身吩咐站在一旁的滨生。

五太太：把这件大氅送到我家里去。告诉管家,直接放到我房里,谁也不许乱动,免得她们嚼舌头。

滨　生：放心吧五太太,我马上就去。

　　　　〔陶家五太太这才拉起了张秀玉的手。

五太太：陈掌柜我今天要借二太太陪我逛街,二太太有眼力,知好坏,能帮我长长眼,买些可心的东西。

7. 宏发祥。　内/日

　　　　〔滨生换上棉袍,戴上棉帽子,小心包好貂皮大氅,准备出门送货。

　　　　〔沈中和从账房里走出来。

沈中和：陈掌柜,老张打来电话,在圈河买下的地皮已经用木桩圈好,问陈掌柜什么时候去看看?

陈　九：还用等什么时候? 我马上去。

8. 圈河空地。　外/日

　　　　〔陈九选择的厂址是在一个高处的空地,前临街面,背靠铁路,周围已经打上木桩,拦上了铁丝网。

　　　　〔伙计老张从远处跑过来,手里拿着地契。

　　　　〔老张指着木桩和铁丝网。

老　张：陈掌柜,这真是一块宝地。这里地势高,松花江涨水也淹不到这里,又背靠铁路,工厂发达起来可以修一条专运线到院子里来。

陈　九：只要盖起厂房,装上机器,宏发祥的产品就能从这里轰轰隆隆地运出去,穿过西伯利亚,运到欧洲去。宏发祥的好日子在后头呢!

老　张：陈掌柜,这里的地段我都丈量过了,地亩数和位置都没错。这儿留一个豁口,你看用不用设两扇门,把它关起来?

陈　九：门要做,还要挂上招牌,院子还要盖一间暖房,供打更的住。趁着天冷,抓紧进砖瓦木料,等到春天地一解冻,马上就破土动工。

老　张：天太冷,盖暖房的活不好干哪。

陈　九：我没有时间去等啦,这些事你就去办吧。

9. 圈河空地。　外/日

[陈九站在朔风中目测设计着厂房的位置,又用步伐丈量着土地。

[他听到身后有人喊陈掌柜。

[庄本穿着水獭领子大氅,戴着水獭帽子,系着大围脖,迎着风站在那里向他打招呼。

庄　本：陈掌柜运筹帷幄,果然有大将风度。

陈　九：庄本先生怎么知道我来这里?

庄　本：要想人不知,除非己莫为。陈掌柜大张旗鼓地买机器,盖厂房,希图发展,哈尔滨商界谁不知道呢! 我不过闻风才动,特意来拜访的。

陈　九：最近哈尔滨的学生游行很多,庄本先生没有受惊吧?

庄　本：陈掌柜为什么把话扯得那么远,那些事情是政府间的事,我们是生意人,我们之间只谈生意。

陈　九：不知道庄本先生这次有什么指教?

庄　本：我很敬佩陈掌柜的创业精神,搞实业、办工厂是每一个生意人的梦想,谁不做这种梦,谁就是没有出息、没有前途的商人。这是一块理想的厂基,地势好,四周环境也不错,陈掌柜又捷足先登了。

陈　九：怎么? 庄本先生也有意建厂?

庄　本：应该承认,我们都是一流的商人,我们会有许多共同的想法,这叫英雄所见略同吧。我曾计划把我在日本的工厂迁到这里来,我有机器和熟练的技术,利用中国的劳力和生产资料,那样庄本商行会更上一层楼了。

陈　九：庄本先生果然处处同我分庭抗礼。

庄　本：这并非我的本意,商业竞争有它的自然规律和法则。我想的是,从目前市场看,如果建立两家同类工厂,必然有一失败者。

陈　九：是你还是我?

庄　本：这无关紧要,谁失败都不是好事。

[两个男人在瑟瑟的寒风中站立着,庄本转头看了陈九一眼。

第十二集

庄 本：我有一个主意,我们可以合作,陈掌柜你出厂房,我出机器和技术,也许能打出个坚实的天下来。

陈 九：这个主意倒不错,宏发祥工厂最终成为庄本工厂。

庄 本：陈掌柜,我是很认真的。

陈 九：不。庄本先生,我这个人没有和别人合作的习惯,无论是谁,我都不肯合作经营。我不能把我的肉放到你的锅里去煮,到那时我连汤都会喝不上。

10. 陆璎房间。　内/日

　　[陆璎坐在梳妆台前,她望着镜子里的自己出神。

陆 璎：韩妈我是不是老了?

韩 妈：太太可别说这泄气的话。太太过的是富贵的日子,不愁吃,不愁穿,还说泄气的话,那我们做下人的日子还能过吗?

陆 璎：穷人有穷人福,富人自有富人的苦,人生在世要受的煎熬和穷富没有关系。

　　[陆璎化好妆,站起来换衣服,她穿上花旗袍,又穿上一件坎肩。

韩 妈：太太你这一打扮,年轻了十岁,要多体面有多体面。

陆 璎：算了韩妈,说这些好话给谁听,我又不是三岁的孩子。

　　[韩妈拿起了貂皮大衣,给陆璎穿上。

韩 妈：我可不是恭维你太太,我说的是真心话。太太出去让我陪着你吧,没人照料你我有点放心不下。

陆 璎：我还没七老八十不用人陪,要是摔跟斗打把式,我也认了。

韩 妈：哎,太太那可不行。

陆 璎：怎么不行? 腿长在我身上,不得听我使吗?

　　[韩妈一时语塞了。

11. 马迭尔饭店西餐厅包间。　内/日

　　[沈中和坐在餐桌旁,无聊地修剪着自己的指甲。

　　[门被推开,侍者将陆璎引进来,并帮她脱下貂皮大衣。

　　[沈中和走上前,替陆璎搬开椅子。

　　[侍者点燃了桌上的蜡烛,斟上酒,退了出去。

沈中和：太太你听我解释……

陆 璎：沈先生,我不想听你什么解释。我只是不明白你为什么总是躲着我?

沈中和：我一直想着你,只有你知道我正在做一件大事,你得体谅我。我现在不能有一点闪

失,任何疏忽都会铸成大错。

陆　瓔：难道在我眼前站一站也会有什么危险吗?

沈中和：太太误会了。

陆　瓔：我不需要你做什么,你的什么大事和我无关,我只是……只是觉得你的无礼毁
　　　　了我。

沈中和：太太……我知道你心里有我,太太是我遇到的最好的女人。我要做的事情,也全是
　　　　为了太太。一旦事成,我们就会改变我们现在的日子。我们离开这个谁也忍受不
　　　　了的地方。

陆　瓔：我说过我不需要你什么,我不缺金钱,不缺男人的事业,我……

　　　　［沈中和侧过头,透过挂着网帘的玻璃窗,看到赵小品和张秀玉已经坐在大厅的角
　　　　落里。

12. 西餐厅大厅。　内/日

　　　　［赵小品和张秀玉坐在餐桌旁。

赵小品：秀玉你跟我走吧。这些日子我吃的苦、受的罪我都认了,只要有你跟着我,我什么
　　　　都不在乎。

张秀玉：姑父,我知道我对不起你,陈九更对不起你。一想到这些,我的心就像是被刀割了
　　　　似的。可是你得体谅我,我和陈九已经是这样了。我是陈家的人,没有回头路了。

赵小品：天底下的路都是人走出来的,跟我走会难一些险一些,但只要走下去一定能走
　　　　通的。

张秀玉：姑父……

13. 西餐厅包间。　内/日

　　　　［陆瓔抖动着手,把水晶高脚杯举到唇边,一口气将杯中的酒喝干。沈中和也将杯
　　　　中的酒喝干,拿起酒瓶,给陆瓔和自己斟上酒,又切下一片敖克那火腿肉,放进嘴里
　　　　轻轻咀嚼。

陆　瓔：沈先生,你以为我这个女人很坏,是不是?

沈中和：不,绝对没有。太太你怎么不吃点东西,空腹喝酒会伤身体的。

　　　　［陆瓔又给自己斟上酒。

14. 西餐厅大厅。　内/日

赵小品：我现在什么都没有了,甚至没了在正阳街上再干下去的勇气。

张秀玉：姑父,你有你的天下,千万别为无情无义的秀玉毁了自己。

赵小品：没有了你,我赵小品还有什么奔头?

张秀玉：你别这么想,我和你说我已经有了……

赵小品：什么? 你说什么?

张秀玉：我已经有了,怀上陈九的孩子了。

赵小品：这怎么可能?!

张秀玉：我们在一起的时候,我一直在用偏方,现在我不用药了。

赵小品：这……怎么可能?!

15. 西餐厅包间。　内／日

[锃亮的银制餐具摆在陆璎面前,她一动也没动。

沈中和：你怎么了,怎么不吃一点东西? 这样会伤身子的。

陆　璎：我头痛,我喝了酒就头疼。

沈中和：太太你别焦躁,我不是那种轻浮的男人,我说话是算数的。

　　　　[沈中和拿出一把锃亮的黄铜钥匙,他把那把长柄的钥匙放到桌子上。

沈中和：我在楼上订了包房,这是包房的钥匙,你把它拿去,我们现在就去那里。

陆　璎：不。我来见你不是为了这个,沈先生我不能和你去。

沈中和：太太,你还蒙在鼓里。这个世界人人都不满意,人人都想改变自己的活法,大家都
　　　　会拥到一条道去,你拥我挤看谁跑到最前头。这个世界也没有一成不变的东西,天
　　　　变成地,东变成西。你看看楼下那一对情人。

　　　　[沈中和伸手掀开了网帘,陆璎侧过头向下看去。

　　　　[坐在角落里的张秀玉,握着桌对面赵小品伸过来的手,把那断指的手贴在自己的
　　　　脸上。

　　　　[陆璎的脸上流露出惊讶的表情。

沈中和：这位年轻的二太太,削尖了脑袋往陈家钻,其实是身在曹营心在汉。太太你还死守
　　　　着什么呢?

陆　璎：沈先生你在说什么……

　　　　[陆璎的手下意识地抓起了那把铜钥匙。

　　　　[沈中和回过头来望着那只握紧钥匙的手,笑了。

16. 西餐厅大厅。　内／日

[沮丧的赵小品端起酒杯,被张秀玉拦住。

张秀玉：好了你别喝了，你这样喝下去会喝坏了身体的。

赵小品：现在只有酒能陪我了，你让我喝，让我喝个痛快。

　　　　[张秀玉起身去搀扶醉酒的赵小品。

张秀玉：我们该走了，我送你回家。

赵小品：我不回家，我现在哪有什么家呀！只有酒不骗我，酒就是我的亲人，这儿就是我的家。

张秀玉：你喝醉了，人家都在看我们呢？

赵小品：看吧，看吧，都来看吧！我现在什么都不怕，还怕看吗？

　　　　[张秀玉将一张钞票扔到餐桌上，搀扶着赵小品，在众人的注视下走出餐厅。

17. 宏发祥账房。　内/暮

　　　　[伙计老张给陈九送来了德国发来的催交机器定金的电报。

陈　九：沈中和还没有把定金汇去？他想干什么！

老　张：修建厂房所需的木材和砖瓦已陆续运进工地，俄国人开的安东木材公司和荒山嘴子砖窑都知道宏发祥今冬不做羊皮生意，有现金，才肯赊给我们货物，现在也催得紧了。

陈　九：沈中和人呢？这家伙越来越不对头了，行动越来越诡秘，有人看见他和庄本商行有来往。他是想吃里扒外，还是不想端宏发祥的饭碗了！

老　张：陈掌柜，当务之急是尽快把海姆公司的定金汇过去，过了期限怕是要误事的。

陈　九：你去把滨生叫来，让他去找沈中和。

18. 宏发祥账房。　内/暮

陈　九：你去沈中和家，如果沈中和在家，是死是活都要他来一趟。

滨　生：沈先生要是不在家呢？

陈　九：如果他没回来，告诉他太太，就说我在这里等他一直到天亮。

19. 宏发祥门前。　外/夜

　　　　[抬头望了望夜空，空中飘起了雪花。

　　　　[宏发祥的大门又被推开，刘云走了出来，他向远去的滨生大喊。

刘　云：滨生等等我，我和你一起去。

20. 正阳街。　外/夜

刘　云：陈掌柜为啥发那么大的脾气，看着让人害怕。

滨　生：买卖上的事吧，有钱的人都这样。

刘　云：不对。

滨　生：什么不对？刘云你说什么不对？

刘　云：陈掌柜要摊事了。这事儿不能乱说，不能告诉你。

　　　　〔滨生站住，用手揉着冻红的鼻尖。

滨　生：刘云你怎么说半截话。陈掌柜要摊什么事了，你得告诉我。

刘　云：不能告诉你就是不能告诉你，我都答应别人不往外说啦！

　　　　〔滨生一把抓住刘云的袖子。

滨　生：刘云，我们都是学徒吃劳金的，可不能乱来。我们一起进宏发祥，都是要好的朋友，
　　　　有事干吗瞒着我？

刘　云：这不关你我的事，你急什么？

滨　生：我让你讲！

刘　云：你要是把我当朋友我就告诉你，反正你这人嘴挺严的，上次我偷了陈掌柜的银元，
　　　　你就没说。

　　　　〔刘云拉着滨生躲到一个背风的墙角里。

刘　云：警察署要抓陈掌柜，沈先生躲起来了。

滨　生：为什么抓陈掌柜？

刘　云：听说是通土匪的事。

滨　生：你听谁说的？

刘　云：听沈先生说的。我都告诉你吧，沈先生说陈掌柜这次被抓进去就出不来了，将来他
　　　　能当宏发祥的掌柜。

　　　　〔刘云掏出烟卷，背着风点燃，吸了一口。

滨　生：宏发祥是陈家的财产，沈先生算老几？他怎么当得了掌柜。

刘　云：他这么说谁知道呢，他还说将来他当了掌柜派给我好差事，还给我涨工钱。

滨　生：你信？

刘　云：我倒愿意让沈先生当掌柜，沈先生挺和气的。陈掌柜整天都绷着脸，看着让人
　　　　害怕。

滨　生：刘云你给我一支烟。

　　　　〔刘云递给滨生一根烟，背风划着火柴给他点上。

刘　云：你不是不抽烟吗？

滨　生：我有点犯糊涂了，这算怎么回事呢？

刘　云：管他呢，将来我和沈先生说说，也给你派个好差事。谁让我们是朋友呢。

滨　生：我们是去沈先生家送信吧。

刘　云：算了吧,去了也没用,沈先生是不会来的。

滨　生：管他来不来,我们是伙计,我们得听掌柜的吩咐。

刘　云：知道你这个人死性,是一条道跑到黑的人。真不该对你说实话。

21. 水果摊。　外/夜

　　[张秀玉在买冻梨,一个商贩将秤好的冻梨装进纸袋里,递给张秀玉。

商　贩：太太这是真正的花盖梨,回家让水一拨,酸甜酸甜的。太太是回头客,总照顾我的
　　　　生意,我这秤可是高高的。

22. 街头。　外/夜

　　[从沈中和家回来的滨生和刘云,遇到了刚刚买好冻梨的张秀玉。二人低头打
　　招呼。

二　人：二太太好。

滨　生：天冷路滑,二太太买东西说一声,跑腿的事儿还用二太太自己吗?

张秀玉：我就在门口转一转,你们这是上哪儿去啦!

滨　生：我们去找沈先生,柜上有急事,陈掌柜打发我们俩去找他。

张秀玉：这个沈先生也是,不在柜上守着,有事还得满天下去找他。

滨　生：二太太走好,我们得赶紧向陈掌柜回话去,陈掌柜急着呢。

23. 街头。　外/夜

　　[张秀玉抱着装冻梨的纸袋走着,左右看看,拿出一个冻梨,用手帕擦好,举起来就
　　啃,冰得呲牙咧嘴。

24. 陈家大院门前。　外/夜

　　[边走边嚼冻梨的张秀玉看见大门前停下一辆马车,陆璎从车上下来。

　　[张秀玉为自己的吃相尴尬,没有注意到陆璎不自然的表情。

张秀玉：是姐姐回来了。

陆　璎：妹妹喜欢吃水果,让韩妈买些时鲜的香蕉桔子吃。吃这冰冷的东西,让人家笑话陈
　　　　家慢待了妹妹。

张秀玉：不知怎么了,我就想冻梨吃。今年的冻梨特别好吃,吃起来没个够。

陆　璎：妹妹年轻,吃什么都香甜,我就没有这个口福。

张秀玉：我也奇怪，这肚子像个无底洞，胃口像铁打钢铸的。吃下这么多冰冷的冻梨，一点毛病也不犯。

陆　瓔：妹妹是不是有喜了？有喜的人馋起嘴来没头没脑的。

张秀玉：看姐姐说的……

陆　瓔：姐姐是过来人，妹妹有了身孕，是陈家的喜事。你是陈家的希望，妹妹要自重，好自为之，别辜负了陈掌柜对你的用心。

张秀玉：姐姐……

陆　瓔：街上太冷，回去说话吧。

25. 陈家大院。　外/夜

　　〔陆瓔上楼，张秀玉从后面赶来，她不明白陆瓔话的意思，没话找话。

张秀玉：姐姐上哪儿去了？家里人都在等你吃晚饭，陈掌柜都急了。

陆　瓔：陈掌柜找我？

张秀玉：他自己先吃过下楼了。他打发伙计去找沈先生，已经发了一晚上脾气。

　　〔陆瓔脸色突变，站住。

陆　瓔：陈掌柜找沈先生干什么？

张秀玉：柜上的事谁知道呢，姐姐你怎么了？脸色这么难看。

陆　瓔：我有点累了。

张秀玉：我送你回房休息吧。

陆　瓔：不用，我不用这么多人惦记我。

　　〔陆瓔开门走进自己的房间。张秀玉望着陆瓔的房门发愣。

26. 宏发祥账房。　内/夜

　　〔陈九让滨生重新给他沏了茶，一口一口地呷着。两个小伙计默默地坐在角落里。

　　〔墙上的钟表哒哒地走着，陈九有些不耐烦了。

陈　九：你们两个再到沈中和家跑一趟，见了沈中和拉也要把他给我带来。

滨　生：陈掌柜……

陈　九：不耐烦了？小小年纪，跑几趟腿算什么？

滨　生：不是，听说……

刘　云：没事，陈掌柜，我们去就是了。

　　〔刘云拉着滨生就走。

　　〔墙上的钟响了，时针指向在十一点。陈九望了一眼挂钟，态度缓和下来。

陈　九：你们两个年纪轻,要是困了就去睡吧。不过要记住,爹妈生下你们的皮肉就是要吃苦的,吃不了苦怎么会有出息呢? 我刚进哈尔滨时,也是吃劳金当伙计,白天瞪着眼去看人家怎么赚钱,夜里像猫头鹰一样瞪着眼睛,盘算着自己怎么赚钱,没日没夜地过日子,不知什么叫饥渴,也没有睡过囫囵觉。人是贱货,没有吃不了的苦,娇贵自己就别想出人头地。

[滨生被陈九的一席话感动了,他向刘云投去期待的目光,刘云暗暗摇头。

滨　生：刘云,你说说……

陈　九：我知道你们现在听不进我的话,你们有一天会明白,人活着不易。

陈　九：好了,你们去睡吧,去吧去吧。

[刘云拉着滨生刚想离开,就听到大街上传来嘭嘭的敲门声。

[滨生张着嘴,恐慌地站在那里。

陈　九：你这是怎么啦? 还愣着干什么? 还不快去开门。

[刘云一个箭步跑了出去。

27. 宏发祥账房。　内/夜

[呼啦啦冲进来一群穿制服的警察来,进门后围住了陈九,把他架了起来。

陈　九：怎么回事? 你们要干什么?!

警　官：对不起陈掌柜,你得跟我们走一趟。

陈　九：这深更半夜里为什么要跟你们走一趟,你们有公事吗?

[一个长官模样的人拿出一张拘票。

警　官：到警察署就知道为什么啦! 陈掌柜我们是吃公事饭的,只是奉命行事。走吧!

[几个警察上前架起陈九,向门口走去。

28. 宏发祥门前。　外/夜

[大街上也站着几个警察,马路边上还停着一辆黑色的囚车。

[陈九被推进囚车,有几个警察跟了上来,门咣地一声关死了。

29. 囚车。　内/夜

[陈九坐在窗前,他扭过头,透过铁栏窗向外张望。

30. 宏发祥门前。　外/夜

[雪花在门灯的光环里飘落,滨生拿着陈九的水獭帽子,站在光环里不知所措。

〔陈九突然发现沈中和也站在那里,正默默地望着囚车。

〔陈九用头撞击着囚车窗户的铁栏,破口大骂。

陈　九：妈拉个巴子谁陷害了我,我回来绝不饶他。

31. 正阳街。　外/夜

〔囚车很快消失在了深夜的街头。

第 十 三 集

1. 张秀玉房间。 内/夜

〔张秀玉在摆弄手摇唱机。

〔张秀玉一个又一个地吃着冻梨,吃得嘴边滴着冰水。

〔张秀玉洗了手,擦了脸,铺好被看看桌上的座钟。此时正是夜里十一点刚过。张秀玉听到木楼梯上传来的杂乱脚步声,紧接着听到了急切的敲门声。敲得又急又响,见屋里没有动静,又跑到窗下敲玻璃,有人高声喊:开门二太太,快开门哪二太太!

〔张秀玉翻身下床,披上衣服去开门,门只开了一道缝,滨生就挤了进来。在袭人的寒气下,张秀玉不由得打了一个哆嗦。

滨　生：不好了! 陈掌柜被人抓走了,陈掌柜他……他还没戴帽子。

张秀玉：滨生你别急,你慢慢说。谁被抓走了? 被谁抓走了?

滨　生：刚才来了群警察,都带着枪,把陈掌柜抓上了囚车。我亲眼看到的,吓死人啦!

〔滨生喘着粗气,盲目地指着外边的夜空。

张秀玉：大太太知道吗!

滨　生：沈先生去报告大太太了。

张秀玉：滨生你别急,我就去找大太太想办法。你回柜上看门吧,可别再出别的事情。

滨　生：是,二太太。

〔滨生开门要走,又想起了手中的帽子。

滨　生：二太太,这帽子……我真该死。陈掌柜连帽子都没有戴。

张秀玉：先放下吧,明天想办法再给他送去。

2. 陆璎房间。 内/夜

〔陆璎正板着脸坐在一把椅子上,额头上系着白绸布带子。

〔沈中和站在门侧。老花猫不知道从哪儿跳了出来,站在沈中和的脚下,龇着牙。

陆　璎:沈先生,陈掌柜因为什么被抓走了?

沈中和:我真不知道。陈掌柜这些年在生意场上得罪的人太多,要算计他的人也一定不止一个。

陆　璎:你想说什么? 干嘛吞吞吐吐的?

沈中和:今天你也看到了,人心隔肚皮,谁知道谁打什么主意。赵小品不死心,二太太年轻,又是水性……

〔陆璎望着沈中和,沈中和把后面的话咽了回去。

沈中和:我也只是猜测。

陆　璎:沈先生,你是不是早就知道陈九要出事?

沈中和:太太你多心了。

陆　璎:这世道让我相信谁呢? 到处都是陷阱,躲也躲不开。

沈中和:太太你想到哪去了,陈九出事也是咎由自取。

〔张秀玉推门撞了进来。

张秀玉:姐姐,出了这么大的事可怎么办哪?

陆　璎:我早就知道陈家要出事的,陈家早早晚晚要走这一步,我一点都不奇怪。这是报应,躲也躲不过的。

〔张秀玉眼睛湿润,惶恐的样子。

张秀玉:那我们怎么办呢? 姐姐你现在就是主心骨,你得拿主意呀!

陆　璎:我有什么主意? 我现在心乱得厉害,也不知道怎么办好。请沈先生来,也是想商量个办法出来。

〔张秀玉把目光转向沈中和。

沈中和:事情出得太突然,谁也没想到,打听打听情况再说吧。

陆　璎:请沈先生辛苦一趟,明天去警察署打听一下,他们为什么抓人,陈掌柜关在什么地方?

张秀玉:听说那儿只要花钱,什么案子都能通融的。

沈中和:事情不会太简单,警察没有把柄,不会随便抓人。我看陈掌柜进去后凶多吉少。

张秀玉:沈先生怎么这样说话? 事情还没弄清楚就说凶多吉少。

〔沈中和不看张秀玉,把头转向陆璎。

沈中和:陈掌柜不在家,宏发祥怎么办? 人无头不走,鸟无头不飞,大家都会散心,我看宏发祥先关几天门,避避晦气吧。

张秀玉:干嘛要关宏发祥呢?陈掌柜也不是不回来,生意还要做吧!

沈中和:你以为陈掌柜一两天就能回来吗?

张秀玉:你……

　　　　[陆璎握着拳头,轻轻敲着额头。

陆　璎:我头疼得像要裂开似的,耳朵也空鸣,心里乱糟糟的,不知道怎样好……要么……就关几天吧。

沈中和:好。

　　　　[沈中和转身要走。

张秀玉:沈先生别急。陈掌柜的事情还不清楚,宏发祥先别急着关门。当初福隆泰因为关了门,人散了心,生意伤了元气就一蹶不振,我们可别走了福隆泰的老路。

沈中和:二太太就别提福隆泰了吧。陈掌柜出了这么大的事你还提福隆泰,这不是火上浇油吗!真是……还是听大太太的吩咐吧。

张秀玉:沈先生这话是什么意思?姐姐,如果宏发祥明天关了门,正阳街上的人都会知道我们陈家出了事儿,说不定会生出很多是非来。陈掌柜有一天回来,我们怎么交代?

　　　　[陆璎敲着额头,咳嗽着,想了想。

陆　璎:二太太说的有道理,按二太太的话办吧。

沈中和:这……

陆　璎:明天还有许多事要请沈先生办,早点回去休息吧,我有话要和二太太说。

　　　　[沈中和悻悻退下。

张秀玉:姐姐,这到底是怎么回事啊?我们该怎么办?我不知道我怎么这么苦命。

　　　　[陆璎重重叹了口气。

陆　璎:妹妹来陈家多久了?

张秀玉:姐姐为什么问这个。

陆　璎:你喜欢陈九吗?

张秀玉:看姐姐说的。女人嫁人,不就是图个富裕安泰的日子吗?我来陈家虽然做小,但不愁吃,不愁穿,姐姐对我又好,我还能想什么呢。

陆　璎:这都是你的心里话?

张秀玉:姐姐你这是怎么了?这个时候我能和你分心吗?

陆　璎:谁让我们是女人呢?做女人就是这种命运,逃也逃不掉。我不知道明天会发生什么事情,真的,我一点也猜不出……我现在心里乱得很,像一团麻,理也理不清……

3. 陈家客厅。 内/晨

［陈家的女人都坐在沙发上,凤仪暗暗垂泪。

凤　仪：爸爸到底出了什么事,警察为什么抓人?

陆　瓔：你爸爸生意场上的事,我也说不清。你不要管这些事,上学去吧。

凤　仪：我想知道警察为什么无故抓人,我们不能任他们胡作非为!

陆　瓔：外边的事我们谁也说不清楚,我已经让人去打听原委,到时候再说吧。

凤　仪：妈,爸爸过去真的通过土匪吗……

陆　瓔：不要瞎想了,命运是会捉弄人的。

凤　仪：我想知道是怎么回事?

　　　　［韩妈走了进来。

韩　妈：太太,我把老张和滨生找来了,他们在外边候着呢。

陆　瓔：让他们进来。韩妈,你安排小姐上学。凤仪,快和韩妈去,别再给我添乱。

　　　　［凤仪跟着韩妈走了出去。

　　　　［老张和滨生走了进来。

陆　瓔：你们都跟着陈掌柜多年了,陈掌柜也一直很器重你们。陈家摊上这种事,外人可以看热闹,你们不能心散。

二　人：是。有事太太尽管吩咐。

陆　瓔：陈掌柜的事先不要张扬,我们关着门在家里着急,敞开门要笑着脸迎客送客。如果有人要趁机闹事,借机浑水,能压下就压下去,千万不能再出差错。

老　张：二位太太放心,我们知道该怎么做。

陆　瓔：现在正是用人之际,你们俩这几天都搬到前柜上去住,夜里让韩妈给你们加两床棉被。你们要多尽点儿心,陈掌柜回来一定会谢你们的。

老　张：太太,宏发祥是我们的衣食所在,我们理应尽力。

滨　生：二位太太放心。我们回去跟伙计们说一声,大家都会尽心尽力的,大家都知道是有人暗算陈掌柜。

陆　瓔：好了,你们去吧,别耽误了开门营业。妹妹,你还有什么吩咐的?

张秀玉：宏发祥要像往常一样,还要比往常更热闹,人倒霉精气神不能倒。

4. 陈家客厅。 内/晨

　　　　［老张和滨生一出门,就遇到了迎面赶来的沈中和。他们和沈中和打招呼,沈中和却没有理睬,径直推开客厅门走了进去。

　　　　［老张与滨生对视了一眼,摇了摇头。

5. 陈家客厅。 内/晨

沈中和： 陈掌柜没有关在警察署，是奉天来的人办的案子，谁也不知道他关在哪儿，看来案子挺重，太太们要有个准备。

张秀玉： 陈掌柜现在关在什么地方？这人不能没了！

沈中和： 谁也说不上他关在哪里。

陆　瓔： 外边的事还得请沈先生辛苦些，无论如何难也要打听到陈掌柜的下落。花钱的事别顾虑，倾家荡产也要先把陈掌柜保出来，有了人才有办法。沈先生去办吧。

〔沈中和迟迟疑疑地不想走。

沈中和： 我想和大太太商量点儿事。

〔张秀玉起身要往外走，却被陆瓔叫住。

陆　瓔： 陈家没有瞒着二太太的事，有话你就说吧。

沈中和： 没事。以后再说吧，以后我再找大太太。

6. 陈家客厅。 内/日

〔陆瓔靠在沙发上，掐着额头叹气。她伸手去端汤药碗，发现药已经凉了，又把手收了回来。

张秀玉： 我让韩妈把药热一下。

陆　瓔： 不用了。你看沈先生这个人怎么样？

张秀玉： 姐姐让我说实话吗？这个人阴里阴气的，让人看不透，说不上哪儿好，也说不上哪儿不好。我不喜欢这个人。

陆　瓔： 你刚来陈家，许多事情不知道，以后你就明白了。陈掌柜的事不能靠他，可惜我又不能出门，有些事得靠你了。

张秀玉： 姐姐你别乱说，我刚进陈家门，又年纪轻没历练，能干什么呢？

陆　瓔： 现在要紧的是弄清楚人关在哪里。有两个人可以帮助我们，一个是黄先生，他是大夫，心地宽厚，又经常出入商家和官家，知道的事情自然多。他和陈家有多年的交情，他会帮忙的。

〔陆瓔拉住张秀玉的手叹了口气。

陆　瓔： 还有一个人就是舅爷。他在商会有资历，有人气，上上下下都能说得上话，一语千斤。只是陈九平日聚财太狠，伤了一些人，舅爷肯不肯帮忙不一定。只有你出头找舅爷还有希望。我知道这样委屈你，但实在没有别的办法了。

张秀玉： 到这个时候了姐姐还说什么委屈不委屈的，我去办就是了。

陆　瓔： 你出去办事，不要让沈先生知道。不为什么，只是觉得世事艰难，多一点防人之心吧。

7. 正阳街。 外／日
［张秀玉走过卖冻梨的摊子,忍不住又停下来买了几个冻梨。她用手帕包起两个冻梨,也不上秤,扔下一个角子,转身就走。
［小贩抓起角子,乐呵呵地装了起来。

8. 济世堂中医诊所门前。 外／日
［诊所的门上挂着"济世堂"的匾额。
［张秀玉看了看,推门走了进去。

9. 济世堂中医诊所。 内／日
［黄先生正在给病人把脉,见张秀玉进来点头招呼。
黄先生：二太太身体欠安? 我这正忙着,你到里边等我。
张秀玉：黄先生,我不急。

10. 黄先生书房。 内／日
［张秀玉四处逡巡了一会儿,便在靠墙的木椅上坐下来,忍不住拿出冻梨吃了起来。

11. 济世堂中医诊所。 内／日
［黄先生已经给来问诊的人开好药方,正在嘱咐需要注意的事项。

12. 黄先生书房。 内／日
［张秀玉小心地啃着冻梨,尽量不动声色。
［黄先生走进来,一眼看到了张秀玉的吃相。
［张秀玉忙收起冻梨,嘴也停止了蠕动,但嘴角和腮上沾了点梨汁。
黄先生：吃吧吃吧没关系,女人有了喜总要带些馋相,贪吃一两样东西。没事的,吃吧。
［张秀玉用手帕擦着嘴,不好意思地笑了。
黄先生：二太太化了妆,又穿了件肥大的貂皮大衣,可你一进门我就看出二太太有喜了。怀了身孕的女人吃相、坐相、走相与众不同。我当了三十年的妇科大夫,这点眼力还是有的。来,我给太太把把脉——

张秀玉：黄先生，我来是有事相求，把脉的事儿不急。

黄先生：二太太不是来看诊的？

张秀玉：陈掌柜昨晚被警察抓走了。为什么抓人？关在什么地方？谁也不知道。太太吩咐我来找黄先生，说黄先生认识的朋友多，又肯帮忙。我是来求黄先生的。

黄先生：有这种事？朋友不朋友倒也谈不上，只不过凭着一点经验，常出入官府商家，做些济世救人的事，有点人缘罢了。

张秀玉：先谢谢黄先生了。

黄先生：举手之劳。既来之则安之，我还是先给你把把脉，这也是陈掌柜的人生大事，不可轻视。

　　［张秀玉伸出了胳膊放到脉枕上，黄先生把起脉来。

黄先生：二太太有身孕已经三个月了，而且是个男胎。这是陈家的福分。二太太眼下要吃好睡好，不要急躁，保证胎儿的正常发育。

张秀玉：陈掌柜出了这么大的事，让我怎么能不着急呢！

黄先生：回去跟大太太说，陈掌柜的事我会上心的，今天晚上警察署的家眷让我去瞧病，我顺便打听一下。我想陈掌柜就是不关在警察署，他们也会知道下落的。

13. 正阳街。　外/日

　　［风裹着雪花扑到脸上，张秀玉缩起脖子，把嘴巴埋进狐狸皮围脖里。张秀玉走着，不知不觉来到了福隆泰门前。福隆泰已经关门，门上贴着"歇业"的字样。张秀玉站在门前，望着门上的字。

　　［福隆泰的伙计夹着铺盖卷走了过来。

伙　计：陈太太怎么来了？

张秀玉：福隆泰歇业了？

伙　计：是啊……

张秀玉：赵掌柜他人呢？

伙　计：赵掌柜走了，没有人知道他上哪儿去了。人怕伤心，树怕伤根，他是灰心啦！

14. 舅爷家。　内/日

　　［舅爷因哮喘咳嗽声不断，说一句话脸都憋得通红。

舅　爷：小品不辞而别，谁也不知道他去哪啦！小品是我的外甥，我自然知道他……咳咳……这事儿和小品无关……

　　［舅爷涨红着脸，用大手帕擦着鼻涕眼泪和口水。

舅　爷： 陈九出事不奇怪……咳咳……出事就出在……咳……家贼上,外边的风声挺
盛……总之要小心。找找商会……和警察通融通融……破费点钱财……陈九该出
血了……总之我现在是废人了……咳咳……

张秀玉： 舅爷你老人家帮我拿个主意,我不想让姑父背着个黑锅。

舅　爷： 我老了,快成废人了……这种事情可以找商会,和警察通融通融,破费点钱财。

张秀玉： 商会那里还得请舅爷出面。我秀玉人小言微,支不起人家的眼皮。舅爷只要能说
句话,打雷下雨一样有分量。

舅　爷： 我现在这副样子……咳……谁还当回事……咳,老朽了,老朽了。

张秀玉： 凭着舅爷的身份和名望,只要您往商会一坐,谁不像是拜佛爷一样捧着您。

舅　爷： 你这张嘴太乖巧,难怪小品动了真情。好吧,陈九也为繁荣街面出过力,日本人又
算计他,我就舍一把老脸,好使不好使就怪不得我啦!

15. 陈家大院。　外/暮

〔张秀玉上楼时,陆璎房间的门吱呀一声开了,沈中和从里面闪身出来。
〔沈中和同张秀玉擦肩而过,看也没看她一眼。
〔张秀玉站住,望着沈中和的背影疑惑。

16. 陈家大院。　外/暮

〔张秀玉毫不犹豫地推开了房门。

17. 陆璎房间。　内/暮

〔屋里没有开灯,陆璎一个人坐在黑影。

陆　璎： 回来了,跑了大半天,坐下来歇歇吧。天黑了,把灯打开吧。

〔张秀玉拧开了电灯。
〔陆璎脸色灰白,眼里噙着泪水。

张秀玉： 韩妈呢? 韩妈怎么不在家?

陆　璎： 韩妈抓药去了。

张秀玉： 凤仪呢?

陆　璎： 凤仪上学还没有回来。她想考燕京大学,夜里要上补习学校。

张秀玉： 刚才有人来过?

陆　璎： 沈先生刚走,他来告诉我陈掌柜仍然没有消息。你呢? 听到什么了吗?

张秀玉： 黄先生和舅爷都答应帮忙。

陆　璎：也难为你了。看来只有指望着商会和黄先生帮忙了。

张秀玉：这个沈中和不冷不热的,到底是怎么回事啊? 姐姐问我是怎么看沈先生,姐姐怎么
　　　　看沈先生呢?

陆　璎：我们怎么看沈先生不重要,就看沈先生怎么看自己吧。二太太你是不是有喜了,怀
　　　　了身子? 前几天我和韩妈说这件事,怕你年纪小不愿意说,早想问问你,这几天又
　　　　忙得昏了头。

　　　　[陆璎指着放在桌上的一个蒲包。

陆　璎：这是我让韩妈给你买的新鲜水果,待会儿韩妈回来让她给你送过去。厨房里煨着
　　　　鸡汤,你把它喝了滋补滋补身体。女人怀着身子都嘴馋,想吃什么告诉韩妈给你
　　　　做,千万别累垮了。你要是累垮了,陈家就没有可指望的人了。

张秀玉：姐姐你放心,我年纪轻身板结实累不着的。

　　　　[张秀玉鼻子一酸眼圈又红了。

陆　璎：妹妹你年纪轻,信我一句话,不要把这个世界看得太好,也不要看得太坏。这个世
　　　　界混混沌沌,混沌得让人分辨不清⋯⋯

18. 警察署长家。　内/日

　　　　[黄先生在警察署长的陪同下,走出了内眷卧室,来到外厅。

黄先生：太太的病已有明显好转。请署长放心,再吃下我开的这副药,玉体就会康复。

署　长：黄先生是本埠名医,哪有信不过的道理。请坐,来人,看茶——

　　　　[署长和黄先生分别落座,有人送上茶盅。

黄先生：不过是从祖上续下来的赚饭吃的小本事,算不上什么,是太太有福气,克病在先,治
　　　　病在后。

署　长：黄先生客气,连市长内眷有病都请黄先生诊脉,再大的疑难病症,也是每每药到
　　　　病除。

黄先生：我不过是个行医的郎中,不敢和署长高攀,但有件事还有劳署长帮忙。

署　长：有话就说,在我这里用不着客套。

黄先生：也没有什么大事情。听说宏发祥掌柜陈九犯了公案,关在警察署。

署　长：谁说关在警察署?

黄先生：按理说我不该多嘴,给署长添麻烦,但陈家太太也是我的病人。陈掌柜出事,陈家
　　　　两个太太六神无主,我不过也是解人之难而已。

署　长：说来话长。现在匪患无穷,东北保安司令部通告全力剿匪,并鼓励商民检举,就有
　　　　人告发陈九当年在宏记货栈当伙计时,勾结土匪,骗出宏记巨款潜逃,导致宏记破

产,掌柜的跳楼。

黄先生： 那一次危机中哈尔滨破产的商家难以计数。

署　长： 还告陈九窝藏过警察署追捕的匪首。通匪案由东北保安司令部办理,我无能为力啊。

黄先生： 我是受人之托,尽点朋友的心意。

署　长： 既然人关在我这里,我就成全黄先生,安排你去探探监。我信得过黄先生,黄先生也别给我添乱。

19. 监狱。　内/日

[黄先生夹着诊包,由在警察署长家跑勤务的小警察领着,进了监狱。他们两个左拐右拐在一个长廊的拐角处停了下来。一个铁栏门挡着,里边一侧是一排牢房。

[小警察敲着铁栏门。

小警察： 开门,黑头你睡死了? 快来开门。

[一个又黑又胖的警察提着一串钥匙从门边一个房间里走了出来。

黑　头： 你小子有什么事,大惊小怪地乱砸门,这是鬼门关,瞎嚷嚷什么,也不怕惊了阎王勾了你的魂去。

小警察： 黑头你少啰嗦。署长请了大夫,给陈掌柜看病来了。

黑　头： 哪个陈掌柜?

小警察： 别充愣装傻,快开门,耽误了公事你有几个脑袋,你黑头也怕见阎王不是?

黑　头： 你小子吃了豹子胆啦。陈九可是东北保安司令部特别关照要严密看守的犯人,署长亲自交待给我的差事。不是随便什么人想看就看的。

小警察： 这也是署长派来的大夫,你也敢顶着?

黑　头： 就当官的嘴大,不许见人是他,领人来见也是他。

小警察： 谁让你当不上官呢,当个大头警察就别委屈,快开门吧!

黑　头： 你小子狗仗人势,出了麻烦你担着?

小警察： 有病治病,王法上也有这一条。有署长发话,你黑头闲吃萝卜淡操心,就不怕砸了饭碗。

[黑头从那肥大的腰带上解下钥匙,哗哗啦啦地打开锁,拉门把黄先生让了进去。

小警察： 黑头,我给署长太太去抓药,太太的丫头还在门口等着呢,回头我来领人。

黑　头： 你小子学点出息,别尽往女人堆里钻。女人看上去是朵花,捅一下是马蜂窝,小心蜇烂了你的狗头。

20. 监狱。 内/日

黑　头：你是大夫？

　　　　〔黄先生点点头，从棉袍里拿出一叠大洋票递了进去。

　　　　〔黑头拿过黄先生的诊包看了看，晃起膀子在前边带路。

黑　头：人是穷是富别摊事打官司，警察、过堂、笆篱子，道道是鬼门关。

黄先生：先生这差事挺辛苦。

黑　头：辛苦个屁。咱俩这活儿犯相，我是他妈的专往阎王爷那儿送人的，你呢有点跟阎王爷过不去。

黄先生：笑话笑话，做大夫的治病不治命，生死簿子还在您这儿掌着。

黑　头：你还是明白人。就这儿，你进去吧，有病看病，有话快说，一会儿那个小狗腿子就会回来穷嚷嚷。一个没四两重的小勤务，把自己当成是伺候皇上的公公了。

　　　　〔黑头打开牢门，将黄先生放进去，然后锁上门，嘴里哼着小曲，从怀里掏出钞票点了起来。

21. 牢房。 内/日

　　　　〔陈九忽地从床上跳起来。

陈　九：黄先生……是你？

黄先生：费了点周折才进来。陈掌柜你没事吧？

陈　九：我没事。是有人暗算我，为一些陈粮旧糠的事，他们想要我的命，想毁了宏发祥。这些混蛋太歹毒了。

黄先生：事态有些严重，现在变得复杂了。

陈　九：怎么回事，黄先生你听到什么啦？

黄先生：你是被人检举通匪谋财抓进来的，说宏发祥与山里的土匪沆瀣一气，窝赃销赃。如果就是这些，事情还好办些。但检举你的人提到了十年前的一火车皮俄国贵重毛皮劫持案，牵扯到陈掌柜。保安司令部已电告地方当局，要两案合一，准备把陈掌柜押往奉天审理。

　　　　〔陈九在狭小的牢房里走着，拳头捏得嘎巴嘎巴响。

陈　九：看来他们要合起伙来整治我。事隔多年，许多事情说也说不清了。现在只有花钱了。花钱把我赎出去。

黄先生：这种案子在地方上好办，送解到奉天就难测了。

陈　九：我现在手头有钱，都存在犹太银行里，是准备用来开工厂的。黄先生你回去告诉太太，拿出来用吧，花多少钱我都不在乎。女人头发长见识短，告诉太太，钱是人赚

　　　　的,破财免灾,不要小气。只要我陈九出去,我还会赚回一个工厂的。谁也别想挤
　　　　垮我。

　　　　〔陈九走到门口,从小窗口向外望了望,又回过身来。

陈　九:告诉太太,要提防沈中和,这次出事就是他干的。他和庄本商行穿一条裤子,早就
　　　　想搞垮宏发祥。那个庄本不想让我开工厂,办毛皮业,截他的财路。没想到在身边
　　　　养了一只狼,让他咬了一口。

黄先生:外人想咬你,还不知道从哪儿下口呢。陈掌柜别上火,我来给你把把脉。

陈　九:没事没事,我吃得下睡得香,不会生病的。他们想要我的命,我偏活得自在。

黄先生:我得恭喜你陈掌柜,二太太有孕了,而且是个男婴,我有经验,是万无一失的。陈掌
　　　　柜你要多保重。

陈　九:真的?

黄先生:我行医三十多年,不会有误的。

　　　　〔陈九听了沉默了好久,突然挥起拳头。

陈　九:不行,我要出去,我一定要出去!我不能毁在那帮混账王八蛋手里,宏发祥也不能
　　　　毁在那帮混账王八蛋手里。

黄先生:我们再想想办法。

陈　九:黄先生,我们是多年的朋友,你在街面上认识的人多了,你得帮帮我。

黄先生:陈掌柜,我会的。

　　　　〔牢门打开了,黑头出现在门口。

陈　九:黄先生,告诉太太一定要想办法保我出去。

黑　头:那个大夫,时间到了。

22. 陈家客厅。　　*内/夜*

陆　璎:是沈中和告的陈掌柜?

黄先生:陈掌柜也是猜测,但总归还是小心些好。陈掌柜不在家,太太千万别轻举妄动,眼
　　　　下最要紧的是想办法将陈掌柜保出来。既然有人作祟,就有化解的希望,陈掌柜和
　　　　绺子不过是打过交道,不至于生死无度。请个好律师,上下再打点打点,我想不会
　　　　出什么大事。

陆　璎:花钱不用为难,只是我和二太太不认天不认地,出了这门就两眼抹黑。商会那边也
　　　　已经请了舅爷走动,官家的事儿就拜托黄先生了。

黄先生:太太放心,只要不将陈掌柜递解奉天就好办。

23. 陆璎房间。 内/夜

〔陆璎失神地躺在床上,韩妈煨了人参鸡汤,用一只青花瓷碗盛着端了上来。

韩　妈：太太别难过,事情已经发生了,急也没有用。这汤你趁热喝了,可千万不能垮下来。二太太有身孕,小姐年岁又小,你要是垮下来,陈家就没了主心骨啦。

陆　璎：我觉得心里的血都耗尽了。陈家的事情理也理不清,我真不知道该怎么办才好。我要支撑不住了。

韩　妈：太太,我是个粗人,只会说些粗理,你可别生气。做女人得认命,嫁鸡随鸡,嫁狗随狗,要不了强的。我伺候太太这么多年,把什么都看在眼里了。太太吃苦就吃在太要强了。

陆　璎：韩妈你还是不明白……我心里乱得很,想一个人呆会儿。

〔陆璎喝了两口参汤,看着韩妈端着碗要走,又招呼她。

陆　璎：韩妈你到楼下账房告诉沈先生,让他上板后先别走,我下去同他商量陈掌柜的事,请他务必等我。

韩　妈：是,太太你先歇着吧。

〔陆璎又重新陷入到痛苦的思索中。

24. 宏发祥账房。 内/暮

〔沈中和坐在转椅上,两只脚伸到了账桌上。

〔陆璎推门走了进来。

〔沈中和忙搬过一把椅子,铺了一个厚椅垫让陆璎坐下。

陆　璎：沈先生,柜上的生意怎么样?

沈中和：还行,总不如从前热闹。

陆　璎：你打听到陈掌柜的消息了吗?

沈中和：没有,怕是不在哈尔滨了。

陆　璎：现在柜上能有多少钱?

沈中和：柜上……现在没有多少钱了,有些零星的收益,都存入银行了。

陆　璎：银行里能有多少钱?

沈中和：银行里钱也不会太多。

陆　璎：陈掌柜说他准备筹建工厂的钱都存在犹太银行,那是一笔数目很大的钱。

沈中和：太太想用那笔钱做什么用?

陆　璎：陈九要出来,需要一大笔赎金,他提出要用存入银行的那笔钱。

〔沈中和摸索着从帐桌上抓起烟盒,抽出一根点燃了,狠狠吸了一口。

［墙上挂钟的摆动声显得很响。

沈中和：太太，有件事我过去和你说过，我要做一笔大买卖，赚了钱我们远走高飞离开这里。银行里那笔钱我背着陈掌柜用了，用它做了那笔买卖。

［陆璎嚅动着嘴，苍白的脸上了潮红，继而又变成了灰白。

陆　璎：沈先生你怎么会这样？你到底做了什么生意，用了那么多钱？

沈中和：陈九发了疯，为了盖工厂，他放弃了一年一次的羊皮生意。那是有巨额利润的买卖。我接过来做了。我已经把货发往了海参崴、朝鲜和日本。钱马上就可以赚到手了，我办的事情就要成功了。

［陆璎心里冷得直发抖，眼睛里嚖上了泪水，半天才从喉咙里发出一声呜咽。

陆　璎：沈中和呀沈中和，你是个账房先生，怎么敢背着东家做出这种事情？你这是害了我呀！没有这笔钱，怎么能赎出陈九来？赎不出陈九我怎么向世人交待？

沈中和：太太，你为什么非要把陈九赎出来？他出来对太太有什么好处，他会饶了你吗？会饶了我吗？你不替你和我想一想，偏偏去想什么赎出陈九。

［陆璎逼视着沈中和的眼睛。

陆　璎：沈中和你告诉我，真的是你告发了陈九？

［沈中和沉默。

陆　璎：有人说是你告发了陈九，我不相信。你告诉我是怎么回事？你实话实说。

沈中和：如果我告诉你真的是我告发了陈九，你会怎么样？

［陆璎微微张着嘴，惊愕得一句话也说不出来。

沈中和：是我告发了陈九，那又怎么样！我冤枉他了吗？他常做着这种一本万利的生意，他的许多钱就是从这种买卖赚来的，你知道吗？你不知道，没有人知道。但我知道。我没有冤枉他。当年我俩都是宏记的小伙计，他怎么发了财当上了掌柜？还不是他通匪拐跑了宏记的巨款？逼得宏记最终破产，逼得赵掌柜跳了楼。

［沈中和又点燃了一根烟。

沈中和：我要不告发他，我就有危险了。他马上就会发现我挪用了银行那笔巨款。现在是有他没我，有我没他，我已经是没有别的路可走了。我们再坚持些日子，陈九只要被押到奉天，他就完蛋了。

［陆璎坐在那里，用双手捂着脸，全身都在抖动。

陆　璎：这些事你最清楚！你这是诬告！

沈中和：没人能证明他的清白，因为我最清楚，所以只有我才能告倒他。

［陆璎跌坐在椅子上，沈中和走上去扶住了她的肩头。

沈中和：太太，我也是为你好，我知道你恨陈九，你早晚应该离开他。

陆　璎：是的,我恨陈九,但这是两回事,是两回事你不懂吗? 我不能这样做,真的不能。

沈中和：你还有别的路可走吗? 要是赎回陈九,我们就完蛋了,这叫水火不容,这个道理就这么简单。

[陆璎抓住沈中和的手,紧紧地握着。

陆　璎：沈先生,我不怕。陈九出来后我和你一起走,我们离开这里,离开这个人人争斗的地方。我太累了,到哪儿我都不在乎,只要能过上清静的日子。

沈中和：我们就这么走? 身上不名一文,我们吃什么? 喝什么? 没有钱上哪儿去享受清静?

陆　璎：我不怕受贫穷,不怕过清苦的日子。沈先生,只要你真心对我好,我什么都不怕。

[沈中和不耐烦地把手抽出来。

沈中和：陈太太你真是越活越天真。你是官府家的小姐,嫁给陈九后一直当阔太太,从来不知道钱的金贵。我和你不一样,我一直是个穷小子,我知道没有钱是什么滋味。没有钱就要低三下四做孙子,看人家的眼色做事,吃人家的残羹剩饭填肚皮,夹着尾巴做人。所以对于要到手的机会,我绝不放弃。

陆　璎：沈先生,你不要逼我……

沈中和：我不逼你,我为什么要逼你呢? 你现在有你的自由,你可以和我合作,也可以不和我合作,我都不在乎。

陆　璎：沈中和沈中和,我没想到你是这样的人。男人为什么都这个样子?

沈中和：陈太太,我也说一句让你伤心的话。你这个人做太太做婊子都不是最好的,做太太你惦记着和别的男人睡觉,做婊子你又想着竖一个漂亮的牌坊。你这个人将一事无成。

陆　璎：沈先生这样无情,就不怕我去告发你?

沈中和：陈太太你不敢,你要顾你的身份和名誉。一个玉洁冰清的女人怎么会搅到这种臭气熏天的浊泥里去呢? 你告发了我你怎么做人? 另外我还想提醒你,犹太银行里的那笔巨款,是以你的名义提出来投资做生意的。我虽然是宏发祥的账房,但我动不了那笔钱,只有陈九和你才有这种权力。出了事人们会首先追问你。是你出卖了陈九,你跳进黄河也洗不清,我不过是受命办事罢了,能把我怎么样?

[陆璎只觉得天旋地转,她想站起来走开,但却瘫倒在椅子上。

[沈中和上前去解她的衣服。

25. 陈家大院。 外/夜

[张秀玉走出房间,发现韩妈站在那儿。

张秀玉：韩妈，你站在这里干嘛呢？

韩　妈：大太太去账房找沈先生了，我在这里等等她。

　　　　〔张秀玉欲回自己的房间，又站住。

张秀玉：太太找沈先生干什么，她去了多久啦？

韩　妈：说着也该回来了。

张秀玉：我去看看，我去接太太回来。

韩　妈：二太太去看看也好，该请太太回来吃饭了。

　　　　〔张秀玉转身向楼下走去。

26. 宏发祥账房。　内/夜

　　　　〔陆璎挣扎着爬起来，整理好衣裤。

陆　璎：沈先生，我没有想到你竟是个衣冠禽兽，我真瞎了眼睛。

沈中和：太太你好自为之吧。我不是无情无义的人，我不会把事情做绝，事成以后我会关照你的。

27. 陈家大院。　外/夜

　　　　〔在门外，陆璎发现了站在那里的张秀玉。

张秀玉：姐姐我到处找你，没想到这个时候你还有心思享乐……我一直以为姐姐是个玉洁冰清的女人，没想到陈家也有这种男盗女娼的事。难怪陈九出事，陈九要是不出事反倒怪了。

　　　　〔陆璎在空中抓了几下才抓住楼梯扶手。

陆　璎：你……你都看到了？

张秀玉：我没看到什么，那种事情我不看也不想看。

　　　　〔陆璎生出一股无名火来，她昂起头来，盯着张秀玉的脸。

陆　璎：你知道什么？你来陈家才几天，还轮不到你来教训我。

张秀玉：我哪敢教训你。我只是替陈九着想，他蹲在大牢里吃苦，还不知道是谁卖了他。我可真傻，前几天还跟着姐姐猜东猜西的，敢情这贼就出在家里。

陆　璎：你别胡说，我不许你胡说。

第十四集

1. 陈家大院门前。 外/晨

〔一辆出租汽车停了下来。

〔滨生下车,转到车的另一侧打开门,黄先生下车,滨生接过黄先生的诊包,在前边带路,匆匆走进了大门。

2. 陈家大院。 外/晨

〔滨生引着黄先生匆匆上楼梯。

3. 陆瓔房间。 内/晨

〔陆瓔躺在床上,已昏迷多时。

〔凤仪、韩妈守在床边垂泪,张秀玉站在梳妆台侧不语。

〔滨生将黄先生让进来。

张秀玉：黄先生你可来了,快来瞧瞧大太太是怎么了?

〔众人让出地方,黄先生来到病床前。

〔黄先生不语,坐下给陆瓔把了脉又翻看了她的眼底和舌苔。

韩　妈：太太昨天还好好的,喝了些小米粥,还喝了些参汤。晚上到楼下账房去找沈先生,回来脸色就变了,像撞了鬼似的发烧、说胡话、抽搐,吓得我没了主意。幸亏喊了二太太,才想起请黄先生过来。

黄先生：太太去找沈中和了?

韩　妈：说是商量陈掌柜的事。昨天我为太太烧了一夜的香，陈家该请个阴阳先生看看这宅地的风水了，怎么会一连串的出事儿。

凤　仪：韩妈什么时候你还说这些？

黄先生：太太近来操劳过度，心血熬得过多，精神上又受了刺激，毒火攻心，这病是容易要命的。幸亏还不算太晚，再拖下去就危险了。

　　　　　〔黄先生写下一个方子，交给韩妈。

黄先生：你去"世一堂"把药抓来，煎好了给太太服下。

　　　　　〔韩妈接过药单，抹着眼泪下去了。

　　　　　〔黄先生拿出一包银针，消了毒，给陆璎前胸后背行针，又用黄酒搓了她的手心和脚心。

黄先生：太太的病无大碍，行过针就会醒过来，但还需要精心调养。陈家现在是多事的时候，大太太的病体又需要静养，千万不要让她受惊吓。警察署方面我可以多出力，商会那里就靠二太太啦，等陈掌柜出来就好办了。

张秀玉：黄先生放心。太太说过，只要陈掌柜无灾无难，陈家是不怕花钱的。

　　　　　〔凤仪发现陆璎的嘴唇蠕动。

凤　仪：妈——黄先生我妈醒过来了。

　　　　　〔陆璎睁开了眼睛，目光投到墙上，眼里有了泪水。

　　　　　〔墙上挂着那件紫貂皮坎肩。

4. 商会门前。　外／日

　　　　　〔一辆出租汽车停在门口，张秀玉和舅爷的老仆人一起，连背带搀扶地将舅爷扶出了汽车，一同进了商会。

5. 商会。　内／日

某　甲：商会虽然是公益团体，但平日里陈九从不和我们打交道，对公益活动又不热心，凭什么要我们出面保他？

某　乙：是啊。陈掌柜财大气粗，喜欢单枪匹马，从不把商会放在眼里，遇上麻烦了才来找商会。这总不大合适吧。

会　长：各位，陈九也是生意人，在这条街上摸爬滚打，为正阳街的繁荣出过力。各位都知道，这次陈九出事，是有人算计他。在座的各位也都会有走麦城的时候，看在同仁的面上，还是要拉他一把的。

舅　爷：陈九也是买卖人……咳咳……为市面的繁华……出过力……咳咳……再说日本人

也……一直想算计他……总之该帮一把……

会　长： 那就这样,由商会出面到警察署打听陈掌柜的下落,并联名几个商家到东省特别警察厅活动,通融下上层长官。

6. 警察署。　内/日

署　长： 这是奉天派下来的案子,我这里也做不了主,到时人家要人……

黄先生： 奉天那边还不是委托地方办案。这种陈案本来就棘手,应付这种事还不是靠署长吗?

署　长： 那倒也是。其实这个案子也不复杂,宏记当年破产时我就在警察署,没那么多啰嗦事,是有人找茬儿。

黄先生： 我不懂司法方面的事,但这古往今来的诉讼故事,也听过不少。清官难做,难就难在上司难挡。

署　长： 黄先生,你还真看透了这世道。市面上都为这事儿不平,商会也出了具保,我看这事咱还得私事公办。

黄先生： 怎么个私事公办?

署　长： 警察署呈文东北保安司令部,以陈九病重为由,暂不押送奉天候审。如果奉天方面不再追究,警察署将报地方法院,以陈九经商不轨、牟取非法暴利的罪名,以罚重金赎身结案。

黄先生： 这样最好。

7. 陆璎房间。　内/日

〔陆璎躺在床上,一脸病容。张秀玉站在床侧。

张秀玉： 姐姐,这是一大笔钱,你看怎么办?

陆　璎： 家里一时拿不出这笔钱来。

张秀玉： 柜上不是有吗?

陆　璎： 柜上也没有这么多。

张秀玉： 那怎么办?

陆　璎： 我也没有办法。

张秀玉： 这么大的事,你不能撒手不管哪!

陆　璎： 我怎么会不管呢。

张秀玉： 姐姐,这可是人命关天的大事,紧要关头我们姐们不能藏着心眼呀!

陆　璎： 陈家的事我知道该怎么办。我会安排的。

第十四集

张秀玉：姐姐……救人要紧。

陆　璎：姐姐知道你的心情，我何尝不着急。我累了，想歇一会儿，你下去吧。

〔张秀玉欲言又止，转身离去。陆璎叹了一口长长的气。

8. 张秀玉房间。　外/晨

〔张秀玉坐在梳妆台前，没精打采地摆弄着化妆品，却无心化妆。

〔韩妈笑盈盈地走了进来。

韩　妈：二太太起来了，睡得好吧。

张秀玉：过这种日子，谁还有心睡安稳觉。太太怎么样，我有两天没有过去了。

韩　妈：太太今天好多了，喝了一碗燕窝粥，还通了便，气色也好。大太太病好了，陈掌柜能回来，二太太再生一个少爷，陈家又兴旺了。

张秀玉：韩妈你说什么呢，我都快愁死了，陈家上下就你一个人高兴。

韩　妈：二太太你看我这记性，大太太身体好些了，我竟高兴得丢三落四糊涂起来。大太太让我来请二太太，吃过早饭到她房里去一趟，大太太说有要紧的事找二太太商量。

9. 陆璎房间。　内/晨

〔躺在床上的陆璎精神好多了。

陆　璎：我这场病让你受惊了，现在总算有了一点精神，想把该办的事情办了。

张秀玉：我不愿意听你说没有钱，你也别说。

陆　璎：我知道妹妹着急，陈九一天不出来，我也一天不安心。我也一直想着赎金的事……可惜柜上没有那么多钱。

张秀玉：陈九不是说钱存在银行里吗，怎么会没钱？

陆　璎：你刚来陈家不久，还不知道陈家的许多事情，不过你很快就会一件一件地清楚了。

张秀玉：陈家的事我还有什么不知道？我都知道。难道陈九的事就这么算了，真是人心隔肚皮……

陆　璎：二太太我知道你在想什么，也知道你要说什么，我不怪你。但是你现在什么也别说，什么也别问。我说过，陈家的事你早晚会知道的，时间不会太久了，一切都会明白的。你是陈家的二太太，陈家的事你当然应该知道。

〔陆璎从身后取出一个精致的珐琅箱子。她打开箱盖，把房契拿了出来。

陆　璎：陈家已经没有可以动用的钱了，这是陈家在四家子的房产，也是陈家用来看家的财产,万不得已是不该动的。现在只能把它卖掉,来赎陈掌柜了。

张秀玉:陈家真的到了卖掉房产才能赎出陈掌柜的地步了吗?

陆　璎:是。我们已经山穷水尽了,只能走这一步了。我知道这一步很难,等于陈家要倾家荡产了……可是我没有别的办法啦!

张秀玉:那银行的钱呢?

陆　璎:那笔钱的事一时也说不清楚。救人要紧,现在我不想说,不能节外生枝。

张秀玉:不,我让你说清楚。

陆　璎:我说过你什么也不要问,问也没有用,我什么也不想说。到时候你就明白了。

10. 宏发祥账房。　内/晨

〔滨生刚刚生好炉子,沈中和带着一身寒气走了进来。

沈中和:怎么才生炉子?陈掌柜不在家,把你们都待懒了。

滨　生:大掌柜不在家,不是还有二掌柜吗,我们哪敢怠慢?

沈中和:滨生你说什么?好,我不跟你计较,你还年轻,别那么大火气。其实做伙计就是伺候人的,谁当东家就伺候谁,对不对?

滨　生:那也不一定,伙计是伺候人的,要是遇上缺德的东家,可以卷铺盖走人,猪八戒摔耙子,不伺候(猴)啦!

沈中和:这脾气也长了,还真看不出来。

〔滨生生好了炉子,转身正准备离开。

沈中和:接壶水烧上,没开水怎么行呢,陈掌柜在你也这样?

滨　生:陈掌柜不是不在吗?

沈中和:人这一辈子,三十年河东,三十年河西。咱打个比方,我要是当了宏发祥掌柜,你怎么办?

滨　生:我卷铺盖走人!

沈中和:你怎么这样说话?

滨　生:不是打个比方吗?你还真生气啊。

沈中和:对,是打个比方。

11. 宏发祥账房。　内/晨

〔沈中和在喝茶,刘云溜了进来,还慌着回头瞧门。

沈中和:没出息的样儿。怕什么,谁还敢吃了你,有话快说。

刘　云:沈先生,他们背后说你。

沈中和：说什么？

刘　云：说……说是你报告的官府，害得陈九蹲了笆篱子。

沈中和：还有什么？

刘　云：他们还说……陈掌柜要回来了。

〔沈中和一愣，脸也绷紧了。

沈中和：谁说的？怎么说的？

刘　云：大家都这么说。

沈中和：大家是谁？这点事都整不明白，还能干啥？

刘　云：这……

沈中和：为什么说陈九要出来了，谁说的，怎么说的，你一样一样给我说明白。

刘　云：就是说能出来……大家都这么说，说二太太为了陈九的事四处求人，就这么回事……

沈中和：别听他们瞎说。我说陈九出不来就出不来。不过刘云你别整天一副贼头贼脑的样子，你这副样子谁也不会和你说实话，记住没有？

〔刘云连忙使劲点头。

12. 陆瑷房间。　内/晨

陆　瑷：眼下市面不景气，不会有多少人购置房产，尤其这样一大片房产，不是谁都吃得下的。

张秀玉：我又不懂得房产生意。

陆　瑷：这件事不能张扬，只能去找掏云斋陶二爷，他是哈尔滨首屈一指的地产家，只有他能买得起这样一大片房产。

张秀玉：你说的是四家子那位陶二爷吗？

陆　瑷：是他，二太太不是正好和陶家的五太太熟悉吗？求她给陶二爷通融一下，就说陈家有了危难等钱用，请陶二爷帮忙吧。

13. 宏发祥账房。　内/日

〔沈中和抓起账桌上的电话，给庄本打了一个电话。

沈中和：是庄本先生吗？

〔沈中和穿上大衣，戴上水獭帽子，系上一条羊毛长围脖捂住了脸，只留出两只眼睛，从后门溜出了宏发祥。

14. 宏发祥门前。　外 / 日

[沈中和拦住一辆马车,爬了上去。

[从侧门出来的张秀玉看到了沈中和。

[一辆马车停在张秀玉面前。

[张秀玉上了车。

张秀玉：上四家子,快一点。

[马车向沈中和相反的方向驰去。

15. 庄本家客厅。　内 / 日

[房间里是日式风格的装饰,地上是榻榻米、矮桌,桌上摆着花瓶和花,墙上有日本的浮世绘。庄本穿着和服笑眯眯地迎接他。

庄　本：请原谅我穿日本的服装欢迎你,在家里我习惯穿和服,这样更舒适方便些。

沈中和：庄本先生听说没有,警察署已经呈报东北保安司令部,陈九将暂不押往奉天归案。

庄　本：是吗,这可是个危险的信号。

沈中和：我匆匆忙忙赶来就是想和庄本先生商量这件事。

庄　本：你那位漂亮的情人陈九太太表现如何?

沈中和：她是个极爱脸面的人,面对这种局面她只能是无可奈何。如果陈九关押在哈尔滨我担心夜长梦多,生出是非来⋯⋯

庄　本：奉天那边是什么态度?

沈中和：现在尚不清楚,我在上层无能为力。我希望庄本先生能出面请日本方面对东北保安司令部施加影响。

庄　本：我倒有些朋友,但目前办不到。目前中国有强烈排日情绪,哈尔滨在排日,各界都在签名、请愿、游行,东北在排日,全中国都在排日。皇姑屯事件后,张学良对日本也有敌对情绪,他们都成了惊弓之鸟,和日本有关的事,他们都十分戒备。

16. 陶家大院。　外 / 日

[张秀玉从马车上下来,在大门口一站,早有一位上年纪的男佣迎上来。

男佣人：太太您找谁?

张秀玉：我来看你们家五太太。你给通报一声,就说陈家二太太来看她了。

[男佣转向门里喊人,女佣人小红走出来。

男佣人：小红,有客人拜访五太太。

小　红：是陈家二太太啊,快请进,我家五太太还念叨你呢。

17. 五太太房间。 内／日

五太太：你可真不扎念叨。早上我还跟小红说,好些日子没见二太太了,这不,话音刚落,你就来了。

张秀玉：五太太,我今天来可是有事相求。

五太太：咱们姐妹同命同病,还客气什么,说什么相求不相求的。

〔小红端来茶水和水果盘,张秀玉望着小红不语。

五太太：小红你去吧,我和二太太说会儿话,有事再喊你。

〔小红退了出去。

张秀玉：我们家陈掌柜出了事,你听说了吧?

五太太：听说了。陈掌柜也是精明人,怎么会犯到警察手里。

张秀玉：生意上的事我也说不清。陈家现在需要一大笔钱,赎出陈掌柜,想来想去只有卖房产了,想请你给陶二爷通融一下,帮帮忙。

五太太：你来的不巧,二爷刚刚出去。

张秀玉：这可怎么办,我都急死了,知道陶二爷忙,紧赶慢赶还是扑了空。

五太太：他忙什么? 我们家那个三太太,不知耍了些什么手段,天天拖着二爷往外跑。

张秀玉：那……

五太太：好啦好啦,老头子们的事干吗这么上心,让陈九在里边蹲着去,憋他一阵子,就知道女人值钱啦! 我们姐妹好不容易到一起,多说一会儿闲话儿,整日闲着,怪闷得慌的。你吃苹果——

张秀玉：我不吃苹果,有冻梨吗?

五太太：二太太真是穷命,干嘛吃那下贱玩艺儿。

张秀玉：唉! 我怀孕了,就馋那下贱玩艺儿。有什么办法,馋起来要死要活的,做女人就这副贱命。

五太太：小红! 小红!

〔小红进来。

五太太：你上街给二太太买冻梨去。

张秀玉：算了,下次再来吃吧,我今天没有闲功夫。

五太太：也好。小红,你出去盯着点,二爷回来赶紧通报,就说我有客人要见他。

18. 庄本家客厅。 内／日

〔庄本不冷不热的态度让沈中和不安。

沈中和：庄本先生,这件事是涉及我们双方利益的事,现在变成我自己的事了,恶人由我来做,风险由我来承担,庄本先生不能撒手不管哪!

庄　本:是的,沈先生说得对,我们都想搞垮陈九和宏发祥毛皮商行。

[庄本依然面露微笑,扳着手指。

庄　本:但是,庄本商行和宏发祥商行完全是商业上的竞争,庄本商行不能直接从宏发祥商行获得任何利益,但沈先生你能,你吞吃了陈九的大量资金并占有了他的漂亮太太。如果陈九出来,庄本商行也不会受到直接伤害,他对庄本商行无可奈何,他没有理由去扼杀一个商业对手,但他决不会饶过你的。

[沈中和气急败坏又不敢发作。

沈中和:当初如果没有庄本先生的鼓励,我也不会去冒这么大的风险,弄得现在进退维谷。

庄　本:沈先生在生意场上多年,应该是见过世面的,怎么遇上风浪就惊慌起来了?

[庄本站起来,走到沈中和坐的矮桌对面,替他斟上茶。

庄　本:不过是一点风险罢了,又不是遇上了死棋,招数还是应该有的。奉天那边还可以试探着活动。退一步讲,就是陈九留在哈尔滨,你手里还是有王牌的。你还有一个漂亮的情人,你要把她玩弄于掌股之中,既不要把她放松,又不要把她逼得太紧,让她站到你这边来为你效力。只要她不出钱赎出陈九,商会和警察署都不会多管闲事的。

沈中和:陈九太太是个极爱脸面的女人,她决不会公开出来反对陈九的。

庄　本:对于一个极要脸面的女人,再也没有比威胁她的脸面更有效的办法了。

[沈中和抓着自己的头发。

沈中和:我现在是过河的卒子,没有退路了。

庄　本:为什么要退呢?将来毛皮业操纵在沈先生手里,沈先生不是如鱼得水了吗?那时候你是主人,别人得仰仗你的鼻息生存。我们合作的前景要比现在广阔得多,我们不仅要称雄哈尔滨,称雄东北,还要称雄东北亚。那时沈先生的显赫就不是今天所能比的了。

19. 五太太房间。　内/日

五太太:看你牵肠挂肚的样,就知道陈掌柜是个降服女人的好手,把你的魂都带走了。

张秀玉:看把你闲成一副小贱人的样子,除了男人你就没有别的话说?

五太太:你是饱汉子不知饿汉子饥。陈九身边两房太太,听说他和大太太不和,功夫自然都用到你身上。可我们陶二爷有五房太太,讨他喜欢可不容易。

[张秀玉站在她身边,伸出手来拍着五太太的脸蛋儿

张秀玉:怕什么! 你这么年轻,又这么漂亮,还争不过那几个半老徐娘。

[五太太打开粉盒，往脸上扑着粉。

五太太： 话不能那么说，我们那几房太太，一个赛过一个，仗着有身分，仗着娘家有钱有势，都不把我放在眼里。二太太你知道我是干什么的吗？

张秀玉： 你不说我哪儿知道。

五太太： 陶二爷顾着面子，说我是金店商人的女儿，其实我是野台班子的戏子。那几个骚货比谁都奸，早就猜到我出身低贱，合起伙来变着法儿欺负我。好在陶二爷还算疼我。他要是变了心，我索性撕破脸闹给她们看！我怕什么?！

张秀玉： 五太太你可别闹，我还有事求二爷呢，得罪了二爷谁帮我忙啊。

[小红推门进来。

小　红： 五太太，陶二爷回来了，让五太太带着客人过去呢。

[五太太忙起身化妆。

五太太： 知道了，告诉二爷，我们马上就到。

张秀玉： 你别啰嗦啦，快陪我去见二爷，我心里着急着呢。

五太太： 有什么办法，我们这院子里的几位太太，一个个狐狸精似的，我再不打扮漂亮点，二爷都不正眼瞧我。

[五太太涂抹完毕，重新绾了发髻，戴了钗子，换了衣服。

20. 陶家大院。　内 / 日

[五太太和张秀玉穿过院子。

五太太： 二爷就喜欢闻香水味，这是地道的法国货，他说一闻到这香水味就想……哈哈。

21. 陶家客厅。　内 / 日

[陶二爷穿着对襟的便装，胸前坠着怀表的金链子。头发梳理得十分整齐，胡子也修剪得一丝不苟，戴着金丝眼镜。他拿着陈九的房契端详着。

陶二爷： 我从不见女客。因为你是五太太的朋友，我是破例出来的。

张秀玉： 我知道二爷忙，没事也不敢随便来打扰二爷，实在是遇到了关卡，求二爷来了。

陶二爷： 我知道这处房产。陈九掌柜当年买进时雄心勃勃，让好多人眼红，没想到今天急于出手。十年聚财，一朝散尽，可见世事艰难。

[陶二爷拿起烟，五太太忙点上。

陶二爷： 如今市面不景气，我也一时难以拿出这么多钱来买房子，这可不是小数字。

张秀玉： 陶二爷要说艰难，哈尔滨就再也找不出第二家能买下这房产的主儿了。陈家出了事，也是没有办法，只能靠陶二爷帮忙了。

陶二爷：再说这房价也难出，今年房价忽涨忽落，涨落的幅度又十分大。今年夏天房租暴涨，房价也跟着水涨船高，入秋以后又跌落下来。现在买卖房产，就高价我吃不下，就低价陈掌柜正在难处，容易让人说成是趁人之危。这种买卖最好找个中介人，大家都有面子。

张秀玉：陶二爷，不瞒你说，陈家也有陈家的难处，这种事不愿意张扬得满城风雨。

陶二爷：我知道，人走下坡路，心气总是灰灰的，生意场上都是这个样子，谁也脱不了俗。可二太太你不懂，陈掌柜不在家，这种交易需要个有身分面子的中介人的。
　　　　〔张秀玉带了哭腔。

张秀玉：陶二爷你不要想那么多了，按眼下的市价，无论高低陈家都会出手。大家都在正阳街上做生意，山不转水转。陈掌柜出来后总要和陶二爷见面的，相信陶二爷会主持公道。做买卖图利，这笔房产生意，图的是人情了。陈家被逼到这一步实在是无奈，陶二爷要不肯帮忙，陈家就没有指望了。

五太太：二爷，看二太太多可怜。陈掌柜在生意场上惹了灾祸，落得两个太太焦头烂额地四处奔波。做女人不容易，二爷担待着点也是人之常情。人活一辈子谁担保不遇上七灾八难的。

陶二爷：你们这一说，真叫我为难了。

22. 陶家客厅。　内/日
　　〔陶二爷写好了房产买卖契约。

陶二爷：这两栋楼房眼下就这个价。因无人中介作保，陈家一年内可以在成交金上加价一成赎回，一年后陈家与这两栋楼房再无干系。怎么样二太太，这还公平吧？

张秀玉：这得谢谢陶二爷。

陶二爷：生意不言谢。二太太在契约上签字画押吧。

23. 陆璎房间。　内/日
　　〔陆璎静静地躺在床上，目光注视着墙上的紫貂皮坎肩，久久不动。
　　〔韩妈陪在一侧。

韩　妈：太太，你在想什么？

陆　璎：我什么都没想。我只是等陈掌柜回来。

韩　妈：快了快了。二太太这几天一直在外边跑，该打点的都打点了，听说这几天警察署就放人，太太安心养病吧。

陆　璎：我很安心，如果陈九回来，我就更安心了。凤仪呢？这几天她都忙什么呢？怎么不见她的影子。

韩　妈： 凤仪还没有放学，她每天都来你床前问安。

陆　璎： 韩妈，凤仪这孩子小又十分任性，将来你在陈家要多照顾小姐。

韩　妈： 小姐书念得好，人又聪明，也是享福的命。

陆　璎： 现在我管着她，将来我不在了，由着她性子来让人不放心啊。

韩　妈： 太太别说这泄气的话。陈家的劫难过去了，日子会一天天好起来，太太的福气在后头呢。

陆　璎： 我知道我的身子骨，心再强也强不过命。

24. 西餐厅。　内/日

［沈中和将秋姐带出来吃花酒。

秋　姐： 沈先生，你发了财该高兴才是，干嘛愁眉苦脸的？

沈中和： 是啊，有了钱心里堵得慌。

秋　姐： 这财发得亏心吧？人哪不能做亏心事，亏了心这骨头节都生虫子。亏心的人我见得多了，没有一个是活得自在的。

沈中和： 你咒我？我带你出来是寻开心的，你可别让我不自在。

秋　姐： 我才不管你那些钱是怎么来的呢，我只数你付给我的钱。来！酒可是好东西，它会让人开心又没有那么多花花肠子，比人可靠。

沈中和： 人家都说你是狐狸精，让人死是你，让人活也是你。

秋　姐： 来，干杯……

25. 西餐厅。　内/日

［刘云推门进来，四处张望，向沈中和的身边奔去。

刘　云： 沈先生，不好了，出事了……

沈中和： 看你这副样子，有话慢慢说。

［刘云望了秋姐一眼，秋姐点燃一支烟，漠然地回过头去。

沈中和： 没事，说吧。

刘　云： 听说陈掌柜要出来了。

沈中和： 不可能！他这辈子都别想出来了。

刘　云： 陈家交了赎金，警察署答应放人。账房里所有的锁都换了新的，钥匙交给了二太太，这还有假？

沈中和： 胡扯！他们手里没有钱上哪儿交赎金去？你怎么什么话都信？

刘　云：太太把房子卖了。

沈中和：谁把房子卖了？把谁的房子卖了？

刘　云：大太太把四家子的房产卖了，卖了好大一笔钱，交了赎金。

　　　　〔沈中和触电一样愣住了。

沈中和：我怎么就没想到还有这招？这女人跟我对着干铁了心啦？

刘　云：宏发祥上下都等着陈九回家呢。

26. 陈家客厅。　内/日

　　　　〔电话铃声响起，韩妈接起电话。

27. 陆瓔房间。　内/日

韩　妈：太太，沈先生来电话，要太太亲自接。

陆　瓔：我没有力气接电话。告诉沈先生，有事等陈掌柜回来再说。

韩　妈：我已经说了太太不能电话，他说请太太务必接这个电话，他说这关系着太太的命
　　　　运。这个沈先生是怎么了，也变得神叨叨的。

陆　瓔：不要理他。我不接电话，也不见他，他要来见我你把他回了。

28. 陈家大院。　内/日

　　　　〔沈中和气急败坏地赶来，匆匆上楼，在楼梯口被韩妈拦住。

韩　妈：沈先生有什么事？

沈中和：我要见太太。

韩　妈：太太有病，不能见客。

沈中和：我有要紧的事见太太，耽误不得。

韩　妈：太太说了不见，有天大的事也不见，等陈掌柜回来再说吧。

沈中和：你是干什么吃的！敢拦着我，你知道我是谁吗？

韩　妈：你不是账房先生吗？

沈中和：你……你躲开，让我过去，你不配站在这和我说话。

　　　　〔张秀玉出现在了楼梯口。

张秀玉：沈先生这是怎么了，连一点规矩都不懂。一个账房先生，充其量是个大劳金，怎么
　　　　敢闯太太的房？

沈中和：我有事和太太商量。

张秀玉：韩妈已经替太太回了话，她不想见你。

沈中和：我想见她,我有要事耽误不得。

张秀玉：我知道沈先生要说什么,已经晚了,陈掌柜就要出来了,有些事你不讲陈掌柜也会找你的。

沈中和：你们两个串通一气?

张秀玉：沈先生这是说的什么话,陈家的事我和太太不串通一气,还能和你串通一气?

沈中和：好。我不和你理论,我们走着瞧。

29. 陆瓔房间。 内/夜

韩　妈：明天陈掌柜就要回来了,我多准备了些菜,家里人热闹热闹,也给陈掌柜压压惊。

陆　瓔：去吧,这些日子上上下下都跟着着急,吃不下喝不下的,一块儿吃个团圆饭。顺便你去把二太太找来,我有话要对她说。

韩　妈：我这就去。

陆　瓔：韩妈你忙了一天也累了,早点去睡吧。

30. 陆瓔房间。 内/夜

［张秀玉坐在陆瓔的床边。

陆　瓔：二太太你身上几个月了?

张秀玉：有五个多月了。

陆　瓔：二太太到底年轻,身段又好,一点也不显怀,自己不说外人真看不出来呢。

张秀玉：让衣服遮着盖着,不露丑罢了,脱了衣服腰也粗了,走起路来都是累赘了。

陆　瓔：女人这个时候总是有苦有甜的,注意别有闪失,生下儿子来,陈家就有希望了。二太太来陈家七八个月了吧? 你觉得姐姐这个人怎么样?

张秀玉：姐姐你干吗问起这个,陈家上上下下的人谁不说姐姐为人厚道,装得下事,容得下人,吃得下委屈。

陆　瓔：我不是让你说这个。其实为人处事,各人有各人的心思,所爱所恨所求所得不一样罢了。

张秀玉：姐姐你别多心,其实那天晚上我去账房,什么也没有看见,我当时是说气话挖苦你,姐姐可千万别放在心上。

陆　瓔：妹妹你那天晚上看见的都是真的,只不过那天晚上我是不情愿,但不等于姐姐没有那种事情。妹妹我说过,陈家的事你早早晚晚要知道的,你也应该知道。

张秀玉：姐姐……

陆　瓔：我们有做女人的难处,也有做女人的委屈。有些事,不能讲也不该讲,讲也讲不清楚。姐姐把不该讲的讲给你,是希望你了解我的一片苦心。

张秀玉：姐姐你不用讲,我都明白。

陆　璎：傻妹妹,明白一个人很难,有时自己都不明白自己。

　　　　〔陆璎指了指桌上的水杯,张秀玉换上热水端给她,陆璎喝了一口水。

31. 警察署。　内/夜

署　长：来人哪。

　　　　〔一个警察进来。署长打开抽屉,抽屉内有一份呈文。署长用一只手拿出呈文,下面露出两根黄灿灿的金条。署长看了一眼金条,又把抽屉合上。

署　长：这是东北保安司令部批回的呈文,把它送去。

警　察：是。

署　长：今天晚上,给陈九送些好饭菜,别委屈了他,明天放人。

警　察：是。

32. 陆璎房间。　内/夜

　　　　〔张秀玉扑到了陆璎的怀里。

张秀玉：没想到姐姐经历了这么多的事,受了这么多煎熬,妹妹一点也不知道,错怪姐姐了。

陆　璎：一个人经历了这么多的苦难心肠早该硬了,可我不行。我的心早死了,我活下来的不过是一身皮肉,再没有所求了。你还年轻,你可以和陈九重新生活,陈九也需要你。

张秀玉：姐姐你可别这样想,沈中和的事怪不得你的,陈九出来不会对你怎么样的,他要是对你不好我也不让他。

陆　璎：我不介意别人怎样惩罚我,我忍受不了我对自己的责难。

张秀玉：一切都会过去的,一切都会好起来的,姐姐你千万要想得开。

陆　璎：不会的。不过我这样的身子骨,也是朝不保夕的。我没有什么牵挂的,就是凤仪还没有成人,将来我有个万一,陈九是男人,心粗,凤仪的事就得托付给你啦!

张秀玉：姐姐,我不要你这么说。真的,我也不要你这么想……

　　　　〔陆璎忽然坐直了身子,抬起头来指着床头墙上的紫貂皮坎肩。

陆　璎：二太太,劳你把那坎肩摘下来,拿给我看看。

　　　　〔张秀玉小心地脱掉绣花鞋,站到床上去摘那件紫貂皮坎肩。这时,那只花猫突然跳上床去,翘起尾巴咪咪叫着。陆璎忙把它揽在怀里。张秀玉这才把坎肩摘下来,交到陆璎手里。

[陆瓔的手一触到坎肩，喉咙里就突然发出一声哽咽，但她很快就把那哽咽锁进胸腔。

陆　瓔：这就是陆家祖上传下来的珍品，我本想替陆家保存下来，但陆家已经没有人需要它了。妹妹，你扶我起来。

33. 陆瓔房间。　内/夜
[陆瓔拿起紫貂皮坎肩，穿在身上，照起了镜子。

陆　瓔：日子过得真快，一晃快二十年了，现在想起来真有隔世之感。天下变了，人心变了，自从住进了这正阳街，穷也好富也好，心里没有一天踏实过，总觉得过的不是自己应该过的日子，可七灾八难的也都过来了。

张秀玉：这些年真难为姐姐了。

陆　瓔：人不能走回头路，再说这些也没什么意思。我只顾唠唠叨叨地说自己了，妹妹有什么话要对我说吗？

张秀玉：我是个小户人家的孩子，母亲死得早，父亲又不争气，我嫁给陈九，也算个归宿。

陆　瓔：陈九喜欢你，将来陈家还要靠你。

张秀玉：姐姐又说这样的话，姐姐的许多本事我学也学不来。我今天才明白姐姐为什么喜欢这件坎肩了。

[陆瓔脱下了紫貂皮坎肩。

陆　瓔：我喜爱的不是件东西，一件东西能值多少钱呢？二太太我把它送给你吧。你年轻，身段好，穿上它很体面，这也是我的一份心意。

张秀玉：别。姐姐心爱的东西，我怎么忍心穿在身上，还是姐姐留着好。

陆　瓔：是我送给你的，你就穿吧，别辜负了我的一片心意。你要是不收下，还是和我隔着心，我还有什么事敢托付给你呢。

张秀玉：那……

[张秀玉迟疑地接过坎肩。
[张秀玉面带倦意，目光落到挂钟上，已是午夜了。

陆　瓔：我累了，我真累了。二太太你也该去睡觉了，明天陈掌柜要回来，有许多事还没安排。我们都睡吧，还得起早呢。

[张秀玉伏在陆瓔的脸上。

张秀玉：姐姐想开些，有我在不会让你受委屈的，千万想开些。

[陆瓔点点头，摆摆手让张秀玉离开，又把她叫住。

陆　瓔：凤仪这孩子年纪小，由着性子长起来的，让你做二妈的受了不少委屈，将来日子长了你替我多担待些。

张秀玉：小姐是读书的人，见多识广，不会和我一般见识的。

陆　璎：我不放心的就是她。也是十七八的姑娘了，早晚要嫁出门去，婚姻大事自然要由着
她，但妹妹是过来人，总要替她想一想，这种事女人想得周到些。

张秀玉：姐姐多虑了，要伤身体的。小姐是贵人，贵人自有天相。姐姐早点歇着吧。

陆　璎：不留二太太了。

34. 陆璎房间。　外/夜

〔张秀玉怀里抱着那件紫貂皮坎肩走出房门，若有所思站了一下，想要返身回去，房
门已从里边锁上。

〔张秀玉犹豫了片刻，迟疑着离开了。

第十五集

1. 宏发祥门前。 外/晨

[滨生开门板时,一封信掉落在地上。

[滨生把信拾起来,信皮上写着:陆璎姐收。发信人是东北保安司令部。

2. 陈家大院。 外/晨

[滨生拿着信从后院上楼梯。

滨　生:太太,有你的信。

3. 陆璎房间门前。 外/晨

滨　生:太太有你的信,好像是公事。

[韩妈匆匆赶来。

韩　妈:滨生别喊太太,太太昨儿睡得晚,天快亮了她房间里还有动静。让太太多睡一会儿。

[滨生举着信封。

滨　生:这有给太太的信。

韩　妈:把信给我,待会儿太太醒来,我给她送进去。

滨　生:你可别忘了。

韩　妈:忘不了。今天陈掌柜回家,太太吩咐多做几样菜,待会你过来帮帮我。

滨　生:行。

4. 陈家饭厅。　内/晨

张秀玉：凤仪,今天你爸爸回家,放学早点回来,陪他吃顿饭。

凤　仪：知道。

张秀玉：外边天冷,多穿些衣服。

凤　仪：你今天怎么了,也婆婆妈妈起来了。

　　　　〔韩妈拿着信走进来。

韩　妈：信,太太的信。

张秀玉：哪来的信?

韩　妈：我也不识字,哪知道。

凤　仪：拿来我看看。

　　　　〔凤仪接过信看了一眼,注意到"东北保安司令部"字样。

　　　　〔凤仪放下信封继续吃饭,又瞥了一眼,才注意到"陆璎姐收"的字样。

凤　仪：这真是给妈的信,谁写的? 韩妈你去喊妈妈来看信。

韩　妈：小姐,让太太多睡一会儿吧。

　　　　〔凤仪拆开信封,看起来,渐渐地读得认真起来。

　　　　〔画外音响起——

姐姐:

　　　我是从保安司令部的卷宗里发现你的名字的,你知道我是多么惊喜,就像你现在读到我的信一样。从卷宗里知道,姐夫陈九涉嫌通匪案,经调查,不过是有人作梗,借一陈案,发泄私愤而已。由我出面作证,保安司令部已经撤销了对他的指控。

　　　亲人失散二十多年,人世沧桑,斗转星移,父母已经仙世,可惜他们没能见到你,二老地下有知,也该瞑目了。

　　　我依然记得你的音容笑貌,因军务在身,一时难以离开,一有机会,我会赶去看你。先寄一封信给你。

　　　我期待和姐姐见面的日子。

弟 陆雄上

5. 陈家饭厅。　内/晨

　　　　〔凤仪读着信,明白过来是怎么回事,高兴地大叫。

凤　仪：舅舅! 舅舅! 天哪,是舅舅来信了!

张秀玉：什么舅舅,谁的舅舅?

凤　仪：我的舅舅,妈妈失散多年的弟弟,他来信了。

韩　妈：太太时来运转了，太太时来运转了。

6. 陆璎房间门前。　外/晨

〔凤仪举着信敲门。

凤　仪：妈，妈快开门，舅舅来信了，舅舅要来看你来了！

〔凤仪喊了半天，房间里也没有动静。

张秀玉：太太一直没有起床？

韩　妈：没有。大太太夜里睡得迟，我没忍心叫醒她，让她多睡会儿觉，多歇歇。这些日子她熬的心血太多了，铁打的人也受不了，太难为她了。

〔张秀玉与韩妈目光对视。张秀玉脸色突变。

张秀玉：不好。韩妈快开门。快，越快越好！

〔韩妈拿出钥匙，慌乱地打开门。

7. 陆璎房间。　内/晨

〔张秀玉、凤仪、韩妈都扑到了陆璎床前。

〔陆璎闭着眼睛，平静地躺在床上，脸色发青，嘴唇发紫，两腮处塌了下去。

〔凤仪摇动时，陆璎嘴角处流出了白色的黏液。

〔张秀玉慌乱地为陆璎把脉。陆璎的身子已经凉透了。

张秀玉：不应该呀，姐姐你真不应该呀！

〔凤仪伏在陆璎身上，摇晃着那一沓信纸，抽搐着。

凤　仪：妈——舅舅来信啦！舅舅来信啦，你快看哪，他就要回来看你啦！

〔韩妈端着给陆璎做的燕窝粥，盲目地在屋里屋外地走着，嘴里像着了魔似的念叨。

韩　妈：老天爷，这是怎么啦，好端端的太太是怎么啦……陈家这是怎么回事？

〔韩妈一松手，粥碗掉地上摔了个粉碎，她一屁股坐在地板上号啕大哭，一会儿拍着手，一会拍着地板，手被扎出了血。

8. 宏发祥门前。　外/晨

〔满腮胡茬儿的陈九先出现在了这里，他默默地端详着宏发祥的门脸。

〔陈九推门走了进去。

9. 陈家大院。　外/晨

〔陈九静静地走上楼梯。

10. 陆璎房间。 内/晨

［陈九默默地推门进来。

［房间里的人暂时都停止了哭号。

凤　仪：爸——你可回来了，你来看看妈。你丢下妈不管去坐牢，害得妈活不下去了……

张秀玉：太太一直盼着你回来。知道你回来，她却走了。

［陈九默默地看着陆璎，又转身退了出去。

11. 陈家大院门前。 外/日

［门外两侧扎了席棚。

［冯家和刘家两家鼓乐班各出了八人大班，火爆的喇叭声此起彼伏。起调的是工尺上，接着是十六只喇叭的大悲调，大小喇叭高低错落，曲调悲切。一只大喇叭亮起起板，音调低沉，呜咽长哭，十六只喇叭立刻垂下喇叭口，如千军长跪。锣鼓相间伴奏时，又亮出一只小喇叭，尖细高扬，如泣如诉，所有喇叭又都仰起头，忽而悲怆，忽而哀沉。

［人们把灵棚围得水泄不通，连连叫好。

路人甲：这宏发祥陈掌柜一年内一娶一葬，一红一白耗费多少钱财？现在又摊了官司，人走下坡路真容易，一眨抹眼儿的事。

围观乙：听说宏发祥遭了家贼，陈掌柜遭人暗算。不过你看见没有，陈家虽然摊上官司，又死了太太，但架子不倒，元气不伤，挺得结实。这也不容易啊。

12. 宏发祥账房。 内/日

［陈九从家里出来就进了宏发祥，他先把孙殿臣找了来。

陈　九：没想到身边养了一条疯狗，这沈中和是想要我的命！

孙殿臣：幸亏太太张罗你才出来。太太是个贤德的女人，可惜应了那句老话，好人没好命。

陈　九：太太的丧事你看着办吧，别怕花钱。

孙殿臣：今年可是你的坎儿，人别和命争，你可小心点。

陈　九：为了那些想置我于死地的人，我也要好好活着。我不会善罢甘休。

孙殿臣：还有太太的胞弟有了消息，他在东北军任职，可惜姐弟俩没有缘分，也该报个信，让这位小舅爷来见上太太一面。

陈　九：先别入殓，发个电报，请他过来吧。

13. 宏发祥账房。　内/日

　　[陈九避开了所有人分头安排事情,他找来伙计老张。

陈　九：还没有找到沈中和?

老　张：他家里去过了,他太太说几天没回家了,是不是跑了?

陈　九：他跑不远。犹太银行里那笔钱我查了,他拿去投到庄本商行买了羊皮,害得太太卖
　　　　了房产,才把我赎出来。

老　张：真是苦了太太了。

陈　九：这笔生意拖着他,他走不远。你四处查一下,看他躲在哪? 不要声张,免得打草惊
　　　　蛇,一有消息就告诉我。

老　张：陈掌柜放心。街面上我有些朋友,这种事大家都会帮忙的。

14. 宏发祥门前。　外/日

　　[为了给陆璎办理丧事,宏发祥闭店停业,大门紧关着。

　　[一身戎装的陆雄走到门前,开门的是滨生。

滨　生：对不起长官,宏发祥办白事不开张,买毛皮过几天再来吧。

陆　雄：我是来奔丧的,快带我去灵堂。

滨　生：啊,是舅爷。舅爷来了! 舅爷来了!

15. 陈家灵堂。　内/日

　　[陆雄跨进灵堂的门,目光先停在了供桌后面的照片上,凝视了很久。

　　[陆雄轻轻地走到了灵床前,慢慢地掀开罩布,凝视着陆璎的遗容,抚摸着她的面
　　颊,突然跪下来,抱着陆璎的遗体失声痛哭。

　　[陆续赶来的陈家人陪着一起落泪。

　　[凤仪上前,伏在舅舅的背上痛哭。

凤　仪：舅舅——

　　[陆雄回过身来,一眼认出了凤仪,一把将她抱在怀里。

张秀玉：姐姐的遗体没有入殓,就是等着舅爷呢。舅爷来了大家也放心了。

凤　仪：舅舅,你来晚了。

陆　雄：人生的憾事都落到了你妈妈身上,老天真是不公啊。

张秀玉：舅爷节哀。舅爷风尘仆仆地赶来,先休息一下,有话慢慢说。

16. 宏发祥账房。 内/日

〔陈九一连三天没出账房的门,脸上长满了胡须。

〔陈九把陆雄迎进了账房。

陈　九：你来了就好。太太这些年也一直惦念着家里人,只可惜你来了她走了。陈家遭人暗算,太太也跟着吃亏。

陆　雄：姐夫在地方上做生意,怎么会招惹那么多是非,吃起官司来。

陈　九：一言难尽。哈尔滨是块宝地,都看着是块肥肉,日本人的庄本商行想独霸毛皮市场,极力想把宏发祥排挤在外,宏发祥又出了内奸,想置我于绝境。

陆　雄：难怪日本人对东北虎视眈眈,到处是明火执仗的土匪,地方上又如此黑暗,中国又如何不亡啊。

陈　九：他们翻不了大浪。

陆　雄：姐夫,经商爱国是做人之道,不能同那些恶人妥协。

陈　九：你是军人,不懂地方上的事情。那些人我会应付的。你一路劳顿,早点休息吧。

陆　雄：姐夫也要保重。

陈　九：听说你军备缠身,不能多留,你姐姐就安排在明天入殓,入土为安的事我来安排,你就放心吧。

17. 陈家灵堂。 内/日

〔张秀玉拿出了那件紫貂皮坎肩。

张秀玉：姐姐很喜欢这紫貂皮坎肩,她说这是陆家的传家宝,一直小心珍藏着。我原想把这坎肩给姐姐穿去,既然舅爷来了,就听舅爷的意思。如果舅爷想替陆家保存起来,就请舅爷带回去;如果让姐姐穿去,我就给她穿上,了结她一份心愿。

〔陆雄接过,用手抚摸着。

陆　雄：那个时代结束了。姐姐重物惜情,难为她一片苦心,就随她去吧。

〔张秀玉给陆璎仔细地穿上那件紫貂皮坎肩,又盖上黄缎被子。

18. 陈家大院。 外/日

〔几个伙计抬着陆璎的灵柩,徐徐走下楼梯,在黄缎华盖的笼罩下经过院子,进入灵棚。

〔一口漆好的楠木棺材已经停在了灵棚内。

〔在孙殿臣的指挥下,伙计们将陆璎的遗体放入棺内。

〔鼓乐班吹奏起大悲调。

[张秀玉、陆雄、凤仪穿戴重孝跪在棺木前。凤仪把着棺材口哭得死去活来。陆雄一条腿跪在地上,握着陆璎的一只手,嘴抿得紧紧的,再也没有落一滴眼泪。张秀玉用手帕抹着成串的泪珠儿,抽泣着检点棺材里的陪葬品。

[韩妈盘腿坐在棺材前,嚎哭了个痛快。

19. 陈家大院。 外/日
[陈九默默地注视着陆璎被人从灵堂里抬出来,装殓入棺后,默默退了出来。

[灵棚里响起了砰砰一阵响,几根大竹钉砸死了棺材盖。

[灵棚内摆好了供桌,陈家人烧头纸,敬香,磕头……

[鼓乐班吹奏起安魂曲。

[伙计在灵棚里拉上了长明电灯。

20. 宏发祥账房。 内/日
[听着催人泪下的大悲调,陈九坐在昏暗的账房里黯然神伤,不由得悄悄落下了眼泪。

21. 宏发祥账房。 外/日
[孙殿臣找陈九商议守灵一事。

孙殿臣:陈掌柜,灵棚需要孝子昼夜守护,候着来吊孝的客人。外边天太冷,小姐一个人守不过来,二太太又有身孕,在花子房雇几个孝子守灵,这也是礼数,你看……

陈　九:我说了,丧事由你来办,该怎么就怎么。

22. 火车站。 外/日
[凤仪送舅舅陆雄,两人站在站台上。

陆　雄:这些年你妈妈生活好吗?

凤　仪:还好,就是总生病。

陆　雄:人生憾事太多。你妈妈离家二十九年,好容易有了团聚的机会,我们却擦肩而过。

凤　仪:我也替妈妈感到惋惜。

陆　雄:家事国事天下事,事事不顺。民国十九年了,军阀混战,匪患无穷,列强又虎视眈眈,所到之处,都是浑浑噩噩,中国真是看不出希望。东北易旗,承认了中央,但危机没有好转,战争随时可能爆发,可许多人仍在醉生梦死。

凤　仪:舅舅,我在家里感到窒息,爸爸只知道赚钱,又满脑袋封建思想,娶了那个姨太太。

妈妈一死,我更觉得家里没有意思了。我想离开家,到外边寻一种新的生活。

陆　雄:你小小年纪,思想这么沉重。你不喜欢爸爸娶的二太太?

凤　仪:我总觉得妈妈的死和这个二太太有关,我怎么也看不上她那副样子。

陆　雄:你年纪小,又是女孩子,出去能干什么?

凤　仪:出去读书,上大学。

陆　雄:也好,走出家门,看看外边的世界,世界是一种学问。你要是下了决心,我会帮助你的。

23. 陈家大院。　外/日

[灵棚前,几个花子房里雇来的小花子充当孝子,一身重孝,跪在棺木两侧。几个宏发祥的年轻伙计,腰里扎着孝带,站在灵棚前。

[孙殿臣喊"祭礼",几个吊唁的商人便在灵前鞠躬。

[守灵的孝子号啕大哭。

孙殿臣:一鞠躬……二鞠躬……三鞠躬,义发和、和兴泰、富顺堂掌柜吊唁,各送挽幛一副,奠礼二百。

[站在两侧的伙计齐声喊谢。

23. 陈家大院。　外/夜

[天上飘着雪花,老乞丐特地来陪小乞丐守灵,两人围着一盆火炭发抖。

[寒风袭来,吊在棚顶上的电灯被风吹得摇曳,披麻戴孝的小乞丐缩着脖子。

小乞丐:干爹,我冷。

老乞丐:你冷?这死冷寒天的谁不冷?看把你娇贵的。干爹来陪你,你还这么多毛病。

小乞丐:我真冷。

[老乞丐拿出了酒壶。

老乞丐:过来喝一口酒,酒有仙气,一到肚子里人就暖和了。

小乞丐:我不喝酒,我冷。

老乞丐:冻死你这个小花子,你以为你是谁?坐在金銮殿上烤火的皇上?你是要饭花子,将就点吧。

小乞丐:我真冷,心里抖成一团了。

老乞丐:你是干爹,我是干儿子行不行?天生的穷命,碰上赏钱差,又娇贵起来了。

[老乞丐脱下身上的破棉袄,给小乞丐披上。他顺手摸了小乞丐的额头,又伸手摸了小乞丐的脖子和破棉袄里边的瘦胸脯。

老乞丐：你身上烫人。

小乞丐：我冷。

老乞丐：我说你烫。

小乞丐：我冷。

老乞丐：冷个屁！你小花子病了，身上像火炭似的烤人。你躺下睡，不给他们当孝子贤孙，干爹替你值更。

　　　　〔老乞丐放小乞丐躺下，又在火盆中加了几块炭。

　　　　〔老乞丐喝了一口酒，拿起一只瓦罐，起身去敲门。

老乞丐：喂，里边有人没有？

　　　　〔滨生打开了门。

老乞丐：红白喜事大门是敞开的，入席就是客。给点儿下酒菜，小心冻死人。

滨　生：好，你等一会。

　　　　〔滨生接下了瓦罐。

24. 陈家大院。　外/夜

　　　　〔灵棚内，老乞丐在火盆上墩着瓦罐，一口一口地喝着老烧。

老乞丐：好好睡一觉，天亮干爹回去给你拔罐子，退退火。不过今天晚上的赏钱可是我的啦，干爹用来打酒喝。

　　　　〔小乞丐暗暗哭泣，老乞丐用那脏兮兮的手摸着小乞丐的头。

老乞丐：别难过干儿子，人活着就是受罪来了，要饭花子苦，有钱人也苦。这不缺吃不缺穿的阔太太不是两眼一闭登天了吗？在劫难逃，老天爷眼睛亮着呢。

小乞丐：我想我妈。

老乞丐：净说废话，你要是有妈还能当小花子，遭这份罪吗？干儿子，这人活一世，草木一秋，有许多说不清，讲不明的道理。不像演戏的大舞台，忠奸分明，是非了断，动不动就唱"湛湛青天不可欺，善恶到头终有报"。其实呢，有些心头事，天知地知，就是人不知啊！

　　　　〔老乞丐说着来了兴致，拿起随身带着的破三弦，用手拨动着，吼了起来——

　　　　一杆秤称不出人心几何，

　　　　一本账记不下悲欢离合，

　　　　铁算盘算不清人间是非，

　　　　出门人测不出大雨滂沱。

　　　　十里商街八百店，

雾里看花梦红罗，

闺中怨女铁铸的汉，

聚首方知是歧路人。

有情人偏遇尴尬事，

无情人相守不相知，

喊一声妹子叫一声哥，

怨天怨地别怨我。

……

[小乞丐睁开那只好眼，显得黯淡无光。

小乞丐：干爹，人死了还能知道这人间的事吗？

老乞丐：死了死了，一死百了。

小乞丐：要是知道就好啦，我死了回头叫干爹一起走，陪我到阴间做伴去。

老乞丐：你这小要饭花子，我不能死，人世间的罪还没受够呢，阎王爷不要我。哎，你小花子别说丧气的话，轮到我死也轮不到你死啊。你是一棵树苗还没打权，正是疯长的时候。快睡吧。

小乞丐：我冷。

[老乞丐给小乞丐掖好盖在身上的棉袄。

25. 陈家大院。　外/夜

[灵棚内，老乞丐拨弄着手里的破弦子，望着棺材前摆放着的陆璎的相片。

[灯光下，相片上的陆璎目光哀怨。

[老乞丐又唱了起来——

西去路上清凉界，

阴阳分明奈何桥，

撒手本想万事休，

回头望啊，

人世间哪，

恩怨依在。

化愁云恨雨，

难说这混沌为清平。

……

[天空中开始有雪花飘落。

26. 宏发祥账房。 内/夜

［伏案清理账目的陈九,抬起头陷入了沉思。

27. 陈家大院。 外/晨

［天亮时,老乞丐打着哈欠,去摇动小乞丐。

老乞丐：干儿子快起来,该咱们走了,不在这儿遭这份罪了。

［老乞丐摇动了半天,才发现小乞丐身体已经僵硬,他那一睁一合的阴阳眼没有了任何表情,脸色发紫,流出来的鼻涕冻在唇上。小乞丐死了。

老乞丐：干儿子,别走啊干儿子。

［老乞丐抱着瘦小的小乞丐,突然嘿嘿笑起来。

老乞丐：你这个小要饭花子,真他妈的是皇上命,硬是不受人间这活罪,升天享福去了,丢下干爹一个人苦熬这孤独日子。

28. 陈家大院。 外/晨

［一夜没睡的陈九推门出来,注视着灵棚里发生的一幕。

29. 秋姐家。 内/日

［沈中和躲在秋姐家厮混。

秋　姐：你这个大男人也够窝囊的了,像个地鼠子似的躲在洞里,见不得天日,连门也不敢出。让人家知道了还不笑掉大牙。

沈中和：有什么办法! 空有千条妙计,事情眼看成了,谁知却栽到了一个傻娘儿们手里。

秋　姐：占了人家的太太,又吞了人家的财产,都逼出人命来了,看来你这个人也够缺德的啦!

沈中和：这年头无毒不丈夫,有钱人才能活出个人样来。要啥有啥,想干啥干啥,做个人上人。没有钱,你秋姐肯让我碰你一下吗?

秋　姐：算啦算啦,一天到晚钱钱的,忘了人为财死,鸟为食亡的道理啦,再说总这么在屋里憋闷着,不怕憋出病来啊。

沈中和：早晚有我沈中和出头的日子。有一天我成了掌柜,陈九成了穷光蛋,到那时候不定谁躲谁呢?

30. 街巷。 外/日

［秋姐提着两条鳖花鱼和几样蔬菜慢悠悠地走着。

[走到一根电线杆跟前,闪出了孙殿臣和伙计老张,挡住了秋姐的去路。

[秋姐躲避不开,只得站住。

孙殿臣：秋姐买鱼给谁吃呀,家里又有客人了吧?

秋　姐：老娘是干啥的,能断了客人吗? 没客人谁给饭吃?

[孙殿臣也不恼,横着身子拦着路。

孙殿臣：这有了新欢,也不能忘了旧相好啊! 来,陪老孙坐坐,叙叙旧情。

秋　姐：你还懂规矩不? 今天不能伺候孙掌柜,改天再来吧。你这路男人,有了女人就把老娘扔到一边,没了女人又来撩臊,没那么便宜。

孙殿臣：秋姐,看你把话说到哪儿去了! 今天我可是有事求你。

秋　姐：还能有事求我? 我是个没情没义的婊子,靠卖笑吃饭没有别的本事。我得回家了,不能让客人等我,混饭吃的生意可耽误不起。

孙殿臣：哎,别走别走!

老　张：有事有事。

31. 茶馆。 内/日

[茶房上了茶,端上了花生、瓜子。

老　张：秋姐,事关重大,我就直说了吧,沈中和是不是在你家躲着?

秋　姐：孙掌柜,又是你多嘴。

孙殿臣：不是我多嘴,你招谁都行,干嘛招那个孬种?

秋　姐：干我这行的又不是选驸马,能挑肥拣瘦吗? 谁给钱我跟谁上床,你老孙别自作多情。

老　张：好了好了,别怄气,都是朋友,互相帮衬着才是。

[老张起身掀起门帘,向外间看了看,转过身来坐下。

老　张：秋姐,求你一件事。

32. 秋姐家。 内/日

[沈中和百无聊赖地在房间里走动,不时掏出怀表来看。

33. 茶馆。 内/日

[秋姐、老张、孙殿臣仍在商谈。

秋　姐：不行不行。我秋姐从来不出卖客人,这事缺德我不干。

老　张：沈中和逼死了陈掌柜的太太,又坑得他几乎倾家荡产,难道让这样的恶人逍遥不成?

秋　姐：我最恨有钱人家的太太,死一个少一个,和我有什么关系。没有别的事我得走了。

　　　　[说着秋姐站起了身,孙殿臣忙按住了她的手。

孙殿臣：秋姐这样说就不对了。大家都是朋友,陈掌柜和你也有交情,不能不用人的时候翻脸哪!

秋　姐：孙掌柜,你知道你们这是让我做什么吗? 俗话说宁肯得罪君子,不能告罪小人。沈中和是什么人,你们比我清楚,得罪了他有我好果子吃吗?

老　张：难道就叫沈中和逍遥不成?

　　　　[孙殿臣被抢白得红了脸,呼哧呼哧地喘着气坐了下来。

秋　姐：你们之间有深仇大恨,干嘛把我推到前头,真刀真枪你们去找沈中和呀!

孙殿臣：秋姐说得也是。沈中和日后狗急跳墙怎么办?

　　　　[老张从皮包里拿出一叠钱来,放到桌上。

老　张：秋姐,我们就当一笔买卖来做。陈掌柜出钱,这是一半,另一半事成后就给你。将来沈中和有什么妄动,用这钱也可以找个退路。

孙殿臣：算了吧。秋姐一个女人家,也别太难为她了。

老　张：这事成败全在秋姐身上。秋姐一向义胆侠肠,是红尘中少有的刚烈女人,古人有李香君、杜十娘那样重义重情的红艳烈女,秋姐就成全陈掌柜一次吧。

　　　　[秋姐冷笑起来。

秋　姐：老张你也不用给我戴高帽子,我明白这件事担多大的干系,这是赌命。我不想干的事谁说也不行。

　　　　[老张也板起了脸。

老　张：没想到一个沈中和把秋姐吓成这副样子。看来这世上谁都怕恶人,这扬善抑恶不过是戏台上的腔儿调儿,唱得做不得,当不得真。

秋　姐：别把我当成在台下看戏流泪的傻子,我怕不怕他得看值不值,为别人得罪一个恶人不划算。

老　张：当成买卖,秋姐还推辞吗? 你付了辛劳,又担着风险,这样做大家都公平。何况你秋姐还担着一份道义。

　　　　[老张拍着桌上的那叠钱。

老　张：秋姐,你在青楼多年,青春不长在,拿着这笔钱,回老家去,嫁一个好男人,相夫教子,下半辈子也好有个归宿。

　　　　[秋姐望了孙殿臣一眼。

秋　姐：这世上的好男人都死光了。

孙殿臣：老张,这事细想想也不妥,我们还是想别的办法吧。

　　〔孙殿臣刚要往起站,被秋姐按住了肩。

秋　姐：别走孙掌柜,这道义不道义的先不说,作为一笔买卖我答应。我这个人和任何男人都可以做买卖,就不差这一笔。

34. 秋姐家。　内／日

　　〔秋姐进门的时候,沈中和叼着烟卷,正坐在梳妆台前看秋姐的照片。他有些不快。

沈中和：怎么去了这么久? 我都等急了。

　　〔秋姐放下鱼和菜,开始洗手。

秋　姐：你猜我路上想起什么了?

沈中和：我又没钻到你肚子里去,谁猜得出你的花花肠子。

　　〔秋姐媚笑着,爬上床,伏在沈中和身上。

秋　姐：来,上床我给你说,你不等急了吗?

　　〔秋姐和沈中和缠绵着。

秋　姐：我告诉你我想起什么来了。明天是我的生日,你得为我祝寿。

沈中和：好好,为你祝寿,打酒弄菜,痛痛快快地喝一顿,一醉方休。

秋　姐：不在家憋闷着。我让你跟我出去吃寿席,宴春楼的海参好吃,我总吃不够,别舍不得花钱。

沈中和：不行不行,让陈家的人碰见我就坏事啦!

秋　姐：我看你是被吓破了胆,陈家这时候都忙着给太太办丧事,谁还顾得了你?

沈中和：那也不行。不怕一万,就怕万一,万一撞上了怎么办?

　　〔秋姐噘起红通通的嘴唇,吹着沈中和的眼睛、头发、耳朵,撒起娇来。

秋　姐：男人都是没良心的。我一天到晚陪着你,让你开心,让你高兴,伺候得你舒舒服服的,这点事都求不动你。

沈中和：我何尝不想出去走走,听听风声,探探虚实,总憋在屋里心里也没底,真怕出点什么意外前功尽弃。

秋　姐：大冬天把自己捂严实点,谁能认出你来? 再挑那清静时间去,怕什么! 没见过你这么胆小的男人。

沈中和：你这个小狐狸精,是块冰在你身上都能化成水。

35. 宏发祥账房。　内／夜

　　〔陈九把滨生传进了账房。

陈　九：陈家的事你都知道,宏发祥不能垮。

滨　生：我听陈掌柜的吩咐。

陈　九：后天是太太的七日,出殡的日子定在腊月十九。在这之前,我有件事情要办。

　　　　〔陈九将一叠放进信封里的请柬交给了滨生。

陈　九：明天上午十点前,你要将这些请柬交到各家掌柜手里,就说我陈九吃官司时,有劳各位掌柜关照,太太过世后又不嫌弃送来赙仪,为答谢各位掌柜,我陈九明天在宴春楼设宴酬谢,请务必光临。记住,请的人不多,这事一定不能外露,免得让人家挑剔厚薄。

　　　　〔滨生点点头。

陈　九：十点钟你叫一辆汽车去庄本商行去请庄本,就说我吃了官司,变卖了房产,已经濒临破产,无力再盖工厂,太太去世后急着用钱,想把圈河那块地皮转让给他。我不想让外人知道这件事,私下里在宴春楼和他面议。你直接把他接到那里,我等他。

　　　　〔滨生全神贯注地听着,连连点头。

陈　九：滨生,你跟着我多年,知道你是个精明的孩子,我把这件事交给你办,不要让外人知道。事关重大,不能出任何差错。听明白没有?

滨　生：陈掌柜你放心,我心里有数,保险出不了错。

陈　九：尤其是庄本那,要让他知道我身临绝境,在我身上有便宜可占,不能让他看出破绽。

滨　生：我明白,陈掌柜。

陈　九：今晚你就住在这里吧。我上楼睡去。

36. 秋姐家。　内/日

　　　　〔沈中和与秋姐在穿衣打扮。

　　　　〔沈中和穿了一件俄式呢子大衣,戴了一顶礼帽,又围了一条羊毛大围脖把脸盘盖起来,只露着两只眼睛。秋姐穿了一件灰鼠皮袍,围了一条狐狸皮围脖。

37. 马路上。　外/日

　　　　〔秋姐挽着沈中和的胳膊上了一辆马车。

　　　　〔马车飞驰。

38. 宴春楼包间。　内/日

　　　　〔放下门帘,沈中和摘下礼帽和围脖,脱掉大衣,坐下来长出了一口气。

　　　　〔秋姐拿起了菜单。

秋　　姐：沈先生,舍得花钱不?

沈中和：你现在是我的心、我的肉,还有什么舍得舍不得的?

秋　　姐：那就要六六顺的套菜,图个吉利。

沈中和：都说秋姐最懂男人的心,果然不假。

秋　　姐：像外国人那样,再要一个生日蛋糕?

沈中和：要。

秋　　姐：还要蜡烛不?

沈中和：那是有讲究的事。你多大了?

秋　　姐：我也记不得了,是二十三还是三十二?

沈中和：那就要二十三支吉祥蜡烛。秋姐你年轻,说十八都有人信。

秋　　姐：我最烦男人贫嘴,你笑话我呢。

39. 马路。 外/日

［一辆汽车行驶在路上。

［汽车内庄本端坐,滨生坐在另一边。

滨　　生：陈掌柜受了一连串打击,心灰意冷,挺要强的一个人也垮了。

庄　　本：你们陈掌柜胃口太大,中国人搞实业,有几个成功的?

40. 宴春楼包间。 内/日

沈中和：喝什么酒呢?

秋　　姐：我不喝酒。

沈中和：得喝,人生无酒,活不出滋味。我陪你喝啤酒。

　　　　　［两人你一言我一语地说着,门帘被掀开了。

沈中和：别急别急,一会儿再进来。

　　　　　［沈中和见秋姐拿着菜单儿,瞅着门口愣神,才抬起头来。看到陈九的那一刻沈中和脸突地变了,身子往后一靠几乎瘫下来。他猛然醒悟扭过头来望着秋姐。

沈中和：他妈的你……你出卖我。

秋　　姐：我他妈的什么……你他妈的,你们男人的事我怎么知道?和我一点关系也没有,我才不操那个心呢。

　　　　　［秋姐说完便抱起衣服,扭着腰肢走了出去。

陈　　九：沈中和,这事儿和秋姐没有关系。今天我请客,我候你多时了。

41. 宴春楼包间。 内/日

〔秋姐走进隔壁一个单间时,脸色有些暗淡,气力也不足了,脚步发软。老张正在等她。

秋　姐：老张人我带来了,讲好的价钱可不能变。

〔老张从随身携带的皮包里拿出一叠大洋票,交给了秋姐。

老　张：看秋姐你说的,哪能变呢? 这钱够你几年的包身钱了。

秋　姐：这哪儿是包身钱,这是卖命的钱。得罪了恶人还有我的好?

老　张：沈中和是条落水狗,他咬不了人啦!

秋　姐：钱归钱,人情是人情,告诉陈掌柜,他欠着我一份人情。以后有了是非,别忘了替我秋姐做主。

老　张：忘了谁也忘不了秋姐呀。

42. 宴春楼大厅。 内/日

〔三张大圆桌已经坐满了客人,都是正阳街上的富商大贾。

〔陈九看了看怀表,开始说话。

陈　九：各位同业,天冷路滑,大家不辞辛苦来赴宴会,十分感谢。还有一位客人未到,请大家稍候。

客人甲：正阳街上有头有脸的人都来了,谁这么大的派头,唱压轴戏。

孙殿臣：等会一叫板,一掀帘子,就知道唱哪出戏了,就瞅好吧。

43. 宴春楼大厅。 内/日

〔庄本出现在大厅的楼梯口,后边跟着滨生。

〔庄本见到大厅的场面大吃一惊,明白自己进了陈九的八卦阵。

〔陈九迎上前去。

陈　九：庄本先生姗姗来迟,恭候多时,请入席吧。

〔庄本很快就镇静下来,微微点头表示打招呼后坐了下来。

〔客人们对庄本的到来都面面相觑,相互用眼神打起哑语来。

第十六集

1. 宴春楼大厅。 内／日

［陈九站起来，举杯做抱拳状。

陈　九：各位同仁，我陈九这次遭人暗算吃了官司，是罪有应得。商人争利，商场如战场，难免有得罪之处，各位同仁不计前嫌，出面作保，终了此案。我陈九先敬一杯谢罪酒。

［来宾纷纷端起酒杯，陈九一口喝干了杯中的酒。

［伙计过来给他斟满。

陈　九：明天是我大太太过世周七，是出殡的日子。大太太治丧期间，承蒙各位瞧得起我陈九，送来赙仪和挽幛，我这里再敬大家一杯谢礼酒。

［陈九又干了第二杯酒，他将自己手中的杯斟满，再一次举起。

陈　九：在座的各位都是商界大亨，在正阳街上是受人敬重的人物，我陈九今天想借大家的面子，在这里讨一个公道。

［陈九端着杯走到庄本跟前。

陈　九：这第三杯酒我和庄本先生同饮，来结清我们之间的一笔债务。

［庄本站了起来，推开陈九的酒杯。

庄　本：我不明白陈掌柜的意思，我和宏发祥从来没有生意上的往来，怎么会有债务呢？

陈　九：这笔债务庄本先生有数，我心里也有数，大家心照不宣，还是不要把话说明白了好。

［庄本想了想，把目光转向了客人。

庄　本：各位先生，各位同业，在座的大家都是商人，经商自有经商之道，商业竞争是全世界都遵循的发展规律。本商行在中国做生意，因为和宏发祥是同业，难免要分个高

　　　　　低,但本商行完全以经济实力出手,公平竞争。商场无情,但人情应在。

　　　　　[他举起酒杯向陈九致意。

庄　本:陈掌柜一向争强好胜,希望不要把商场上的得失变成个人之间的恩怨。中国商界
　　　　　有一句名言,叫买卖不成仁义在。不能意气用事,更不能无端反目。

　　　　　[庄本首先干了杯中的酒,把杯放回到桌上。

　　　　　[陈九也一仰脖喝干了杯中的酒,一扬手把酒杯扔到身后,叭地一声摔了个粉碎。

　　　　　[全场一阵喧哗,但很快又安静下来。

陈　九:商场竞争,各谋其利,英雄好汉各显其能,谁赢了谁是英雄,谁输了谁是狗熊,我陈
　　　　　九没说的。可是有人为了独霸市场,不择手段,谋人家财产,毁人家商号,甚至收买
　　　　　走狗,把别人置于死地,还站在这里谈什么仁义!

　　　　　[庄本脸色难看,他掏出手帕抹着嘴。

庄　本:我不明白陈掌柜什么意思?

陈　九:我今天请庄本先生来,就是向各位同业说清楚,我陈九为什么吃官司,被谁算计得
　　　　　几乎倾家荡产。

庄　本:陈掌柜,你可不能因商场上的失败嫁祸于人哪!

陈　九:庄本先生你坐下,中国有句俗话,站着的客人不好招待。我们有话慢慢说。

　　　　　[陈九将庄本按坐在椅子上。

陈　九:我想知道贵行最近是不是做了一笔很大的羊皮生意?

庄　本:是的。往年都是由宏发祥独揽这笔生意,因为贵行资金周转不开,今年放弃了,我
　　　　　当然可以做。话又说回来了,就是贵行不放弃,我就不能做羊皮买卖了吗?

陈　九:庄本先生说的有理,临路经商,有钱大家赚。我只是想知道贵行这笔生意是和谁合
　　　　　作的,使用了谁的资金?

庄　本:对不起,这是本行的商业机密。在座的同仁都清楚,在经营上每家都有自己的秘
　　　　　密,不能强人所难,我有理由不回答这个问题。

陈　九:这对庄本商行来说当然是秘密,可对宏发祥来说,就不算是什么秘密了。

2. 宴春楼雅间。　内/日

　　　　　[沈中和垂头丧气地坐着,脸色苍白。老张和滨生守在门口。

　　　　　[画外音响起。

陈　九:沈中和盗用了宏发祥盖工厂的资金,以庄本商行的名义做了这笔羊皮出口生意,他
　　　　　们俩为了摧毁宏发祥,联手诬告我谋财害命,将我关进牢房,妄图置我于死地。

3. 宴春楼大厅。 内／日

［来宾听得变颜变色,纷纷交头接耳。

陈　九：事情已经清楚,我请庄本先生来就是向庄本商行提出撤回宏发祥的全部投资和应该得到的利润。

［庄本挺直了腰板,嘴角挂上一丝嘲笑,态度从容起来。

庄　本：从陈掌柜的陈述看,显然是宏发祥在内部经营上出了纰漏。陈掌柜是精明人,竟然用人不当,既然沈中和能欺骗你陈九,他难道就不能欺骗我吗? 所以,指责我干涉宏发祥的事务是不公正的。沈先生购买羊皮的投资是以个人名义投放的,他曾再三说明这笔资金和宏发祥无关,我已把这笔资金和经营上的利润结算给他。陈掌柜只能和沈先生去结算了。

陈　九：我上哪儿去找沈中和呢? 他已经失踪了十几天了。

庄　本：沈先生是宏发祥毛皮商行的账房,他在哪儿陈掌柜应该比我清楚。

［陈九脸上涌起得意的笑容。

陈　九：我知道,我当然知道,我现在什么都知道了。我知道谁把他藏了起来,也知道他藏在什么地方,还派人把他找了回来。你信不信庄本先生?

［陈九拍了拍手。

4. 宴春楼大厅。 内／日

［厅堂的一侧单间的门帘被掀起来,沈中和板着面孔被人推了出来。

［庄本愕然。厅堂里又爆发出一阵喧哗。

陈　九：沈中和,当着各位商家,你把怎样勾结庄本,怎样想摧毁宏发祥,向正阳街上的同仁们说个明白吧!

庄　本：沈先生,你的梦你自己圆,可别乱咬人。

沈中和：……

陈　九：好汉做事好汉当,事到如今你还想抵赖吗?

沈中和：……

陈　九：说吧,是条汉子就痛痛快快地说出来!

沈中和：好,我说……陈掌柜,你这些年一心一意赚钱,东杀西砍,人情亲情都不顾,弄得人厌人恨,众叛亲离,连你的太太都背叛了你。我是占了宏发祥的资金,但我那是按照太太的意思做的,是太太想摧毁宏发祥,是太太将你送进了监狱,我不过是听从太太的吩咐罢了。

［大厅哗然。

陈　九：到这时候了你还一派胡言！

沈中和：我没有胡说，事情败露后太太无脸见人吞吃了鸦片，现在人死不能对证，你不能拿我当替罪羊。

　　　　［大厅再次哗然。庄本脸上露出了得意的微笑。

庄　本：陈掌柜，这本来是陈家的事，何必在这里张张扬扬，弄得大家都无趣。对不起，我告辞了。

　　　　［秋姐从另一个包间里走了出来。

秋　姐：慢着，庄本先生请留步。各位都是正阳街上的头面人物，来给陈掌柜捧场。这里本来没有我的事，是不该多嘴的，可我这个人最见不得那些偷鸡摸狗又血口喷人的事。

庄　本：陈掌柜，这位是什么人？怎么跑到这里来撒野？

秋　姐：庄本先生好忘性，是谁出钱让我拉沈中和下水？是谁出主意让花子房将福隆泰掌柜赵小品置于死地，怎么一翻脸连人都不认得了？

庄　本：你有什么资格在这儿胡说？各位同仁千万不要相信一个风尘女子的话。

秋　姐：我是一个风尘女子，而且是一个很迷人的风尘女子。沈先生，我的话不错吧？

沈中和：你……你这个婊子！

秋　姐：是，我是婊子。但我这个婊子只卖自己，也只糟蹋自己。你呢？沈先生你谁都卖，卖你的主人，糟蹋你的情人，你还不如婊子！

　　　　［伙计老张从皮包里拿出一叠单据，交给陈九。

老　张：陈掌柜，这是犹太银行和有关商家提供的单据，是指控庄本毛皮商行的证据。

陈　九：在各位同业面前，我向大家展示人证物证，并正式向庄本商行提出索回我宏发祥商行的投资和应得利润，并包赔一切损失。如果庄本先生有异议，可以在法庭上见。

5. 陈家大院门前。　外/日

　　　　［陈家为陆瓔出殡。

　　　　［七位和尚手持木鱼磬钟，口诵金刚经。

　　　　［在起灵的吆喝声中，披麻戴孝的凤仪摔响了瓦盆，"孝子"们跪列两旁齐声号恸。十六只大喇叭齐吹大悲调。尖顶四角飞檐、二十四人抬的凤头凤尾大棺罩在抬棺人的吆喝声中离地，缓缓起步。

　　　　［"孝子"在前边打幡，后边是全套扎彩，有童男童女、金山银山、饮水的黄牛，还有精巧的楼台亭阁。七位和尚跟在后边，执木鱼或钟磬，时而敲击有声，时而低声诵唱。

　　　　［紧跟在棺罩后的是凤仪和张秀玉，凤仪棉袍外套了孝服，张秀玉头上戴了孝布，腰

里扎了孝带。跟灵的"孝子"也都是一身重孝,一路上号哭不止。后边是吊唁的亲友,和宏发祥上上下下的伙计,正阳街上一些大商号也派了伙计跟灵。

〔韩妈走到张秀玉身边。

韩　妈：二太太要小心,怀着身子容易冲了喜。柜上备了几辆车,我陪你坐车去。

张秀玉：太太心眼儿好,不会伤了我的。

6. 陈家大院门前。　外/日

〔门口停着几辆马车。陈九同黄先生寒暄。

陈　九：天气太冷,路又远,黄先生心意尽到了,别去辛苦这一趟了。

黄先生：太太是我多年的病人,可惜我空有医术,也没留住太太。

陈　九：黄先生你尽了心啦,治得了病治不了命。

〔陈九扶着黄先生上了马车。

7. 极乐寺墓地。　外/日

〔一片哭声中,陆璎的棺木被葬入离浮屠塔不远处的一个墓穴里。

〔墓前纸灰飘舞,空中纸钱飘落。

〔鼓乐班又吹奏起大悲调。

〔空中盘旋着老乞丐嘶哑的声音——

西去路上清凉界,

阴阳分明奈何桥,

撒手本想万事休;

回头望啊,

人世间哪,

恩怨依在,

化愁云恨雨,

难洗这混沌为清平,

……

8. 极乐寺墓地。　外/日

〔站在送葬人群前的陈九抬起头来。

〔萧瑟的天空中掠过一群鼓噪的乌鸦,盘旋着向远处的树丛落下。

9. 陆瓔房间。 内／日

［陈九坐在陆瓔的床上，环视着房间里的一切。

［床上的毛毯、缎被，梳妆台上的木梳和发卡，那条长年扎在额头的白缎带，都静静地躺在那里。陆瓔喜欢的米兰、虎皮兰和透叶莲，绿油油地滚着水珠。放在墙角的那一株夹竹桃也依然枝叶茂盛，只是那只花猫不见了。

［画外音响起。

陆　瓔：一切犹如一场梦，可再可怕的梦也有醒来的时候，你我相守不相知的日子却没有尽头。我就像落入激流里的一片树叶，无论怎样挣扎都无济于事。我累了，我先走了，照顾好我们的凤仪，我真的就无牵无挂了。

10. 陆瓔房间。 外／日

［沉思中的陈九被轻轻地敲门声惊醒。

［门被推开，凤仪走了进来。

［凤仪的面孔化做了陆瓔的面孔，陈九站了起来。

［陆瓔的面孔又还原为凤仪的面孔。

凤　仪：爸，我想和你说件事。

陈　九：什么事？说吧。

凤　仪：我想去北平上学。

陈　九：嗯，去北平上学？上什么学？

凤　仪：我想念师范。

陈　九：哈尔滨也有师范。

　　　　［凤仪沉默了一会。

凤　仪：我想离开这个家。

陈　九：这个家怎么啦？为什么要离开，你说说看。

凤　仪：不为什么，就是想离开。

　　　　［顷刻的沉默后，陈九继续说话。

陈　九：也好。你年纪轻，愿意出去闯一闯也好。我给你钱，你好好读书，将来做自己的事。

凤　仪：我不要你的钱。

陈　九：那你靠什么读书？

凤　仪：我自己想办法。

陈　九：你小小年纪有什么办法？凤仪，你太像你妈妈。长得像，脾气也像。

凤　仪：你别提我妈妈,提我妈妈我恨你,还恨你那个二太太。

〔凤仪眼睛里噙满了泪水,她涨红着脸。

凤　仪：爸,我妈妈为什么自杀,你们为什么不告诉我呢? 我想是我妈妈恨你,恨你那个二
太太,我妈妈不允许别人占据她的位置。她是个自尊心很强的女人。

〔陈九握紧拳头想发作,但他只是嚅动了一下嘴,吐了一口气。

陈　九：你别胡说,你知道什么!

凤　仪：我什么都知道,我最知道妈妈,她不想伤害任何人,最终只能伤害自己。

陈　九：她是我太太,我和她一起生活了十八年,我知道是怎么回事。

凤　仪：可是你不爱她,你们之间总是吵架。自从娶了那个二太太,你更冷淡了我妈妈。她
一定忍受不了。

陈　九：我是你爸爸,你不能这样对我说话。你在胡说八道你知道吗?

凤　仪：我没说错。爸爸你太自私,你只看到你得到的东西,你看不到你失掉的东西。也许
你不在乎,可我不愿意受这种伤害。

〔陈九一屁股坐在床上,怒冲冲地挥着手。

陈　九：你走。你别来烦我,离开我远远的,愿意上哪儿都行,北平、南京、日本、美国,离家
越远越好,永远也不要回来。

〔凤仪哇地哭出声来。

凤　仪：好,我走。我走得远远的,永远也不进这个家门。

〔凤仪号哭着拉开门,跌跌撞撞地跑了出去。

　　11. 陈家大院。　　外/日

〔两辆大板车拉着成捆的羊皮进了宏发祥的后院。

〔跟车的老张拍打着身上的尘土,掏出钥匙去开仓库的房门。

〔车老板解开捆绑羊皮的绳套子。

　　12. 陈家大院。　　外/日

〔陈九抽出一张羊皮,抖着。

陈　九：这个瞎了眼的沈中和,竟然买这种劣货卖给外国人,还想发财当掌柜!

老　张：他懂什么,还不是让人家糊弄了! 本来不想要这批羊皮,现金账都讨回来了,剩下
六百张羊皮也是他卖不出手的劣货,好歹得认了,就拉了回来。

陈　九：多雇几个人,把它们熟出来,看看能不能派上用场。

13. 凤仪房间。 内／日

〔凤仪在装一只出门用的旅行皮箱。

14. 宏发祥账房。 内／日

滨　生：陈掌柜,收回来的钱怎么办? 先把四家子的房产赎回来? 太太和陶先生有契约,今年把房子赎回来损失不大。

陈　九：不着急赎房子,得先盖工厂。

〔滨生给陈九沏了茶,打了水让陈九洗手。

滨　生：陈掌柜,我给德国海姆公司打了电报,他们答复说我们没有按时交预定金,机器已经卖给别人了。如果想要,最快也得明年夏天才有货。

陈　九：明年夏天就明年夏天,我要让庄本商行看看,我陈九想干的事谁也阻挡不了。

〔老张打发走送羊皮的马车,回到账房。

老　张：盖厂房的砖瓦木料快备齐了,工地开不开工? 让买进来的砖瓦木料闲置着,厂房的成本会增加,陈掌柜你得拿主意。

陈　九：用不着再拿什么主意,我们是过了河的卒子,没有退路了。现在地面开化了,你就准备破土动工吧。滨生,你给海姆公司拍个电报,预购金马上就汇到,明年我就让工厂转动起来。

〔滨生望着陈九,半天才吞吞吐吐地开口。

滨　生：钱都派上了用场,秋天的羊皮生意怎么做?

陈　九：秋天再想秋天的办法。你们按我说的去办吧。

〔陈九端起茶杯,直起身体,突然腰部一阵疼痛,他放下杯子去按腰处,眉头也皱了起来。

滨　生：陈掌柜你怎么啦? 哪儿不舒服?

〔陈九揉着腰部。

陈　九：你们好好干,宏发祥垮不了,宏发祥轰轰烈烈的日子在后头呢。

15. 宏发祥账房。 内／日

〔老张和滨生望着离去的陈九。

滨　生：他病了,看出来他病了。

老　张：他累了,他心血熬得太多了,要是换一个人早垮了。

16. 陈家大院。 外/日

〔在凤仪的房门前,韩妈遇到了凤仪,她穿着长衫,系着白色长围脖,提着一只出门用的旅行皮箱。

韩　妈：小姐,要吃饭了这是上哪儿去?

凤　仪：上天涯海角,去没有人烟的地方。

韩　妈：上哪儿也得吃了饭再走,吃了饭让伙计们提着皮箱送送你。

凤　仪：我才不吃饭呢,从此我不再吃家里的饭。

〔韩妈慌忙上去夺皮箱。

韩　妈：这是和谁生气,怎么说走就走呢,使不得使不得——

凤　仪：韩妈你躲开,谁也不用拦我,这个家我呆够了,你拦也拦不住。

韩　妈：小姐,你走的事陈掌柜知道吗?

〔凤仪走到楼梯口,又回过头来。

凤　仪：韩妈你别多嘴多舌惊动任何人,我不想让谁知道我走。

17. 陆瓔房间。 内/日

韩　妈：陈掌柜,小姐她走了。

陈　九：由她去吧。她有两条腿,谁能管得了她。

18. 张秀玉房间。 内/日

〔张秀玉坐在一把椅子上,就着床当案子,裁剪小孩衣服样子。

韩　妈：二太太不好了,小姐她走了。

张秀玉：小姐上哪儿去了?

韩　妈：小姐说要去天涯海角。

张秀玉：哪儿是天涯海角?

韩　妈：谁知道呢。小姐哭得抽抽噎噎,一副可怜的样子,真叫人心疼。

张秀玉：陈掌柜呢?

韩　妈：陈掌柜说不管。爷儿俩刚吵了嘴,小姐是赌气走的。

张秀玉：韩妈你是干什么的?陈掌柜不管你该管,放走了小姐谁担当得起,这个家还嫌乱得不够吗?

韩　妈：二太太你不是不知道小姐的脾气,从小就任性惯了的,掌柜的都拦不住,我一个做下人的能拦得住吗?

张秀玉：韩妈你也学得张狂啦,我可从来没看见过你在大太太面前犟过嘴。

［韩妈立刻涨红了脸,她低下头用手绞着大襟儿,小声嘟囔。

韩　妈：太太也从来不向下人发火。

　　　　［张秀玉站起来抱着肚子来回走着。

张秀玉：大太太对下人好你怎么不跟大太太去呀?小姐嫌我多我,连你也嫌我多我,你们合起伙来欺负我,我成了外姓人啦!

韩　妈：二太太你可别这么说,我哪担当得起呀!

张秀玉：韩妈你看看我现在这副样子,你找我有什么用?我还能挺着这大肚子满街去找小姐吗?你还不快去叫几个伙计来,让他们分头去。只要看见小姐,拖也要把她拖回来。听见了吗?还不快点去。

　　　　［韩妈这才慌忙点头离去,一边走一边撩起大襟擦拭流在面颊上的泪水。
　　　　［张秀玉突然感觉到肚子里的胎儿在下坠,忙坐回到椅子上去。

19. 陈家客厅。　内/日

　　　　［出去找凤仪的人陆续回来了,都是一脸的失望,衣服上落满了沙尘。

陈　九：凤仪要走就走吧,找什么?她长大了,有两条腿,留也留不住。你找回她的人,也找不回她的心了。

张秀玉：不能让她这么走了,让人家笑话我张秀玉容不下大小姐,这名声我担当不起。再说我答应过大太太要照顾小姐的。

韩　妈：二太太说的是,大小姐从来没有出过远门,有个三长两短的可怎么向太太交待。

　　　　［陈九叹了口气。

陈　九：你们再去找吧,在原来的地方多等等,多长几只眼睛。这孩子有主意,她要躲你们,你们就不容易发现她。

　　　　［伙计们应声离去。

20. 陈家客厅。　内/日

　　　　［张秀玉一拍额头。

张秀玉：我知道了!我知道了!知道凤仪去哪儿啦,她一定还在那里。

　　　　［韩妈也顿悟过来。

韩　妈：对,小姐没走远,小姐没走远。

　　　　［这时陈九也猜到了,把头低了下去。

张秀玉：我去找她,我现在就去。

韩　妈：二太太身子不方便留在家里吧,我去,这事儿我能办。

张秀玉：还是我去，我有话要跟小姐说，你们不用拦我。

21. 陈家大院。 外/日

〔张秀玉穿了一件绿色大衣，系了一条纱巾，把头包裹住，只露着两只眼睛。

〔韩妈追了出来。

韩　妈：二太太，我和你一起去吧。你身子重，也好有个照应。

张秀玉：不用，我自己去，谁让我天生是做不了太太的穷命呢。

〔韩妈噤声不语，呆呆地留在楼梯口上，眼看张秀玉笨拙地下了楼。

22. 马路。 外/日

〔张秀玉拦住一辆马车，行动迟缓地爬上车。

张秀玉：极乐寺，车夫你快点赶。

车　夫：好嘞——太太您坐好。

24. 极乐寺墓地。 外/暮

〔风停了，浮屠上的风铃偶尔发出响声，清脆而悠扬。

〔凤仪在陆璎墓前，静穆得像一尊雕塑站立着。

25. 极乐寺墓地。 外/暮

〔张秀玉从远处走过来，静静地站在凤仪身后。

〔凤仪回过身来，露出了惊讶的表情。

凤　仪：你来干什么？你怎么知道我在这里？

张秀玉：我猜到的，我这个人心眼好使，一猜一个准。你得来向你妈妈告别。

〔凤仪的神情很快生冷起来。

凤　仪：算你猜对了，我唯一留恋的就是我妈妈。

26. 陈家客厅。 内/暮

〔陈九闭着眼坐在沙发上，韩妈端茶走了进来。

韩　妈：陈掌柜喝杯茶。你别担心，二太太准能把小姐找回来。

陈　九：这孩子太像她妈妈啦，我担心找回人来，也找不回她的心啦。

韩　妈：小姐是掌柜的亲骨肉，就是远飞的燕子，到时候还要归集呢。

陈　九：亲人要是合不来，上牙碰下牙，更难相处。

韩　妈：哪能呢?

27. 极乐寺墓地。　外/暮

张秀玉：凤仪,你真的这么恨我们吗?

凤　仪：你们你们,我就讨厌在我面前说你们。

张秀玉：我是你爸爸明媒正娶的太太,怎么就不能说我们?

凤　仪：就是因为你……我妈妈为什么死,不就是因为你吗?

张秀玉：不是。

凤　仪：是因为我爸爸?

张秀玉：也不是。

凤　仪：你们都说谎,都在欺骗我。我知道我妈妈为什么去死,是你取代了我妈妈的位置,她忍受不了。

张秀玉：在我嫁你爸爸以前,他们过得好吗?

凤　仪：……我不许你说我妈妈,你说我妈妈我更恨你。

张秀玉：凤仪你还小,没有经历过的事情你就永远不明白。

凤　仪：我小? 你大? 你有什么资格教训我? 一个女孩子嫁了人就变得这么不要脸吗?

张秀玉：我知道你恨我。因为我嫁给了你爸爸,做他的太太,你就恨我。但这不是我的错,我不想招惹谁,更不想招惹你。你不应该跟我过不去。

　　　　〔张秀玉抬头向空中望去,一群乌鸦从空中飞过,发出呱呱的叫声。

张秀玉：你还没有嫁人,嫁了人就什么都明白了。

凤　仪：我不嫁人,我嫁人也不给人家做姨太,做妾,做小。我不会这么下贱。

　　　　〔墓地上出现了难堪的寂静。

28. 陈家客厅。　内/暮

　　　　〔陈九坐在沙发上,韩妈恭敬地站立着。

陈　九：韩妈,你跟了太太这么多年,你说太太这个人怎么样?

韩　妈：太太是上等的好人。

陈　九：我不是让你说这个。

韩　妈：陈掌柜你让我说什么?

陈　九：算了,太太做人城府太深,你怕是说不清。

韩　妈：我就知道太太是好人。

陈　九：这不怪你,我和她做了十八年的夫妻,也是看不清楚,说不明白。

韩　妈：陈掌柜，你是想太太了。

陈　九：你去吧，让我自己呆一会儿。

29. 极乐寺墓地。　外/暮

［张秀玉叹了口气。

张秀玉：你是有钱人家的小姐，又读过书，自然不会下嫁给男人做小。我是什么人？我是个孤儿，是个没人疼没人怜的小女人，在这个城市里没有我立身的地方。我能嫁给你父亲做二太太，已经心满意足了，我只能这么下贱。人和人怎么能比呢？人比人得死。

［张秀玉抱着肚子捶着腰，指着旁边的石凳对凤仪说。

张秀玉：我累得腰疼，你陪我到那边凳子上坐坐吧。

［凤仪迟疑了一下，跟了过去。

30. 陈家客厅。　内/暮

［陈九闭着眼睛坐在沙发上沉思。

［挂在墙上的照片中，陆璎的表情忧郁。

［画外音响起。

陆　璎：我们在一间屋里生活了十八年，形同陌路，日子越久越陌生。我走了，我歇下了。照顾好凤仪，我更无牵挂了。

31. 陈家客厅。　内/暮

［陈九一激灵，睁开了眼，韩妈站在跟前。

韩　妈：陈掌柜，茶都凉了，我替你换一杯热的。

陈　九：算了，我不喝了。小姐有消息吗？

韩　妈：还没有。

陈　九：派人去找，还有二太太，一起给我找回来。

32. 极乐寺墓地。　外/暮

［张秀玉和凤仪坐在石凳上。

张秀玉：做女人难，做嫁了男人的女人更难，连你妈妈那样要强好胜的女人都……

凤　仪：我妈妈怎么了？

张秀玉：你妈妈没怎么。

凤　仪：你说了,你说了我妈妈……

张秀玉：我没说你妈妈。你非要听的话,我告诉你,你妈妈是我遇到的最好的女人。当着埋在地下的人不讲假话,这会儿你该满意了吧。

凤　仪：这不是你心里的话,我不信。

33. 极乐寺墓地。　外/暮

〔太阳落下去了,暮色弥漫开来。

〔不远处一座墓碑前,点燃起一对蜡烛,轻柔的火苗一闪一闪的。

〔远处一个老妇人的背影向大门走去。

34. 极乐寺墓地。　外/暮

〔山门内的鼓楼上响起咚咚的暮鼓声,大殿里的和尚开始诵经做暮课了。

张秀玉：天晚了。凤仪,跟我回家吧。

凤　仪：我不跟你回家。我下了决心,谁也改变不了我。

张秀玉：要走也该让家里人送一送,你这样走了你爸爸会难过的。家里人都在四处找你。

凤　仪：我不在乎谁难过,谁难过也没有我难过。

〔凤仪说着嗓子眼发痒,语调就呜咽了。

凤　仪：你别假模假式的,你要是真有心,就照顾好我爸爸……

张秀玉：你真的要走?

凤　仪：车票都买好了,我想做的事,拦也拦不住。

张秀玉：你就不替大家想一想?

凤　仪：我都想过了,想过了才下决心走的。

〔张秀玉站在那里想了想,拿下手上的戒指和腕子上的玉镯子,把这两件金灿灿绿莹莹的首饰摊在手上,捧着要给凤仪。

张秀玉：你把这个带上吧,在外边念书要花很多钱,这两件首饰能用得上。

〔凤仪脸色突地变了。

凤　仪：我不要你的首饰,你的东西我什么也不要。其实你们都希望我走,你们逼死了我妈妈,又想赶走我,你们好心净。

张秀玉：凤仪你真是小姐脾气,给你说也说不清。你不要更好,我还舍不得呢。

35. 极乐寺门前。　外/暮

〔见张秀玉和凤仪走出来,车夫从马上跳了下来。

车　夫：太太天都黑了,快上车吧,这世道不太平,出了事我可担当不起。

　　　　〔张秀玉转向凤仪。

张秀玉：你也上车吧,把你送到火车站。

　　　　〔凤仪摇了摇头。

　　　　〔张秀玉只好自己上车,她爬了几次也没爬上去。凤仪远远地望着。

　　　　〔车夫把张秀玉扶上车。

　　　　〔车夫扬起鞭子,马车在细碎的马蹄声中离去。

　　　　〔马车上,张秀玉回过头来张望。

　　　　〔暮色中,凤仪站在极乐寺门前,她的身影渐渐被暮色笼罩。

36. 极乐寺门前。 外/暮

　　　　〔凤仪的眼泪刷刷地落下来。

　　　　〔一辆人力车跑过来。

车　夫：小姐要车吗?

　　　　〔凤仪也不答话。她默默地上了车。

车　夫：小姐上哪去?

凤　仪：去火车站,越快越好!

　　　　〔车夫弯下腰一溜小跑起来。

37. 火车车厢。 内/夜

　　　　〔凤仪坐在窗口,眼睛里的泪水,扑扑簌簌地落了下来。

38. 张秀玉房间。 内/夜

　　　　〔张秀玉躺在床上,临盆前的阵痛折磨着她,呻吟不止。

　　　　〔韩妈在一旁给她擦汗。

　　　　〔一个五十多岁的女大夫,板着脸给张秀玉听了胎音,查了胎位。

女大夫：喊什么,生儿育女是女人的天分,做女人都得过这一关,不像男人完了事抬屁股就
　　　　走,跑到一边躲清闲。怕疼以后少生几个就是了。

39. 张秀玉房间。 内/夜

　　　　〔张秀玉呻吟不止。

　　　　〔韩妈端着水进来。

韩　妈：太太喝口水。别怕,生下来就好了,女人这个时候需要力气,要不我给你煮鸡蛋?

　　　〔张秀玉死死抓住韩妈的手,摇头。

　　　〔女大夫的脸上流下了汗,不时地看表。

40. 陈家客厅。　内/夜

　　　〔陈九不安地来回踱步。

　　　〔女大夫走了进来。

女大夫：你太太是难产,送医院吧,留在家里怕出意外。

41. 马路。　外/夜

　　　〔几个伙计将张秀玉抬上了一辆小汽车。

42. 妇产医院。　内/夜

　　　〔走廊里,韩妈坐在长椅上长吁短叹。

韩　妈：哎呀,当初真不该让二太太去极乐寺墓地去。听人家说怀了身孕的女人不能到阴气太重的地方去,会被阴鬼缠身,冲了喜有危险。

　　　〔走廊里来回走动的陈九板着脸孔。

陈　九：说这些有什么用。当初你们都干什么去啦,放她一个人去极乐寺,现在说什么都晚了。

　　　〔韩妈吓得不敢再唠叨。

43. 医院产房外。　内/夜

　　　〔陈九闭目坐在长椅上。

　　　〔韩妈靠着墙站着打瞌睡。

　　　〔产房里传出婴儿的啼哭,陈九和韩妈都惊醒跳起。

44. 医院产房外。　内/夜

　　　〔产房的门开了,一个护士小姐走了出来,她摘掉大口罩。

女护士：恭喜你先生,你太太为你生了一个儿子,母子平安。

　　　〔陈九一屁股坐在长椅上,一时说不出话来。

韩　妈：谢谢了小姐,一定给你送红皮鸡蛋吃。

45. 宏发祥。 内/晨

〔伙计们正整理店堂,准备开门营业,韩妈提着一篮红皮鸡蛋走进来。

韩　妈：二太太给陈家生了个儿子,陈掌柜请大家吃鸡蛋。陈掌柜说了,晚上请大家喝喜酒。

46. 陈家大院门前。 外/日

〔一辆小汽车停在门口,张秀玉头上包着羊毛围巾走下来。

〔韩妈在身后抱着孩子,一个护士在身边。

47. 陈家大院。 外/日

〔院子里拉了好几道绳子,上边挂着熟好的羊皮。

〔张秀玉一进院内就皱起眉头,忙捂住鼻子。

张秀玉：这是什么味?呛得人恶心。

韩　妈：这是晾羊皮呢。咱们快点走,进屋就好了。

〔张秀玉走到楼梯口就蹲在那儿呕吐起来。

〔护士叫住了迎面下楼的陈九。

护　士：先生这院子里气味不好,会影响太太坐月子的。

48. 陈家大院。 外/日

〔陈九喊来老张。

陈　九：怎么熟过的羊皮还这么大的膻味?

老　张：可能是硝水罐里发出的气味,收起羊皮再看看。

陈　九：让工人们干活时注点意,太太在月子里娇贵。

49. 张秀玉房间。 内/日

〔张秀玉躺在床上,韩妈从小床上抱过孩子,递给张秀玉。

韩　妈：看这孩子长得多俊,一看就是大富大贵的样子。陈掌柜,该给孩子起名了,起个大吉大利的名字,给陈家壮壮威风。

〔站在一旁的陈九踱过来,望着儿子的脸庞。

陈　九：太太当初给小姐起名的时候,我们一贫如洗,住在四面透风的房子里,她怎么能想起来给孩子起了那么一个名字?就叫龙威吧,我们陈家有龙有凤,还能再发达起来。

张秀玉：不行不行，什么龙啊凤的，我们百姓家的孩子不要起那种高贵的名字，命薄担不起，不是妨自己就是妨爹娘。这孩子又白又胖，一脸福相，就叫福子吧。

韩　妈：这名字好，但这是小名，得起个大号。

陈　九：陈家的福就从他身上发起，大号就叫陈元福。

50. 陈家大院。　内／日

〔陈九被老张悄悄地拉到墙根下，拿着一块熟羊皮。

老　张：陈掌柜你看看这皮子。

〔老张扯了一下羊皮，羊皮像纸一样被撕开了。

〔陈九接过来也撕了一下，羊皮都像纸一样脆软，没有一点拉力和韧劲。

陈　九：都这样吗？

老　张：差不多吧，你来看看就知道了。

〔张打开仓库门，六百张熟羊皮被整齐地捆好放在货架上，他们抽查了几张，都是像纸一样被轻易撕碎了。

老　张：看来沈中和买时，就是霉变过的羊皮。这批羊皮都废了，连手工钱都收不回来。

陈　九：有谁知道这件事？

老　张：熟皮子的工人都是外雇的，没有人知道。

陈　九：那就放一放吧，不要张扬出去，这一批羊皮权当打水漂儿了。

第十七集

1. 宴春楼雅间。 内/日

陈　九：秋姐侠肝义胆。我敬秋姐一杯！

秋　姐：什么侠肝义胆，不过那么回事儿。我这个人就见不得不平事罢了……其实和我有什么关系？我是狗拿耗子，多管闲事。

孙殿臣：秋姐别这么说。陈掌柜为你赎了身，你出头的日子也到了。

陈　九：秋姐有什么打算？

秋　姐：我能有什么打算？当初我像盼爹盼娘似的盼着离开大观园，现在真离开了，我这心里倒空落落的，真不知道该怎么办。

陈　九：秋姐还年轻，嫁个好人家，将来也是个归宿。

秋　姐：这些年男人见多了，有哪个是真心的？

孙殿臣：秋姐别这么说……

秋　姐：我一个大观园出来的姑娘，能嫁给谁？有身份的人谁肯要我？嫁一个穷汉窝囊废，我又不甘心。自己过一份清静的日子也好。

陈　九：秋姐你喝多了。

孙殿臣：我知道秋姐没醉，秋姐说的是心里话。

秋　姐：自打十二岁进了大观园，我就没有这个福分了。我每天和男人打交道，靠卖笑赚钱，这是命。九哥哥和孙哥哥瞧得起我，没忘了当年那个秋红姑娘，我就知足了。

2. 正阳街。 外/夜

〔三人醉了,互相搀扶着走在街上。

陈　九：我又能在正阳街上堂堂正正地走路了,谁也拦不住……是不是?

孙殿臣：陈九你是谁? 谁敢拦你! 秋姐,你挺起腰板走路,谁敢瞧不起你!

秋　姐：我秋姐是大观园挂头牌的姑娘,谁敢瞧不起我?

孙殿臣：不能这么说……

秋　姐：说什么? 说走路? 我会……这是春风杨柳,这是蜻蜓点水……

陈　九：男人不这样走,男人是猛虎下山,是鹞子翻身……男人不走回头路……

〔陈九摇摇晃晃,跌坐在了地上。

孙殿臣：不走回头路……你们看看这是什么地方?

3. 大观园后门。 外/夜

〔三人跌坐的地方正是当年孙殿臣和陈九常来看秋红的地方。

〔三个人背靠背地坐在一起。

〔画外音响起。

秋　红：九哥哥孙哥哥,我唱小曲给你们听——

春江绿水映桃红,

十八岁大姐坐闺中,

擦粉腮,抹口红,

小红袄,露酥胸,

惺眼望着窗前柳,

心里想着……

你们不愿意听是吧,我不唱了。

秋　红：陈掌柜孙掌柜今非昔比了,你们还愿听我唱小曲儿给你们听吗?

〔秋姐又哼起了《春江绿水》的旋律。

4. 胜江楼澡堂。 内/日

〔有人给趴在躺椅上的陈九推拿腰背。

〔孙殿臣在另一张躺椅上,手里拿了一份《滨江日报》。

5. 胜江楼雅间。 内/日

〔陈九看着孙殿臣爬到床上的笨拙样忍不住笑了。

孙殿臣：你笑什么？发生了这么大的事亏你还笑得出。

陈　九：天能塌还是地能陷，还有能让我陈九再吃惊的事吗？

孙殿臣：你看过报纸没有？

陈　九：我没看，我从来不看那玩艺儿。

孙殿臣：你赚钱赚昏了头，眼睛耳朵都不灵了。

陈　九：我现在没心管闲事，你知道我在想什么？

孙殿臣：你能想什么？还不是想你的宏发祥，想你的毛皮工厂。

陈　九：我想报复。庄本和沈中和耍了我，想想还是咽不下这口气。

孙殿臣：你还报复？不是把他们坑你的钱都讨回来了吗？这件事也只有你陈九办得到，换
　　　　个人还不是憋气窝火认倒霉，你还气不顺？

陈　九：他们害了我太太，还欠着我一条人命呢。

孙殿臣：那又怎么样，人命关天的事，你又没有真凭实据，出不了这口气。

陈　九：就这么了啦？我心里放不下。

孙殿臣：人家沈中和又抖起来啦，沈中和开了一家满和毛皮商行的消息，满和正登广告大量
　　　　收购羊皮呢。

　　　　［陈九突然坐了起来。

陈　九：沈中和哪来的钱办商行？他现在是穷光蛋，一无所有了。

孙殿臣：这不是明摆着的事吗？东三省都在抵制日货，不和日本人做买卖，庄本商行在替日
　　　　本政府收购羊皮。收不上来怎么办？他是让沈中和出面罢了。满和是个幌子，沈
　　　　中和还是一条狗。

陈　九：沈中和是铁了心认日本人当干爹，吃日本人的饭了。当初要不是大家拦着，我早把
　　　　他扔进冰窟窿里去了。

孙殿臣：人家可是又抖起来了。

　　　　［陈九呷了一口茶，闷头半天没说话，突然抬起了头。

陈　九：孙掌柜你刚才说的当真？

孙殿臣：什么当真？

陈　九：沈中和在给日本人办事。

孙殿臣：那还有假吗！陈掌柜你在生意场上混了这么多年，这点事还看不透吗？

陈　九：那我就卖给他一批羊皮。

孙殿臣：陈掌柜你赚钱赚疯了，咱不说大家都在抵制日货，不和日本人做进出口生意，就是
　　　　冲你个人的家仇私恨也不能把羊皮拿来成全他呀！

　　　　［陈九站起来开始穿衣服。

陈　九：孙掌柜你快去穿衣服，今天我请你喝酒。

孙殿臣：陈掌柜这酒我不能喝，咱做买卖归做买卖，做人归做人，这含糊不得。

陈　九：嗨，孙掌柜我还能逼你当王八不成。

6. 宏发祥库房。　内／日

　　〔两人在看羊皮。陈九抽出一张羊皮，撕扯下一块，递给孙殿臣。

陈　九：你看看这货色。

　　〔孙殿臣捻着那些纸一样的羊皮，又一点一点地撕扯着。

孙殿臣：陈九你干了半辈子毛皮生意，还是着了道儿，咽下这样的劣货！

陈　九：老虎也有打盹的时候，我怎么就不能跌个跟头。

　　〔孙殿臣突然恍然大悟，瞪大了眼睛。

孙殿臣：陈九你精明到家了，你是想让沈中和自食其果？

陈　九：让你说对了。

孙殿臣：沈中和也不是傻瓜，他能上你的当？

陈　九：我们喝酒去，一会儿我和你细说。

7. 酒馆。　内／日

　　〔两人躲进一个单间，边喝酒边商量起来。

陈　九：这批羊皮是我讨账讨回来的，是当初沈中和卖不出去的货底子，都是报废的劣货。

孙殿臣：我说嘛，你陈九不会做这种傻事。

陈　九：我把它卖给沈中和就是卖给了庄本，就是卖给了日本政府。一旦日本政府发现上当，准饶不了庄本和沈中和对不对？

孙殿臣：有道理。

陈　九：不过这羊皮由我出头卖给沈中和，沈中和会警觉。这家伙是只狐狸，不会轻易上当。你双丰和同他做这笔生意顺理成章，引不起他的疑心。卖得的钱二一添做五，六百张羊皮不是小价钱，怎么样？

孙殿臣：哎哟，陈掌柜这事我可干不了，你要是让我帮你找个女人还行，胖的瘦的高的矮的朝鲜的日本的俄国的都行。这件事我可不敢干，这是明道上骗人，我没有这个胆量。

陈　九：你看你，在澡堂子里你还充汉子怎么一会儿就拉了松套。

孙殿臣：两回事两回事，沈中和坑你骗你，你怎么整治他都不过分。我算怎么回事？朋友的忙我都帮过了，当时沈中和藏在秋姐家是我告诉你的。你这是要拿我的双丰和下赌,太大了。陈掌柜你知道我是小本生意输不起。

　　[陈九端着酒杯,望着孙殿臣苦瓜似的脸。

陈　九: 你怕什么呢? 他沈中和骗人骗得少吗! 他敢打官司告状我来顶着,他有几个脑袋几张脸皮敢同我较量。

　　[孙殿臣头摇得拨浪鼓似的。

孙殿臣: 不行不行,真的不行,你这是拿我当枪使。

陈　九: 孙掌柜看把你吓成这副屌样子,又没让你杀人放火,难怪你裆里的家伙像瘪枣一样,没个雄气。不过我不难为你,我自己干,这可是天知地知你知我知的事儿。

孙殿臣: 陈掌柜你放心,我们什么交情? 从我这算阳历阴历都没有今儿这一天,行不? 要不我发个誓。

陈　九: 孙殿臣你不用赌咒发誓。我不怕他们,沈中和逼死我的太太,害得我几乎倾家荡产,他还狗戴帽子到街面上装人,这口恶气不出,我枉做一世人。

8. 庄本商行。　内 / 日

沈中和: 庄本先生,我欠你一份人情,我会尽力补偿的。

庄　本: 你砸了我的牌子,我十几年苦心经营的心血付诸东流了。

沈中和: 我会经营好满和,做牛做马也要给您争回这口气。

庄　本: 我同日本军部签订的羊皮合同,还有一半没有收购上来,我需要这块牌子做生意。

沈中和: 不过满和在哈尔滨也难施展,他们知道真正的股东是你,见了满和都绕着走。

庄　本: 我们为军部做事,不能一误再误了。

沈中和: 宏发祥长年在海拉尔进羊皮,这是陈九从宏记赵掌柜那继承下来的关系,别人插不上手,我可以去试试。

庄　本: 不是试试,就是从羊身上活剥也要凑够数。

沈中和: 他们要是知道我脱离了宏发祥,事情也难办。

庄　本: 海拉尔是山高皇帝远的地方,没人知道哈尔滨的事,买几千张羊皮不会太难。

沈中和: 这个时候到草原上收购羊皮早了点。

庄　本: 赶早不赶晚,不能误了我的大事。

9. 宏发祥账房。　内 / 日

　　[陈九在报纸上看到了满和毛皮商行开张志喜和大量收购羊皮的广告,转向老张。

陈　九: 沈中和办满和毛皮商行的事儿你听说了吗? 事先怎么一点儿风儿都没透?

老　张: 我也是刚听说,正阳街上的人都传庄本商行为日本军部收购羊皮,他们签有供货合同。军部催得紧,庄本现在做生意有诸多不便,满和不过是个幌子,方便庄本做生意罢了。我倒担心今年的羊皮生意他们抢了先,应该赶紧派人去海拉尔把羊皮抓住,别让满和抢到前头。

[滨生放下了算盘。

滨　生: 买羊皮的资金还不充足,等厂房封了顶,再去也不晚吧。

陈　九: 要真是这样还等什么? 等着人家抢了我们的生意吗?

老　张: 那我就去一趟海拉尔,找吴记货栈进些羊皮。

滨　生: 你不带钱,去有什么用? 现在做生意谁也不敢撒手放货。

陈　九: 要去我自己去,那个吴记货栈的掌柜是熟人,钱的事好商量。

10. 陈家饭厅。 内/暮

[陈家在吃晚饭。

陈　九: 明天一早我就走。

张秀玉: 宏发祥常年在海拉尔进羊皮,这种事情让伙计去就行了,何必你自己跑一趟。

陈　九: 你知道什么? 满和在为日本人收购羊皮,大意不得。

[韩妈拿着一封信进来。

韩　妈: 陈掌柜二太太,大小姐来信了。

[陈九接过信拆开。

[画外音响起:爸爸,我现在考入了北平师范大学念书,我的生活费和学费是舅舅提供的。我一直很想念我的母亲,为不能回来祭奠母亲感到难过。我一切均好,不要掂念。女儿敬上。

陈　九: 就这么两句话?

张秀玉: 信里提我了吗?

韩　妈: 我是看着大小姐长大的,大小姐从小就是个有出息的孩子,果然考中了女状元。

张秀玉: 大小姐一个人在外边不容易,给她寄些钱去吧。

陈　九: 不用给她寄钱,这孩子也是个犟种,她不会花我的钱的。

张秀玉: 你这当爸爸的不能不管她,你不怕大小姐她恨你一辈子?

陈　九: 她要是有出息就不会恨我,她要是没出息,恨我也没有办法。

张秀玉: 陈九你的心太狠了,连亲生骨肉都这么绝情。

陈　九: 你懂什么? 女人家就是见识短。我把她娇惯成软皮蛋,早晚让人家碾个粉身碎骨。

[张秀玉叹了口气。韩妈撩起大衫,抹着眼泪出去了。

11. 韩妈房间门口。 内/夜

〔张秀玉敲门,韩妈打开门。

张秀玉: 我想把福子抱到我房里去。

韩　妈: 二太太,今晚就让福子在我这儿睡吧,福子也该离怀了。

张秀玉: 等断了奶再说吧,我这看不着心慌。

12. 张秀房间。 内/夜

〔陈九躺在床上,张秀玉宽衣上床,又解开绷在腹部的白布带,一圈一圈地倒开。

陈　九: 你这是干什么,干嘛遭这份洋罪?

张秀玉: 我现在这腰变粗了,屁股也大了,上街难看死了。

陈　九: 我的太太我喜欢就行,管别人什么事。

张秀玉: 男人都是这样,嘴上说喜欢,心里头早盘算别的小妖精去了。

陈　九: 有你一个小妖精我就知足了。

〔陈九将张秀玉搂进怀里。

〔躺在小床上的福子突然哭了起来,张秀玉起身抱起福子。

陈　九: 怎么不让韩妈带福子? 让他缠着你多受委屈。

〔张秀玉把福子放回小床,刚一离身,福子又哭了起来。

陈　九: 这小兔崽子,成心跟我过不去,坏我的好事。

张秀玉: 陈家的人都是犟种,这怪不得我。

12. 海拉尔火车站。 外/日

〔陈九下了火车,走进一家车马店。

13. 车马店门前。 外/日

〔陈九雇了一个保镖,两人上了马。

14. 街头。 外/日

〔来来往往的多是穿长袍的蒙古人,街道两旁做买卖的都是汉人。

15. 客栈门前。 外/日

〔陈九和保镖先后下马,伙计将两匹马牵进了院子。

16. 客房。 内/日

〔陈九洗手擦脸,对着镜子端详,保镖走了进来。

保　镖：掌柜的我都安顿好了,你要上哪儿我陪你去。

陈　九：这儿我熟。你在店里歇着,有事我会喊你。

17. 吴记货栈门前。 外/日

〔陈九走过来,抬头看了看牌匾,推门走了进去。

18. 吴记货栈。 内/日

〔吴掌柜穿了一件蒙古袍子,腰间系一条桔黄色带子。

〔吴掌柜一眼就认出了陈九,眼睛笑得眯成了一条缝,拱手抱拳。

吴掌柜：多年不见,什么风把陈掌柜吹来了。不留在大都市享清福,甘受这鞍马劳顿,看来是要做大买卖了。

陈　九：吴掌柜家大业大,几年间就发起来了,深宅大院不比当年了。

吴掌柜：哪敢和陈掌柜比,我不过是靠各路老客帮衬,赚一碗饭吃。陈掌柜才是大财主,草原上的羊皮每年有一半让你买走,东三省做羊皮生意的没有不认识你陈掌柜的。

陈　九：我这次来就为羊皮生意来的,眼下我手头正缺羊皮,怕伙计们来吴掌柜不肯赏脸,特意登门求助了。

吴掌柜：眼下冬羊皮还没上市,急什么?

陈　九：货卖奇缺,我眼下有一笔好生意,等到冬羊皮上市,就来不及了。

吴掌柜：哎哟,陈掌柜你早几天来呀,我手头有四千张秋羊皮刚被人买走,货还没发呢。

陈　九：谁手脚这么利索,抢到了我的前头?

吴掌柜：也是你们哈尔滨人,满和毛皮商行的沈先生,他人还没走呢。

〔陈九重重地靠在椅背上,太师椅发出嘎吱的响声。

陈　九：吴掌柜,我们可是多年的老主顾,帮帮我的忙,这四千张羊皮卖给我,价钱上好办,决不会亏了货栈的。

吴掌柜：不好办啦,不好办啦,账款已经结完了。陈掌柜,你我打交道多年,明白生意场上最重要的是信用,你这不是难为我吗?

陈　九：吴掌柜再想想办法。

吴掌柜：我的人都在草原上收购羊毛和羊皮,等到下了第一场雪,我会把上等羊皮发给你,要多少都行。

陈　九：吴掌柜你也是生意场上的人,这货早一天是金,晚一天是土,这道理你还不懂吗? 再说这个沈中和在替日本人做生意,不能让他捡到便宜。

[吴掌柜叹了口气。

吴掌柜：他买我卖,谁知道他是替日本人办事。话说回来,就是日本商人来买羊皮,我能不卖吗? 这儿不比你们大都市,商人能抱成一团。再说政府对日本人也是无可奈何,我们生意人又能怎么样。

陈　九：吴掌柜,我这批羊皮也是要得急啊。

吴掌柜：陈掌柜你别着急,明天我陪你到草原走一圈,我的伙计们都在下边,现抓也能抓上三千张五千张羊皮,不能让你空手回去。

陈　九：算了,那是以后的事了。

吴掌柜：唉,生意场上的事儿,大家都有苦衷,陈掌柜担待点就是了。今天中午我请客,一方面为陈掌柜接风洗尘,也为那位沈先生送行,都是生意场上的同仁,大家见见面,和气生财嘛。

陈　九：你请沈中和?

吴掌柜：伙计们一大早陪他们的人到草原上跑马去了,中午能赶回来,我在犇骉鑫饭馆备酒请客。陈掌柜也知道海拉尔是小地方,比不得大都市,没有什么好吃的,请务必赏光。

陈　九：我不能去。

吴掌柜：你看你看,挑理了不是?

陈　九：不是。大家都在争生意,一山容不得二虎,还是不见面的好。你也别告诉沈中和我来了。

吴掌柜：那……

陈　九：你放心请你的客人,我们之间的生意,等沈中和走后再谈。

吴掌柜：也好也好,千万别坏了我们多年的交情,晚上我给陈掌柜接风好不好? 千万包涵……

19. 街头。　*外/日*

[陈九换了一件蓝绸布大褂,戴了一顶呢子礼帽,在海拉尔的街头闲逛。

20. 犇骉鑫饭店门前。　*外/日*

[陈九走过来,掏出怀表看了看,抬脚进了对面的茶馆。

21. 茶馆。 内/日

〔陈九在靠窗的一张桌子旁坐下,对面坐着一位喝茶的蒙古长者。

〔从窗口可以望见对面的犇鱻鑫饭店。

〔伙计过来上茶。

〔一个蒙古汉子坐在门口的一个长凳上拉着马头琴唱歌。他把长袍的大襟披到腰带上,身体向前倾斜,随着歌声的节奏,肩也向前耸着,头点着节拍。茶馆里不断有人为他喝彩。一个汉子站起来,摘下腰间的酒壶,把酒倒进他身边的大碗里。他也不谢,端起来一口喝干,抹抹嘴再唱。

〔高昂处,茶馆里的汉子们一起和声,有汉子激动得泪流满面。

22. 茶馆。 内/日

陈　九:他在唱什么?

长　者:唱的是蒙古牧歌,有女人、牧场和牛羊,他是流浪艺人,四海为家,可还是怀念草原的生活。

〔坐在门口的蒙古汉子仍在唱牧歌,又有汉子过去为他倒酒,他端起酒一饮而尽,继续拉琴唱歌。

〔陈九抬头向窗外望去。

23. 犇鱻鑫饭店门前。 外/日

〔几匹马从街头跑过来,停在犇鱻鑫饭馆门前,沈中和歪歪扭扭地骑在一匹枣红马上,一个伙计扶他下马,另一个伙计替沈中和打扫身上的尘土。

〔吴掌柜从饭馆里迎出来,笑眯眯地站在门口拱手相请。

〔沈中和和带来的大个子伙计走进饭馆。

24. 茶馆。 内/日

长　者:客人是外乡人,不知这草原的好处,上有蓝天白云,下有牛马羊群。草原系着蒙古人的灵魂,牧人至死都不会离开草原。

陈　九:草原任马狂奔,不像在城市到处都是绳绊子。

长　者:在草原有酒同醉,有衣同暖,迎进门是亲人,送出门是朋友。你骑着马在草原上游荡,所有蒙古包的毡门都会为你敞开。

陈　九:四海漂泊总要有一个驿站,我该走了。伙计——

〔伙计跑了过来。

陈　九：这位长者的茶钱我付了。

长　者：来草原的客人是不带茶钱的,不能让草原上的主人慢待客人了。

　　　　〔陈九鞠躬致礼。

陈　九：那就谢谢了。

25. 茶馆门口。 外/日

　　　　〔陈九走过唱歌的蒙古汉子身边,将手中的铜钱扔进他身边的碗里。

　　　　〔蒙古汉子瞧也不瞧,昂着头唱他的牧歌。

26. 犇犇鑫饭店。 内/日

　　　　〔陈九出现在饭桌前时,沈中和大吃一惊,吴掌柜也感到意外。沈中和带来的大个
子伙计腾地站了起来,握起拳头盯住陈九,他见沈中和没有动,又坐了下去。

　　　　〔陈九望了众人一眼,搬过一把凳子坐下。

陈　九：听说沈先生来我本想走的,后来一想同在一个商埠做生意,他乡遇故知,竟然不见
一面会让吴掌柜笑我们小家子气,所以我还是来了。

　　　　〔沈中和嗳嘬了半天,没说出一句话。

　　　　〔吴掌柜忙喊过跑堂的伙计,张罗着加碗添筷,加酒加菜。

　　　　〔四个人重新坐下。

吴掌柜：原来你们认识,这就好了,人熟为宝,大家都是朋友,都是一家人。

陈　九：吴掌柜不知道,沈先生曾是宏发祥的账房,人家嫌我们庙小,拉出去自己做生意,坐
了满和的掌柜了。

吴掌柜：越说越近便,更是自己人了。

吴掌柜：为宏发祥、满和财源茂盛,富满三江,干这一杯!

　　　　〔沈中和偷眼观察陈九,见陈九坦然端起酒杯,这才端起自己的杯子。

吴掌柜：好,酒越喝人越近。够朋友! 够朋友!

27. 街头。 外/日

　　　　〔茶馆里传出蒙古汉子的牧歌声,众人和声。

28. 犇犇鑫饭店。 内/日

　　　　〔陈九端起酒杯。

陈　九：沈先生,我这次到海拉尔来是想购点羊皮,结果两手空空,你抢先了一步,四千张羊

皮让你抓到手了。

沈中和：满和新开张，家小底子薄，也是笨鸟先飞，比不得家大业大的宏发祥。

陈　九：宏发祥？哈，不行了，被狼吃狗掏的，只剩下空架子了。现在轮到我来求人了。

　　　　〔陈九望着杯中的酒，一仰脖喝干了，自己又斟上了一杯。

陈　九：当着吴掌柜的面我也卖张脸，沈先生四千张羊皮卖给我两千张，救救急怎么样？

沈中和：这……这批羊皮已经有了买主，怕是……

吴掌柜：喝酒喝酒，不提这些事，陈掌柜我答应你的事一定照办。

陈　九：吴掌柜你不知道，我和沈先生有来往，有交情。沈先生是满和的掌柜，这点小事还用同别人商量吗？

　　　　〔沈中和咳嗽了一声，捂着嘴憋了半天。

沈中和：那倒不用。

陈　九：沈先生答应了？

沈中和：宏发祥是大商行，怎么会缺这几张羊皮？

陈　九：话不能这么说，人都有三上三下的时候，背时了活人都能让尿憋死。

沈中和：别是另有所图吧！

陈　九：图什么？在商言商图赚钱呗。沈先生这钱不能一个人赚，生意场上向来讲究礼尚往来，我们之间这点交情总该有吧！

　　　　〔大个子伙计霍地站了起来。

大个子：陈九你要明抢啊！这不是正阳街。

陈　九：你是干什么的？我在和满和的掌柜说话，你一个伙计乱插什么言？

　　　　〔沈中和咬了咬牙，抿着嘴机械地点了点头。

沈中和：就按陈掌柜说的办吧，我认。

陈　九：那你是答应了。吴掌柜你不用为难，沈先生开了金口，这两千张羊皮就算是宏发祥的了。今晚就发货。

　　　　〔吴掌柜望着沈中和的脸色。

沈中和：就按陈掌柜的办吧，我认。

　　　　〔吴掌柜端起酒杯。

吴掌柜：好，这样好。这样我就一百个放心了……和气生财，和气生财嘛！

29. 草原。　外／日

　　　　〔陈九骑着马，保镖跟在后边。

　　　　〔陈九目光远眺。

〔天空回响着蒙古汉子唱的牧歌旋律。

〔远处,一列火车驰过。陈九打马奔跑起来。

30. 庄本商行。 外/日

庄　本：到手的羊皮叫陈九弄走了,合同期就要到了,你们这是送我去坐牢吗?

沈中和：陈九……是故意捣乱。

大个子：沈先生根本不听我的。

庄　本：陈九知道我是站在刀刃上跳舞,要看我的热闹。我现在输不起,你们无论如何都要把羊皮弄回来。

大个子：趁着羊皮还没进宏发祥库房,我们可以在路上给劫回来!只要庄本先生一句话。

庄　本：不要乱来,我不想再出什么乱子了。

31. 满和商行账房。 内/日

沈中和：陈九像个影子一样跟着我,坏我的事情。

大个子：那两千张羊皮怎么办?庄本先生可是不耐烦了。

沈中和：他瞧不起我,可现在除了我还有谁会死心塌地为他做事。

大个子：你还不是处处被陈九算计。

沈中和：你哪有那么多废话。

大个子：你以为你真是掌柜?

沈中和：你没资格教训我!我有办法弄回那些羊皮。陈九要我,我也不是吃干饭的!

32. 陈九家。 内/夜

〔陈九和张秀玉躺在床上。

陈　九：你说人在一个地方久了,穿衣吃饭,剃头留须,说话使心,都有定数吗?

张秀玉：你说什么呢?没头没脑的!

陈　九：人吃什么饭就得长什么肠子?上哪条船就要奔哪个码头?

张秀玉：可能是吧,一方水土养一方人。

陈　九：我在草原上转了一圈,突然明白了人都有一方天地。出了一趟门就像照了照镜子,觉得自己活得和别人不一样。

33. 陈家饭厅。 内/日

〔陈家在吃早饭,滨生走了进来。

滨　生：海拉尔的两千张羊皮发到了，火车站来了货单，等我们提货呢。陈掌柜你说怎
　　　　么办？

陈　九：怎么办？把货提回来呗，还能怎么办？

滨　生：羊皮太多，后院仓库放不下。老张说海参崴那边来了电报，他们也急着要羊皮，有
　　　　多少要多少。咱还得抓紧把皮子熟出来。

张秀玉：千万别在院里熟羊皮，那味儿我受不了，在月子里就被膻味呛了一次，再闻到羊皮
　　　　的膻味就想吐。

　　　　〔张秀玉说着脸就变了色，忙用手捂着嘴，干呕着离开饭桌跑了出去。

陈　九：这成什么话，越来越娇贵了。

　　　　〔韩妈端着一碗汤送上来。

韩　妈：陈掌柜你别生气，女人都这样，在月子落下什么毛病，要带一辈子的。

陈　九：厂房那边封顶没有？

滨　生：快了，再有一两天的工夫。老张正在那边忙着呢。

陈　九：就把羊皮拉到那边去，反正冬天机器也到不了，支上大锅在那边熟羊皮。要快，越
　　　　快越好。告诉老张，海参崴那边不要回话，这两千张羊皮我还有用处，谁也不许动。

　　　　〔滨生转身下楼去了，陈九坐在那自言自语。

陈　九：这是天意，有了这两千张羊皮，今年冬天我就有戏可做了。

　　　　〔张秀玉回到餐桌旁。

张秀玉：你年年秋天贩羊皮，有什么大惊小怪的。

陈　九：你不懂，这种事情你不懂。到时候你们就知道是怎么回事了。

34. 陈九工厂。 内／日

　　　　〔空旷的厂房里工人们在晾熟好的羊皮。

　　　　〔老张引着陈九在羊皮中间走过，边走边看。

老　张：这可是上好的羊皮，沈中和总算长了眼力，抓了一批好货。

陈　九：吴掌柜这是留着一手，拉新主顾。沈中和是傻小子睡凉炕，全凭火力壮。

第十八集

1. 宏发祥账房。　内／日

[陈九闲坐,滨生在一旁打算盘、记账。

陈　九：这天说凉就凉,北风一吹,冬天就到了。

滨　生：这还不到冷的节气,但这几天有寒流,买寒衣的人都多了。

陈　九：节气催人,羊皮客商该上来了。

2. 宏发祥账房。　内／日

[伙计老张推门进来,带进来两个穿绸布棉袍、戴着礼帽的客商。

老　张：陈掌柜,这两位老客是做羊皮出口生意的,想从咱们这进点货。

陈　九：二位从哪来呀?

老客甲：安东,我们想收购些羊皮。

陈　九：二位远道而来,辛苦了。请坐,看茶。

[老张忙招待客人。

陈　九：安东好地方,面向鸭绿江,背靠凤凰山,是块风水宝地。

老客甲：陈掌柜去过安东?

陈　九：那是好多年的事了,那时我的毛皮生意做到了安东,现在是力不从心了。升隆号的
　　　　那位刘掌柜怎么样? 发了大财了吧?

老客甲：是。刘掌柜现在生意越做越大,不得了啦。

陈　九：我同刘掌柜做过几笔生意,有机会见了刘掌柜,代我问个平安。

老客甲： 那是一定。

陈　九： 二位怎么不到蒙古草原上去，那儿的羊皮又好又便宜，我这里可是二手货，赚不了
大钱的。

老客甲： 生意不等人，人家要货急，等到大批冬羊皮下来就来不及了。再说我们又不是给车
老板子做羊皮大氅，人家要上好的羊皮，东三省谁不知道宏发祥熟羊皮手艺好，讲
信用，我们也是慕名而来。

陈　九： 好。货卖识家，这也是一份交情。你们要多少？

老客乙： 越多越好，生意场上谁也不愿错过赚钱的机会。

陈　九： 承蒙二位这么瞧得起宏发祥，我也不说假话，这二手货价格不便宜，到二位手里没
有多大赚头。

老客甲： 有钱大家赚，陈掌柜是生意场上的大户，大人大量，总不会提着刀子宰人吧？

陈　九： 张嘴的是卖家，还嘴的是买家，我说个数，大家商议。

　　　　〔陈九用手比划了一个数字。

老客甲： 陈掌柜别开玩笑，照这个数做生意，我们分文不赚，还要倒贴血本啦！

陈　九： 不瞒二位说，这批羊皮是准备发往海参崴，卖给俄国人的，这个价已经减了一成啦。

老客乙： 上赶着不是买卖，什么羊皮，金的银的也卖不了这个天价。

陈　九： 二位要是有意明天去看看货色，价格上的事咱们再商议，一分货一分价，不会让你
们吃亏的。

老客甲： 陈掌柜，我们是第一次和宏发祥做生意，还望高抬贵手，别一棒子打死。时间宝贵，
我们现在就去看货吧。

陈　九： 别急，这么急倒显得宏发祥小气了。老张先陪二位先生去吃饭，尝尝宴春楼的海参
席，然后洗个澡，晚上到荟芳里玩玩。生意人辛苦，常年在外，总不能让身子亏着。

　　　　〔两位老客干笑。

老客甲： 生意做不成也吃不下，还是谈生意要紧。

老客乙： 免了免了，陈掌柜的心意领了，路上太劳累，好好歇一歇，应酬的事以后再说吧，生
意做成了我们请客。

陈　九： 看来二位是本分的生意人，也好，不过这顿饭总该吃吧，我来做东，二位赏个脸。

　　　　〔两个老客迟疑。

陈　九： 滨生到门外拦辆车，先陪二位先生去宴春楼。老张到楼上给我拿件皮袍，这天说变
就变，冷得出不去门了。

　　　　〔滨生马上站起来让客人，两位商客推让了一会儿就跟了出去。

3. 宏发祥账房。 内/日

〔陈九隔着窗望着出门的老客犯寻思。老张拿着灰鼠皮袍进来。

老　张：陈掌柜，你要那么高的价不是成心往外推生意吗？

陈　九：你真以为他们是从安东来的老客？

老　张：陈掌柜，你看出什么来了？

陈　九：我看这两个人不像是外地客商。我提到的那个升隆号三年前就破产了，掌柜的喝毒药自杀了，他们却一口气地说生意不错。哈尔滨突然变冷，连本地人都没有防备，两个外地人都穿上棉袍子，一点也没冻着，你不觉得奇怪？

老　张：你是说他们是本地人？

陈　九：这外来的生意人，他们愿意也好不愿意也好，遇到应酬的事都很热心，三分生意七分交情，这两个人却躲躲闪闪。我看他们躲的不是应酬，是怕遇见熟人，心里头有鬼。

〔老张帮着陈九穿上皮袍。

陈　九：今天我特意要了个谎价，一般生意人正常的买主，见我的要价会认定我们没有诚意，会扭头就走。他们没走，他们早就相中了我们的羊皮，急着要货，拉出割肉放血的架子。

老　张：他们是哪儿来的人？

4. 宴春楼雅间。 内/日

〔滨生安排两个老客落座。

滨　生：两位先生请坐，陈掌柜马上就到。伙计，先沏一壶好茶来。

〔伙计应声送上茶。

老客乙：老弟，你看陈掌柜能把羊皮卖给我们吗？

滨　生：掌柜的事我可猜不准。不过，买卖买卖就得有买有卖，只要双方有利，没有做不成的买卖。

〔老客甲示意老客乙，不让他多嘴。

5. 宏发祥账房。 内/日

陈　九：我怀疑他们是满和的人，海拉尔那两千张羊皮他们丢不起，这批羊皮从时间和质量上都对庄本有利。这几天我一直等着他们上门来，他们犹犹豫豫地终于来了。

老　张：那怎么办？

陈　九：街面上的人你熟，门路又广，去打听一下这两个人的来历，但不要惊动他们。如果真是满和私下派来的人,先把他们稳住,再把毛皮卖给他们。

老　张： 这……就是为了赚钱吗?

陈　九： 我们做买卖不图赚钱还图什么? 不过我也不会那么糊涂,晚上你和滨生到账房来,我有事同你们说。

6. 陈九工厂。　内/晨

[老张撩着棉袍的大襟,在空旷的厂房里为两位客商引路。

[客商提起一张羊皮,用手揉着,又掂着分量,面露满意神色。

7. 陈九工厂。　内/日

[两位客商分头查验正在晒干和已经堆码成垛的羊皮。

老　张： 你们都看了,宏发祥做买卖向来讲究信义,不会让一张劣等货出手的。

老客甲： 张先生辛苦了,今天中午我们做东请张先生喝酒消乏。

老　张： 哪能让二位远道来的客人破费,陈掌柜有吩咐,我们当尽地主之谊。

8. 酒馆。　内/日

[伙计端上了紫铜火锅,切好的羊肉、海鲜、青菜、粉丝,支上了炭火。

老客甲： 张先生我们书归正传。这批羊皮是上好的货色,我们要定了,就是价格太贵,能不能给减一成,减后虽然比市面上的价还高一点,我们还担得起。

老　张： 羊皮是东家的,我不过是个跑腿的伙计,哪敢做这个主。

老客甲： 谁不知道你张先生在宏发祥当着半个家,陈掌柜那儿你多说几句好话就有了,就看张先生能不能给面子了。

老客乙： 其实陈掌柜是看我们找上门来卖缺。山不转人转,大家以后还要做生意,干嘛一点面子都不讲呢!

[老客甲从怀里掏出一个纸包,打开纸包是一叠大洋票。

老客甲： 张先生这点意思你收着,陈掌柜面前全靠你啦!

老　张： 使不得,使不得,吃里扒外的事让东家知道了非砸饭碗不可。

[老客甲抓过老张的手,把钱拍到他手掌上。

老客甲： 张先生,我们都是吃跑腿饭的,辛辛苦苦是我们,赚钱发财是东家。这年头亲兄弟都隔着心,你又何必认真呢。

老　张： 既然你们把我当成朋友,我也交个实底。这两千张羊皮已经答应给海参崴,那边也总是来电报催货,他当然不怕把你要跑。但陈掌柜也愿意拉个新主顾,价钱上减半成还是能谈成的,这个底数我透给你们了,买卖成不成还得靠二位自己了。

[两个老客互相交换一下眼色,端起了酒杯。

老客甲:张先生够朋友。来,干一杯。

老客乙:不过咱们是先小人后君子,这羊皮是卖给外国人的,我们得逐件查验。

老　张:你我都是吃东家饭的,大意不得,担不起风险。

　　　9. 宏发祥账房。　　内/夜

陈　九:你弄清楚了,他们果真是满和的人?

老　张:没错,我都查清楚了。那个黑脸汉子原是庄本商行的技师,那个白脸汉子是外地聘来的,好像和沈中和沾点亲戚。

滨　生:沈中和这是狗急跳墙啊!

老　张:他也是没有办法,日本方面合同追得紧,他在海拉尔又丢了两千张羊皮,庄本也不能饶他。

陈　九:那就让他们也尝尝坑人是什么滋味。

　　　10. 陈九工厂。　　外/日

[厂房里,两个客商监督着工人打包,逐件查验羊皮质量。

　　　11. 陈九工厂。　　外/日

[院子里,几辆马车已经装好羊皮,车老板用绳子捆牢。

[两个客商又检查一遍,过了数。

[老张和两个客商上了一辆马车。

　　　12. 陈九工厂门口。　　外/日

[车老板大鞭子一甩,一连串的马车出了工厂大门。

　　　13. 街巷。　　外/日

[几辆马车一字排开下了江堤。

[车老板跳上车辕子,抱着鞭子。一个车老板掏出烟袋锅,装上烟叶点着抽烟。

[马蹄嗒嗒地响着,车轮碾在石头路上发出辘辘的声音。

14. 街巷。 外/日

[车队拐进了一条小巷子。后边的两辆马车突然停下来。车老板跳下车,眼睛瞄着旁边的胡同口,嘴里骂骂咧咧:一到干活的时候就出毛病,又欠抽了!

15. 街巷。 外/日

[在两辆马车停下的巷子口,从旁边胡同里赶出来两辆装载着同样毛皮的马车。

[押车的滨生看见有马车已经停在那,立刻跳下车辕子,气喘吁吁地跑来。

滨　生: 快,快一点!

[马车在错车时交换了车老板。

滨　生: 快点赶,追上前边的马车,别让他们看出掉包的事儿,听见没有?

车老板: 小掌柜的你放心,糊弄小洋鬼子,保险出不了错。

[车老板把鞭子一甩,迅速离开,两辆马车一会儿就追上了车队。

[望着马车远去,滨生又指挥着换下来的两辆马车,拐进了小胡同。

滨　生: 快马加鞭,回宏发祥!

16. 宏发祥账房。 内/夜

老　张: 也是他们心急,没有看出破绽来。这两千张羊皮没有进货场,直接扛到零担发货站台上,装车走了。

陈　九: 满和的那两个人呢?

老　张: 他们装着要等火车票,回客栈去了,我寒暄了几句,就同他们分手了。

[老张把那两个客商在饭店里给他的钱拿了出来,放到了陈九面前。

老　张: 这是他们给我的,怕露出破绽,我就收下了。

[陈九把钱推回给老张,又从抽屉里拿出一份给了滨生。

陈　九: 这些你们收下,我跟庄本商行和沈中和不共戴天,你们也跟着担干系,我过意不去。

滨　生: 他们算计宏发祥也不是一天了,也应该给他们点颜色看。尤其那个沈中和,我一直觉得他不是好东西。

老　张: 陈掌柜,我们靠宏发祥吃饭,这是应尽的本分。那个沈中和是条狗不可怕,日本人现在是越来越张狂,不得不防啊。

陈　九: 防它咬人不防它也咬人,敲掉它两颗门牙,伤它的元气,它还张狂什么?

17. 满和账房。 内/日

〔沈中和哼着小曲,整理着账目。

〔大个子伙计走进来,将一个包袱扔到桌上,自己一屁股坐在了桌边。

沈中和：这是什么? 怎么随随便便就放账桌上了?

大个子：这是什么? 这是金砖,老子发财了!

沈中和：拿下去,别捣乱。

大个子：你不信? 小瞧人?

〔沈中和打开包袱,里边是大烟膏。

沈中和：从哪来的? 你不知道私贩鸦片犯法吗?

大个子：这年头不犯法赚不了大钱,这玩艺儿一本万利,比鼓捣破皮子来钱快多了。

沈中和：咱们满和商行是正经的买卖,犯法的事不干。

大个子：少干了吗? 别给你个棒槌你还当真了? 沈先生你在满和不过是个牌位,明告诉你,
你还不如我吃香呢?

沈中和：早就知道你不是个好东西。

大个子：你也别太死心眼,庄本使唤完了你还不是像扔擦腚纸一样把你扔了。

沈中和：你到底站在哪一头?

大个子：我站在钱这一头。卖毛皮赚了多少钱? 咱们在这忙活,到头来钱还不是装到了庄
本兜里?

18. 松花江边。 外/日

〔陈九和孙殿臣迎着寒风,边走边谈。

〔孙殿臣手里拿着一张报纸。

孙殿臣：陈九你真把那件事办了?

陈　九：什么事?

孙殿臣：把那六百张羊皮卖给了庄本?

〔孙殿臣把报纸递给了陈九。

〔报纸上醒目印着标题：日本军部严惩不法商人,庄本被日警厅传讯回国。

19. 庄本商行门前。 外/日

〔庄本走出了大门,后面跟着两个日本便衣警察。

〔几名记者立刻围了上来。

记者甲：庄本先生,此次回日本你有什么感想?

记者乙： 现在中国到处都在烧日货,你还会回来做生意吗?

[记者被日本便衣警察粗暴地拦住,庄本一言不发地钻进了汽车。

20. 满和商行门前。 外/日

["满和"的招牌已经摘掉,门窗关得严严的。

[陈九来到门前,望着贴了封条的满和商行。

[一个卖香烟的老头支着玻璃匣子招揽生意。

老　头： 先生,买香烟吗!

陈　九： 满和搬哪儿去了,怎么关了门?

老　头： 满和黄了,掌柜的是条狗,主人回小日本吃官司去啦,把他踢了出去。

陈　九： 日本人吃官司,踢他干什么?

老　头： 为啥踢他? 拍马屁拍到马蹄子上啦! 怎么? 你和满和有买卖? 他欠你钱吗?

陈　九： 他不欠我钱,他欠我条命。

老　头： 你说他嘴硬? 他才不硬呢,那天让他那日本主子赶出门,就蹲在这道牙子上,哭得鼻涕一把泪一把,像死爹的娘儿们似的,还说他硬。

陈　九： 他人呢,他人去了哪儿?

老　头： 那可不知道,先生你买盒烟吧。

21. 街巷。 外/日

[陈九走进一条小巷深处,站在一排低矮的平房前。

[陈九敲了会儿门,但没有动静。

[陈九站在门前张望,一个中年女人走了过来。

女邻居： 先生你找谁?

陈　九： 有一个叫秋姐的人是不是住在这儿?

女邻居： 你是谁? 秋姐是不见生人的,她在这里就是躲避你们这些男人的。你快走吧。

陈　九： 我就是来告诉她,不用再东藏西躲了,没有人再害她了。

女邻居： 你多久没见着她了?

陈　九： 记不清多久了,反正很久了。她不在家?

女邻居： 我和秋姐是很要好的。我家孩子多,她常送一些米呀面呀给我们,还常送些旧衣服,其实那些衣服一点也不旧啊。你看我这棉袄,这就是秋姐送给我的。她常对我说,你看你有这么多孩子多好啊,其实她哪知道孩子多有孩子多的苦处,一个个张着嘴要吃,要穿,穷急了我真想掐死两个才解恨呢。

陈　九：秋姐人呢？

女邻居：先生你说秋姐是干什么的？……你不说我也猜个差不离，还有先生你是干什么的？
你是她的相好吗？

陈　九：好了好了，到哪儿能找到秋姐？

女邻居：她有两天没回家了，谁知道她去哪儿啦！

22. 地下室。　　内/日

〔秋姐坐在地上，被反绑着手，嘴角还流着血。

沈中和：你这个婊子敢出卖我？我现在让陈九害苦啦，都是你这个臭婊子弄的！我现在就
杀了你！

秋　姐：沈中和你个王八蛋！

沈中和：你说什么？

秋　姐：我说你是王八蛋！你一门心思琢磨着坑人害人，你是自作自受！

沈中和：死到临头了你还嘴硬，你以为我沈中和就是好惹的？

秋　姐：我不怕死，就是死在你这个王八蛋手里冤！

〔沈中和掐住秋姐的脖子。

沈中和：你个臭婊子，我碾死你就像碾死一个臭虫那么简单，你去死吧——

〔秋姐满脸痛苦地挣扎着。

〔大个子伙计走过来，拉开了沈中和。

23. 地下室。　　内/日

大个子：不能让她就这么死了，这太便宜了她。

沈中和：你别管，我要杀了她！

大个子：杀死个人用不着这么咋咋呼呼。咱们现在被庄本扫地出门，两手空空，咱们缺钱！

沈中和：这婊子身上没有油水可榨。

大个子：那可未必，还有两块肥肉呢。把陈九和孙殿臣弄来，你既出了恶气，还能让两家商
号出血，比收拾一个娘们强多了。

24. 地下室。　　内/日

大个子：这是一笔交易，把他们俩弄到这来我们就放你一马。

秋　姐：你们这是绑票。

大个子：对，你还真是明白人。

秋　姐：这事儿我帮不上忙。

大个子：帮不上忙不要紧，人要是穷极了什么事都干得出来。陈九和孙殿臣拿你秋姐当枪使唤，完了事他们照样当掌柜，却让你在这受苦受累。

〔秋姐将一口痰吐到了大个子脸上。

〔大个子恶狠狠地抽打起秋姐，把秋姐打得奄奄一息。

〔大个了抓着秋姐的头发将她的脸转向自己。

大个子：把陈九和孙殿臣弄到这里来，要不然你死定了。

〔秋姐闭着眼睛，垂下了头。沈中和在一旁冷眼观察。

25. 街巷。　外/日

〔陈九和孙殿臣走来，边走边四处张望。

陈　九：秋姐会住在这地方？

孙殿臣：那还有错？我亲自接的电话，她说她病得挺重，想见我们一面。

陈　九：孙掌柜，我觉得事情有点不对头。

孙殿臣：就你多心，人家秋姐可是帮过你大忙，你不能不讲交情。

26. 一处房子门前。　外/日

〔一个中年人在房前忙活着，陈九和孙殿臣走过去。

〔孙殿臣向中年人打听，中年人用手指着房门。

〔陈九和孙殿臣向房门走去。

〔陈九和孙殿臣推门，走了进去。

〔中年男人左右看看，也跟了过去，他守在房门口，四下张望着。

27. 地下室甲房间。　内/日

〔陈九和孙殿臣被捆绑得紧紧的，坐在潮湿的地上，遍体鳞伤的秋姐躺在一边。

〔沈中和、大个子，还有几个打手站在一旁。

沈中和：陈九你也有今天！

大个子：陈掌柜，不是我们难为你，你那六百张羊皮把我们弟兄们的饭碗都砸了，我们没有饭吃了，请二位来无非是借点儿钱花。

陈　九：甭想！

大个子：不要把话说绝了，你们两家商号给我们筹集十万大洋，我们离开哈尔滨，从此不再找你们的麻烦。二位就当破财免灾，花钱买个太平吧。

孙殿臣：这位大爷，你们别一棒子打死人啊，十万大洋太多了，谁也拿不出来呀！

陈　九：孙掌柜少和他们啰嗦，一个大子儿也不给。

大个子：不给也行，这年头乱得很，死几个人没人当回事。

孙殿臣：千万别！有话好商量，好商量。

28. 地下室乙房间。　内/日

[另一个房间里摆了张桌子，桌上有笔墨纸张。孙殿臣坐在桌前提笔写字，沈中和和大个子在一旁看着。

孙殿臣：二位高抬贵手。双丰和是小字号，拿不出这么多钱来，少点行不行？

大个子：少一块大洋也不行！让你老婆三天内把钱准备好，要是报告警察我要你的命。

孙殿臣：咱们商量商量行不行？我又不是主谋……沈先生你给说个情。

沈中和：你和陈九穿一条裤子，少不了干系！

孙殿臣：我和陈九不过是朋友……

29. 地下室甲房间。　内/日

秋　姐：陈掌柜别怪我，他们不是人，折磨得我要死了。

陈　九：不会怪你，我知道是沈中和，这小子太歹毒。

秋　姐：沈中和不会放过我们的，我们怕是出不去了。

陈　九：不用怕，沈中和要的是我的命，不会怎么样你的。

秋　姐：陈掌柜……你还记得当年那个秋红吗？

陈　九：这种时候还提那些干嘛？

秋　姐：当年那个秋红姑娘，做梦都想靠着几个朋友逃了大观园。

陈　九：那时我们都是穷光蛋，自己都顾不了自己。

秋　姐：那时秋红姑娘把九哥哥当成英雄，盼着九哥哥单枪匹马把秋红救走，逃进深山老林去过自由的日子，可惜没有那个命。

30. 地下室乙房间。　内/日

孙殿臣：你们这不是明摆着要我的命吗？这么多的钱我老婆借也借不来呀！

沈中和：少啰嗦，快写——

大个子：你说句痛快话，是要命还是要钱？

孙殿臣：当然要命，谁不想活命啊！

[孙殿臣一脸委屈地伏身写信。

31. 地下室甲房间。 内／日

秋　姐：九哥哥,我是个卖身的女人,你是不是嫌我脏?

陈　九：……

秋　姐：我是个卖身卖笑的婊子,风月场上的事你也明白,我这一辈子没有喜欢上一个男人,也没有一个男人真心待我。好在我还有九哥哥、孙哥哥这样的朋友,就是死也能瞑目了。九哥哥,这恐怕是我们最后一个晚上了,你能抱抱我吗?

　　　　〔陈九犹豫了片刻,伏下身去抱秋姐。

　　　　〔走廊里传来了脚步声,门被打开,孙殿臣被押送回来。

32. 地下室乙房间。 内／日

陈　九：姓沈的你死了这份心吧,要杀要砍随你的便,宏发祥是不会拿一块大洋喂狗的。

沈中和：陈九你死到临头了还想充汉子?

大个子：能把陈掌柜请到这儿来,这事儿就由不得你啦!

33. 地下室甲房间。 内／日

孙殿臣：秋姐你怎么不躲一躲?

秋　姐：沈中和长了一个狗鼻子,躲到哪儿都能嗅出来。

孙殿臣：我给老婆写了信,她就是倾家荡产也会把我们赎出去的。

秋　姐：孙哥哥你真是实心眼,你以为给了钱他们就能放人吗?

孙殿臣：……那我们死定了? 好一个沈中和……都怪陈掌柜,得罪谁不好,偏偏得罪沈中和……秋姐你年纪轻轻的,冤枉啊!

秋　姐：我知道你是个好人,心眼好,从小就关照我。我也知道你的心思,可人再强也强不过命,你认下我这个妹子,秋姐死了做牛做马也要报答孙哥哥。

孙殿臣：先别说死,保不准沈中和他们见了钱会发善心呢?

34. 地下室甲房间。 内／日

　　　　〔陈九遍体鳞伤地被送了回来,三个人被反绑着手关押在一起。

孙殿臣：陈九你给家里写了信?

陈　九：没有。

孙殿臣：他们肯放过你?

陈　九：我写了信他们也不会放过我。

孙殿臣：那可怎么办? 我们就在这儿等死啊,你不替自己着想也该替秋姐想一想。

陈　九：现在唯一的活路就是逃出去。

孙殿臣：就你陈九能！这地方怎么逃得出去？

陈　九：要想活命就得逃！

35. 地下室乙房间。　内/日

　　［房间里乌烟瘴气，沈中和等人在抽烟喝酒。

大个子：陈九这家伙又臭又硬，扎在手里难弄，干掉他又太便宜了他。

沈中和：孙殿臣是一身肉，但也榨不出油水来。

大个子：那怎么办？陈九这小子太硬，就是打死他也不会服软的。

沈中和：那就打死他……我不信他就不是皮肉身子。

36. 地下室甲房间。　内/日

　　［陈九和孙殿臣背对背地解绳子，秋姐爬到门边听着外面的动静。

37. 地下室乙房间。　内/日

　　［沈中和等人继续喝酒，大个子掏出一把匕首摆弄着。

大个子：大家放开肚子吃饱喝足养足精神，今天夜里无论如何都要把陈九拿下，到嘴边的肥
　　　　鸭子不能让它飞了。

打手甲：只要不怕撕票，我们就下得了黑手，再硬的骨头也能捏软他。

沈中和：撕票就撕票，不能让他们活着出这个屋。

　　［几个打手大口喝酒，只有沈中和不动声色，杯中的酒几乎不动。

大个子：各位，不到万不得已不能撕票，咱们不能白快活。

38. 地下室走廊。　内/日

　　［沈中和拿了一根铁棍，悄悄地向关押着陈九等人的房间靠近。

39. 地下室甲房间。　内/日

　　［陈九和孙殿臣背靠背，还在解绳子，但彼此看不见，理不出头绪。

　　［伏在门口的秋姐听到了外面的动静，向陈九和孙殿臣示意。

　　［陈九和孙殿臣暂时停下了动作。

40. 地下室走廊。 内/日

〔沈中和紧握着铁棍站在房门口,脸上露出了凶残却怯弱的复杂表情。

〔沈中和伸手去开门,手却被一只大手拦住。

〔沈中和回头,一脸酒气的大个子正冷眼盯着他。

大个子:想杀人灭口? 急什么? 别毁了弟兄们的财路。

沈中和:我怕夜长梦多出意外,陈九这块骨头不好啃。

大个子:喝酒去,不拿到钱谁也不能自己动手。

41. 地下室甲房间。 内/日

〔陈九等人松了一口气。

〔秋姐走到陈九跟前,用牙去咬捆绑陈九的绳子。孙殿臣在一旁鼓劲。

孙殿臣:用力咬住那个死扣……

42. 地下室乙房间。 内/日

〔大个子和几个打手都有了几分醉意。

沈中和:好了! 你们别喝了,都什么时候了还喝酒,别误了大事。

打手甲:这点酒还算事啊?

〔大个子掏出怀表。

大个子:算了别喝了,该干活了。

43. 地下室甲房间。 内/日

〔陈九等人开始了行动。

〔孙殿臣踩着陈九的肩膀向窗口爬去,可是窗口太高孙殿臣够不到,陈九又吃力地举起双手托着孙殿臣的脚。

〔孙殿臣爬上了窗台,打开窗户。

44. 地下室乙房间。 内/日

〔大个子等人停止了喝酒。

大个子:你去把陈九弄过来,弟兄们准备好,不断他骨也得扒他一层皮,非让他服从不可。

45. 地下室甲房间。 内/日

〔孙殿臣从上边顺下了绳子,陈九和秋姐互相推让。

秋　姐：九哥哥你先上。

陈　九：快点！没有人在下边托着你根本上不去。

46. 地下室走廊。　内/日

［打手甲从房间里出来，向关押人的房间走去。走到半路又折回来，到一个角落里撒尿。

47. 地下室甲房间。　内/日

［秋姐踩着陈九的肩膀站了起来，够不到孙殿臣的手，只好去抓绳子。孙殿臣用力拉绳子，秋姐渐渐体力不支。陈九用手去托秋姐的脚。

48. 地下室走廊。　内/日

［打手甲撒完了尿，走到关押人的房间门前，拿出钥匙开门。

49. 地下室甲房间。　内/日

［秋姐正要抓孙殿臣的手，被钥匙声吓了一跳。惊吓中，秋姐失手掉了下来，跌落在陈九的怀里。三个人一时不知所措，紧张地盯着门口。突然，秋姐脱开了陈九的怀抱，向房门口走去。

秋　姐：九哥哥快走，别管我。

50. 地下室走廊。　内/日

［打手甲刚摘下锁头，门就被推开了，秋姐闪了出来，打手甲愣了一下。

打手甲：哎！你要干什么？谁让你出来的？

秋　姐：我闻着酒味了，我肚子里有酒虫子。

打手甲：想喝酒，那边屋里有的是，好几个男人都等着你呢。

秋　姐：我不想和他们喝，就想和你一个人喝。

打手甲：臭婊子，真是一天也不想闲着啊，等我办完了事我陪你喝。

　　　　［打手甲欲推门，却被秋姐拦住。秋姐从打手甲手里拿过锁头，哗啦一声把门锁上了。

秋　姐：忙什么，人还能跑了？没见过你这么死心眼的男人，心眼太死要耽误大事的！

　　　　［打手甲望了一眼锁头，笑了。

打手甲：对！我干嘛那么死心眼儿，咱也尝尝这挂头牌的姑娘。

[打手甲借着酒劲把秋姐抱在了怀里。

51. 地下室走廊。　内/日

[沈中和走出来,发现秋姐和打手甲搂抱在一起。

沈中和：喂！这怎么出来了,谁让你出来的?

秋　姐：这位大哥太寂寞,想和我亲热一会儿。

沈中和：不对呀,让你来提陈九,你跟她掺和什么? 什么时候了? 你还弄这个? ……是你把
　　　　她的绳子解开的?

[打手甲和沈中和对视,又都把目光集中到秋姐身上。

沈中和：快打开门!

52. 地下室甲房间。　内/日

[门被推开,沈中和和打手甲冲了进来。

[陈九抓着绳子往上攀,手已经够到了窗台。

孙殿臣：陈九,快!

[打手甲冲上去,但只抓住了陈九的一只脚。

[沈中和欲上前帮忙,被跟进来的秋姐死死抱住。

秋　姐：九哥哥快跑!

[陈九用另一只脚蹬打手甲,打手甲只抓住了一只鞋,摔倒在地上。

[陈九用力攀上了高台,和孙殿臣抱着,滚出了窗外。

[秋姐被沈中和死死掐住了脖子。

53. 街巷。　外/日。

[陈九和孙殿臣从地上爬了起来。

孙殿臣：秋姐怎么办?

陈　九：快跑,回头再来救她!

第十九集

1. 贫民义地。 外/日

[土堆起的坟前有一小木牌,上面写着"秋姐之墓"的字样。

[两个穿皮袍马褂、戴着貂皮帽子的中年汉子在坟前默默地站着,一个是陈九,另一个是孙殿臣。

[孙殿臣哈下腰去划洋火点黄裱纸,由于蹲不下一屁股坐到了地上。

[风助火势,迅速吞噬着打着印钱的黄裱纸和金银箔片,化成灰烬飞舞起来。

孙殿臣:秋姐是个好人哪,这么好的女人竟遭惨死,这世道太不公平啦! 秋姐,你受了一世的穷,把这些钱拿去花吧,这是我孙某的一份情意。不像有些人,活着使唤你,死了也不惦记你。

[孙殿臣小心翼翼地抬头看了陈九一眼,陈九站立着木然地望着远方。

孙殿臣:秋姐,有人拿你当枪使推你到前边去送死,自己却活得自自在在,快快活活……空你一副侠肠热胆好心眼儿,落得个命丧黄泉魂飞天外好凄凉……

[孙殿臣用树枝抽打着尚未解冻的土地。

孙殿臣:陈九你怎么不说话!

陈　九:是沈中和杀死了秋姐!

孙殿臣:是你杀死了秋姐!

陈　九:是沈中和!

孙殿臣:是你! 是你! 是你! 是你让她带出沈中和到宴春楼的,是你让她得罪了沈中和丧命的,杀人的凶手应该是你。

陈　九：事情已经过去了，说这些有什么用，我能替她去死？

孙殿臣：嘿，陈九你说得多容易。你一个堂堂的男子汉，把一个薄命女子送到死路上，你说声过去了，就可以依旧做你的买卖，赚你的钱，当你的大掌柜。你挤垮了满和，挤走了庄本，就可以高枕无忧啦！把秋姐一个人孤零零地撇在这儿。

陈　九：行啦行啦，看你娘儿们叽叽的没完没了，在坟茔地里哭喊着有什么用。无非沈中和在我手上有两条命，孙殿臣你看着，我要不亲手杀了他算我陈九没种。

孙殿臣：秋姐哟，红颜命薄的秋姐哟……

陈　九：好了孙掌柜，你也算对得起秋姐啦，干嚎有什么用。你要有心，就挺起你的家伙来，帮我做点事对付沈中和。

孙殿臣：我和秋姐十几年的交情，我是得为秋姐做点事！要是对付沈中和，用我的时候说句话。

2. 宏发祥账房。　内/日

〔陈九坐在那里，目光透过窗户，眼神有些游离。

〔滨生打好了算盘，将账本放到陈九面前。

滨　生：陈掌柜，这是去冬今春的账目，你过过目。

陈　九：我不看了，我没有时间。

滨　生：天暖了，毛皮生意不好做了，老张说德国的机器到了，现在是开工的好时候。

陈　九：不急，让老张先把机器存在厂房里吧。

滨　生：陈掌柜……

陈　九：我有事，忙过这阵儿再说吧。

〔陈九起身离开了账房。

〔滨生望着陈九的背影，有点无可奈何。

3. 松花江边。　外/日

〔陈九和孙殿臣在江边碰头。

陈　九：你有沈中和的消息吗？

孙殿臣：没有。我问了所有认识沈中和的人，都说没有。他肯定不在哈尔滨了，他跑了。

陈　九：我想他不敢在哈尔滨露面了，他自己绝了自己退路。

孙殿臣：那就算了。算他捡了条小命。

陈　九：我现在什么也干不下去，干什么都没心思，心里头像是堵着块石头。

孙殿臣：这不是做下病了吗？比死了还难受。

陈　九：我是咽不下这口气。

4. 陈家工厂。　外/日
［陈九走在院子里,后面跟着一个老头。他秃头顶,圆鼻头,眉毛很长,脸色忧郁阴沉。老头手里拿着个扁酒壶,不时喝上一口。

陈　九：你就在这里住下。平日就看着这房子、院子,用你的时候你就跟我走。

老杀手：这地方不错,养老都行。我不喜欢热闹,人多的地方我心烦。陈掌柜,你也来一口。

陈　九：我不喝,这偌大的地方交给你了,别给我误了事。

老杀手：你放心陈掌柜,酒壮英雄胆,没有酒就没有精气神,误不了事的。
［老头说着从腰里拔出了刀,发现了远处的电线杆,他扬手甩出刀子。
［刀子深深地插进了电线杆,陈九倒吸了一口凉气。

老杀手：这院子是生荒地,阴气上升,阳气下降。阴阳交错,倒是炼丹行气的好地方。
［老头舒展了几下手脚,干净利落。
［老头站定下来,仰天学虎长啸,浑圆宏亮的声音在空旷的院子里回响。

5. 松花江边。　外/黄昏
［陈九和孙殿臣又在江边见面。

孙殿臣：我打听到沈中和的下落了。

陈　九：他在哪儿?

孙殿臣：他在做鸦片生意,听说经常从上江带鸦片来哈尔滨,也带些白面、吗啡到下江去,总是在水路上活动。

陈　九：可靠吗?

孙殿臣：可靠,有人亲眼在码头上看见过他,瘦得成了刀条脸,怀疑他是不是也吸上了大烟。陈掌柜,要是遇到沈中和怎么办? 你能杀了他吗?
［陈九不讲话,抬头向江面望去。

孙殿臣：陈九,咱们丑话说在前头,我可不能杀人,我也杀不了人。我连鸡都不敢杀,怎么能去杀人呢?

陈　九：你不是想为秋姐报仇吗?

孙殿臣：杀人还犯法,为一个狗都不如的沈中和,我们去蹲笆篱子不值。你说对不对? 你也别杀人,你有一个那么年轻漂亮的太太,蹲笆篱子更亏了。

陈　九：我不管,我得要他的命。要不我们找他干什么,吃饱了撑的?

孙殿臣：这话是这么说,理也是这个理,可是……

陈　九：我要是当着你的面杀了沈中和,你怕不怕?

孙殿臣：你真想这么做?

陈　九：当真。

孙殿臣：杀就杀呗,你陈掌柜想办的事情谁能拦得住。

6. 松花江边。　外/黄昏

〔陈九和孙殿臣沿着大堤向码头走去。

〔一艘客轮靠岸,两个跳板伸延到船边,旅客开始下船。卖东西的小贩蜂拥到岸边,举着手中的竹篮子,大声地兜售着烧鸡、水果、麻花、油炸馓子等食品,还有卖香烟的小贩脖子上挎着玻璃匣子在人群里乱蹿。

陈　九：沈中和可能就在这条船上。

〔孙殿臣神色不安起来。

孙殿臣：沈中和在这条船上? 你用什么办法杀死他? 你带枪了吗? 带刀了吗? 杀人总得有个办法。

陈　九：你害怕了? 你不是和秋姐有十几年的交情吗? 看你这副样子,真是个孬种,秋姐白疼你了。

〔孙殿臣慌张地四下望着,叹着气。

孙殿臣：唉,这人生死由命,贫富在天,也是该着秋姐红颜薄命不是?

7. 江边码头。　外/黄昏

〔陈九和孙殿臣注视着下船的人群。

〔陈九突然间睁大了眼睛,庄本走出了船舱。

陈　九：孙掌柜,你看那是谁?

〔孙殿臣见是庄本,顿显紧张。

孙殿臣：这家伙回来了? 官司了啦? 看气色不错啊,不像是受了委屈的样子。陈掌柜你可别乱来,你还想杀死庄本吗? 这可是人命关天的大事。

陈　九：我不杀他,我为什么要杀他? 我就是想会会他,问问他吃官司是一种什么滋味。

〔陈九迎着庄本走了上前。

陈　九：久违了庄本先生,这个世界真小,我们躲也躲不开。

〔庄本抬头,发现了面前的陈九,面颊上的肌肉抽搐了一下,很快又恢复了镇静。

庄　本：幸会陈掌柜,陈掌柜是来码头接客人吗?

陈　九：是啊是啊,可惜我接的客人总也不到,让我空等一天又一天。

［原本站在身后的年轻人抢先一步站在庄本一侧，警惕地上下打量着陈九。

［庄本向他摆了摆手。

庄　本：陈掌柜果然厉害，六百张羊皮害得我吃官司，让我几个月来疲于奔命，险些破产。

陈　九：你用错了人，沈中和那条狗不中用，庄本先生这只能怪你自己。

庄　本：你知道我为这场官司花了多少钱吗？

陈　九：彼此彼此，我们之间算是扯个平手吧。

庄　本：陈掌柜这样说也算公平，今后我们可以平起平坐地在商场上较量了。

［陈九瞥了一眼客船，船上空荡荡的。

陈　九：现在不说这个，我正忙一件事，等我忙完这件事再说，我们两个有的是时间。

庄　本：陈掌柜忙着接人我就不打扰了。后会有期，我们总有打交道的机会。

陈　九：走吧走吧，我不想再见到你了。我们又不是亲戚要常走动走动，两个冤家对头碰到一起总要你死我活的，早一天晚一天大家都不着急。

8. 江边码头。 外/黄昏

［人群散去，陈九才发现孙殿臣不知去向。他正四处寻找，孙殿臣从堤坝下爬上来。

孙殿臣：庄本那家伙走了吗？

陈　九：你不盯着下船的人跑到哪去啦？

孙殿臣：我去撒尿，憋得受不了，总不能当着这么多人掏出家伙撒尿吧。

陈　九：你害怕了？

孙殿臣：我怕什么？

陈　九：你什么都怕，连踩死个蚂蚁都怕。

孙殿臣：陈掌柜你看看你说的，我害怕能跟着你找沈中和吗？真是冤枉人了。

陈　九：算了，也不知道沈中和是不是在这条船上，转眼间人就走光了。

［孙殿臣一屁股坐到拴缆绳的铁墩上。

孙殿臣：这玩艺儿有一搭无一搭的，得放长线钓大鱼。码头上每天都有船，谁知道沈中和在哪条船上，慢慢找吧，就靠碰运气了，碰上算。

9. 宏发祥账房。 内/日

［陈九心神不宁的样子，滨生走了进来。

滨　生：陈掌柜，佳木斯分号来信说去年冬秋的毛皮账都结完了，问你什么时候过去。

陈　九：以后再说吧。

滨　生：陈掌柜，你近来气色不好，是不是病了？

陈　九：我心里有事,哪儿也不想去。

滨　生：陈掌柜,今年秋天的生意怎么做? 你不过去他们谁也做不了主。

〔陈九又开始走神了。

10. 松花江边。　外/黄昏
〔陈九和孙殿臣交换着有关沈中和的消息。

孙殿臣：沈中和在张广才岭罂粟地有窝子,他干这个发了财。他守在窝子里不出来,来回运鸦片冒风险的事由别人干了,他自己在罂粟地里当掌柜。

陈　九：要找他得到山里去了。

孙殿臣：陈掌柜你别开玩笑,那地方是我们能去的吗? 那地方人都有真家伙,又有土匪出没,不等我们杀人,脑袋早就让人家搬走了。

陈　九：他刚干起来,还成不了那么大的气候,赶早别赶晚,你不去我去。宏发祥在佳木斯的分号有生意,我路上绕个弯。

孙殿臣：你的心事我知道,我不跟你去,两手空空的,我不能跟你往井里跳。

陈　九：只要找到沈中和这个人就行,不用我们动手,我带杀手去。

孙殿臣：你带几个杀手,可靠吗? 要是保险不出事我就跟你去。

11. 江边码头。　外/日
〔孙殿臣左顾右盼磨磨蹭蹭地跟着陈九上了船。

孙殿臣：你带的人呢? 都在哪儿? 怎么一个也看不见? 你可别骗我。

〔陈九用下巴点着靠窗坐着的一个秃顶老头,他端着一个长烟袋,阴着脸闭目养神。

孙殿臣：那不是你雇的打更的老头子吗?

陈　九：是啊。

孙殿臣：就一个人?

陈　九：就一个。”

孙殿臣：能行?

陈　九：能行。

孙殿臣：一个人?

陈　九：一个人。

孙殿臣：这可是玩命的事,这糟老头子能干什么? 都快一百岁了,我们两个跟在后边收尸啊?

陈　九：怕什么,大不了是个死。

孙殿臣：要死你去死，我可不愿意陪着。

　　[孙殿臣站起来就要往外走，陈九拉住他。

陈　九：船都开了，你去哪儿？

　　[孙殿臣连忙向窗外看，船正缓缓离开码头，他沮丧地坐了回来。

孙殿臣：陈掌柜你这是何必呢。秋姐不过是个风尘女子，孤身一个人死就死了，我们可是拖家带口的人。我有老婆孩子，还有一个双丰和，那可是我十几年的心血……我现在可死不起呀！

陈　九：谁说我们去送死啊！看你这软塌塌的样子，还能办大事？

12. 松花江上。　外/日

　　[船在江上航行。

　　[船舱里老杀手喝着闷酒，偶尔有人从他身边走过，他的目光就在人家脖子上游移。

　　[孙殿臣偷偷地注视着老杀手，老杀手偶然侧过头来，孙殿臣又忙移开目光。

13. 小镇。　外/日

　　[船在一个小镇码头上靠岸，三人上岸后，客船继续向下江开去。

　　[一个骑着黑马的年轻汉子迎了上来。

向　导：三位老客是进山的吧？这儿有马还有向导，跟我来吧。

14. 大车店门前。　外/日

　　[三人分别上了各自的马。孙殿臣爬的艰难，年轻汉子扶他。

向　导：老客从哈尔滨来，知道日本人打到哪儿了？

孙殿臣：还在奉天那边。

向　导：听说张学良的军队一枪不打都撤了？

孙殿臣：这兵荒马乱的，谁顾得了谁呀！

向　导：三位老客是做烟土生意的？

　　[陈九点头。

向　导：这条路不太平，客商身上的黄白之物放妥些。

　　[孙殿臣吓得差点从马上摔下来。

孙殿臣：老乡我们可没带多少钱，要是这么危险我看别去了。你说呢，陈掌柜？

向　导：老客别害怕，我们做这条路上的生意，总有些朋友关照，放心走吧，再说真要是碰上不吃咸盐的,也不会让老客吃亏的。

　　　　［年轻汉子敞开怀,露出别在腰间的匣子枪。

陈　九：既然来了,刀山火海也得走一趟。

　　　　［陈九打马先行,孙殿臣无可奈何地跟了上去。

　　　　［老杀手勒住马。

老杀手：我年纪大了,腿脚不利索,跟不上你们,我殿后。

15. 山区。　外/黄昏

　　　　［四匹马一字排开,顺着弯弯曲曲的山路,向深处走去。

16. 山沟。　外/黄昏

　　　　［山沟里有几间草屋,院落门前挂着幌子。

　　　　［老杀手打着马赶上来。

老杀手：陈掌柜我们今晚就宿这儿吧,别再往前走了。

向　导：客商要是这条财路上的常客,不妨再往前赶,如果是第一次来,就宿下吧。

陈　九：什么道理?

向　导：再往前走就是罂粟区,各有管辖,不是轻车熟路,怕会引起误会。

老杀手：这儿是贩烟土的客商必经之路,陈掌柜要会朋友,等在这儿就不会落空。

陈　九：好吧,就宿这儿了。

17. 草屋前。　外/黄昏

　　　　［几个黑脸汉子迎上来,牵马的牵马,扫尘的扫尘。

　　　　［一个掌柜模样的小个子走上前。

掌　柜：喜鹊叫,财神到。我就知道今天有贵客来,快里边请。快打水,给客人洗脸。

18. 草屋。　内/黄昏

　　　　［陈九和孙殿臣坐在南炕上,炕桌上摆上茶水。

　　　　［两个年轻女人盘腿坐在北炕上嗑瓜子,见有客人,殷勤地打招呼。

女　甲：老爷远道来,路上辛苦吧?

孙殿臣：不辛苦,不辛苦。

女　乙：我来给老爷们倒茶。

19. 草屋前。 外/黄昏

[老杀手走出房门,站在院子里四下望着。

[老杀手向房后走去。

[老杀手到狗窝里看了看拴着的狗,到马厩里看了看槽上的马。

20. 草屋前。 外/黄昏

[老杀手回到屋前。一个伙计在杀鸡。地上一只芦花鸡被抹了脖子,仍在地上打扑
棱,伙计提着一只黑母鸡,冲着打扑棱的鸡骂。

伙　计：扑棱啥呢? 早晚还不是挨刀的货。

[伙计刚要对手里的黑母鸡下刀,却被老杀手拦住。老杀手顺手提过那只黑母鸡,
抓住翅膀,把鸡头向后一扭,只一刀鸡就蹬了腿,一动也不动了。

[杀鸡的伙计看得傻了眼,忙赔着笑。

伙　计：老客好刀法,好刀法。

[老头把刀还给伙计,拍拍手进屋去了。

老杀手：这院子血腥味太重了。

21. 草屋。 内/夜

[里间屋大炕上,两个年轻女人已经凑过来,围着炕桌坐下,炕桌上摆了一大碗猪肉
炖粉条,一大碗小鸡炖蘑菇,还有几个炒菜。老杀手在对面炕桌上独自喝酒吃菜。

女　甲：我借花献佛,敬老爷一杯酒。

陈　九：我不喝酒。

女　甲：喝!

陈　九：不喝!

女　甲：喝嘛!

女　乙：酒是壮胆的,男人在外边哪有不喝酒的?

陈　九：不喝就是不喝,别啰嗦。

女　乙：大爷是不放心,怕酒里有蒙汗药,来,我先喝一个你看。

[女人端起陈九的酒碗,喝了一大口。

女　甲：大爷,这总该放心了吧,可别让我们心凉透了。

[陈九就是不端碗。

孙殿臣：他这个人就是这么个怪脾气,不管他,咱们喝酒。

女　甲：对,还是这位大爷好伺候,来,敬你一杯。

女　乙：来,我也敬你一杯。

　　　　　〔小个子掌柜前来敬酒。

掌　柜：各位老爷初来乍到,小店粗茶淡饭的也没个讲究,让各位委屈了。将来各位发了大财,别忘了照顾小店的生意。

　　　　　〔陈九和孙殿臣都端起酒碗。

孙殿臣：好说好说,辛苦辛苦。

陈　九：掌柜的我打听一个人,你知道不知道?

掌　柜：我们这客店虽小,来的可都是贵客,在这条路上做生意的,我没有不认识的,你说说看。

陈　九：有一个叫沈中和沈先生的,进山日子不多,听说他也在山里筑了窝。我们同他有一笔生意上的事,急着找他,也不知道他扎在哪儿了?

掌　柜：有这么一个沈先生,中等个儿,白净脸,进山半年多的光景就发财了,自己有窝子,手下有几个人,不大下山了。不过有时到码头小镇上玩玩,也常到下江的佳木斯去。

孙殿臣：对对,就是他。

陈　九：这两天他能下山吗?

掌　柜：不大好说,他好像刚回山不几天。

陈　九：这沈先生的窝子在哪儿,掌柜的能告诉我们吗?

掌　柜：干我们这一行的,进店的客人都是朋友,五湖四海皆兄弟。出了店东南西北,客人从哪来,到哪儿去都是不问也不说的。

陈　九：叨扰,叨扰了。

22. 草屋。　内/夜

　　　　　〔炕桌撤下了,两年轻女子给陈九、孙殿臣、老杀手在南炕铺好被褥。

女　甲：天不早了,几位老爷也该歇着了。

　　　　　〔老杀手躺在靠门的地方,不脱衣服,只搭上条被。

　　　　　〔女甲在北炕为自己铺被褥,女乙从门外拿进一个瓦盆,放在地中央。

女　乙：老爷要是夜里方便,就在这个盆里吧,省得到外边风大受凉,再让狗咬了腿。

　　　　　〔吹灯后,传出两个女人在瓦盆里撒尿的声音。

23. 草屋。　内/夜

　　　　　〔老杀手很快发出了鼾声,陈九也很快睡着了。

〔孙殿臣悄悄爬起来,轻手轻脚地下地,爬上了对面的北炕。

〔黑暗中,北炕上传来戏谑的笑声。

24. 草屋。　内/夜

〔整个房间里沉寂无声。

〔天蒙蒙亮的时候,从外边传来一阵嘈杂声,随后留络腮胡子的大汉带着十几个拿着长短家伙的汉子闯了进来,从被窝里揪起了陈九和孙殿臣,吆喝他们穿上衣服。

络腮胡：快点快点,起来,起来!

〔两个女人自顾自睡觉,没人搭理她们。

〔小个子掌柜边系扣子边跟了进来。

掌　柜：各位大爷高抬贵手,凡来小店的都是客人,都是小店的财神,都是衣食父母。有什么冒犯的地方我来担着,千万别伤着客人。

络腮胡：这两个人鬼鬼祟祟的,像是官府的探子,我们抓回去审一审,是官府派来的就杀头。

掌　柜：使不得,使不得,我们开店官府老大都得罪不起呀,得罪了今后怎么在这儿做生意。

〔络腮胡子用枪支着掌柜的下巴。

络腮胡：这和你没关系,做你的生意好了。不是三个人吗? 怎么少了一个? 快四处搜一搜,别让他跑了。

〔有汉子应声跑了出去。

25. 草屋。　内/夜

〔陈九和孙殿臣已经穿好衣服,被人五花大绑着。

〔出去搜查老杀手的汉子回来报告。

汉　子：大哥,四处都搜遍了也没找到人。

掌　柜：那是一个下人,老头子了,放过他吧。

络腮胡：给他们俩蒙上眼罩,带走。

26. 草屋。　内/夜

〔两个女人还在蒙头大睡。络腮胡子和掌柜低声说话。

络腮胡：他们都说些什么了?

掌　柜：倒没说什么,只打听了一个叫沈中和的人,看上去不像贩烟土的人,怕是来了探子,才进山报告的。

络腮胡：对生人提防着点,免得出乱子。那老头子要是回来,不用啰嗦就干掉他。这罂粟区是随便闯的吗？

27. 山区。　外／晨

〔天渐渐亮了，蒙着眼睛的陈九和孙殿臣在马背上颠簸着。

28. 山区。　外／晨

〔沈中和骑在马上，往山外走，与押解陈九和孙殿臣的马队不期而遇。

〔沈中和拨马停在路旁，让马队过去，发现了被押解着的陈九和孙殿臣。

〔沈中和神情复杂。目送马队远去。

29. 山区。　外／晨

〔沈中和遇到了落在后面的络腮胡子。

络腮胡：姓沈的，我们抓了俩闯罂粟地的说是认识你，你能具保吗？

沈中和：干这一行六亲不认，我不认识他们，不会担保的。

络腮胡：这俩家伙看着可疑，要和你是一伙你可要说清楚。

沈中和：我吃大爷赏的饭，怎么敢有二心啊。

络腮胡：那按规矩我可叉了他们啦！

沈中和：按规矩办！别手软，叉了他们，一个也别留！

30. 木刻楞。　内／晨

〔陈九和孙殿臣两人被推搡进了一间木屋。

〔押解的人解下了蒙眼布，出门走了。

孙殿臣：我说不来你偏要来，还吹你有什么杀手，狗屎，没等出事他先跑了。一个糟老头子杀个屁，把咱俩先送上了断头台。

〔陈九走到用木板钉起来的窗户前，从板缝里向外望去。

〔外边，山坡下林木茂盛，有一条小路隐约其间。

陈　九：你猜猜，抓我们的能是谁呢？土匪还是烟土贩子？

孙殿臣：我不猜，我猜不着，反正抓我们来都是要我们的命，没有个好。

陈　九：只要别是沈中和抓我们，事情就好办。

〔孙殿臣马上耷拉下脸，带了哭腔。

孙殿臣：那可不一定，说不定就是沈中和抓的。我们在明处，人家在暗处，要杀我们还不是易如反掌。天老爷，我咋就没想到这一层呢？

陈　九：我们刚来怎么会落到沈中和手里。

孙殿臣：人家都说,进了罂粟地抽去三分魂,好人都会变坏人,更何况沈中和那种小人?

陈　九：沈中和没那个造化,能在这地方主事。

31. 木刻楞。　内/黄昏

　　[直到日头偏西,络腮胡子才又带着两个岗哨来到屋里。

络腮胡：怎么样两位? 说说吧。是从十九旅那儿来的还是从锅盔山大来好那儿来的?

陈　九：我们是来做烟土生意的,不认识什么十九旅和大来好。

络腮胡：做烟土生意怎么不带钱? 空手套白狼啊,天下有这样便宜的买卖吗?

陈　九：我们是第一次进山,想趟趟路,看好了货再回去取钱。

　　[络腮胡子嗖地抽出枪,用枪点着陈九的脑袋。

络腮胡：取钱? 去搬救兵吧。快说实话,不然叉了你们。

陈　九：叉了我们也是贩烟土的。

　　[孙殿臣吓得浑身哆嗦,用身子拱了拱陈九。

孙殿臣：陈掌柜咱们实话实说吧……老大手下留情,我们是来找沈中和的,我们有些生意上
　　　　的事,想见见他。

络腮胡：你们和沈中和什么关系?

孙殿臣：是……是朋友。

络腮胡：那好,我现在就叫人去把那个姓沈的带来,三头对案,说不对头就一块叉。

　　[孙殿臣翻身跪在地上。

孙殿臣：别找他,千万别找他,我们和他有仇,他会整死我们的。天哪,都怪我这张破嘴,这
　　　　可怎么办哪。

络腮胡：好小子,脑袋瓜转得够快的,一会儿认识姓沈的,一会儿和姓沈的有仇。你们以
　　　　为这是大舞台,让你们唱戏呢!

　　[说完络腮胡子举起枪啪啪啪三枪,子弹贴着陈九和孙殿臣的头皮擦过去,嵌入身
　　　　后木刻楞的墙上。

络腮胡：老实告诉你们,进了罂粟区,说实话也好,不说实话也好,都别想活着出去!

32. 木刻楞。　内/日

　　[房子外边传来嘈杂的说话声和脚步响,一个岗哨从窗口向外望了一眼。

岗　哨：是字匠六爷来了,今儿他巡山。

络腮胡：他是听见枪响了。快打开门迎出去别遭了误伤。

33. 木刻楞。 内/日

〔岗哨打开了门迎了出去,一个穿着短衫提着手枪的人大步走了进来。

络腮胡:六爷,今儿早上抓了俩奸细,正审着呢,一会儿就叉了他们。

〔陈九和孙殿臣抬头望着进来的人,双方都愣住了。

〔来人竟是赵小品!

孙殿臣:是你呀赵掌柜,快来救命,我们差点儿让人家杀了。

〔陈九垂下眼睛把脸扭到一边。

〔赵小品站在屋子中央,审视着陈九和孙殿臣。

赵小品:你们到这儿干什么,想做烟土生意吗?放着正经买卖不做,也想入这个道?

络腮胡:怎么的六爷,你认识他们?

赵小品:何止是认识?生生死死的还有些过节呢!

〔孙殿臣坐直了身子。

孙殿臣:赵掌柜我们是为了那个姓沈的,他逼死了陈掌柜的大太太,害得陈家倾家荡产,又
杀死了秋姐,我们想找他讨个公道。

〔赵小品咬着牙,蹲到陈九面前。

赵小品:陈掌柜,这个世界还有公道吗?

〔陈九眼睛也不睁。

陈　九:赵小品我没想到在这儿遇上你,要杀要砍随便吧,过去的事别再啰嗦了。

孙殿臣:不行不行,赵掌柜——六爷!打盆说盆,打碗说碗,我们进山决不是冲你来的,你得
高抬贵手,这里有两条人命啊!六爷——

陈　九:孬种!

络腮胡:就这小子又臭又硬,活像个探子。

〔赵小品站起来,把枪装进枪套里,在屋子里来回走着。

赵小品:我也没有办法,按这里的规矩,你们进得来出不去啦。

〔孙殿臣甩着哭腔,眼泪落了下来。

孙殿臣:赵掌柜——六爷!我们当年在正阳街上起家,还算是好朋友,多一个朋友多一条
路,你得帮着我们躲过这一劫难……

34. 木刻楞。 内/日

赵小品:二太太怎么样?她还好吗?

〔陈九闭着眼睛,仍不肯讲话。

孙殿臣:二太太很好,她生了个大胖小子,她常念叨你呢,惦记着你不知去哪了。二太太要

是知道你在这发财,成了六爷,准是又高兴又放心的。

[赵小品白了他一眼,不再讲话。

络腮胡：六爷,今天你是值星官,对这两个废物要杀要放你说了算,我不拦你。不过大爷那儿要怪罪下来,我可担当不起。

[陈九闭着眼睛靠在墙上,眉宇间仍流露着一丝倔犟。孙殿臣眨着小眼睛,可怜巴巴地望着赵小品。

赵小品：陈九你想没想到也有今天?

陈　九：想到怎么样? 想不到又怎么样?

赵小品：当初你是想置我于死地的。

陈　九：今天落到你手里,生死由你,我不抱怨。

赵小品：我应该杀了你。当初我上山来就是因为咽不下这口气。

孙殿臣：可别。赵掌柜如今是罂粟区的六爷,你大人不计小人过,宰相肚里能撑船。

[赵小品叹口气。

赵小品：我不杀人,在这儿杀了你们,世人会笑我是仗势欺人的小人。

[赵小品转向络腮胡子。

赵小品：他们不是探子,把他们放了吧。今天晚了,明天一早送他们下山。

络腮胡：大爷那儿呢?

赵小品：大爷那儿我去说。

[赵小品说完扭头就往外走。

赵小品：赵掌柜——六爷! 你好仁义!

[赵小品站住了,他回过身来望着陈九。

赵小品：陈掌柜你记着,这个世界不都是恶人,不都是靠打打杀杀过日子的。

[陈九闷着头不吱声。赵小品说完头也不回地向外走去。

[两个岗哨替他们解开绳子。

络腮胡：算你们命大,遇上了六爷,要不脑袋就搬家了。

孙殿臣：老大,我们一天还没吃饭呢,都快饿死了。

络腮胡：捡条命就不错了,还管肚子。你这一身肥肉,饿几天不要紧。

[络腮胡子带着两个岗哨退了出去,走到门口又回过身。

络腮胡：你们两个别不识好歹,捡便宜卖乖。夜里别乱动,外边有岗哨,子弹不长眼睛不认人,做屈死鬼怨不得我们。

[络腮胡子说完在门外又上了锁。

第 二 十 集

1. 木刻楞。 内/夜

　　[天黑了,陈九和孙殿臣缩着身子坐在地上,又冷又饿。

孙殿臣：今天多亏遇到了赵小品,我们捡了一条命。

陈　九：这世界说大真大说小也真小,想找的人像大海捞针,不想见的又狭路相逢。

孙殿臣：陈九我不怕你生气,赵掌柜是看我的面子,才网开一面的。

陈　九：我得感谢你?

孙殿臣：当然得谢我,就你一个人早没命了。

陈　九：孙殿臣你懂什么? 你是娘儿们性子,不懂男人间的事。赵小品也是一个拿得起放
　　　　得下的汉子,不肯依势欺人。

孙殿臣：你懂! 依着你有几条命也搭进去了。只要放我回家,再也不瞎跑了。再这样闯下
　　　　去,就是有几条命也得都搭上。这罂粟地哪是我们来的地方! ……陈九,你在想
　　　　什么?

陈　九：我在想沈中和在哪。

孙殿臣：他爱在哪儿就在哪。陈九咱们有话在先,明早放人,咱们就头也不回地离开这儿,
　　　　永不回头!

　　　　[有脚步声过来,从木条缝里塞进一个布包。

　　　　[孙殿臣接过来打开布,包里边有两张油饼,两根黄瓜咸菜。

岗　哨：这是六爷给你们安排的晚饭。你们二位真是福大命大造化大,不杀头还有饭吃!

孙殿臣：这头留着就是吃饭的。来,陈九趁热吃。

2. 木刻楞。 内/夜

〔月光从板缝中照了进来,陈九和孙殿臣在打瞌睡。

〔门被打开,一个高大的身影站在屋子中间,月光投下的影子遮住了陈九和孙殿臣,他们被惊醒了。

〔孙殿臣想要喊,被陈九捂住嘴,他们认出了来人是老杀手。

陈　九:你怎么进来的?昨天你跑到哪儿去啦?

〔老头子摆摆手不让他们说话,示意他们起身快走。

孙殿臣:人家抓我们的时候你先跑了,人家要放我们了你又来了,多余。

陈　九:既然来了,我们就快跑吧。

孙殿臣:那两个岗哨呢,发现我们逃跑了开枪咋办?打死白打死,我可不想这么糊里糊涂送死。

老杀手:放心走吧,那两个废物让我杀了。

孙殿臣:你怎么杀人呢!出了人命我们被抓住还有好吗?我不走。

〔孙殿臣说着蹲下来,抱着头不肯走。

孙殿臣:人家赵小品救了我们命,你们却杀了人家的人,这么不仗义,还有脸见人吗?

陈　九:人死也活不了啦,你不走就能饶过你吗?

〔陈九说着拉起孙殿臣就往外跑。

3. 木刻楞门前。 外/夜

〔月光下,小路旁倒着的两具尸体。

〔孙殿臣闭上了眼睛,腿也软了。

孙殿臣:陈九,你这个杀手是个成事不足败事有余的家伙。

4. 白桦林。 外/夜

〔老杀手带领陈九、孙殿臣摸进了沟底的白桦林,林子里拴着三匹马。

〔三个人分别上了马,借着月光向山外奔去。

5. 火车站外。 外/晨

〔天已经大亮。

〔陈九、孙殿臣、老杀手将马拴下,等着火车进站。

老杀手:这儿就安全了,等火车进站咱们就走。你们放心,谁也想不到我们会走铁路。

孙殿臣:你逞什么能?在客店里你不救我们,现在逞英雄了,害得我们背上骂名。

老杀手：我们住的那个店是黑店,是罂粟地安在外边的暗窝子,夜里睡觉时发现少了一个伙
计,我就明白是派人去山里送信去了。

孙殿臣：他们抓我们的时候你去哪了?

老杀手：我在后山坡上练功,后来就跟在那伙人后边,找到了关押你们的木刻楞。

孙殿臣：你从哪儿弄来的马?

老杀手：昨晚我先溜回客店,杀了狗,偷了三匹马。走到路上一想不对,又回去把掌柜的
杀了。

孙殿臣：杀掌柜的干什么? 那人慈眉善目的。

老杀手：你懂什么,开这种店的没有一个好种,这瞒不过我,我这人眼睛毒。你们要知道,店
里会很快发现丢了马,会派人追来的,杀了黑掌柜他娘的就顾不了啦!
　　〔孙殿臣拉着陈九的衣襟。

孙殿臣：你听听,你听听你这狗屁杀手心多狠,你杀岗哨干什么?

老杀手：我回去时门上着锁,我打不开又怕弄出声音惊了岗哨,只好抹了他们的脖子,这才
拿到了钥匙。

孙殿臣：陈九你听听,他杀了那么多的人,坏了我们的大事,说起来却像唱曲似的,这个狗屁
杀手!

老杀手：陈掌柜,那个姓沈的怎么办? 我们还去杀那个姓沈的吗?

孙殿臣：杀什么杀? 我们谁也不杀了,赶紧逃命吧。

6. 罂粟地。　　内/日
　　〔老大知道两个弟兄被杀的消息后,暴跳如雷,但没人把赵小品准备放走陈九和孙
殿臣的事告诉他,他也只当是手下人疏忽丧了命。

老　大：去人把那两个客商干掉,不能让他们走了罂粟地的风声。

赵小品：我去。
　　〔老大上下打量着赵小品。

老　大：你行吗? 这是去杀人又不是去逛街,平时你看杀鸡都不敢,怎么敢动手杀人? 算了
吧老六,让别人去我又没怪你。

赵小品：我去。

老　大：你行?

赵小品：我行。大哥你放心,干咱们这一行的,早晚要开杀戒,你就等好吧。

7. 孙殿臣家。 内/日

〔从山里回来,孙殿臣就大病了一场,人也瘦了一圈。

〔陈九来看孙殿臣时,他正枕着鸭绒枕头望着墙上的大美人招贴画发呆。

〔陈九指着用手指夹着香烟飞眼的一张。

陈　九：你又抽烟,贴些这玩艺儿干啥,还指望她们下来陪你演画中缘?

孙殿臣：以前有那份闲心,现在看着这些假模假式的女人都恶心。

陈　九：看你这副样子,这么不禁事,哪有个汉子样。

孙殿臣：人都死过一次啦,还想怎么样?非把尸首埋在罂粟地才算好汉?

〔孙殿臣长叹了一口气。

孙殿臣：人死过一次,就把世上的事情看明白啦。秋姐死得屈也是她命薄,再搭上我们两人的命更不值啦。

陈　九：不说这个了,你好生养病,今后的事就不用你了还不行吗!沈中和的账我一个人同他算。

孙殿臣：你还有心思找沈中和算账?听说赵小品传出话来,要找你算账呢。本来人家赵小品挺仁义的,放了咱们一条活路,没想到你从哪弄来的那个狗屎杀手,像个狗熊一样笨,硬杀了人家两个兄弟。换了我是赵小品也不会饶了你。

陈　九：好像没有你的事了?

〔孙殿臣呼地坐起来。

孙殿臣：当然没有我的事。陈掌柜咱们丑话说到前头,要是赵小品来找我,我就实话实说,都推给你,反正你什么也不怕。

陈　九：事情做出来了怕有什么用。我不甘心死在沈中和前头,不除掉沈中和我死不瞑目。

孙殿臣：你又来了,死呀活呀的太瘆人。

8. 陈家大院门前。 外/日

〔一个身影在附近徘徊,注意着大门的动静。

〔他穿了长下摆的大衣,围巾遮到了鼻子上,头上带了顶水獭帽子,上下都裹得严严实实。来人正是赵小品。

9. 陈家大院门前。 外/日

〔陈九走出大门。赵小品机警地侧过身,把手放进怀里摸枪。

〔这时一个报童迎着陈九跑了过来。

报　童：看报看报,日军占领辽吉全境,哈尔滨危在旦夕! 看报吧先生?
　　　　〔陈九买下一份报纸,当街打开读了起来。

10. 街角。 　外/日
　　　　〔赵小品移身到了街角一处商号的屋檐下。
　　　　〔从这里看过去,是陈九微微有些前倾的身子正面。正是射杀陈九的佳处。赵小品的手触到了怀里的枪,还没等掏出来,身边却挤过来一个人。
报　童：先生买张报纸吧? 本埠危在旦夕,军民齐心抗战! 买一张吧!
　　　　〔赵小品见报童缠着不走,掏钱买了张报纸。
　　　　〔见陈九仍然站在那里看报,赵小品用报纸遮挡着自己的右手,打开枪的保险,将枪紧紧地攥在手里,深深吸了一口气。他闭上了眼睛,平复自己紧张的心情。
　　　　〔画外音响起。
赵小品：陈九别怪我赵小品手黑,是天不容你。你的死期到了,你去死吧!

11. 陈家大院门前。 　外/日
　　　　〔当赵小品借着报纸的遮挡,抬枪瞄准时,三点一线处竟出现了张秀玉的身影。
　　　　〔张秀玉从门洞中走出,手里拿了一条长围巾,走到陈九身边给他带上。
　　　　〔赵小品放下了手中的枪,侧过身子观察对面的态势。
张秀玉：听说日本人要来了,你出门在外要小心点儿。
陈　九：我现在倒是有点担心那个庄本了,有日本军队给他撑腰不知要怎么张狂呢。
张秀玉：他不会对宏发祥下手吧?
陈　九：谁也说不准。他最眼红的是我的工厂,我得到那边看看。

12. 街角。 　外/日
　　　　〔赵小品收起了枪,眼睁睁地望着陈九大步离去。
　　　　〔赵小品再去找张秀玉时,陈家大院门前已经空无一人了。

13. 西餐厅。 　内/日
　　　　〔赵小品在独自斟饮,报纸就放在餐桌上,赵小品不时地看上几眼。
　　　　〔这时有人在他的对面坐了下来。赵小品抬头,见来人是沈中和。
沈中和：赵掌柜,喝闷酒伤身,别太苦了自己。
赵小品：沈先生不在罂粟地发财,回到这里干什么?

沈中和：日本人就要进城了,这可是有仇报仇有冤报冤的机会,我是来帮赵掌柜忙的。

赵小品：我和陈九的恩怨和眼下的时局无关,我也不想借别人的手杀人。

沈中和：赵掌柜,你想过做人做事屡屡失败的根源在哪吗? 你要是真的清高,当初就不该动张秀玉的念头,既然动了念头你就是再清高也不是正人君子了。

赵小品：沈先生,人各有心事,不必扭在一起。

沈中和：陈九总是和你作对,甚至以怨报德,我担心到了今天你还会执迷不悟,下不了手!

赵小品：是啊,我真要好好想想了。日本人来了,还不知有多少人想收拾他呢,可能用不着我来动手。

沈中和：赵掌柜又变卦了?

赵小品：有人打狐狸,是因为狐狸叼了他的鸡。有人杀人,是因为他想的就是图财害命。沈先生,大路朝天,我们各自行事吧。

14. 陈家饭厅。　内／日

〔陈九翻看着报纸,韩妈端上饭菜后,从张秀玉怀里抱走了福子。

陈　九：赵小品回来了。

〔张秀玉半张着嘴愣怔了一会儿。

张秀玉：回来就回来呗,和我们有什么关系?

陈　九：你知道他回来干什么吗? 他回来就办一件事,他想杀死我。

〔张秀玉放下筷子,惶恐地涨红了脸。

张秀玉：你听谁说的?

陈　九：他自己说的。他到处扬言要报仇。

张秀玉：你想怎么样? 你想杀死他吗?

陈　九：我不杀他。他不欠我什么。

张秀玉：可你欠他的,欠他的太多,他咽不下这口气。

陈　九：那又怎么样? 人活在这个世界上,大概总要你死我活的,躲也躲不开。

张秀玉：你不怕报应?

陈　九：怕也没有用,阎王爷叫你三更死,谁也撑不到五更天。可是我现在不想死。

张秀玉：那有什么办法? 他好心好意地救了你的命,你却杀了他的人,他当然要报复。男人都小肚鸡肠,都是你死我活,谁也没有办法。

陈　九：你去告诉他,我现在不能死,我有大事要办,我得先杀死沈中和。到那个时候,我和他之间再算账,谁死谁活我都不介意。

张秀玉：你疯了! 这种事情怎么好去说? 要说你自己去说,当初你就不该那样对他,现在后悔也来不及了。

[陈九拿起筷子,想了想又放下筷子,抬起头来望着张秀玉。

陈　九：你去找赵小品对他说,只要别杀我怎么办都行,你要愿意就跟他走,我现在只想一件事,这件事办不成我死都没滋味。只要除掉沈中和,宏发祥和毛皮工厂都可以不要,那时赵小品要是能在我背后开一枪我更无牵无挂了。

[张秀玉眼圈红了,她掏出手帕擦着眼泪,擤着鼻子。

张秀玉：陈九你真疯了! 我跟你过了这几年,福子都有了,还说这样的疯话,你不怕天打五雷轰,你连畜生都不如。

陈　九：我疯了? 这外面的世界才疯了呢。你吃我,我吃你,你杀我,我杀你,连日本人都老远地跑来杀人放火,称王称霸。这个世界谁不疯才是疯子!

15. 客栈。　内/日

[赵小品独自躺在客房的床上发呆,伙计推门进来。

伙　计：赵先生,有你的电话。

16. 客栈。　内/日

[赵小品走进客栈的账房,拿起了话筒。

赵小品：喂……

17. 陈家客厅。　内/日

张秀玉：我……想见你。

18. 客栈。　内/日

赵小品：你在哪儿?

19. 陈家客厅。　内/日

张秀玉：你到宏发祥毛皮工厂去,我在那儿等你。

20. 正阳街。　外/日

[日军已经逼近哈尔滨,街头的行人稀少,中国军队在跑步调动。

[戴着一副墨镜的赵小品在匆匆赶路,他穿了一件黑皮袍。

[一辆卡车迎面行驶过来,车上装满了慰问中国军队的物品,几个学生还打出了写

有"誓死保卫哈尔滨"字样的横幅。

〔赵小品放慢了脚步,看着卡车离去。

21. 陈九工厂。 外／日

〔大门关着,赵小品迟疑了片刻,还是敲了起来。

〔老杀手从门房里走出来,隔着铁栏门问话。

老杀手: 先生你找谁?

赵小品: 陈太太在不在?我是来找她谈生意的。

老杀手: 你就是来找陈太太的那个人?

〔赵小品点头。

老杀手: 姓赵?

〔赵小品又点头。

〔老杀手打开门。

老杀手: 这兵荒马乱的年头,又赶上年关,先生还有心思做生意……去吧,陈太太在南墙根那排平房里,东头数第三个门,烟筒冒烟的那一间。屋子我都烧热了,她在那儿等你。

〔赵小品抬头望去,正面是高大的厂房,侧面一排平房中有一个烟筒在冒烟。

〔院子里的积雪上已经留下了脚印。

22. 平房。 内／日

〔张秀玉两只胳膊交叉抱在胸前,不声不响地凝视着进来的赵小品。

〔屋子中央支着铁炉子,炉火烧得很旺,靠炉子的那节烟筒都烧红了。

张秀玉: 你去哪儿啦?这两年一点音讯都没有。

〔赵小品走到张秀玉面前,紧紧抱住了她。

〔张秀玉触到了赵小品怀里的枪,挣脱开他的怀抱。

张秀玉: 你带手枪干什么?

赵小品: 你说我带手枪干什么?

张秀玉: 你别带枪,你不是舞枪弄棍的人,你千万别带枪。

赵小品: 你怎么知道我不是舞枪弄棍的人?有血性的男人都能带枪。

张秀玉: 你……你带枪干什么?

赵小品: 我要杀死陈九。

张秀玉: 你真的要杀死陈九?

赵小品: 对,这是明摆着的事。

23. 庄本商行。　外/日

〔日本的侨民和浪人在集会,沈中和也坐在角落里。

〔一个日本人在做煽动发言。

日本人：皇军已经逼进了哈尔滨,我们这里已经听到了枪炮声,满洲将划入大日本版图,大和民族的民族魂会在这里生根,我们将是这里的新主人。大和民族万岁! 天皇陛下万岁!

〔屋里的人跟着狂呼。沈中和举着手,喊也不是不喊也不是。

日本人：我们要分头行动,为帝国军人进城铺平道路。

〔屋里的人又是一片狂呼。

24. 平房。　内/日

张秀玉：你不会杀死陈九。

赵小品：为什么不会?

张秀玉：你不是杀人的人,就是陈九向你开枪,一枪打不死你,你也不会回手打死他。

赵小品：你怎么这样说,你知道为了今天,我当了两年土匪你信不信?

〔赵小品摸出手枪,顶上了一颗子弹。他端着枪在屋里扫瞄,最后枪口瞄准了悬挂在棚顶的灯泡,叭地一声响,灯泡被击得粉碎。

〔张秀玉惊恐地望了一眼大院,见门房里毫无反应,才放下心来。

张秀玉：反正我觉得你不会杀人。

赵小品：我在正阳街上等了他几天,想了想还是先见你一面再杀他,这样公道些。

张秀玉：你要是真想杀他,就应该先杀死我。

赵小品：我不杀你,我杀死陈九再把你带走。我在外边混了两年,也找过别的女人,都不行,最终我还是想要你。

张秀玉：其实你知道我不能跟你走,杀死陈九也没用。你别杀人,你不是杀人的人,为什么偏要杀人? 我们的日子也不好过。

赵小品：你们是谁?

张秀玉：我和陈九。我们的日子不好过,庄本商行一直想吞并宏发祥,还有那个沈中和,两年前他们大闹了一场,逼死了大太太。陈九一直想报仇,他不想和你作对。

赵小品：可他杀死了我的人,他恩将仇报是个十足的小人。

张秀玉：我说这些,不是不让你杀陈九的理由,随便说说罢了。我只是说你别杀人,你要真杀陈九就先杀死我,大家眼睛一闭也就省心了。

赵小品：你就这么喜欢他,甘心情愿陪他去死?

张秀玉：没什么喜欢不喜欢，反正都一样，我们有了孩子。对了，你杀人时别忘了给孩子一枪，我不愿意让他留在人间当孤儿。但你得知道，当初下绊脚绳的不是陈九，在罂粟地杀人的也不是陈九，你们积怨太深，很难解开这个疙瘩了。

赵小品：你……还在替他说话。这两年我把自己变成另外一种人，不惜舞枪弄棍、走私贩私，我苦苦地熬，就是为了杀死陈九。我什么都想到了，甚至想到也许最后栽在陈九手里，就是没有想到你铁了心。

张秀玉：我就知道你会这样想。你心里过意不去，就把我打死，是我害苦了你。你要打死我就背后开枪，要不我害怕。

赵小品：我舍不得杀你，这个世界上没有人会忍心杀一个这么漂亮的女人。

　　　　　〔窗外远处轰隆的枪炮声。

赵小品：你走吧。

张秀玉：你不杀人啦？

赵小品：我是个懦夫。

张秀玉：你不是懦夫，你想这个世界打打杀杀的，人都死光了，还争什么？

赵小品：日本人要来了，街上兵荒马乱的，我送送你吧。

张秀玉：你不用送，我去陶家五太太那里，她在等我。陶家离这儿很近，不会出事的。日本人说不定一两天就进城，你一个人带着枪太危险，就住在这儿躲两天吧。

赵小品：我不躲，从我去罂粟地的那一天起，生死就已经看得很淡了。

张秀玉：别这么说。在这个世界上，你还是让我惦念的人，你要好好活下去。

　　　　　〔张秀玉穿戴好，走到了门口。

张秀玉：你要是非要办自己的事你就办吧，我也不拦你。你要是想杀人就先向我开第一枪，我一点怨言也没有。

　　　　　〔张秀玉说完，开门走了。

　　　　　〔枪炮声越来越近。

25. 平房。　内/日

　　　　　〔赵小品走到窗前，用哈气化开一块玻璃，用手擦净。他看到张秀玉穿过院子，在门房停了下来，对那个老头说了些什么。老头打开大门，等张秀玉走后，又把门锁好。

26. 某处。　内/日

　　　　　〔沈中和在发放带有日满亲善字样的袖标。

沈中和：这些年弟兄们都活得挺窝囊，趁着日本人来这股劲，大家好好干，混出个人样儿。

汉奸甲：这阵子兵荒马乱的,我们去抢商行吧,可以捞上一大把。

汉奸乙：干脆去抢银行吧,这个来钱更快。

沈中和：别胡来,我们迎接日本人进城,日本人打了天下,我们还怕没有好日子过吗?

27. 平房。 内/黄昏

[老杀手和赵小品坐在火炉旁,边上摆着一瓶刀烧子,一小盆猪肉炖粉条儿,还有两根用纸包着的红肠,一大块面包。

老杀手：又打仗又过年,什么东西也买不到,先生就委屈点吧。太太吩咐我好好关照先生,我也算尽了力啦。

[一个用瓶一个用碗,俩人喝了第一口酒。

老杀手：好,酒桌识英雄,看出赵先生是爽快人,咱们今天喝个痛快。

赵小品：怎么称呼先生?

老杀手：行无足迹,居无定处,名不传人,见面是朋友,分手各东西。

赵小品：先生是做江湖生意的。

老杀手：赵先生是做什么生意的?

赵小品：毛皮。

老杀手：和我们陈掌柜一样,是同行啦。

赵小品：我和陈掌柜不能比,我是小本生意。

老杀手：生意有大小,人心都一样。人为财死,鸟为食亡啊。

赵小品：我是因为战事困在这儿啦。

老杀手：是啊。今天小鬼子已经逼近到五家子车站,听说仗打得惨烈,双方都死了不少人。其实依我看这仗打不赢。

[老头口急,酒已经喝进去了一半,正在大口地夹肉吃。

老杀手：我当过兵,知道打仗是怎么回事,东北军主力都撤走了,留下这几个兵连后援都没有,能打几天? 李杜倒是条汉子,有守土保国的男儿心,可打仗不是靠义气。

[赵小品对着瓶子嘴喝了一口酒,用手抹了下流到下巴上的酒。

赵小品：这兵荒马乱的,你一个人在这儿不害怕?

老杀手：害怕? 我这把年纪了,还用得着害怕吗? 我像只老狼似的,在这院子里猫了一冬天啦。赵先生你知道这脚底下原来是什么地方吗? 是坟地,夜里到处是鬼火,还有黄鼠狼子絮窝,厂房夜里不知道什么时候就会发出怪声来。唉,我这把年纪对女人没有用了。嘿嘿,我倒想遇到个狐仙鬼女,能做个风流死鬼这辈子也算善始善终啦。

[赵小品身上出了汗,涨红着脸望着老杀手。

老杀手： 赵先生你怕吗？

赵小品： 不怕。

老杀手： 不怕就好，从这儿往东不远就是圈河。圈河到现在还是杀场，是官家处决死囚的地方，要说可怕，那儿才是可怕的地方。

　　［老头儿端起酒碗，才发现酒喝干了，赵小品给他倒酒也被拒绝了。

老杀手： 我那儿还有酒，你等着我去拿。

赵小品： 你别喝多了。

老杀手： 这点儿酒还叫酒吗？

　　［老杀手起身出去了。

28. 平房门前。 内/黄昏

　　［赵小品也走到了院子里。

　　［天近黄昏，高大的厂房笼罩在暮色里。

　　［他掏出手枪看了看，放到了窗台上，又对着墙根撒尿。

　　［雪地上出现一片黑迹。

　　［提好裤子，赵小品又重新把枪掖到了腰间。

29. 平房。 内/黄昏

　　［赵小品独自饮酒，老杀手提着酒回来了，还带来了两支蜡烛。

　　［老杀手给赵小品倒酒。

赵小品： 好了好了，我不再添酒了，喝多了误事。

　　［老杀手回到自己座位上，给自己碗里倒满了酒。

老杀手： 刚才我说到哪儿啦！

赵小品： 杀场。

老杀手： 对。现在处决死犯，一个枪子儿完事，简单多了。过去是砍头，当剑子手吃红粮不容易。那时候有一个汉子到官府求职，非要吃红粮不可。老爷要试探他的胆气，他说老爷不用费心，你牢里有死犯没有？当时正值秋天，牢里真有一批待决的死犯，都是些十恶不赦的马贼。老爷让人把死犯押到圈河的刑场上，那汉子一口气砍了十个人，刀都卷了，眼都没眨一眨。这汉子真的吃上了红粮，成了一名剑子手。

　　［屋子里暗了下来。老杀手起身点亮了蜡烛。

　　［赵小品抬头看了一眼自己打坏的灯泡，没吭声。

老杀手： 暴死的鬼恶气不散，有一年也是冬天，正是眼下这种鬼龇牙的天气，一个汉子赶路回家路过圈河。腊月天又是风又是雪,空腹赶路的汉子觉得衣服被风雪剥光了,冷得实在受不了,突然看到前边有一堆火,一些人围在那里烤火取暖。这汉子挤在他们中间坐下,旁边的人还移动了一下身体,让他坐得舒服些。他先是烤手,手暖和了又烤脚,他脱下乌拉鞋,把脚伸到火堆旁,慢慢地这汉子缓过来了,舒舒服服地出了一口气,这才想起谢谢人家这堆救命火。这汉子低着头往鞋窝里絮着烤干的乌拉草,说谢谢各位大哥这堆火,要不我就冻死在路上啦!

[老杀手抬手又灌了一口酒。

老杀手: 你猜怎么着?周围的人都齐刷刷地伸着手烤火,没人做出反应。他这才抬起头来,借着火光看了一眼,这一看不要紧,立刻吓得差点昏死过去。围着火堆烤火的一圈人,个个都没有脑袋,像大酱缸一样齐着肩头溜平。他们伸着手烤火,不时往火里添柴,坐在他身边的一个人,用手拍拍他的肩膀,身上发出吱吱的声音,示意他不要介意。

赵小品: 后来呢?

老杀手: 这汉子半天才想起扔下鞋挣扎着爬起来逃跑,他听到身后发出的哄笑,那笑声阴森空洞,也不知道从哪儿发出来的。那汉子顾不了许多,他一口气跑回家,躺倒炕上再也没有起来。你猜那个汉子是谁?就是那吃红粮的刽子手。

[赵小品听得脊背发凉,他板着面孔。

赵小品: 这故事是你编的对不对?

老杀手: 没的编不了,有的编不好。

赵小品: 你干吗吓唬我?

老杀手: 我不是吓唬你,年轻人不要以为带上一支枪就可以横走天下了。

赵小品: 你怎么知道我带了枪?

[赵小品伸手去摸腰间的手枪,腰间空荡荡的。老杀手从屁股底下拿出那支手枪,在他眼前晃了晃。

老杀手: 陈掌柜不会把偌大的一片工厂交给一个糟老头子的。

赵小品: 原来你是一条狗。

老杀手: 别说得那么难听,我不过是拿人钱财,替人消灾罢了。

赵小品: 你想把我怎么样?

老杀手: 我不想把你怎么样,我要想杀你就不陪你喝这顿酒了。

[老杀手敞开怀拔出刀来,一一向窗户上甩去,三把刀整齐地插在窗户框上。

老杀手: 陈太太给了我钱,她要我帮你离开哈尔滨。她还蒙在鼓里,不知道我是陈九霤的保镖和杀手。她信任我,我领她这份人情。我只杀陈家的仇人,他们夫妻间的事我不管。他们两个一个是你的仇人,一个是你的情人,他们都不想杀你,也不希望你杀人,把酒喝足,把门闩好,踏踏实实地睡个好觉,明天早上赶路吧。

赵小品: 你是想积德行善,立地成佛吧。

老杀手: 你知道我这一辈子杀过多少人吗？我当过县衙门的刽子手,当过团练,当过新军,不吃官粮了又上山当过马贼,杀人无数,多杀你一个少杀你一个与成佛做鬼无涉。但赵先生我告诉你,别去杀人,一旦开了杀戒,人就铁了心再也不把自己当人了。

〔老杀手端起枪,咔嚓一声把子弹夹退了出来,看了看弹夹里的子弹,又咔嚓一声推上去,在手里掂了掂,就把枪还给了赵小品。

老杀手: 好枪！赵先生,你是我这一生中第一个从刀口下放走的人,也许以后我再也没有胆气杀人了,我有预兆。人老了都有预兆,人老了也能成精,人成了精也就把什么都看透了。

〔赵小品接过枪,咔嚓一声把子弹推上膛,把枪口对准了老杀手。

赵小品: 你不怕我现在用这把手枪把你杀死？

老杀手: 当刽子手有两种人。一种人是胆小鬼,最怕死,他杀人是因为他害怕,越害怕越杀人,越杀人越害怕。另一种人当他杀死第一个人时就想到随时会被人杀死,那是报应,报应早晚要来的,逃也逃不掉。是福不是祸,是祸躲不过。你现在当面向我开枪和背后向我开枪我都不后悔。

〔老杀手站起来,走到窗前,从窗框上拔下刀子,插入腰间。

老杀手: 赵先生你不会杀人,这个世界上不是谁都能杀人的,杀人得有天相,你没有天相就别逞强。

〔赵小品垂下枪口,眼睁睁地看着老杀手开门离去。

30. 陈九工厂。 内/夜

〔三个人影从厂房的窗口跳进来,潜伏在窗下阴影里,从窗外映入的光线中,可以认出是其中一人就是沈中和。

帮凶甲: 黑灯瞎火的我们跑到这兔子不拉屎的地方干啥？

沈中和: 把这儿烧光,让工厂化成灰。

帮凶甲: 烧一堆机器有啥好处？

沈中和: 少啰嗦,快点动手。日本人就要进城了,手脚利索点,事成了有赏。

〔沈中和指挥着两人向地面和机器上浇汽油。

沈中和: 快！快！

31. 门房。 内/夜

〔老杀手躺在床上打鼾。

[他突然间醒来,一骨碌爬起来,扑向门外。

32. 陈九工厂。 内/夜
[沈中和听到了门响,躲到了暗处。
[老杀手推门进来,发现了那两个准备点火的帮凶。

老杀手： 谁? 给我停手!
[老杀手扑了上去,帮凶乙举着木棍迎上来,被老杀手一掌击倒。
[帮凶甲慌忙将手中浸着油的绳子点燃,扔到了地上,火势从地上窜了起来。帮凶甲正想转转身逃跑,被老杀手扔出的刀子刺中,扑倒在地。
[老杀手在火光里扑打,但无济于事。

33. 陈九工厂。 内/夜
[躲在暗中的沈中和举起手枪,瞄准了老杀手,火光映红了他原本苍白的脸。

34. 平房。 内/夜
[无法入睡的赵小品听到了枪声,一跃跳了起来,他看到火光照亮了夜空。

35. 陈九工厂。 内/夜
[老杀手踉跄了一下,又挺了起来。他慢慢地回转过身,看到了火光照亮的沈中和写有"日满亲善"字样的袖标。

老杀手： 小鬼子,来得好快呀⋯⋯看来我又得杀人啦!
[老杀手从腰间又拔出一把刀子,但已经无力抛出。他握着刀子,一步一步逼向沈中和。沈中和提着手枪一步步后退⋯⋯
[在沈中和无路可退之际,老杀手扑倒在地上,死了。

36. 陈九工厂。 外/夜
[赵小品提着枪跑向厂房,沈中和从厂房里跑出,两个人的枪口同时指向了对方,也认出了对方。

赵小品： 是你放的火?
沈中和： 是⋯⋯那个老家伙也被我杀了。
赵小品： 为什么?
沈中和： 我们彼此心照不宣。

赵小品：我和你不是一回事。我办事堂堂正正，我从不背后下手。

沈中和：其实都是一回事，只是你为女人我为钱财，我们的敌人都是陈九。

赵小品：你是铁了心的投靠日本人，为日本人卖命了？

沈中和：啥叫投靠日本人？我也是一步步地被逼到了这个地步，我已经没有别的退路了。我们为什么总是栽到陈九手里？因为我们没有势力，没有势力你懂不懂？如今有了日本人做靠山，陈九的好日子就到头了。

赵小品：为了这个你连祖宗也不要了？

沈中和：我们都别用枪口指着对方，赵掌柜听我一句话，我们一块儿对付陈九。

〔沈中和收起枪，赵小品沉默良久，将手中的枪投进了火堆里。

沈中和：日本人来了陈九就要完蛋了，这可是整治陈九的好机会。

赵小品：我们走的不是一条路。你走你的阳关道，我走我的独木桥，人各有志，勉强不得。

〔赵小品转身离去。

沈中和：别走啊……

37. 陈九工厂。 外/日

〔陈九铁青着脸站在废墟前，一动也不动。

〔一位老者带着小孙子站在陈九身旁。

老　者：陈掌柜，这是有人趁着乱世打劫呀！

陈　九：防不胜防啊。

小孙子：爷爷要过年了，我要鞭炮。

老　者：要什么鞭炮？你没看见日本人进城了吗！

小孙子：日本人来了就不过年了吗？

老　者：我们以后的日子要度日如年了。

小孙子：什么叫度日如年？

〔一队全副武装的日本兵从这里走过。

〔原本在围观的人纷纷躲避。

〔陈九一个人像树桩一样站着。他凝视着废墟，

〔陈九回过头来，发现张秀玉已经站在身后，脸色苍白。

张秀玉：你答应不杀他的。

陈　九：我没有杀他，是日本人还有沈中和想杀我。

〔张秀玉靠在了陈九的身子上，陈九搂住了张秀玉的肩头。

第二十一集

1. 满和商行门前。　外/日

[满和商行重新开张,牌匾旁插着一面太阳旗。

[沈中和和大个子站在门前拱手迎客,前来道贺的人陆续走进了满和大门。

[沈中和满脸笑容,一个伙计将沈中和拉到一旁。

伙　计:沈掌柜,那批烟土已经运到码头,今天客人多,是不是避避?

沈中和:你怕什么? 有人要是来问,愿意搭理就说是贩卖毛皮,不愿意搭理就实话实说。今非昔比了,你们放开胆子干,看看有谁还敢惹咱爷儿们。

[沈中和掏出有"日满亲善"字样的袖标箍在胳膊上。

伙　计:那就把货拉回来?

沈中和:放仓库去吧。

2. 正阳街。　外/日

[沈中和穿了一身洋装走过,一条黄灿灿的金表链在胸前荡来荡去。

[身后簇拥着几个短打的汉子,胳臂上戴着袖标。

3. 正阳街。　外/日

[孙殿臣走过来,远远看见了沈中和等人,见躲避不过,只好硬着头皮迎了上去。

[沈中和也发现了孙殿臣,一伙人像一堵墙似的挡住了孙殿臣的去路。

[低着头的孙殿臣抬起头时看到了沈中和的目光。

沈中和：这不是孙掌柜吗？这两年混得不错越发富态了。听说孙掌柜一直在找我？

孙殿臣：没有的事沈先生，我找你干什么？

沈中和：你和陈九穿一条裤子，为了一个臭婊子的命和我过不去，还跑到罂粟地想要我的命？

孙殿臣：没有的事，绝对没有的事。

　　　　〔孙殿臣移动着脚步想绕开，被沈中和一把抓住了脖领子。

沈中和：孙掌柜你反对我不要紧，但可别鸡蛋碰石头，去反对日本人。

孙殿臣：我不反对日本人，我干嘛反对日本人？我谁也不反对，我就反对我自己。

沈中和：我要说你反对日本人你就反对日本人。

孙殿臣：沈先生你别开玩笑，这罪名我担当不起。我从来不反对日本人，天地良心，你可别冤枉我。

沈中和：你害怕了？尿裤子啦？当初那张狂劲哪去啦！

孙殿臣：你们可别血口喷人，你们不能不讲理，我走到哪儿都不承认反对日本人……我干嘛反对日本人，我说什么了就反对日本人了？

沈中和：孙殿臣你跟着陈九屁股转，注定要倒霉，到时候哭爹喊妈都没有用。你等着瞧吧，早晚有你哭不出来的时候。

　　　　〔沈中和松开手笑了起来，他身后的几个汉子也发出嘲笑声。

沈中和：姓孙的你给陈九带个信儿，告诉他我沈中和回来了，我等着他和我新账老账一起算！

4. 宏发祥门前。　外/日

　　　　〔一伙人招摇着走过门前，沈中和停住了脚步。

沈中和：我过去就在这儿当账房先生，看主人的脸色做奴才。后来我离开了这个鬼地方。我要是不离开将永远是个账房先生。我不愿意居人之下做奴才，我忍受不了陈九的张狂，我离开他我就成了掌柜。你们记住要想出人头地，就不能总在别人手底下做奴才。

　　　　〔后边跟着的几个汉子面面相觑。

某　甲：看沈先生说的，我们哪敢呢？我们是死心塌地跟着沈先生做事，做牛做马做奴才我们都心甘情愿。我们还指望着跟着沈先生打腰提气发洋财呢。

5. 胜江楼澡堂。　内/日

　　　　〔陈九和孙殿臣泡在热水池里，一个眉目冷峻，一个长吁短叹。

孙殿臣：陈九你说该怎么办？沈中和是小人得志，他投靠了日本人还能饶了我们？

陈　九：杀了他。

孙殿臣：算了吧，现在杀他可就不容易了，他现在正盘算着怎么样杀我们呢。

陈　九：他不死，当然就得我们死，没有别的办法。

孙殿臣：我们逃吧，我们回关里吧，我们惹不起还躲不起吗？

陈　九：怎么逃？你是舍得扔下家，还是舍得扔下双丰和？

孙殿臣：这不是越说越没有活路了吗？反正你得拿出办法来。当初我可是为了你才得罪沈
　　　　中和的，让我白白送死你不够朋友。自从摊上这件事我掉了二十斤肉，瘦得都快脱
　　　　相了，你不能不管。

陈　九：我有办法，就怕你不敢。

孙殿臣：什么办法？

陈　九：弄支手枪，在沈中和经常出入的地方等着，当着他的面一枪结果他。

孙殿臣：没那么容易了。他身后有日本人撑腰，出入都有人陪着，像个小太保一样威风，根
　　　　本下不了手。

陈　九：我说你不敢。

孙殿臣：你敢？

陈　九：我敢。我不能眼睁睁地看着他对我下手。

孙殿臣：那你就自己去吧，不要再牵连到我，我这就够倒霉的了。

6. 济世堂中医诊所。　内/日

［黄先生正给一个病人把脉，几个人坐在一旁候诊。

［门被推开，一个日本军曹带着两个日军宪兵走了进来，日本宪兵没带武器。

［军曹上前致意，把脉和候诊的病人吓得纷纷躲避。

军　曹：久仰黄先生大名，福田大佐请您去给他的夫人诊疗。

黄先生：对不起我已经很久不出诊了，我也不能扔下我的病人。

军　曹：医生的天职是治病救人，你没有理由拒绝任何一个病人。

［黄先生站起来，发现四下已经没有了病人。

黄先生：你们要武装押解吗？

军　曹：哪里，我们是来请黄先生的，这个请黄先生务必收下。

［军曹说着拿出了厚厚一叠钞票。

黄先生：不看到病人和病症，我是不收钱的。

军　曹：那黄先生请吧。

7. 福田大佐家。 内/日

〔一个女眷躺在床上,黄先生在一旁把脉,福田大佐坐在另一旁。

黄先生:这个病症我从医以来第一次遇到,在中医史上也少有记录,太太在哪儿就过诊?

福　田:我们在日本寻遍名医都没有办法,久闻先生大名,还请先生费心。

黄先生:这种顽症难以治愈,我怕担不起这个责任。

福　田:我一直相信汉方,也相信黄先生的医术,请不要拒绝。

黄先生:医生也是治得了病治不了命,我可以下药,但能不能除病就看病人的运气了。

〔黄先生开出了药方。

8. 济世堂中医诊所。 内/日

〔日本军曹带着四个全副武装的日军宪兵闯了进来。

军　曹:你快跟我们走!

黄先生:我是大夫,你们不能这样无礼。

军　曹:你把大佐太太的病治坏了,你的良心大大的坏了。

〔宪兵持枪围了过来,黄先生冷眼相对。

黄先生:你们这是请医生吗?用刺刀逼着我可不去。

〔军曹斥退了宪兵,又转向黄先生。

军　曹:你是医生,你治坏了大佐夫人的身体是要负责任的。

黄先生:我是大夫,自然知道病人的情况,用不着你来教训我,你也没有这个权力。

9. 福田大佐家。 内/日

〔那个女眷现出奄奄一息的态势。

〔黄先生沉着检看着病人的舌苔、眼底,福田大佐神情冷酷地站在一旁。

福　田:夫人服了你的药腹泻不止,原来尚能起居行走,服药后竟然虚弱无力,卧床不起。你要是借医杀人,我不会宽恕你的。

黄先生:太太是我的病人,我想怎么医病是我的事。你们是干什么的?谁给你们权利指责我?要不是看在病人的分上,我是不会和阁下打交道的。

福　田:病人的命运在你手里,但你要明白,你的命运在我手里。

黄先生:大佐阁下不要威胁我。济世救人不分贫富贵贱、男女老幼、民族国籍,甚至可以不分敌友,但我很不喜欢这种刀架在脖子上的方式。

〔一旁的翻译连忙把福田大佐拉到一旁,用日语耳语了一番。

翻　译:阁下,如今夫人的性命还在这位大夫手里,还是别惹翻了他。中医治病,常有大起大落的时候,黄先生是名医,自然不会草率对待病人,还是看看再说吧。

福　田：我是担心他良心坏了。

翻　译：到了这个份上总得让他再试试,千万别因为半途而废误了夫人的病。

　　　　〔两人又转向黄先生。

翻　译：黄先生,病人要紧还是下药吧。

黄先生：他不是怕我下毒手吗?

翻　译：黄先生不要多想。

　　　　〔黄先生开毕药方,头也不抬只说了一句话。

黄先生：按着这个药方连续吃三天,三天之后我再来看结果。

　　　　〔说完黄先生起身要走,却被翻译拦住。

翻　译：请先生留步。

10. 福田大佐家客厅。　内/日

　　　　〔屋里摆着一桌中式酒菜,翻译陪着笑脸给黄先生斟酒。

黄先生：怎么着? 还想软禁我不成?

翻　译：哪里话,有你在夫人就有了依靠,黄先生就先委屈几天。来,我敬黄先生一杯。

黄先生：真是岂有此理! 我的诊所还有病人在等着我。

11. 松花江边。　内/日

　　　　〔陈九一个人站在江边,望着湍急的江水发呆,老乞丐走过来站下。

老乞丐：人生无常,钱财就像这松花江的流水,从身边流过就流过了,陈掌柜何必这样伤神。

陈　九：我有什么伤神的? 当初我来哈尔滨的时候就是两手空空,

老乞丐：不怕没了有,就怕有了没。天底下能有几个像我老花子一样活得这样惬意自在——天为房,地为铺,有酒就醉,有铺就睡。要是哪天早上两眼一闭两腿一蹬,就真的成了仙啦!

陈　九：你为何一生为丐? 这世上的三百六十行哪一行养不了人。

老乞丐：陈掌柜听说过奉天城里有一个三世富贵的刘家吗? 刘家有房屋千间,良田万倾,金银无数,不过瞬间被人家算计得干干净净了。

陈　九：你是刘家的后人?

老乞丐：我只是说说而已。光阴不能倒转,江水不能倒流,乾坤不能转换,识时务才能生存。

陈　九：你这是做了神仙啦。

老乞丐：世人都说神仙好,只有金银忘不了,我担心陈掌柜要大祸临头!

陈　九：我的对手不敢和我面对面较量,只能暗地里算计我。我瞧不起他们。

老乞丐：人这个东西很怪,有时连畜牲都不如,你看这大千世界到处是狼虫虎豹,害人之心
　　　　不可有,防人之心不可无啊!

陈　九：我没什么可怕的。

老乞丐：哈哈……人是当事者迷呀!

12. 松花江边。　内/日

〔陈九径直走下了大堤,几个黑衣人突然出现在他的面前,熟练地给他带上手铐,又
在眼睛上蒙了黑布,把他塞进了停在路旁的汽车里。

13. 宪兵队地牢。　内/日

〔陈九被人摘下黑布,扔了进来,门咣当一声被关上了。

〔陈九从潮湿的地下爬起,观察着地牢内的周遭,只见一个人靠墙坐着,在低声呻
吟。陈九走了过去,在那人身边坐下。那人抬起头来,竟是绺子里的大当家。

陈　九：你怎么被抓进来了?

大当家：妈的,老子在宾县带着弟兄们和小鬼子干了一仗,失了手,被抓了活的。

陈　九：这是什么地方?

大当家：日本宪兵队,活地狱!

〔陈九不禁打了一个冷战。

大当家：九侄,你怎么也抗日了?

陈　九：我遭人暗算了。

大当家：进来了就别装熊,大丈夫就是死也要轰轰烈烈的。

14. 福田大佐家。　内/日

〔生病的女眷已经有了明显的好转,坐在床上。

福　田：黄先生果然是名不虚传,请原谅我的鲁莽。

黄先生：病人的病情有了转机,我已经尽力了,现在我可以回家了吧?

福　田：黄先生,夫人十分感谢你对她的关照,希望你能继续为她治疗,直到完全康复。

黄先生：病去如抽丝,这事急不得,病人的病情稳住就没什么危险了,剩下的要慢慢调养。

福　田：黄先生,日中两国之间的战争是政府和军队的事情,你是医生,没有理由拒绝病人
　　　　的请求。请收下——

〔佣人递过来一个绢包,打开是一根金条。

黄先生：对不起阁下,我不收诊费。我年纪大了,从现在起我退休养老,不再从医了。

15. 宪兵队地牢。　　内/夜

[陈九靠着墙正打瞌睡,地牢的门被咣当一声推开了,几个人不由分说将陈九架了出去。

16. 宪兵队审讯室。　　内/夜

[这里潮湿阴森,地上积着水,有斑驳血迹,墙上挂着皮鞭、棍棒、绳套。

[陈九皱起眉,屁股上就挨了重重的一脚,他立刻扑在地上,几只皮靴雨点般踢到他身上。他本能地蜷起身体,用手护住了头部。突然皮靴头踢到他的腰眼上,他疼得失声叫了出来,但很快又咬住牙,把喊声咽了回去。

[陈九被抬到一条长凳上,脖子和双手被绑牢在柱子上,大腿部也被绑牢。有人开始往他脚下垫砖,他咬着牙不哼,但嘴唇却不自觉地打着呼噜,往外冒着血红的沫子。

[陈九昏死了过去。

[陈九被冷水激醒过来时,一只手端起他的下巴。

[不远处,福田大佐挺身端坐在桌子后边,注视着这一切。

陈　九：为什么抓我?

军　曹：你反满抗日。

陈　九：我不抗日,是日本人抗我。

军　曹：你说什么?

陈　九：是日本人抗我。

军　曹：混蛋!

[福田大佐从桌子后面走出来,站到了陈九的身边。

[一个翻译紧跟着也走到了陈九的面前。

福　田：有人举报你反对日本帝国占领东北,这是绝对不允许的。日本帝国必须保护在东北的利益,并有责任维护日满亲善和东亚繁荣。我们必须让每一个满洲人明白,反满抗日是不允许的,一定要受到严厉的惩罚。

[陈九的视线一会清晰,一会儿模糊,传到耳朵里的声音也开始变得断断续续。

陈　九：是谁检举了我?

[福田大佐向门外扬了扬手,沈中和便走了进来,他在陈九身前伏下了身子。

沈中和：陈九你没想到这个世道变化这么快吧? 这一次你死定了!

陈　九：是你检举了我？

沈中和：你反对日本人。

陈　九：想杀一条日本人的狗也算抗日吗？

沈中和：你还嘴硬，不看看这是什么地方，这是日本宪兵队，进得来就出不去了。

陈　九：狗——

　　　　［沈中和刚要发火，看到福田大佐黑沉下的脸色又忍住了。

沈中和：福田队长说了，只要你写个担保书，拥护满洲建国，拥护东亚共荣，可以饶你一命。

陈　九：我要是不写呢？

沈中和：不写就是死路一条。

　　　　［望着表情痛苦的陈九，沈中和忽然低下头去，诡谲地伏在他耳旁。

沈中和：我知道你不会写担保书，谁写你也不肯写，所以你注定要死在这里。

陈　九：狗！狗——

　　　　［陈九的口水和血水喷到沈中和脸上，沈中和一屁股坐到水泥地上。

　　　　［沈中和用手抹了一把脸，爬起来顺手捡起一根木棍，向陈九身上砸去。

　　　　［一个行刑的日本人抓住沈中和的手，骂了一句"八嘎"，夺下他手中的木棍扔到地上。

　　　　［沈中和僵硬地立在那里不知所措。

翻　译：这是什么地方，你也逞能？

沈中和：他骂人……还骂了日本人……

福　田：怎么处置犯人是宪兵队的事，这没有你的事了，你去吧。

　　　　［沈中和一边抹着脸上的血水，一边快快地向外走。

17. 宪兵队地牢。　内/夜

　　　　［陈九被送回地牢的时候，墙角里又多了一个黑乎乎的人，那人听到陈九的声音，慢慢地转过身体，陈九认出是孙殿臣。

　　　　［孙殿臣头发蓬乱，憔悴的脸上沾着草屑，呜呜地哭了起来。

　　　　［陈九试着站起来，扶着墙向孙殿臣躺着的地方移过去，坐到了他身边。

陈　九：哭什么……男儿流血不流泪，哭也没人可怜你。

孙殿臣：我日小鬼子他妈！他们简直不是人，怎么能下得了这样的毒手。我受不了啦，还不如死了好。

陈　九：你起来。

孙殿臣：不行不行，疼死我了。

陈　九：你起来。

孙殿臣：我起不来了,我的腰被他们打断了,腿也被他们打断了,哎哟,一动也不能动了。

陈　九：你起来。

孙殿臣：我起不来。

陈　九：你能起来。

孙殿臣：陈九你比小鬼子还狠,我要死了你还逼我起来。

　　　　[陈九咬着牙,吃力地将孙殿臣托了起来。孙殿臣疼得嗷嗷直叫,陈九的伤口也被扯得疼痛难忍。孙殿臣坐着,陈九用背支撑着他,两个人背靠背坐着直喘粗气。

孙殿臣：我的腰好像没断……

陈　九：你再站起来。

孙殿臣：陈九你别折磨我,小鬼子折磨了我一夜,你也不放过我。

陈　九：你得活动活动血脉。

　　　　[躺在一旁一直没有说话的大当家的也爬了过来,帮着陈九将孙殿臣扶起来。

大当家：挺起来……在这地方别娇贵自己,别让他们看咱的笑话。

　　　　[孙殿臣无奈地被两人搀扶着站了起来。

孙殿臣：这腿也没断……这就怪了,我总觉得腰和腿被他们打断了。

　　　　[三个人又重新坐了下来。

孙殿臣：我们怕是活不了啦。他们硬说我抗日,我说我老老实实地做买卖,从来不和日本人打交道,抗什么日呢? 他们就是不信。

陈　九：还不是沈中和!

孙殿臣：这个狼心狗肺的小人,他是官报私仇。

大当家：进了这地方就是勾了生死册啦,怕也没有用。

孙殿臣：我不怕死,我怕受刑,我受不了那份罪。

大当家：人没有受不了的罪,不怕就无所谓了。

孙殿臣：一辈子夹着尾巴做人,没想到落了这么个下场。真不想死啊,我太太还怀着孩子,眼看就要生了,想想真伤心。

陈　九：你太太这是第几胎了?

孙殿臣：第六胎。也不知道是少爷还是小姐。孩子都没长大,我死了谁管他们……我太太是小脚女人,她又不懂做买卖的事,双丰和非垮不可。没了双丰和,他们连饭都吃不上。

18. 宪兵队地牢。　内/日

　　　　[门被打开了,进来一个瘦小的汉子,端着两碗高粱米饭,上面搁着筷子和咸菜条。

　　　　那汉子将饭碗放在门里,也不说话转身走了,重新关上了门。

大当家: 这饭吃不吃?

陈　九: 吃,不死就得吃,不吃白不吃。

孙殿臣: 我哪吃得下这猪狗食啊!

大当家: 大碗肉大碗酒固然快活,但这粗茶淡饭一样养人。

陈　九: 你吃不吃?

大当家: 吃,就是死也不做饿死鬼。

　　　　〔两人艰难地咽着高粱米,只有孙殿臣一口也吃不下。

19. 黄先生家书房。　内/日

　　　〔黄先生在书房里接待前来致谢的福田太太,陪福田太太一同来的女佣站在一旁。

　　　〔书房的墙上挂着"国殇"草书中堂,桌上摆着福田太太送来的几盒礼品。

福田太太: 谢谢黄先生的关照,我的病在日本遍寻名医也没有结果,吃了先生的药很快有了起色,我特来表达感激之意。

黄先生: 治病救人是大夫的天职,不用说什么感谢。

福田太太: 请问黄先生,我得的究竟是什么样的病?

黄先生: 太太的病症在中医记载中是罕见的,我也是试着给你下药,幸亏是对了病症,否则我怕是回不了家了。

福田太太: 黄先生,我为福田君的鲁莽向您道歉,真是对不起了,希望先生能继续为我治病。

黄先生: 你的身体已经没有危险了,只要调养得当,一切都会好起来的。

福田太太: 希望先生不要拒绝一个病人的请求。

黄先生: 对不起太太,作为医生我没有理由拒绝病人,但从现在起,我已经不是医生了,我无能为力了。

福田太太: 我恳求先生务必答应我。

　　　　〔福田太太站了起来,向着黄先生深深鞠了一躬。

　　　　〔这时,黄先生家的老佣人走了进来。

老佣人: 先生有客人来。

福田太太: 先生有客人,我就不多打扰了,还请先生务必关照为好。

20. 黄先生家客厅。　内/日

　　　〔福田太太和张秀玉擦肩而过,互相都看了一眼,似有似无地打了招呼。

黄先生：二太太有闲到我这里来,一定有什么事啊。好久没见陈掌柜了,他向来可好?

　　［张秀玉进门先施了万福,惊得黄先生瞪大了眼睛。

张秀玉：黄先生,陈掌柜好几天不见了。有人猜是被日本宪兵队抓去了,吓得我没了主意,想来想去只有来求黄先生了。

黄先生：怎么回事,日本人抓他干什么?

张秀玉：日本人现在乱抓人,他仇人又多,真怕他出什么意外。黄先生是社会贤达,在官场朋友也多,帮助想个办法吧。

　　［黄先生沉吟片刻。

黄先生：今非昔比了,过去有些朋友、熟人,事变以后,有的跟着政府内迁,有的留下来和日本人共事,大家都疏远了。要是真落到日本人手里,事情就不好办了。

　　［张秀玉急得直搓手,她掏出手帕擦着眼泪,然后捂在嘴上。

张秀玉：黄先生无论如何你得帮我想想办法。我一个女人家,天地一般黑,什么主意也没有了。

　　［张秀玉从手提袋里拿出两根金条,放到黄先生面前。

张秀玉：家里值钱的东西就这两件黄物了。黄先生你拿去打点,不够的话再想办法。

　　［黄先生站起来,抓起两根金条放回到张秀玉的手里。

黄先生：兵荒马乱,世道多变,留下来以防万一吧。二太太不是我不帮你忙,我也有难言之处。

　　［黄先生把张秀玉引进自己的花房,里边养的几十盆花卉,凡是开着红、黄、粉色的花,都用白纸罩着,看上去一片素白。

张秀玉：黄先生这是什么意思?

黄先生：二太太,不瞒你说,我正在服国丧。东北沦陷,做亡国之民是人生之最不幸也。

张秀玉：黄先生,这就是戏文里唱的精忠报国吧。

黄先生：古人向来有诗言志、文载道之说,我这不过也是一种寄托。区区小技,无益于国家,不能报效于民族,不过是明心言志而已。一介匹夫,也只能如此。日本人搞绥靖政策,想煞中国人的志气。士可杀,不可辱。我不信他日本人能把中国人斩尽杀绝。

张秀玉：黄先生你是名医,忠君爱国,日本人不敢把你怎么样,可陈掌柜和孙掌柜要是落到日本人手里,怕是凶多吉少,你不能见死不救啊。

黄先生：二太太你还年轻,看不出日本人的凶残。他们要是真想杀人,我一个大夫出面有什么用?我想陈掌柜出事,还是小人作祟。陈掌柜没有把柄在日本人手里,他们不见得要他们的命。

张秀玉：天哪,这可怎么办哪?

[张秀玉心里一急,扑通一声就给黄先生跪了下来。

张秀玉:我知道我这是为难黄先生,但人命关天的事,有一线希望,也望黄先生能帮一把。你要是不答应,我就长跪不起了。

黄先生:二太太起来说话。眼下还有一个机会,只是不知道能否行得通?我本不想再和日本人打交道了,为了救人也只好试一试了。

21. 福田大佐家。　内／日

[福田太太正在镜前梳妆,女佣走进来通报。

女　佣:夫人,黄先生来了。

福田太太:什么?是黄先生?快,快请黄先生。

[福田太太连忙起身,迎着走来的黄先生深深地鞠躬。

福田太太:欢迎黄先生,我们全家对您的医术非常钦佩,对于您的到来,真不知怎么感谢才好。君代,快给先生上茶!

黄先生:太太不必客气,我是来给太太下药的。请坐好,我来把脉。

福田太太:君代,快打电话给福田先生,就说黄先生到了,请他务必回家。

[女佣应声而去。

22. 宪兵队地牢。　内／夜

[陈九、孙殿臣、大当家的靠着墙坐在地上,说话打发难熬的长夜。

大当家:宾县一仗打得实在痛快,我们包围了小鬼子的营房,把一个小队的鬼子兵打得屁滚尿流,眼看着就要端了他们的老窝。结果小鬼子来了援兵,他们有汽车,运动快,从身后包抄过来,把我们夹在了中间。这下子吃了大亏,死了好几个兄弟。这口气到现在我也咽不下去。

孙殿臣:日本人会杀了你吗?

大当家:我这辈子一直吃马上饭,干的都是打家劫舍,早就该下地狱了。因为打小鬼子掉脑袋,也算是善终了。死了能入祖坟,见了爹娘也光彩。

陈　九:我们不能等死。

大当家:我是他们的眼中钉肉中刺,必死无疑了。我也不想什么了,有一天你们出去了,想着牢里有过一个打鬼子的朋友,逢年过节烧上张纸,再念叨念叨,正正我的大名,我就知足了。

孙殿臣:我这腰腿还没好呢,不知道还要遭什么罪,不会杀了我们吧。

23. 宪兵队地牢。 内/夜

〔门被突然打开，一个翻译和几个日军宪兵闯进来。

〔刚迷迷糊糊睡过去的陈九、孙殿臣、大当家的被声音惊醒了。

孙殿臣：起来，都快起来！

大当家：时辰到了？要送我上路了吗？

翻　译：你还算明白。

〔过来两个宪兵，将大当家的手绑了起来。

孙殿臣：还有你们俩也过来。

〔孙殿臣吓得一屁股又坐在了地上。

孙殿臣：我想撒尿，我撒泡尿总行吧。

孙殿臣：不行，少啰嗦，快，一起走。

〔宪兵们将陈九和孙殿臣也反绑了起来。

24. 宪兵队大院。 外/夜

〔月光下，院子里停着一辆黑色的囚车。

〔走到院子中的孙殿臣腿又软了，被押解的宪兵拖着塞进了囚车。

陈　九：起来殿臣，硬气点。

大当家：挺起腰板，别在他们面前丢脸。

25. 囚车。 内/夜

孙殿臣：陈九，我们就这么完了，真不甘心哪！

陈　九：沈中和那狗杂种，我就是做鬼也决饶不了他！

大当家：兄弟别泄气，二十年后还是一条好汉，到时候要是还有鬼子，我还会和他们没完。

〔车门口的宪兵喊了一句日语。

宪　兵：别出声，再说话就要你们的命。

26. 圈河荒地。 外/夜

〔囚车停在了圈河荒地上，陈九等人被押下了车。

〔翻译走了过来，指着大当家的。

翻　译：你先过去。

大当家：我先走一步了，咱们那边见。

陈　九：叔，过去的事都过去了，我不记恨你，我们有缘，今天就在这里都化解了吧。

大当家：你叫我叔？九侄，我好容易忘了过去你又让我想起来了。我得想想下辈子干点什么，下辈子你叔我是不想再干绺子这行了。

陈　九：叔……下辈子我在正阳街等你。

大当家：好了好了，我先走了，早走早托生。

　　　　〔惨淡的月光下，两个宪兵押着大当家的向暗处走去。

　　　　〔陈九和孙殿臣目送着他们消失在黑暗中。

　　　　〔从暗处传来了两声枪响。

陈　九：殿臣，今天怕是我们得一起上路了，我陈九最对不住的，就是你这个跟着我出生入死的兄弟了。

　　　　〔陈九感觉到孙殿臣身子发抖，紧紧握住了他的手，让他靠在自己的身上。

27. 圈河荒地。　外/夜

　　　　〔翻译用手电筒照着陈九和孙殿臣的脸。

　　　　〔陈九神情漠然。

　　　　〔孙殿臣双眼紧闭，面色如土。

翻　译：你们两个被释放了。回去后告诉正阳街上的买卖家，老老实实做生意，跟日本人作对没有好下场。

　　　　〔过来两个宪兵给他们解开了绳子，转身跳上了囚车。

　　　　〔翻译拍着陈九的肩。

翻　译：记住老兄，头彩不能总落在你们头上，再有下一次就不可能活着回去了。

　　　　〔一阵车门响，囚车开走了。

28. 圈河荒地。　外/夜

　　　　〔圈河荒地上又恢复了死一样的寂静。

孙殿臣：他们就这么走了，不杀我们啦？

陈　九：不杀啦。

孙殿臣：这是真的？我们可以回家了？

陈　九：是真的。可以回家了。

孙殿臣：这不是做梦吧？我神经不好，老做梦，好梦也做，噩梦也做，心里没有底。

陈　九：你揪揪你的耳朵，疼不疼？

　　　　〔孙殿臣真的揪了揪耳朵，咧着嘴。

孙殿臣：真不是做梦，死里逃生，又活过来了。

[孙殿臣一屁股坐在地上,走不动了。

[陈九观察着四周的地形,分辨着所在的位置。

陈　九:你猜我们现在在哪儿?

孙殿臣:我怎么猜得出来?我脑子里乱得很,到阴曹地府了吧。

陈　九:就差一步了,这儿是圈河,是杀场,是鬼门关。

[孙殿臣慌忙爬起来,拉着陈九。

孙殿臣:快点离开这儿,没叫日本人打死,别让屈死鬼们把魂勾去。

陈　九:大当家的怎么办?

孙殿臣:深更半夜的顾不了那么多了,明天花钱雇人来收尸吧。

[两个人深一脚浅一脚,跌跌撞撞地向市区走去。

29. 马路。　外/夜

陈　九:日本人怎么把我们放了呢?

孙殿臣:死里逃生,今后再也不管闲事了。谁爱死谁死去,为了一个女人,想想犯不上。

陈　九:也许日本人本来就没想杀我们……

孙殿臣:捡了一条命,回家好生做买卖,养活老婆孩子,任什么闲事也不管了,真的什么也不管了。我实在走不动了,得坐下来歇一歇。

[陈九也突然感到从腰部传来一阵剧痛,支持不住,也坐了下来。

孙殿臣:你怎么了?

陈　九:腰疼得厉害,我的腰伤着了。

孙殿臣:我送你回去。

陈　九:不急,坐下歇歇等天亮吧。

30. 陈九工厂。　外/晨

[天已经亮了。

[陈九和孙殿臣相互搀扶着,走过陈九的宏发祥毛皮工厂门口。

[大门口已经挂上了"庄本皮革工厂"的牌子。

孙殿臣:看见没有?我们被关了几天,这世道大变了。

陈　九:日本人收回了土地,自然会转卖给庄本,庄本这也是狗仗人势。

孙殿臣:这日子还有啥奔头?人命不如一条狗命,这钱财也像雪花似的,说下一片白,说化一滩水。

陈　九:这是红胡子明抢。

第二十一集

孙殿臣： 人死过一次才明白,这钱真是身外之物。算了你也别往心里去,这年头少一分钱少一份凶险。

〔陈九和孙殿臣正要离开,一辆汽车开过来停在陈九和孙殿臣面前。

〔庄本走下车来。

庄　本： 听说陈掌柜孙掌柜遭遇不幸,我向二位表示安慰,作为日本人我也表示歉意。

〔庄本浅浅地鞠了一个躬。

陈　九： 庄本先生,我最看不得假惺惺的事,这地皮这么快就归了你了?

庄　本： 我要在这块地皮上盖工厂,这一次我走到陈掌柜前面了。

陈　九： 你这种走法就不怕闪了腰吗?

庄　本： 机会对谁来说都是诱惑,有不可抗拒的力量。

陈　九： 这不光彩。

庄　本： 今天的筹码在我这一边,我没有理由拒绝。

陈　九： 我认命不认输,要是刀对刀枪对枪地在商场上干,庄本你还不是对手。

庄　本： 也许你说的是对的。二位掌柜受了不少委屈,坐我的车我来送送你们。

陈　九： 你的好意我们领了,我们自己能走。

〔陈九和孙殿臣相互搀扶着离开了。

孙殿臣： 这他妈的什么事啊? 黄鼠狼给鸡拜年,拿过年话哄人呢!

第二十二集

1. 陈九房间。 内/日

〔陈九躺在床上,望着窗外的大雨。

〔玻璃窗被雨水冲刷得朦朦胧胧。

陈　九：这雨一下就是半个月,不是个好兆头。照这种下法,松花江是要决堤的。

张秀玉：好好养你的病吧,天塌下来有人顶着。

陈　九：最近我一直在想,我这二十年是怎么过来的。我辛辛苦苦积累起来的家业,说完就完了。我总是遇到小人,人人都算计我。这日本人一来,好比大山压顶,想翻身都难了。

张秀玉：留下一个宏发祥就该知足了。要不是黄先生出面,你恐怕连命都保不住了,人总得往前看。

陈　九：好久没见黄先生了,也不知道他现在怎样了?

张秀玉：他摘了诊所的牌子,闲在家里养老了。

陈　九：宏发祥也不好办了。庄本仗势欺人不说,沈中和也嚣张得不行,他们都巴不得宏发祥破产呢。

张秀玉：他们还想怎么着? 还能来宏发祥贴封条不成?

陈　九：他们的招数多着呢。眼前最要紧的是防洪水,也不知道老张他们把吊铺搭完没有。小鬼子伤了我的腰,疼得我什么都做不了。

张秀玉：有老张和滨生在,你就别操那么多心了。有事他们会找你的。

2. 陈家大院库房。 外/日

〔老张和滨生正带着几个伙计在搭吊铺。

〔大家都在上上下下地忙着,唯有刘云抱着膀子,在一旁卖呆儿。

〔滨生站在吊铺上指挥。

滨　生：刘云,把你脚底下那块板子递给我。

刘　云：我说你们瞎忙活个啥? 搭吊铺也没用,松花江一决口子,大家都得喂鱼。

滨　生：要防的就是大水。你搭把手,把板子递给我。

〔刘云没有理睬滨生,从衣兜里掏出了烟卷,点着后坐到了门槛上。

滨　生：刘云,大家都在干活,你一个人叼着烟卷闲坐,也好意思!

刘　云：有什么不好意思的,我又不是账房先生,我是个吃劳金的伙计,想干就干,不想干就不干。

〔滨生从吊铺上跳了下来,自己拿起那块木板,又走到刘云面前。

滨　生：你这是什么话。宏发祥哪点亏待了你? 你吃着宏发祥的劳金,怎么不给宏发祥干活?

刘　云：你还提宏发祥呢? 一把火烧得宏发祥丧了元气,再让大水一冲,宏发祥就没了。到时候大家就都一样了,你就抱着庙门哭吧,还牛什么?

滨　生：你这不是咒宏发祥倒霉吗?

刘　云：倒霉就倒霉。我一个小劳金怕什么,此处不养爷,自有养爷处。只是你这个账房先生就不能张狂了。

滨　生：你……刘云你太过分了!

刘　云：你才过分呢? 你算干什么的? 还轮不到你来教训我,你挤走了沈先生,又想挤兑我,没门!

滨　生：你胡说,是沈中和算计宏发祥,你和他穿一条裤子。

刘　云：是又怎么样? 人家沈先生现在抖起来了,当了满和的掌柜,又有日本人当靠山。陈九他算老几,宏发祥早晚要完蛋。

滨　生：刘云,你再胡说我揍你!

刘　云：你……你敢。

〔滨生没有接话就和刘云扭到了一起,被伙计们拉开。

3. 陈九房间。 内/日

陈　九：这屋子里太憋闷了,把窗户打开。

张秀玉：你不怕着凉啊!

〔张秀玉把后窗打开,院子里传来了滨生和刘云的吵架声。

4. 陈家大院库房。　外/日

刘　云：滨生你狗仗人势,还轮不到你来教训我。你以为你当上账房就升天了?也不撒泡尿照照。我们一起进的宏发祥,你怎么就当上的账房?你给陈九溜须拍马舔腚的事儿谁不知道?咱把话挑明了,今后你支使谁也别想支使我。

滨　生：放着活你不干,还在这里胡说八道!让大家评评理,看看是谁张狂?

5. 陈九房间。　内/日

〔陈九忍着腰疼从床上爬起来,支着铜把手的手杖走在窗前。

陈　九：吵什么吵!鬼哭狼嚎的算什么东西!谁不愿意干就给我滚,我不养狼崽子。

〔陈九转向张秀玉。

陈　九：你去把刘云叫来,看他张狂的样子,我要教训教训他。

张秀玉：伙计们吵架,你就别生闲气了。

陈　九：你懂什么?这叫恶仆欺主,他以为我陈九不行了,什么鱼鳖虾蟹都敢骑到我头上拉屎。不行,我要煞煞他的邪气。

6. 陈九房间。　内/日

〔刘云偏着头一言不发,不时拿眼睛的余光去扫陈九。

陈　九：你小子想翻天?沈中和给了你多少好处,人模狗样的也想乍翅。你以为我陈九落魄了,就想投靠新主子。怎么就养了你这个下三烂?狗都不如,狗都知道不欺主,你却乱咬人。

刘　云：陈掌柜你骂人?

陈　九：我骂人,我还想打你这个畜生呢!

〔陈九顺手甩出了手杖,手杖砸在了门框上,又重重地落在了地板上。

刘　云：你敢打人?

陈　九：滚?卷起铺盖给我滚,宏发祥不养你这样的下三烂,远远地滚,立刻就滚!

刘　云：滚就滚,留我也不伺候了,宏发祥早晚要垮台,谁还想一条道走到黑。

陈　九：你去投奔沈中和吧,他正给日本人当儿子,你去了就是孙子啦!滚吧!

7. 陈九房间。　内/日

陈　九：我累了……我陈九真到了连一个伙计都敢在我头上作威作福的地步了吗?

张秀玉：你得放宽心，等你好了病，再去想你的宏发祥吧。

陈　九：这些日子躺在病床上，什么事都想起来了，一桩桩一件件……凤仪这孩子也不知道怎么样了？她上次写来的信呢？你去找来我看看。

　　　　〔张秀玉起身去拿信。

张秀玉：现在想起大小姐了，人家也许早把你忘了。

8. 陈九房间。　内/日

　　　　〔雨还在下着。陈九躺在床上，韩妈兴冲冲地闯了进来。

韩　妈：陈掌柜大喜了，你看看是谁回来了？

　　　　〔陈九一抬头，看见女学生打扮的凤仪就站在门口。凤仪是冒雨赶回来的，收起的雨伞还在滴水。

　　　　〔父女俩痴痴地望着。

　　　　〔凤仪奔到床前，伏在陈九身边。

凤　仪：爸你这是怎么了？你怎么病了？

陈　九：没事儿，被疯狗咬了一口……你回来了，你回来就好。

　　　　〔韩妈接过凤仪手中的雨伞。

韩　妈：大小姐可回来了，陈掌柜一直惦念着你，怕大小姐一个在外边有什么闪失。

凤　仪：爸——

陈　九：回来就好，回来就好。韩妈快去收拾大小姐的房间，晚上多添几个菜。

韩　妈：我这就去。大小姐陪陈掌柜多说会儿话，我给大小姐烧鱼吃。

凤　仪：韩妈……

　　　　〔韩妈匆匆走出房间。

凤　仪：爸……

陈　九：在外边奔波，人也瘦了，回到家里好好调养调养，想吃什么让韩妈给你做。

凤　仪：爸……我不能在家里住下。我是路过，顺便来看看你。

陈　九：怎么？又要走？

凤　仪：我是去北边上学，特意中途下车赶回来看你。我马上得走了。

陈　九：爸爸累了，爸爸真想让你留下来，陪爸爸住几天。

凤　仪：对不起爸爸，我也想留下陪你，可是……你得原谅我。

陈　九：走吧……你人大了心也大了，是留不住的人了。

　　　　〔陈九的目光投向门口，凤仪也站了起来。

　　　　〔张秀玉抱着福子拿着信出现在了门口。

[凤仪迎了上去,两人凝视了片刻。

张秀玉：你回来了,没想到我们正念叨着你就到了。

凤　仪：我顺便回来看看,马上就得走。

张秀玉：那怎么成? 一家人聚起来不容易,总得住几天。

凤　仪：我知道……这是小弟弟吧?

陈　九：她有她的事,让她走吧。一个人在外边,要好好照顾自己。

张秀玉：那我送送你。

凤　仪：让我自己走,谁也别送我,人多不方便。

9. 陈家大院门口。 外/日

凤　仪：我这一去不一定什么时候才能回来,照顾好我爸爸,他好像一下子变老了。

张秀玉：他会好起来的,你放心吧。

韩　妈：大小姐也要照顾好自己。

凤　仪：放心吧。

[凤仪撑起伞,向雨中奔去。

10. 陈九房间。 内/日

[陈九站在窗前向外张望,凤仪打着雨伞的身影出现在视线内。

[凤仪站住,回过头来向窗口望了一眼,她的脸上泪水雨水交织在了一起。

11. 松花江边。 外/暮

[连绵的大雨使松花江水暴涨,土筑的堤坝不时有泥土脱落下来,被江水卷走吞噬。

[许多人或打着雨伞或披着雨衣伫立在堤坝上,忧郁地望着滔滔江水。

[巡堤人打着锣,边走边喊。

巡堤人：江水暴涨,小心决堤! 各店铺商号,捐款筑堤啦!

[老乞丐赤着脚跟在后面,手里还拿着哈拉巴。

老乞丐：别喊了,大水压境你还敛钱呢! 往年政府敛的钱都打了水漂了,这堤坝管个屁用?
再喊捐钱要挨骂啦!

巡堤人：这不是担着点公事吗? 谁不知道这决堤是一早一晚的事,我家里老婆孩子还住在
扒窝里呢,要是决堤先淹的就是他们。

老乞丐：那你还不去拾掇拾掇搬家,在这里等死呢? 我来替你充公差。

巡堤人：你就不怕死?

老乞丐：我死了没人惦记,活着也是僵尸啦。

　　〔老乞丐接过巡堤人的锣,站在堤坝上,边敲锣,边喊起来——

狗来了,

狼来了,

鬼来了,

大街小巷水来了。

我走了,

你走了,

他走了,

爹死以后娘走了。

……

12. 松花江边。　外/夜

　　〔雷雨交加,老乞丐在雨中奔跑。

老乞丐：走吧走吧,逃吧逃吧,完啦完啦……

13. 陈家大院库房。　外/夜

　　〔滨生和老张守在这里,惴惴不安。

滨　生：这雨下得瘆人,我这心里头一直在发毛。

老　张：日本人成立了满洲国,老天爷变脸发大水,天灾人祸一起来,该着咱这一方人受难。

14. 松花江边。　外/夜

　　〔大堤决口了,老乞丐被卷入水中,他在水里头翻了好几个跟头,最后被卷走了。

15. 陈九房间。　内/晨

张秀玉：大水一夜间就进了哈尔滨,到处都是难民。能跑的都跑了,跑不了的都上了房顶。听说淹死了不少人,我亲眼看见一个孩子漂在水面上,太惨了。

陈　九：也不知道火车通不通,凤仪走了没有?

张秀玉：我打听了,往北的火车是通的。凤仪长大了,人也变了样儿,寡言少语的,要去哪儿也不肯说。

陈　九：不说也好,长大的鸟儿总是要离巢的,她是奔自己的巢去了。

16. 陈家大院库房。 外/晨

〔水已经涨到了齐腰深,吊铺上堆满了毛皮,滨生和老张坐在梯子上。

滨　生：我长这么大,还没见过这么大的水,老百姓可咋活呀?

老　张：幸亏陈掌柜有准备,要不宏发祥就惨啦!

滨　生：伙计们都回家照顾家人去啦,老张你也该回家看看。

老　张：我家在乡下,也不知道被淹成什么样了。我已经和陈掌柜告了假下午就走,这就你一个人了。

滨　生：没事。家里要是平安,你就早点回来。我等你。

17. 陈家厨房。 内/晨

〔滨生在厨房里吃饭,韩妈抱着福子在旁边陪着他。

韩　妈：太太说了,这些日子你自己不用开火就到楼上来吃。太太还吩咐我收拾了一间房子,叫你搬上来住。

滨　生：韩妈你替我谢谢太太,我就不上楼住了,我睡在吊铺上夜里也能看着点。

韩　妈：滨生你也怪可怜的,一个人远离爹妈在外学买卖,头疼脑热的也没个人照顾,让爹妈操心。

滨　生：我十四岁出来学徒,都习惯了。少爷怎么没有长命锁,等大水退了我上街给少爷买个长命锁戴上。

韩　妈：少爷有长命锁,他不愿意戴,总是用力往下拽。太太怕勒坏了少爷的脖子,都放起来了。

滨　生：我小时候就没有长命锁,看人家孩子有就哭,哭也没用,哭也没戴上长命锁。

韩　妈：唉,穷人家的孩子,有口饭吃就得了,谁还买得起长命锁呀。滨生你现在混得不错,你爹妈算是有福气的人了。

滨　生：我只想给爹妈争口气,让他们过几天好日子。

18. 陈九房间。 内/夜

〔陈九和张秀玉躺在床上。

张秀玉：这水不退,宏发祥一时也开不了张。

陈　九：我会从头来的,我手里还有一个宏发祥,只要我能挺起腰板,我会把工厂重新盖起来,我会把那几百间房子重新买回来,我要让我儿子当少掌柜的,让这小子也成为正阳街上的人物。

19. 陈家大院。 外／夜

〔两个人影翻墙进院,趄着水靠进了仓库。

〔一个人影走到仓库门口,拿出手电筒照着门锁,手电筒的光下现出了刘云的脸。

〔另一个人影也凑上来,两个人轻轻地打开了门。

〔他们听了一会儿,见没有动静,便溜进了仓库。

20. 吊铺。 内／夜

〔刘云和同伙爬上了吊铺,望着堆得满满的裘皮,露出了得意的神情。

刘　云：宏发祥已经没人了,那个陈九又躺在病床上,该着咱们发财了。

同　伴：捡好的拿吧。

刘　云：拿不走的都给他扔水里去。沈先生吩咐了,让陈九的美梦泡汤。

同　伴：那个沈先生也够毒的。

刘　云：无毒不丈夫。

〔躺在吊铺最里面的滨生被说话声吵醒了,他悄悄爬了起来。

〔滨生看到刘云脱掉了自己的上衣当包袱,放进了两件貂皮大衣。

滨　生：你们干什么!

刘　云：又是你。你还在给陈九看家护院,真是忠心耿耿啊。

滨　生：刘云你怎么干这种做贼的事?做贼是要犯法的!

刘　云：什么叫犯法?现在天变了,王法也变了,就你还抱着陈九的大腿不放。

滨　生：你不能动这些毛皮。

刘　云：这可由不得你了。

滨　生：你们再动我就喊人了。

刘　云：深更半夜的你喊吧,谁也帮不了你。

〔说着,刘云拽起一件皮大氅扔进了水里。

滨　生：来人哪,有贼啦!

〔滨生扑了上去,扑倒了刘云,两人扭打在了一起。

21. 陈九房间。 内／夜

陈　九：你听,你听这是什么声音?

〔俩人听了一会,又没了动静。

张秀玉：你总是疑神疑鬼的,哪有什么声音?

陈　九：不对,我刚才听到有人在喊。

［张秀玉爬了起来，走到窗前，掀开窗帘向外望。

［院子里一片漆黑。

张秀玉：外边黑灯瞎火的，哪有什么动静。

［张秀玉重新躺下。

22. 吊铺。 内/夜

［滨生将刘云压到了身子底下。

［刘云的同伙从滨生身后抓住滨生，将他翻倒。

［刘云骑在了滨生身上，用力掐他的脖子，直到滨生不再挣扎。

伙　计：他……死了？

刘　云：死了。

伙　计：出人命了……快跑吧！

刘　云：真他妈的晦气，碰上这么个克星。

23. 陈九房间。 内/夜

［陈九和张秀玉躺在床上，还没有睡着。

张秀玉：陈九，我有点害怕。

陈　九：怕什么？

张秀玉：这夜静得让人发毛，这天底下好像就剩下了我们两个人。

陈　九：不用怕，有两个人就不用怕。

张秀玉：你真的听到有什么动静了？

陈　九：我这个样子又不能动，别管了，明天再说吧。

张秀玉：我怕真的出事，我心里瘆得发慌。

陈　九：别怕。

24. 吊铺。 内/夜

［刘云慌慌张张地拎起两件貂皮大衣，和同伙跑了出去。

［慌乱中，刘云的衣服落在了吊铺上。

25. 陈家厨房。 内/晨

［韩妈把饭放在桌子上，焦急地等滨生，她几次跑到窗前张望。

［韩妈走出房门。

26. 陈家大院库房。 外/晨

〔韩妈边喊着滨生,边走进了仓库。

〔韩妈发现了滨生的尸体。

韩　妈：出事了,出事了!

27. 陈家大院库房。 外/晨

〔陈九拄着手杖,步履艰难地走进了仓库。

〔陈九看着躺在那里的滨生。

〔陈九发现了刘云慌忙中遗落的上衣,捡了起来。

28. 陈家客厅。 内/日

〔陈九、张秀玉、韩妈、老张和几个伙计都在。

韩　妈：可怜这孩子老实巴交的,还没成亲呢。谁这么歹毒,下这样的狠手!

〔老张拿起了那件上衣。

老　张：这是刘云的衣服,这里还有一个他抽烟烧的洞,肯定没错。

伙计甲：杀人偿命,告他去。

伙计乙：他投奔了沈中和,跑不了他!

老　张：陈掌柜,大家都咽不下这口气,想联名告他。

陈　九：告谁? 现在是日本人的天下,你能告赢日本人吗?

老　张：日本人也应该有王法吧。人命关天的事就这么了啦,滨生也闭不上眼睛。

陈　九：告吧告吧,你们要是不服就告吧,向黄鼠狼子告鸡状,能赢就怪啦。

伙计甲：老张你写状子,我们联名。

伙计乙：我们不怕他。

29. 陈家客厅。 内/日

〔黄先生来访。

黄先生：陈掌柜你的腰有内伤,又让日本人折磨得加重了,需要慢慢地调养,我给你开的药还是要吃。

陈　九：我不吃药,什么药也治不了我的病。

黄先生：伤筋动骨的毛病我不精通,可以给你介绍四家子的骨科大夫董仲文。

陈　九：黄先生我不是那个意思,我的病怎么治我知道。

〔黄先生打开随身带来的一个绸布包,露出一件玉雕的卧虎。

陈　九：这是怎么回事,黄先生你要干什么?

黄先生：我要走了,走之前我要把所有值钱的东西都送人,有的送给了病人,有的送给了救济会。这件汉代玉虎是大太太在时送给我的,带来还给你们,我只能带走你们的心意了。

陈　九：你要上哪儿去?

张秀玉：好端端的,黄先生你走什么? 你是个大夫,谁能找你麻烦吗?

黄先生：现在日本人越来越多,他们几乎要把我包下来了,早晚要有麻烦。人活得没了自己就没意思了。凭空污了清白,不如早早离开的好。

陈　九：你不是摘牌歇诊了吗?

黄先生：摘了牌子也没用,他们找上门来躲也躲不开。

陈　九：你看你的病,管他日本人屁事。

黄先生：话是那么说,事情可不那么简单。我回关里去了,这把年纪了,寻回故里养老吧。

陈　九：黄先生什么时候走,让二太太送送你。

黄先生：脱身不易,此事不可张扬,谁也不想惊动了。

　　　　〔张秀玉包起那件汉玉,又捧给了黄先生。

张秀玉：黄先生年纪大了,把它带着,总有用得着的时候。

黄先生：身外之物一样也不带了,这把年纪别无所求,粗茶淡饭足矣。偌大的东北都丢给日本人了,何惜这些身外的浮财。

30. 宏发祥账房。　内/日

　　　　〔老张坐在账桌前整理账目。

　　　　〔两个侦缉队的便衣大摇大摆走了进来,都头戴呢子礼帽,一身黑绸布裤褂,鼻梁上架着墨镜,胳膊上戴着黄布袖标。

　　　　〔老张忙上烟,点火。

老　张：二位辛苦。二位是警察署派下来的吧? 常言说杀人偿命,欠债还钱,我们就盼着你们来替我们做主呢。

　　　　〔一人摘下礼帽放到帐桌上,拿下墨镜擦了擦,抬起头来望着老张。

　　　　〔举着茶壶的老张愣住了。

老　张：刘云怎么是你?

刘　云：怎么就不能是我。

老　张：你不是投奔沈中和了吗?

刘　云：我是去了满和,可沈先生为我着想,他说你想当一辈子伙计吗? 这句话点拨了我,我不能一辈子总伺候人不是？沈先生推荐我进了侦缉队。

便　衣： 你可别小看了我们刘先生，他现在是我们侦缉队行动组的一个组长，有官衔的。

老　张： 刘组长手下有多少人？

便　衣： 别小看人，现在刘组长领导我一个人，但将来会升官的。

　　〔老张苦起脸，坐下来叹着气。

老　张： 二位有什么公事？

刘　云： 什么公事？这不是明知故问吗？是你们写了状子，说宏发祥出了人命案。

老　张： 你是来破案的？我不是做梦吧？你要是担这差事，这案子还能破吗？

刘　云： 你这话是啥意思？信不着咋的？我们是奉命进驻宏发祥的。破不了案还有警察署，还有宪兵队，宏发祥这小庙还能有多大的王八，翻多大的浪吗？

老　张： 没想到几天不见你刘云也成了人物。宏发祥庙小供不了你这尊佛了，你要怎么办就明说吧。

刘　云： 是你们请我来破案的，怎么问起我来了。

　　〔这时，拥进了几个宏发祥的伙计。

伙计甲： 刘云混得不错啊，也吃上官饭了，日本人给你多少饷钱啊？

伙计乙： 要是抓住害死滨生的凶手，我们千刀万剐了他，你敢不敢动手？

　　〔刘云脸上挂不住，偏着头喘起了粗气。

便　衣： 都出去！都出去！别在这儿搅和我们办公事。

伙计甲： 走吧，这屋子里有股子邪味，谁吃了日本生鱼在这里放东洋屁呢。

刘　云： 你……你们也想反满抗日吗！

31. 宏发祥账房。　　内／日

刘　云： 老张，我毕竟是宏发祥出去的人，公事好商量，大家都过得去才行。

老　张： 杀人偿命，欠债还钱，这种事有什么商量的！

刘　云： 冤有头，债有主，宏发祥是陈九的，你们操什么心？

老　张： 滨生死得太冤，当伙计的也是人，没人咽得下这口气。

刘　云： 滨生死得活该，谁让他为陈九卖命的。

老　张： 滨生也是为了生计，他又没伤害谁碍着谁，对他下毒手太歹毒，不得好死！

刘　云： 老张你也是在街面上混的人，怎么这么不看事。死一个伙计算什么，你别太认真了，你对别人认真就不怕别人对你认真？

老　张： 刘云我算是看透了，人要是不要脸了，操猫操狗都不脸红。

刘　云： 老张你才明白，晚了！

32. 陈九房间。　内/日

〔张秀玉在镜前试衣服,韩妈抱着福子进来。

韩　妈: 太太,菜场里来了鲜菜,我得早点去,晚了怕买不上了。

张秀玉: 去吧。

韩　妈: 我想把福子放在你这儿,我好早去早回。

张秀玉: 你把福子放到床上去,一会儿我去哄他。

〔韩妈把福子放到了床上,还没等回身福子就张开双手,咧嘴要哭的样子。

张秀玉: 别哭别哭,等妈妈给你换新衣服。

〔福子张着手执意要跟着韩妈。

张秀玉: 天生一个犟种,男孩子心太野,从小就想着远走高飞。你抱他去上街吧,这些天也把他憋坏了。

〔韩妈抱起了福子,福子立刻破涕为笑。

33. 菜市场。　外/日

〔一个推着排子车卖菜的女人和韩妈打招呼。

卖菜女: 韩妈又把小少爷抱出来了。还是富贵人家的孩子,又干净又水灵,带着小少爷上街你也体面。

韩　妈: 关我什么事呀,老妈子抱孩子是人家的。做下人的就是劳碌命,又看孩子又做饭,一时也不得闲。

卖菜女: 韩妈你别不知足,看你穿的戴的用的多体面。我们不相上下的年纪,你韩妈这么年轻,我都成了老太婆了。

韩　妈: 一家人不知一家人的苦,我们这位年轻的二太太,娇贵得连孩子都不肯看,有时还冲我们下人耍性子……我常想起大太太的好处。人有连心肉,货怕比三家。一想到大太太,我这心里就不好受。好人不长寿啊!

卖菜女: 菜我都给你准备好了,拿着吧。

韩　妈: 你男人呢?你男人今天怎么没有来?

卖菜女: 我们家死鬼病了,昨天回家一头栽在炕上,身上发烫,不吃不喝,在家挺尸呢。

韩　妈: 你怎么不在家照看他,还出来卖菜?

〔福子挣着身子要到别处去。

〔卖菜女人掰下一截黄瓜,用手擦了擦,递给了福子。福子接过黄瓜放在嘴边嗞着。

卖菜女: 韩妈你说得轻快,家里有六张嘴等着吃饭呢,不卖菜吃什么!老天爷发大水,听说还要瘟人呢。我家死鬼要是得了瘟病,他两眼一闭享清福去了,留下我和孩子咋过？

韩　妈：要有瘟疫了？这可不得了,吓死人啦! 我得赶紧回去了。

34. 街巷。 外/日

　[行人稀少。一辆马车拉着几个瘟死的病人,车上盖着破席子,露出了几只脚。

35. 街巷。 外/日

　[几个戴着口罩的商民救护队队员护着几个担架走过,担架上是奄奄一息的病人。

　[黄先生和几个戴着红十字袖标的人拦住担架。

　[黄先生上前掀开盖在病人身上的布单,诊视病情。

　[担架旁的一个人也摘下了口罩,露出了一张熟悉的脸——赵小品。

赵小品：黄先生你怎么没走？

黄先生：灾后大疫,正是用人的时候,我这老朽还能派上点用场。

赵小品：我现在在商民救护队,江边一带是病疫区,病人很多,你们到那儿去看看吧。

黄先生：这种病传染快,你们要小心。

赵小品：黄先生我们会小心的。

36. 瘟疫流行区。 外/日

　[戴着口罩和手套的日本宪兵和便衣特务在这里设置路障,木牌上写着"隔离瘟疫区"。

　[一些没得瘟疫的人被逼回到路障里面,人们绝望地站在那里。

市民甲：让我们出去吧,我们不能死在这里。

市民乙：我们没有病,为什么不放我出去？ 这不是逼我们去死吗!

37. 瘟疫流行区。 外/日

　[黄先生与日本宪兵和便衣特务交涉。

黄先生：应该把健康的人放出去,这样才能避免更多的人传染瘟疫。

特务甲：不行,谁知道他们有没有得病？

黄先生：我们可以为每个人做检查。

特务甲：不行,一个也不许走。

　[日军宪兵架上了机枪。

黄先生：你们这是草菅人命,我抗议!

38. 陈九房间。 内/日

〔福子两腮绯红,目光暗淡,嘴角往外泛着白沫。

陈 九:哭有什么用? 赶快送到医院去。

韩 妈:医院都满了,不收病人啦!

陈 九:那就请私人大夫,请大夫到家里来看!

39. 陈家大院门前。 外/日

〔沈中和、刘云、大个子等人路过这里。

沈中和:这不是陈九家吗,过来,这儿是瘟疫流行区,贴上。

〔刘云忙上前,将一张印有骷髅标志的纸贴到大门上。

沈中和:派人守住,不许有人出入! 还有前门脸,也要放上岗哨。

40. 宏发祥门前。 外/日

〔沈中和等人来到这里,刘云上前贴上骷髅标志,并加贴了封条。

〔途径的路人纷纷惊慌地避让,远远地绕行。

41. 陈九房间。 内/日

〔张秀玉守在福子身边,脸上挂满泪水。

〔陈九焦急地在屋内踱步。

42. 陈家大院门前。 外/日

〔黄先生、赵小品、韩妈、大夫都与守在门口的特务交涉。

特 务:上边有规定,凡瘟疫流行区不准出入。

黄先生:这不是瘟疫区! 这离瘟疫区还有好几条街呢,你们不能乱来!

特 务:你是中医师黄先生? 我认识你……

黄先生:我现在是红十字会的医官,你没有任何权力阻拦我!

特 务:没办法……这是沈先生的命令,沈先生现在为宪兵队做事,我们不敢违抗。

黄先生:日本人都不敢对我怎么样,沈中和算老几,进——

〔黄先生挡住了两个守门的特务,赵小品、韩妈、大夫拥进了陈家大院。

特 务:哎,你们要干什么? 你们这是造反……

43. 陈家大院门前。 外/日

〔黄先生、赵小品、大夫,与陈九、张秀玉、抱着福子的韩妈等人欲出门离开,守门的日军宪兵和特务只放行了黄先生、赵小品和大夫,陈家的人都被拦在了门里。

特　务：上头有命令,陈家的人一个也不许放出来。

黄先生：我们在防疫救人。

特　务：我们也是奉命行事,没有办法。

黄先生：你们奉了谁的命?

〔沈中和、刘云等人恰在此时赶到。

沈中和：这是宪兵队的命令。为了防止瘟疫扩散,凡瘟疫区的人一律不许放行!

黄先生：这离瘟疫区还远着呢!

沈中和：可这有病人。

黄先生：这病人是个需要治疗的孩子,不能关在里面。

沈中和：这我不管,咱们是警察打他爹,公事公办!

〔双方僵持着,围观的人开始不满。

〔恰好宪兵队福田大佐带着武装巡逻队路过这里。

福　田：不许聚众闹事,快散开! 快散开!

沈中和：大佐阁下,我们在办公事,有几个人在这捣乱。

福　田：谁在捣乱?

黄先生：大佐阁下,我们也是公事,在这抢救病人。

福　田：是黄先生啊,对不起黄先生,按防疫条文规定,凡有病人的地方一律封锁。

黄先生：我是红十字会的医官,救护病人是我的责任。

福　田：对不起黄先生,我也无能为力,我们不能为了这些普通的满洲人坏了防疫大事。

黄先生：你在说什么? 普通的满洲人? 真是岂有此理! 大佐阁下不要忘记,医学对每一个人都是平等的。

沈中和：姓黄的你敢顶撞皇军,就不怕我把你也抓起来?

〔一直没有说话的陈九站出了人群。

陈　九：沈中和我知道你的用心,放走我的太太和儿子,我会自己留下,就是死我也死在宏发祥,这下你该满意了吧!

黄先生：陈掌柜……

陈　九：黄先生不要再求他们了,我会照顾好自己。

〔沈中和还想说什么,瞥见了福田大佐投来的厌恶目光,忙闭上了嘴。

黄先生：大佐阁下,我是红十字会的医官,请允许我带走女人和孩子,我以身家性命担保,决不会妨碍你的防疫大事。

赵小品： 我以商会的名义担保。

众　人： 我们也担保！

福　田： 黄先生，人你可以随时带走，但今后不要再发生这种不愉快了。

〔福田大佐示意宪兵放行。

〔陈九与赵小品目光交错，陈九将目光移开了片刻，又回到赵小品脸上。

陈　九： 日出日落，过去的日子再也追不回了。赵掌柜不要忌恨我，我陈九将太太和孩子托付给你了，帮我照顾好他们。

赵小品： ……瘟疫过后我会把太太和孩子给你送回来，你自己多保重。

〔陈家人走出了大院。

〔在日军宪兵刺刀的拦阻下，陈九目送着众人离去。

44. 宏发祥。　内 / 日

〔陈九走进时愣住了，老张正拿着鸡毛掸子扫尘。

陈　九： 老张你怎么没走？

老　张： 我留下来陪一陪陈掌柜，宏发祥总是要开张的，没人照看总不行。

陈　九： 这屋子就像一口大棺材，会憋闷死人，你真该去躲一躲。

老　张： 陈掌柜咱不能躲，这人躲啊躲啊就会躲出习惯来的。

45. 正阳街。　外 / 日

〔瘟疫过后，正阳街又恢复了往日的熙攘热闹，一家家商号店铺陆续恢复了营业。

46. 陈家客厅。　内 / 日

〔韩妈在擦桌扫尘，张秀玉给福子换上了新衣服。

47. 宏发祥账房。　内 / 日

〔老张走了进来，后面跟着海拉尔吴记货栈的吴掌柜。

吴掌柜： 陈掌柜，宏发祥的事我也是刚听齐掌柜说起。你是我的老主顾，照顾小号的生意也有十多年了，我来看看陈掌柜有什么打算？

陈　九： 劳吴掌柜惦记，我陈九领着这份情谊。宏发祥的门还要开，生意还会继续做，只是眼前柜上的资金吃紧，大宗生意恐怕一时半会还恢复不起。

吴掌柜： 陈掌柜，我这次来带了五千张上等羊皮，你一会就可以安排伙计去货站提货。

〔陈九和老张一时都愣住了。

陈　九：吴掌柜你这是……

吴掌柜：这批货原本是要发到海参崴的，但时间上还有周转的余地。我们是多年的交情了，我不能看着陈掌柜遇到难关不管。钱的事不要着急，卖出了羊皮我们再结算，只是我有更大的心也没有再大的力了，还望陈掌柜包涵。

陈　九：大恩不言谢。有吴掌柜的这份心，宏发祥就有活气，只要宏发祥在，我陈九就会在正阳街上再站起来。

吴掌柜：草原上有事陈掌柜尽管找我，日本人那边你还是要多提防。

陈　九：别看日本人现在闹腾得欢，他们是在给自己拉清单呢！

48. 陈九房间。　内／夜

〔张秀玉醒来，她打开电灯，用脚去够拖鞋。

〔张秀玉感到一阵恶心，忙捂起嘴，身子不由得滑下了床坐到地板上。

〔陈九睁开眼睛望着张秀玉。

陈　九：你又怎么啦，犯什么毛病了？

张秀玉：我又有了。

〔陈九把张秀玉抱上了床。

〔张秀玉背靠床坐着，陈九从后面搂住了张秀玉的肩头。

陈　九：真的？什么时候？

〔张秀玉咽着口水，吐着气。

张秀玉：已经两个月不见经血了。

〔陈九直着腰坐了起来，他用手拍着床沿，嗓音响亮起来。

陈　九：好！你给我好好躺着，养着，天不怕地不怕陈家又多了后。

〔张秀玉平躺下。

陈　九：挨着我躺下。等孩子们长起来，小日本不在了，咱的好日子就来了。

〔张秀玉像小猫一样躺到了陈九怀里。

〔陈九两手合着，枕在头下。

陈　九：咱们俩一个是天一个是地，一个是日一个是月，这就齐全了，就是一个世界了，还怕什么呢？人都是这么过日子的，有了没，没了有，一遍遍地重复着。

〔张秀玉蜷缩着身子，已经发出了轻微的鼾声。

49. 陈九房间。 内/晨

〔天亮了,陈九还睁着眼睛。

50. 正阳街。 外/晨

〔太阳升起,街巷渐渐朗润起来。

〔宏发祥的伙计下了门板,开门营业。

〔正阳街上的商号纷纷下了门板,开门营业。

〔陈九站在宏发祥的牌匾下,端详着牌匾,然后跨步进了宏发祥。